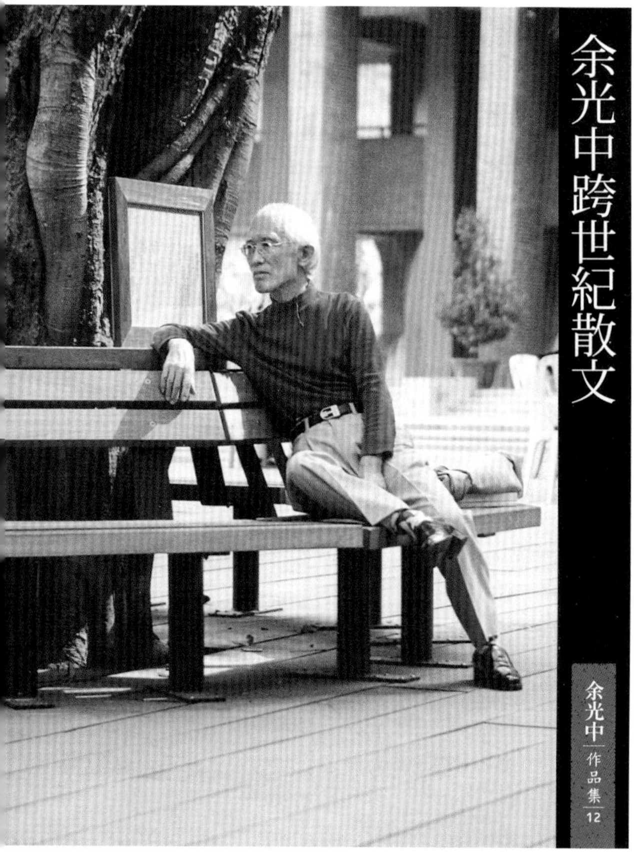

陳芳明 主編

約二〇〇〇年，中山大學中庭菩提樹下，旁為周夢蝶詩牌。

一九六一年攝於台北美國大使館，為余光中所譯《中國新詩選》出版所舉行之茶會上。前排左起第二人為羅家倫、第四人為胡適、第五人為莊萊德夫人，第六第七為余光中夫婦。其他包括洛夫、楊牧、周夢蝶、鄭愁予、羅門、蓉子、夏菁、鍾鼎文、紀弦。

余光中（右）與美國詩人佛洛斯特，一九五九年。

一九五七年藍星詩人。左起：夏菁、黃用、吳望堯、余光中。

一九八五年十月二十五日，藍星同仁攝於台北市忠孝東路小統一牛排館，前排左起：周夢蝶、蓉子、羅門、余光中，後排左起：陳素芳、蔡文甫、范我存、張健、向明、黃用。

一九六四年，台北耕莘文教院畫展致詞。

一九七一年在台北主持中國電視公司「世界之窗」節目。

六〇年代初與五月畫會畫家同攝，左起：余光中、范我存、胡奇中、莊喆、陳庭詩、郭東榮、馮鍾睿、韓湘寧與夫人、郭東榮夫人。

一九八〇年與楊弦（右二）於香港落馬洲。

二〇〇〇年與旅法雕塑家熊秉明（左）於高雄左岸書房。

余光中夫婦，一九七六年於香港。

一九六四年廈門街故居門前，
與珊珊、幼珊、佩珊。

二〇〇八年全家福，攝於赴挪威之郵輪。

一九七五年台北。與梁實秋（中）、韓菁清（左）。

一九八八年一月二十六日梁實秋冥誕，九歌出版社與新聞局光華雜誌在北海墓園紀念大師，由余光中焚獻他所編的《秋之頌》。

為紀念文學大師梁實秋，自一九八八年起，《中華日報》舉辦梁實秋文學獎，余光中自第一屆開始即擔任翻譯命題及評審，此為一九九九年梁實秋文學獎頒獎典禮致詞。

一九八七年台北。何凡、林海音結婚五十週年暨林海音七秩大壽，中為何凡、林海音夫婦。

一九九〇年十月十九日，與夏志清（中）攝於高雄御書房。

余光中（左）與陳芳明。（蔡逸君 攝影）

約一九九八年，接受蔡詩萍（左）訪問，於西子灣堤上。

約一九九〇年，與張大春（左）在龍坑。

一九八三年在香港中文大學，與朱光潛（左）合影。

一九八〇年四月於香港余府。左起蔡文甫、余光中、宋淇（林以亮）、丘彥明、梁錫華、思果、陳之藩、孫如陵、孫夫人。

一九九三年三月登香港大嶼山，左起：黃國彬、黃維樑、梁錫華、余光中。

一九八一年與吳魯芹（中）、徐東濱攝於法國里昂火車站。

二○○四年，與金耀基（左）。

一九九四年於何懷碩府。左起：何懷碩、思果、余光中。

一九九二年於英國Southampton。左起：余光中、湯婷婷、張戎、北島。

二〇〇二年，山東威海。

一九七九年香港華人公墓蔡元培墓前。

一九九六年，英國湖區Hawkshead華茲華斯念書的小學。

二○○○年五月，莫斯科契訶夫故居門前。左起：沈謙、陳義芝、歐茵西、余光中、項人慧、陳義芝夫人、范我存。

二○○四年，香港中文大學文學院舉辦新紀元全球華文青年文學獎頒獎典禮。左二起包括余光中、高克毅（喬志高）、金聖華、白先勇、齊邦媛、林文月。

二〇〇三年香港中文大學頒授榮譽博士學位，與黃國彬（右）合影。

二〇〇八年五月二十四日，政治大學頒贈名譽博士學位予余光中。

余光中的散文作品。

余光中擔任總編輯的《中華現代文學大系》第一部與第二部。

目錄

輯二　天涯躡蹤

輯三　師友過從

輯四　詩論文論

輯五　諧趣文章

左手掌紋，壯麗敞開

——《余光中跨世紀散文》前言

陳芳明

詩與散文的雙軌追求，開創余光中浩瀚的文學版圖。以詩為經，以文為緯，縱橫半世紀以上的藝術生產，斐然可觀；那已不是屬於一位作者的畢生成就，也應屬於台灣文壇創造力的重要指標。他筆下揮灑成形的恢宏氣象，既是個人豐饒生命的投影，也是當代歷史魂魄的縮影。從舊世紀到新世紀，從揚眉少年到慈眉老年，由於他同時經營兩種文體，任何一個時期都從未出現歉收的跡象。詩風與文風的多變、多產、多樣，盱衡同輩晚輩，幾乎少有匹敵者。

他早年以「左手的繆思」自況散文書寫，顯然寓有謙虛的意味。站在詩神面前，他未敢高抬散文的地位。詩畢竟是他的終極信仰，是最高的藝術形式。然而，一旦他介入散文的營造，便全力以赴，毫不稍讓於對詩的專注。從產量來看，他所展現的氣勢已遠遠凌駕新詩作品之上。他開闢出來的散文流域極其遼闊，跨越創作、評論、翻譯三大領域。在台灣文學史，甚至置諸中國新文學運動脈絡，很少發現有任何作者能展現如此迤邐蔓延的格局。

余光中散文具有詩藝的深度與高度。如果說詩是他散文的火種，亦是恰如其分。藉由詩的想像持續燃燒，才能夠鍛鑄散文遣詞用字的彈性與密度。他在五〇年代投入散文創作，距離最初新詩的出發可能遲晚十年，但是在現代化的速度上，散文卻比詩更早臻於成熟。他的筆探向散文領域時，已經在詩的實驗上通過各種危機的考驗。一九六一年他完成史詩型的鉅作《天狼星》時，也正是他涉入散文現代化的階段。對於現代化的內容與思考，他已有清楚的判斷。當時的現代主義者過於迷信西方的思潮與技巧，也過於耽溺於內在世界的孤絕。早期的余光中也曾經走過同樣的道路，但是他比同時期的任何詩人還更早覺悟，詩不能如此持續執迷下去。背對著洶湧的現代主義運動，他在西方傳統、中國古典、台灣現實之間，為自己找到一個恰當的位置。

這是他文學生涯的關鍵時期。所謂現代化，不是被動地接受外來的審美觀念，而是主動地創造屬於自己時代的藝術生命。他的創造不是閉門造車，而是對著東方與西方他同時勇敢開放。在古典與現代之間取得一個平衡，便是他走向散文道路的基本信念。雙軌的平衡美感，在他的第一篇散文就已表達得很清楚。題為〈猛虎與薔薇〉的短文，寫於一九五二年大學畢業之初。這篇文字可以視為日後漫長旅途的一個暗示，猛虎般的陽剛，薔薇式的陰柔，兩種同時並存的性格，正好構成他散文美感的原型。

極高明而道中庸，始終是他遵循的哲學思維。尤其是一九六二年他與洛夫發生過「天狼星論戰」之後，他更加自覺藝術追求的目標。對詩、對散文的重新反省，不僅使他的文學生命改弦易轍，也使日後台灣現代主義運動獲得重要暗示。《掌上雨》（一九六三）與《逍遙遊》（一九六五）的出版，正式宣告余光中散文時代的到來。

以睥睨的姿態，他既向激進的現代主義者批判，也向守舊的傳統主義者挑戰，為的是建立一個具有主體立場的文學觀。他以「浪子」形容前者，以「孝子」概括後者；又以「委託行」諷刺現代主義者對舶來品的依賴，也以「古董店」嘲弄傳統主義者的食古不化。在重大的破壞之後，繼之以積極的建設，正是余光中文學實踐的考驗。〈再見，虛無！〉是他在這段憤怒時期的經典之作，指出現代主義者對西方迷信崇拜的弊病。〈下五四的半旗〉與〈儒家鴕鳥的錢穆〉是他罕見的激憤之作，點出保守文人對歷史時代變化的遲鈍。

在激進與保守兩種極端之間，余光中寧取穩健的節奏。平衡的美感便是在這段時期鮮明表現出來。〈從古典詩到現代詩〉是他釐清文學立場的重要宣言。當他提出「反叛傳統不如利用傳統」時，顯然已在糾結的現代思維中找到解套的祕訣。傳統與現代不再是對立關係，而是一種對話協商。打開這個死結後，他終於開啓一條前所未有的廣闊道路，引導他的散文朝向全新的地平線。對於中國古典的態度，他以現代散文〈從象牙塔到白玉樓〉重新評估唐代詩人李賀的作品。到今天為止，這篇散文仍是學術界的上乘之作。古典之美如何現代化，余光中做了最好的示範。

在重新整理古典美的時刻，他也放膽展開散文現代化的工作。《逍遙遊》的幾篇令人吟誦的散文，〈鬼雨〉、〈莎誕夜〉、〈逍遙遊〉、〈九張床〉、〈塔〉，已是公認的唯美極品。他的文字危險地干涉現實社會，也浪漫地直探內心情感。為了達到文字藝術效果，他既援引文言，也求諸白話，甚至也不排拒翻譯。他的美感來源，多重而可疑；但是經過批判性的選擇，再加上他獨門技藝的創造，一篇驚豔奪目的藝術作品遂巍然成形。批判性選擇是一種自覺的美感，是一種消化的過程，也是一種組織的能力，必須經過實踐再實踐，而終於提煉出屬於他自己的語言。

余光中散文最為迷人之處，在於閱讀中可以聽見聲音，聞到氣味，發現顏色，造成觸覺。當他寫景，絕對不讓讀者觀察平面的山水；他會邀請讀者與他同行，去感覺旅行的速度，視覺的遠近，天地的深淺。當他寫人，也絕對不容讀者袖手旁觀；在閱讀過程中，彷彿也參加了對話，並且牽動隱而不見的情緒。當他寫事，讀者也會隨著文章節奏而忙碌，而悠閒，而疲憊。余光中的文字暗藏著精靈，往往能夠觸及人性的脆弱與敏感。他從來不徒託空言，不訴諸口號，不虛張聲勢，文字就是真實的生命，是具體的世界。

到達這種人性的風格之前，他已經吸收龐大的知識。從歷史到政治，從天文到地理，從藝術到音樂，從戲劇到舞蹈，凡是能夠貼近人生的任何一種書籍，都在他閱讀的行列。然而，他的文字技巧並不賣弄百科全書式的知識，而是為了恰當表達對人對事的合理、合法、合情態度。他在七〇年代寫出一系列有關搖滾樂的散文，並不能輕易歸類於音樂評論。〈苦雨就要下降〉寫的是一場音樂會的演奏，背後要傳達的信息，竟是對苦難印度民族的關懷。

沒有豐富的知識，就不可能使他的散文充滿說服力。但是，他並不全然依賴知識，在恰當段落、恰當位置，他適時注入情感。在乾枯的河床，在荒涼的沙漠，在寂寥的林木，余光中總是具有呼風喚雨的能力。在垂危時刻，因豐沛水分的降臨，所有的知識都恢復呼吸，從沉睡中甦醒過來。多情而不濫情，悲傷而不感傷，又一次展現他散文技藝的平衡感。知性與感性並重，在必要時，他也會恰到好處地注入一絲幽默，使整篇文字振作而有神。

張開他的左手，可以看見清晰的掌紋，每一條都連繫著神祕的靈感。沿著條理分明的跡線，不斷開啓繁複的生命地圖。親情、友情、愛情都散佈其間，人事、家事、國事也歷歷在目。空間意識和時間意識，更是構成散文的縱深與廣漠。如果要在台灣尋找一位詩人或散文家，能夠同時表達歷史感、地域感、現實感的才華，在余光中的創作生命中絕對可以獲得印證。長年來，許多無法寫出本土情感而以本土自命的本土派，總是粗暴地把余光中排除在本土之外，現在已經到了需要謙卑觀看余光中掌紋的時候。以掌抵掌，將心比心，他對本土的擁抱，撫慰，關懷，是不是與嘉南平原、中央山脈、台北街巷、高雄愛河等高，等長，等寬？

卷帙浩繁的余光中散文，已經是閱讀上的挑戰。當他到達八十歲的時間峰頂，重新細看他每個時期的文字，簡直是再次承受美的震撼，縱然那種震撼是如此善良如此美好。在完成《余光中六十年詩選》（印刻，二〇〇八）的編輯之後，又繼之編選《余光中跨世紀散文》，是生命中罕有的幸運與幸福時刻。日日夜夜的閱讀過程中，彷彿再次經驗一次燦爛的青年，豪華的中年，旺盛的晚年。那種精神上的豐收，唯編者獨享。集中劃分「抒情自傳」、「天涯躡蹤」、「師友過從」、「詩論文論」、「諧趣文章」共五輯，全然出自偏見與私心，尚不足以概括余光中散文之豐腴多貌。閱讀他的全集，無異於看完一部精采的文學傳記。全部作品羅列在桌上時，又看見余光中的左手掌紋壯麗敞開。

輯一

抒情自傳

蓮戀蓮

1

身爲一半的江南人，第一次看見蓮，卻在植物園的小蓮池畔。那是十月中旬，夏末秋初，已涼未寒，迷迷濛濛的雨絲，霑溼了滿池的香紅，但不曾淋熄熒熒的燭焰。那景象，豪豔之中別有一派淒清。那天獨衝煙雨，原要去破廟中尋訪畫家劉國松。畫家不在，畫在。我迷失在畫中，到現在還沒有回來。

沒有找到畫家，找到了畫，該是一種意外的發現。從那時起，一個綽約的意象，出現在我的詩中。在那以前，我當然早見過蓮，但睜開的只是睫瓣，不是心瓣，而蓮，當然也不曾向我展現它（她？祂？）的靈魂。在那以前，我是納息塞斯（Narcissus），心中供的是一朵水仙，水中映的也是一朵水仙。那年十月，那朵自戀死了，心田空廓者久之，演成數叢沙草，萬頃江田。那天，蒼茫告退，嘉祥滋生，水中的倒影是水上的華美和冷雋。

對於一位詩人，發現一個新意象，等於伽利略的天文遠鏡中，泛起一閃尙待命名的光輝。一位詩人，一生也只追求幾個中心的意象而已。塞尙的蘋果是冷的，梵谷的向日葵是熱的，我的蓮既冷且熱。宛在水中央，蓮在清涼的琉璃中擎一枝熾烈的紅焰，不遠不近，若即若離，宛在夢中央。蓮有許多小名，許多美得淒楚的聯想。對我而言，蓮的小名應爲水仙，水生的花沒有比它更爲飄逸，更富靈氣的了。一花一世界；沒有什麼花比蓮更自成世界的了。對我而言，蓮是美，愛，和神的綜合象徵。蓮的美是不容否認的。美國畫家佛瑞塞（John Frazer）有一次對我說：「來臺灣以前，我只聽說過蓮。現在眞見到了，比我想像的更美。」玫瑰的美也是不容否認的，但它燃燒著西方的朗爽，似乎在說：Look at me! 蓮只赧然低語：Don't stare, please. 次及愛情。「涉江采芙蓉，蘭澤多芳草。采之欲遺誰？所思在遠道」；這方面的聯想太多了。由於水生，它令人聯想巫峽和洛水，聯想華清池的「芙蓉如面」，聯想來自水而終隱於水的西子。青錢千張，香浮波上，嗅之如無，忽焉如有，恍兮惚兮，令人神移，正是東方女孩的含蓄。至於宗教，則蓮即是憐。蓮經，蓮臺，蓮邦，蓮宗，何一非蓮？藝術、愛情、宗教，到了頂點，實在只是一種境界，今乃皆備於蓮的一身。

蓮爲神座。如來垂目合十，結跏趺坐在蓮花之上。觀世音自在飄蓮渡海，而往普陀。道家的何仙姑，據說也手持開心蓮花。即在西方，蓮亦神乎其花。史詩奧德賽，卷首就有似乎隱射非洲的食蓮人（Lotophagi）之國。英國桂冠詩人丁尼生根據荷說，寫了那首聞名的〈食蓮人之歌〉（Choric Song of the Lotos-Eaters）。據說食蓮可以知足而忘憂，可以一寐千年，永免兵燹。但是據說神話中的 lotus 只是今日北非的一種二丈許開花果樹，稱爲 date plum，其花白中帶紅，其實黃色而甜，並非東方習見的 water lily。在東方，尤其是中國的古典畫中，蓮也是一大主題。歐洲的畫家甚少以蓮入畫，莫內（Claude Monet）是例外之一。莫內晚年居日伊維尼，園中有蓮池，嘗引艾特溪水注之。在一九〇四年到一九〇八年間，老畫家面臨蓮池，興會淋漓地作了四十八幅油畫，其後於一九一五年，又以同樣主題作了一組大壁畫，成爲超現實主義畫家馬松（André Masson）所謂的「印象主義的席思丁教堂」。但是那種五光十色，瀲灩多姿的畫面，和中國的墨荷形成有趣的對照，到底還是西方的情調。

2

自從那天起，蓮在我的心田，抽出一枝靜的意象，淨的意象。聽說劉國松用抽象的筆法畫過墨荷，可惜我沒有見過。如果我是作曲家，我必然以蓮爲主題，寫一首交響詩，題名〈蓮池的黃昏〉。我將以甜甜的木簫奏蓮的清芬，以細碎的鋼琴敲出點水的蜻蜓，以低沉的巴宋鼓葉底群蛙的白腹。最後，釜形大銅鼓上隱隱滾過「芙蓉塘外有輕雷」的意境，小提琴的弦上抖落淒清的，濕漓漓的，水鬼們的啾啾。杜步西如果在漢武帝的昆明池濱住過幾個黃昏，該會寫出這種印象派的作品。眞的，每次讀到

波漂菰米沉雲黑
露冷蓮房墜粉紅

我總不禁會想起杜步西那種飄忽、空靈的音樂。頗受中國古典詩影響的美國詩人艾肯（Conrad Aiken），如果能寫一首 Variations on a Theme of Tu Fu，將是非常過癮的事。艾肯的詩，本來就有晚唐和南宋的韻味。至於美成和白石詠荷的傑作，作者原是音樂家，韻律之美，自在意中，而意象的鮮活醒目，更是印象主義的神髓。「鳥雀呼晴……葉上初陽乾宿雨，水面清圓，一一風荷舉，」豈非莫內畫面？「秋水且涸，荷葉出地尋丈。因列坐其下，上不見日，清風徐來，綠雲自動，間於疏處，窺見遊人畫船，」這樣的景色，簡直要動雷努瓦（Auguste Renoir）的彩筆了。

我自恨不是杜步西或莫內，但自信半個姜白石還做得成。白石道人的蓮，固然帶有濃厚的情感，但是他的亭亭和田田畢竟還是花和葉，不是「情人不見」。我的蓮希望能做到神、人、物，三位一體的「三棲性」。它、她、祂。由物蛻變為人，由人羽化為神，而神固在蓮上，人固在蓮中，一念精誠，得入三境。美之至，情之至，悟之至，只是一片空茫罷了。在這種交疊湧現的意象之中，我完成了年來大部分的作品，且將結集出版。涉江采芙蓉，算是沒有空手而返。

3

蓮是有人性有神靈的植物。無論是「雨裛紅蕖冉冉香」或是「門外野風開白蓮」，都有一種飄然不群的風範和情操。移情作用，於蓮最爲見效。立在荷塘草岸，凝神相望，眸動念轉，一瞬間，踏我履者是蓮，拔田田之間，亭亭臨風者是我。岸上和水中，不復可分，我似乎超越了物我的界限，更超越了時空。有過這種經驗，你便會感覺，蓮也有一種輪迴。鳳凰以五百年爲一週期。司馬遷以爲周公卒五百歲而有孔子，孔子卒五百歲而意在己，不也是一種週期性的感覺？蓮以一暑爲一輪迴，「蓮華藏世界」，以一花爲一完整的宇宙。「菡萏香銷翠葉殘」，死去的只是皎白酡紅的瓣和擎雨迎風的葉，不死的是蓮，是那種古典的自給自足和宗教的空茫靜謐，是那種不可磨滅的美底形象。情人死了，愛情常在。廟宇傾頹，神明長在。芬芳謝了，窈窕萎了，而美不朽。你會感覺，今年的蓮即去年的蓮。如果時間的對岸可采芙蓉，則今人涉江固猶古人涉江；芙蓉的靈性在一切的芙蓉裏，不多也不少。永恆不是一條漫無止境的直線，永恆是一個玲瓏的圓，像佛頂的光輪。一切天體，皆呈球形。銀河之外旋轉著銀河之外，旋轉著更多的銀河。宇宙膨脹著，永恆之輪在紡織時間。

蓮是神的一千隻臂，自池底的腴泥中升起，向我招手。一座蓮池藏多少複瓣的謎？風自南來，掀多少頁古典主義？蓮在現代，蓮在唐代，蓮在江南，蓮在大貝湖畔。蓮在大貝湖等了我好幾番夏天，還沒有等老。北回歸線以南，一個早該回歸而未回歸的江南人，在一個應有鷓鴣念經而沒有鷓鴣念經的鷓鴣天的下午，在不像西湖卻令人想起西湖的湖畔，轉一個彎，又一個彎，沒有準備看蓮，卻發現自己立在一彎蓮池上。臺南可採蓮，江南可採蓮，予戲蓮葉間。蓮是無所不在的，釋迦牟尼！

朱紅色的小計程車憩息在湖濱的柏油路面。「柳岸觀蓮」：柳蔭中，路側豎著一面白漆黑字的牌子。立在現代混凝土的橋上，心隨目遠，眸光翩翩，在蓮與蓮間飛迴如蜻蜓。正是群蛙晝寢的半下午，荷下覆翼著深翠的酣寐。闊大圓滑的綠葉，坐不下佛也坐得下羅漢。風來水面，舉起一張一張的蓊澤，漾起十里的清涼。滿塘的碧羽扇，扇得你六根無汗，七孔生風。於是田田搖曳著田田交疊著田田。娉娉映水，映出嫣嫣赧赧的嫋嫋，娟娟。觀世音，縱您有千手您也難選擇恁多的婷婷，亭亭蓮立！豈惟紅蕖可觀，詩人亦頗可觀。我也是一株蓮，心有千瓣，每一首詩剝開一瓣，剝開三十六瓣，還沒有窺見蓮心。詩人是一種兩棲的靈魂，立在岸上，泳在水中。有的泳在汨羅江，有的向采石磯捕月，有的把淚灑在洛水裏，有的騎馬如坐船，有的坐船如天上坐。人從海底爬到陸上，又一心嚮往著水。可是我並非站在湖岸看水仙的華茲華斯。水仙花已經渴斃，在柏拉圖的故鄉。我是青蓮，我是狂笑孔丘的青蓮。我是藍田別墅的主人。我築蘇堤，我把西湖妝成了西子。

三十六歲。這一驛是蓮之旅，憶往思來，一切莫不連理。蓮心甚苦，十指連心，一股都不能不理，而愈理愈亂。死去的都不曾死盡，今年的蓮莖，連著去年的蓮莖連著千年前的蓮莖。姜白石的前身是杜牧之。小紅走不完十里的揚州路，再回首，綠葉已成陰子已滿枝。此身雖在堪驚。第一遭聞鷓鴣，不在鬱孤臺下，在嘉陵江濱。第一回寫詩，吃菱角，遇見小女孩的母親（那時也是小女孩哪，Cousin Mimi），在石頭城——聽說曹霑就餓死在城下。雞鳴寺。雨花臺，重九登高的初秋佳日，二十三歲的母親多攀了山路，翌晨便剪斷了我的臍帶。從此我便交給了戰爭。那是濟南慘案，臺灣獨立運動的一年。十九年後，茱萸的孩子從揚子江的上游，踩著倒下去的太陽旗回來。第二年暑假，考取了圍城中的北京大學，津浦路伸出三千里的鐵臂歡迎我去北方，母親伸兩尺半的手臂挽住了我。結果，我成爲金陵大學的學生。

那時，我住在一座小紅樓上，窗外便是鍾山。秋天的夜裏，南朝的鬼魂在窗外豎耳竊聽我讀《桃花扇》。但那是十五年前的事了。「南朝賸有傷心淚，更向胭脂井畔流！」這裏不是西湖，亦非後湖，這裏比南朝還南。這裏的緯度相當於驅鱷魚的文豪，啖荔枝的詩宗。青山一髮是中原。他鄉生白髮，舊國見青山。上聯將驗，下聯未卜。三十六歲！怎麼都已經三十六歲了？拜倫、彭斯、梵谷、羅特列克、莫地里安尼、徐志摩，都在這一年結束了生命。到了這種年紀，但丁已經要追隨魏吉爾遊地獄了。王勃、李賀、濟慈、歐文、拉福格、柯比艾爾、納蘭成德，不到這年紀，便闔上了詩集，豎起了石碑，迫老頭子們俯首讓位。則我該性急些，乘王勃的海舟，騎李賀的弱馬而去乎？抑或應等到沈園柳老，江南花落，才繳還這枝彩筆？前半生是水仙，耽於自憐；後半生應是芙蕖，稍解憐憫。碧落。黃泉。如霧的紅塵。白髮。青山。皆瞬間事。蓮仍是蓮。夏去。夏來。蓮仍是蓮。

計程車的喇叭在催了。欲飲琵琶馬上催。柳岸觀蓮，也要計程。這不過是中途罷了，臺北在紅塵最濁處喊我回去。黃昏胡騎塵滿城。石頭城也迷失在紅塵裏，另一種紅塵。畢竟，這不是安史之亂。長生殿矗立在長恨歌裏。白居易被譯成蟹行的英文。今夕是七夕，但地上的七夕沒有鵲橋，地上的七夕在蘆溝橋上。

再見了，大貝湖！你應該易名為大悲湖。周敦頤說蓮是君子，出汙泥而不染。蓮豈止是君子？即蓮，即人，即神。神在，則汙泥莫非淨土，則蓮盞皆光，荷掌可握世界。愛默森說，沒有人能夠活著見神。可是我見過無數次了，在蓮與蓮間。只是人能窺神，而人究竟是人。香消菡萏，露冷蓮房，亦不能漠然無憂。金聖嘆自謂「七歲時，眼窺深井，手持片瓦，欲竟擲下，則念其永無出理。欲且已之，則又笑便無此事。既而循環摩挲，久之久之，驀地投入，歸而大哭。此豈宿生亦嘗讀此詩（李義山〈曲池〉）之故耶？至今思之，尚為惘然。」這實在是一個大矛盾：因蓮通神，而迷於蓮，蓮盧蓮實，寧有已時？太上無情？太上有情？蓮乎，蓮乎，戀乎，憐乎？

——一九六三年七夕

——選自一九六四年《蓮的聯想》序文

鬼雨

——But the rain is full of ghosts tonight.

Edna St. Vincent Millay

1

「請問余光中先生在家嗎？噢，您就是余先生嗎？這裏是臺大醫院小兒科病房。我告訴你噢，你的小寶寶不大好啊，醫生說他的情形很危險……什麼？您知道了？您知道了就行了。」

「喂，余先生嗎？我跟你說噢，那個小孩子不行了，希望你馬上來醫院一趟……身上已經出現黑斑，醫生說實在是很危險了……再不來，恐怕就……」

「這裏是小兒科病房，我是小兒科黃大夫……是的，你的孩子已經……時間是十二點半，我們曾經努力急救，可是……那是腦溢血，沒有辦法。昨夜我們打了土黴素，今天你父親守在這裏……什麼？你就來辦理手續？好極了，再見。」

2

「今天我們要讀莎士比亞的一首輓歌 Fear No More。翻開詩選，第五十三頁。這是莎士比亞晚年的作品 *Cymbeline* 裏面摘出來的一首輓歌。你們讀過 *Cymbeline* 嗎？據說丁尼生臨終之前讀的一卷書，就是 *Cymbeline*。這首詩詠歎的是生的煩惱，和死的恬靜，生的無常，和死的確定。它詠歎的是死的無所不在，無所不容（死就在你的肘邊）。前面三段是沉思的，它們泛論死亡的 omnipresence 和 omnipotence，最後一段直接對死者而言，像是念咒，有點『孤魂野鬼，不得相犯，嗚呼哀哉尙饗！』的味道。讀到這裏，要朗聲而吟，像道士誦經超渡亡魂那樣。現在，聽我讀：

No exorciser harm thee!
Nor no witchcraft charm thee!
Ghost unlaid forbear thee!
Nothing ill come near thee!

「你們要是夜行怕鬼，不妨把莎老頭子這段詩念出來壯壯膽。這沒有什麼好笑的。再過三十年，也許你們會比較欣賞這首詩。現在我們再從頭看起。第一段說，你死了，你再也不用怕太陽的毒焰，也不用畏懼冬日的嚴寒了（那孩子的痛苦已經結束）。哪怕你是金童玉女，是**Anthony Perkins**或者**Sandra Dee**，到時候也不免像煙囪掃帚一樣，去擁抱泥土。噢，這實在沒有什麼好笑。不到半個世紀。這間教室裏的人都變成一堆白骨，一把青絲，一片碧森森的燐光（那孩子三天，僅僅是三天啊，停止了呼吸）。對不起，也許我不應該說得這麼可怕，不過，事實就是如此（我剛從雄辯的太平間回來）。青春從你們的指隙潺潺地流去，那麼昂貴，那麼甜美的青春（停屍間的石臉上開不出那種植物）！青春不是長春藤，讓你像戴指環一樣戴在手上。等你們老些，也許你們會握得緊些，但那時你們只抓到一些痛風症和糖尿病，一些變酸了的記憶。即使把滿頭的白髮編成漁網，也網不住什麼東西……

「一來這裏，我們就打結，打一個又一個的結，可是打了又解，解了再打，直到死亡的邊緣。在胎裏，我們就和母親打一個死結。但是護士的剪刀在前，死亡的剪刀在後（那孩子的臍帶已經解纜，永遠再看不到母親）。然後我們又忙著編織情網，然後發現神話中的人魚只是神話，愛情是水，再密的網也網不住一滴湛藍……

「這世界，許多靈魂忙著來，許多靈魂忙著去。來的原來都沒有名字，去的，也不一定能留下名字。能留下一個名字已經不容易，留下一個形容詞，像**Shakespearean**，更難。我來。我見。我征服。然後死亡征服了我。（那孩子，那尚未睜眼的孩子，什麼也沒有看見）這一陣，死亡的黑氛很濃。**Pauline**請你把窗子關上。好冷的風！這似乎是祂的豐年。一位現代詩人（他去的地方無所謂古今）。一位末代的孤臣（春草年年綠，王孫歸不歸）。一位考古學家（不久他就成考古的對象了）。

「莎士比亞最怕死。一百五十多首十四行詩，沒有一首不提到死，沒有一首不是在自我安慰。畢竟，他的藍墨水沖淡了死亡的黑色。可是他仍然怕死，怕到要寫詩來詛咒侵犯他骸骨的人們。千古艱難惟一死，滿口永恆的人，最怕死。凡大天才，沒有不怕死的。愈是天才，便活得愈熱烈，也愈怕喪失它。在死亡的黑影裏思想著死亡，莎士比亞如此。李賀如此。濟慈和狄倫・湯默斯亦如此。啊，我又打岔了……Any questions?怎麼已經是下課鈴了？Sea nymphs hourly ring his knell……（怎麼已經是下課鈴了？）

「再見，江玲，再見，Carmen，再見，Pearl（Those are pearls that were his eyes）。這雨怎麼下不停的？謝謝你的傘，我有雨衣。Sea nymphs hourly ring his knell，他的喪鐘。（他的喪鐘。他的小棺材。他的小手。握得緊緊的，但什麼也沒有握住。Nobody, not even the rain, has such small hands.）江玲再見。女孩子們再見！」

3

南山何其悲，鬼雨灑空草。雨在海上落著。雨在這裏的草坡上落著。雨在對岸的觀音山落著。雨的手很小，風的手帕更小，我腋下的小棺材更小更小。小的是棺材裏的手。握得那麼緊，但什麼也沒有握住，除了三個雨夜和雨天。潮天濕地。宇宙和我僅隔層雨衣。雨落在草坡上。雨落在那邊的海裏。海神每小時搖他的喪鐘。

「路太滑了。就埋在這裏吧。」

「不行。不行。怎麼可以埋在路邊?」

「都快到山頂了，就近找一個角落吧。哪，我看這裏倒不錯。」

「胡說!你腳下踩的不是墓石?已經有人了。」

「該死!怎麼連黃泉都這樣擠!一塊空地都沒有。」

「這裏是亂葬崗呢。好了好了，這裏有四尺空地了。就這裏吧，你看怎麼樣?要不要我幫你抱一下棺材?」

「不必了，輕得很。老侯，就挖這裏。」

「怎麼這一帶都是葬的小朋友?你看那塊碑!」

順著白帆指的方向，看見一座五尺長的隆起的小墳。前面的碑上，新刻紅漆的幾行字：

民國四十七年七月生

民國五十二年九月歿

愛女蘇小菱之墓

母　孫婉宜

父　蘇鴻文

「那邊那個小女孩還要小，」我把棺材輕輕放在墓前的青石案上。「你看這個。四十九年生。五十一年歿。好可憐。好可憐，唉，怎麼有這許多小幽靈。死神可以在這裏辦一所幼稚園了。」

「那你的寶寶還不夠入園的資格呢。他媽媽知不知道？」

「不知道。我暫時還不告訴她。唉，這也是沒有緣分，我們要一個小男孩。神給了我們一個，可是一轉眼又收了回去。」

「你相信有神？」

「我相信有鬼。I'm very superstitious, you know. I'm as superstitious as Byron.你看過我譯的《繆思在地中海》沒有？雪萊在一年之內，抱著兩口小棺材去墓地埋葬……

「小時候我有個初中同學，生肺病死的。後來我每天下午放學，簡直不敢經過他家門口。天一黑，他母親就靠在門口，臉又瘦又白，看見我走過，就死盯著我，嘴裏念念有辭，喊她兒子的名字。那樣子，似笑非笑，怕死人！她兒子秋天死的。她站在白楊樹下，每天傍晚等我。今年的秋天站到明年的秋天，足足喊了她兒子三年。後來轉了學，才算躲掉這個巫婆……話說回來，母親愛兒子，那眞是怎麼樣也忘不掉的。」

「那是在哪裏的時候？」

「酆都縣。現在我有時還夢見她。」

「夢見你同學？」

「不是。夢見他媽媽。」

上風處有人在祭墳。一個女人。哭得怪淒厲的。蕁麻草在雨裏直霎眼睛。一隻野狗在坡頂邊走邊嗅。隱隱地，許多小亡魂在呼喚他們的姆媽。這裏的幼稚園冷而且潮濕，而且沒有人在做遊戲。只有清明節，才有家長來接他們回去。正是下午四點，吃點心的時候。小肚子又冷又餓哪。海神按時敲他的喪鐘。無所謂上課。無所謂下課。雖然海神敲淒其的喪鐘，按時。

「上午上的什麼課？」

「英詩，莎士比亞的 **Fear No More** 和 **Full Fathom Five**。同學們不知道爲什麼要選這兩首詩。**Sea nymphs hourly ring**……好了，好了，夠深了。輕一點，輕一點，不要碰……」

大鏟大鏟的黑泥撲向土坑。很快地，白木小棺便不見了。我的心抖了一下。一扇鐵門向我關過來。

「回去吧，」我的同伴在傘下喊我。

4

文興：

接到你自雪封的愛奧華城寄來的信，非常爲你高興。高興你竟在零下的異國享受熊熊的愛情。握著小情人的手，踏過白晶晶的雪地，踏碎滿地的黃橡葉子。風來時，翻起大衣的貂皮領子，看雪花落在她的帽簷上。我可以想見你的快意，因為我也曾在那座小小的大學城裏，被禁於六角形蓋成的白宮。易地而居，此心想必相同。

我卻困在森冷的雨季之中。有雪的一切煩惱，但沒有雪的爽白和美麗。濕天潮地，雨氣蒸浮，充盈空間的每一個角落。木麻黃和油加利樹的頭髮全濕透了，天一黑，交疊的樹影裏擰得出秋的膽汁。伸出腳掌，你將踩不到一寸乾土。伸出手掌，涼蠕蠕的淚就滴入你的掌心。太陽和太陰皆已篡位。每一天都是日蝕。每一夜都是月蝕。雨雲垂翼在這座本就無歡的都市上空，一若要孵出一隻凶年。長此以往，我的肺裏將可聞蛃群的悲吟，蟑螂亦將順我的脊椎而上。

在信裏你曾向我預賀一個嬰孩的誕生。我不知道該怎麼回答你。我只能告訴你，那嬰孩是誕生了，但不在這屋頂下面。他屋頂比這矮小得多。他睡得很熟，在一張異常舒適的小榻上。總之我已經將他全部交給了戶外的雨季。那裏沒有門牌，也無分晝夜。那是一所非常安靜的幼稚園，沒有鞦韆，也沒有盪船。在一座高高的山頂，可以俯瞰海岸。海神每小時搖一次鈴鐺。雨地裏，腐爛的薰草化成螢，死去的螢流動著神經質的碧燐。不久他便要捐給不息的大化，匯入草下的凍土，營養九莖的靈芝或是野地的荊棘。掃墓人去後，旋風吹散了紙馬，馬踏著雲。秋墳的絡絲娘唱李賀的詩，所有的耳朵都淒然豎起。百年老鴞修鍊成木魅，和山魈爭食祭墳的殘肴。驀然，萬籟流竄，幼稚園恢復原始的寂靜。空中迴盪著詩人母親的厲斥：

是兒要嘔出心乃已耳！

最反對寫詩的總是詩人的母親。我的母親已經不能反對我了。她已經在浮圖下聆聽了五年，聽殿上的青銅鐘搖撼一個又一個的黃昏，當幽魂們從塔底啾啾地飛起，如一群畏光的蝙蝠。母親。母親。最悅耳的音樂該是木魚伴奏著銅磬。雨在這裏下著。雨在遠方的海上下著。雨在公墓的小墳頂，墳頂的野雛菊上下著。雨在母親的塔上下著。雨在海峽的這裏下著雨在海峽的那邊，也下著雨。巴山夜雨。雨在二十年前下著的雨在二十年後也一樣地下著，這雨。桐油燈下讀古文的孩子。雨下得更大了。雨聲中喚孩子去睡覺的母親。同一盞桐油燈下，爲我紮鞋底的母親。氧化成灰燼的，一吹就散的母親。巴山的秋雨漲肥了秋池。少年聽雨巴山上。桐油燈支撐黑穹穹的荒涼。（而今聽雨僧廬下，鬢已星星也？）中年聽雨，聽鬼雨如號，淋在孩子的新墳上，淋在母親的古塔上，淋在蒼茫的回憶回憶之上。雨更加猖狂。屋瓦騰騰地跳著。空屋的心臟病忐忑到高潮。妻在產科醫院的樓上，聽鬼雨叩窗，混合著一張小嘴喊媽媽的聲音。父親輾轉在風濕的床上，咳聲微弱，沉沒在浪浪的雨聲之中。一切都離我倦遠，今夜，又離我倦近。今夜的雨裏充滿了鬼魂。濕漓漓，陰沉沉，黑淋淋，冷冷清清，慘慘淒淒切切。今夜的雨裏充滿了尋尋覓覓，今夜這鬼雨。落在蓮池上，這鬼雨，落在落盡蓮花的斷肢斷肢上。連蓮花也有誅九族的悲劇啊。蓮蓮相連，蓮瓣的千指握住了一個夏天，又放走了一個夏天。現在是秋夜的鬼雨，嘩嘩落在碎萍的水面，如一個亂髮盲睛的蕭邦在虐待千鍵的鋼琴。許多被鞭笞的靈魂在雨地裏哀求大赦。魑魅呼喊著魍魎回答著魑魅。月蝕夜，迷路的白狐倒斃，在青狸的屍旁。竹黃。池冷。芙蓉死。地下水腐蝕了太眞的鼻和上唇。西陵下，風吹雨，黃泉醞釀著空前的政變，芙蓉如面。蔽天覆地，黑風黑雨從破穹破蒼的裂隙中崩潰了下來，八方四面，從羅盤上所有的方位向我們倒下，搗下，倒下。女媧煉石補天處，女媧坐在彩石上絕望地呼號。《石頭記》的斷線殘編。石頭城也氾濫著六朝的鬼雨。鬱孤臺下，馬嵬坡上，羊公碑前，落多少行人的淚。也落在湘水。也落在瀟水。也落在蘇小小的西湖。黑風黑雨打熄了冷翠燭，在蘇小小的小小的石墓。瀟瀟的鬼雨從大禹的時代便瀟瀟下起。雨落在中國的泥土上。雨滲入中國的地層下。中國的歷史浸滿了雨漬。似乎從石器時代到現在，同一個敏感的靈魂，在不同的軀體裏忍受無盡的荒寂和震驚。哭過了曼卿，滁州太守也加入白骨的行列。哭濕了青衫，江州司馬也變成苦竹和黃蘆。即使是王子喬，也帶不走李白和他的酒瓶。今夜的雨中浮多少蚯蚓。

這已是信箋的邊緣了。盲目的夜裏摸索著盲目的風雨。一切都黯然，只有鬍髭在唇下茁長。明晨，我剃刀的青刃將享受一頓豐收的早餐。這輕飄飄的國際郵簡，亦將衝出厚厚的雨雲，在孔雀藍的晴脆裏向東飛行了。

光中　十二月九日

——一九六三年十二月十日

（《文星》第七十五期）

——選自一九六五年《逍遙遊》

逍遙遊

如果你有逸興作太清的逍遙遊行，如果你想在十二宮中緣黃道而散步，如果在藍石英的幻境中你欲冉冉昇起，蟬蛻蝶化，遺忘不快的自己，總而言之，如果你何幸患上，如果你不幸患了「觀星癖」的話，則今夕，偏偏是今夕，你竟不能與我並觀神話之墟，實在是太可惜太可惜了。

我的觀星，信目所之，純然是無爲的。兩睫交瞬之頃，一瞥往返大千，御風而行，泠然善也，泠然善也。原非古代的太史，若有什麼冒失的客星，將毛足加諸皇帝的隆腹，也不用我來煩心。也不是原始的舟子，無須在霧氣瀰漫的海上，裂眥辨認北極的天蒂。更非現代的天文學家或太空人，無須分析光譜或駕駛衛星。科學向太空看，看人類的未來，看月球的新殖民地，看地球人與火星人不可思議的星際戰爭。我向太空看，看人類的過去，看占星學與天宮圖，祭司的夢，酋長的迷信。

於是大度山從平地湧起，將我舉向星際，向萬籟之上，霓虹之上。太陽統治了鐘錶的世界。但此地，夜猶未央，光族在鐘錶之外閃爍。億兆部落的光族，在令人目眩的距離，交射如是微渺的清輝。半克拉的孔雀石。七分一的黃玉扇墜。千分之一克拉的血胎瑪瑙。盤古斧下的金剛石鑛，天文學採不完萬分之一。天河蜿蜒著敏感的神經，首尾相銜，傳播高速而精緻的觸覺，南天穹的星閥熱烈而顯赫地張著光幟，一等星、二等星、三等星，爭相炫耀他們的家譜，從 Alpha 到 Beta 到 Zeta 到 Omega，串起如是的輝煌，迤邐而下，尾掃南方的地平。亙古不散的假面舞會，除偶儻不羈的彗星，除愛放煙火的殞星，除垂下黑面紗的朔月之外，星圖上的姓名全部亮起。后羿的逃妻所見如此。自大狂的李白，自虐狂的李賀所見如此。利瑪竇和徐光啓所見亦莫不如此。星象是一種最晦澀的燦爛。

北天的星貌森嚴而冷峻，若陽光不及的冰柱。最壯麗的是北斗七星。這局棋下得令人目搖心悸，大惑不解。自有八卦以來，任誰也挪不動一隻棋子，從天樞到瑤光，永恆的顏面億代不移。棋局未終，觀棋的人類一代代死去。維北有斗，不可以挹酒漿。聖人以前，詩人早有這狂想。想你在平曠的北方，峨巍地昇起，闊大的斗魁上斜著偌長的斗柄，但不能酌一滴飲早期的詩人。那是天眞的時代，聖人未生，青牛未西行。那是青銅時代，雲夢的瘴癘未開，魚龍遵守大禹的秩序，吳市的吹簫客白髮未白。那是多神的時代，漢族會唱歌的時代，摽有梅野有蔓草，自由戀愛的時代。快樂的 Pre-Confucian 的時代。

百仞下，臺中的燈網交織現代的夜。濕紅流碧，林蔭道的彼端，霓虹莖連的繁華。腳下是，不快樂的 Post-Confucian 的時代。鳳凰不至，麒麟絕跡，龍只是觀光事業的商標。八佾在龍山寺淒涼地舞著。聖裔饕餮著國家的奉祿。龍種流落在海外。《詩經》蟹行成英文。誰謂河廣，一葦杭之。招商局的噸位何止一葦，奈何河廣如是，淺淺的海峽隔絕如是！人人盡說江南好，遊人只合江南老。今人竟羨古人能老於江南。江南可哀，可哀的江南。惟庾信頭白在江南之北，我們頭白在江南之南。嘉陵江上，聽了八年的鷓鴣，想了八年的后湖，后湖的黃鸝。過了十五個颱風季，淡水河上，並蜀江的鷓鴣亦不可聞。帝遣巫陽招魂，在海南島上，招北宋的詩人。「魂兮歸來，南方不可以止些！」這裏已是中國的至南，雁陣驚寒，也不越淺淺的海峽。雁陣向衡山南下。逃亡潮沖擊著香港。留學女生向東北飛，成群的孔雀向東北飛，向新大陸。有一種候鳥只去不回。

怒而飛，其翼若垂天之雲，摶扶搖而上者九萬里。噴射機在雲上滑雪，多逍遙的遊行！曾經，我們也是泱泱的上國，萬邦來朝，皓首的蘇武典多少屬國。長安矗第八世紀的紐約，西來的駝隊，風砂的軟蹄踏大漢的紅塵。曾幾何時，五陵少年竟亦洗碟子，端菜盤，背負摩天樓沉重的陰影。而那些長安的麗人，不去長堤，便深陷書城之中，將自己的青春編進洋裝書的目錄。當你的情人已改名瑪麗，你怎能送她一首〈菩薩蠻〉？歷史健忘，難爲情的，是患了歷史感的個人。三十六歲，常懷千歲的憂愁。千歲前，宋朝第一任天子剛登基，黃袍猶新，一朵芬芳的文化欲綻放。歐洲在深邃的中世紀深處冬眠，拉丁文的祈禱有若夢囈。知晦朔的朝菌最可悲。八股文。裹腳巾。阿Q的辮子。鴉片的毒氛。租界流滿了慘案流滿了租界。大國的青睞翻成了白眼。小國反覆著排華運動。朝菌死去，留下更陰濕的朝菌，而晦朔猶長，夜猶未央。東方的大帝國紛紛死去。巴比倫死去。波斯和印度死去。亞洲橫陳史前獸的遺骸，考古家的樂園是廢墟。南有冥靈，以五百歲為春，五百歲為秋。惠蛄啊惠蛄，我們是閱歷春秋的惠蛄。不，我們閱歷的，是戰國，是軍閥，是太陽旗，是彎彎的鐮刀如月。

夜涼如浸。蟲吟如泣。星子的神經系統上，掙扎著許多折翅的光源，如果你使勁擰天蠍的毒尾，所有的星子都會呼痛。但那只是一瞬間的幻覺罷了。天蒼蒼何高也，絕望的手臂豈得而捫之？永恆仍然在拍打密碼，不可改不可解的密碼，自補天自屠日以來，就寫在那上面，那種燐質的形象！似乎在說：就是這個意思。不周山傾時天柱傾時是這個意思。長城下，運河邊是這個意思。揚州和嘉定的大屠城是這個意思。蘆溝橋上，重慶的山洞裏，莫非是這個意思。然則御風飛行，泠然善乎，泠然善乎？然則孔雀東北飛，是逍遙遊乎，是行路難乎？曾經，也在密西西比的岸邊，一座典型的大學城裏，面對無歡的西餐，停杯投叉，不能卒食。曾經，立在密歇根湖岸的風中，看冷冷的日色下，鋼鐵的芝城森寒而黛青。日近，長安遠。迷失的五陵少年，鼻酸如四川的泡菜。曾經啊，無寐的冬夕，立在雪霽的星空下，流淚想剛死的母親，想初出世的孩子。但不曾想到，死去的不是母親，是古中國，初生的不是女嬰，是五四。噴射雲兩日的航程，感情上飛越半個世紀。總是這樣。松山之後是東京之後是阿拉斯加是西雅圖。上有青冥之長天，下有淥水之波瀾。長風破浪，雲帆可濟滄海。行路難。行路難。滄海的彼岸，是雪封的思鄉症，是冷冷清清的聖誕，空空洞洞的信箱，和更空洞的學位。

是的，這是行路難的時代。逍遙遊，只是范蠡的傳說。東行不易，北歸更加艱難。兵燹過後，江南江北，可以想見有多荒涼。第二度去國的前夕，曾去佛寺的塔影下祭告先人的骨灰。鏽銅鐘敲醒的記憶裏，二百根骨骼重歷六年前的痛楚。六年了！前半生的我陪葬在這小木匣裏。我生在王國維投水的次年。封閉在此中的，是淪陷區的歲月，抗戰的歲月，倉皇南奔的歲月，行路難的記憶，逍遙遊的幻想。十歲的男孩，已經嚥下國破的苦澀。高淳古剎的香案下，聽一夜婦孺的驚呼和悲啼。太陽旗和游擊隊拉鋸戰的地區，白晝匿太湖的蘆葦叢中，日落後才搖櫓歸岸，始免於鋸齒之噬。舟沉太湖，母與子抱寶丹橋礎始免於溺死。然後是上海的法租界。然後是香港海上的新年。滇越路的火車上，覽富良江岸的桃花桃花。高亢的昆明。險峻的山路。母子顛簸成兩隻黃魚。然後是海棠溪的渡船，重慶的團圓。月圓時的空襲，迫人疏散。於是六年的中學生活開始，草鞋磨穿，在悅來場的青石板路。令人涕下的抗戰歌謠。令人近視的教科書和油燈。桐油燈的昏焰下，背新誦的古文，向鬢猶未斑的父親，向紮鞋底的母親，伴著瓦上急驟的秋雨急驟地灌肥巴山的秋池……鐘聲的餘音裏，黃昏已到寺，黑僧衣的蝙蝠從逝去的日子裏神經質地飛來。這是臺北的郊外，觀音山已經臥下來休憩。

栩栩然蝴蝶。蘧蘧然莊周。巴山雨。臺北鐘。巴山夜雨。拭目再看時，已經有三個小女孩喊我父親。熟悉的陌生，陌生的變成熟悉。千級的雲梯下，未完的出國手續待我去完成。將有遠遊。將經歷更多的關山難越，在異域。又是松山機場的揮別，東京御河的天鵝，太平洋的雲層，芝加哥的黃葉。六年後，北太平洋的卷雲，猶卷著六年前乳色的輕羅。初秋的天一天比一天高。初秋的雲，一片比一片白淨比一片輕。裁下來，宜繪唐寅的扇面，題杜牧的七絕。且任它飛去，且任它羽化飛去。想這已是秋天了，內陸的藍空把地平都牧得很遼很遠。北方的黃土平野上，正是馳馬射鵰的季節。鵰落下。雁落下。蕭蕭的紅葉紅葉啊落下，自楓林。於是下面是冷碧零丁的吳江。於是上面，只剩下白寥寥的無限長的楚天。怎麼又是九月又是九月了呢？木蘭舟中，該有楚客扣舷而歌，「悲哉秋之爲氣也，憭慄兮若在遠行！」

遠行。遠行。念此際，另一個大陸的秋天，成熟得多美麗。碧雲天。黃葉地。愛奧華的黑土沃原上，所有的瓜該又重又肥了。印第安人的落日熟透時，自摩天樓的窗前滾下。當暝色登上樓的電梯，必有人在樓上憂愁。摩天三十六層樓，我將在哪一層朗吟〈登樓賦〉？可想到，即最高的一層，也眺不到長安？當我懷鄉，我懷的是大陸的母體，啊，《詩經》中的北國，《楚辭》中的南方！當我死時，願江南的春泥覆蓋在我的身上，當我死時。

當我死時。當我生時。當我在東南的天地間漂泊。戰爭正在海峽裏焚燒。餓莩和凍死骨陳屍在中原。黃巾之後有董卓的魚肚白有安祿山的魚肚白後有赤眉有黃巢有白蓮。始皇帝的赤焰們在高呼，戰神萬歲！戰爭燃燒著時間燃燒著我們，燃燒著你們的鬚髮我們的眉睫。當我死時，老人星該垂下白髯，戰火燒不掉的白髯，爲我守墳。吾所以有大患者，爲吾有身。當我物化，當我歸彼大荒，我必歸彼芥子歸彼須彌歸彼地下之水空中之雲。但在那之前，我必須塑造歷史，塑造自己的花崗石面，當時間在我的呼吸中燃燒。當我的三十六歲在此刻燃燒在筆尖燃燒在創造創造裏燃燒。當我狂吟，黑暗應匍匐靜聽，黑暗應見我鬚髮奮張，爲了痛苦地歡欣地熱烈而又冷寂地迎接且抗拒時間的巨火，火焰向上，挾我的長髮挾我如翼的長髮而飛騰。敢在時間裏自焚，必在永恆裏結晶。

維北有斗，不可以挹酒漿。有一種瘋狂的歷史感在我體內燃燒，傾北斗之酒亦無法燒熄。有一種時間的鄉愁無藥可醫。臺中的夜市在山麓奇幻地閃爍，紫水晶的盤中霎著瑪瑙的眼睛。相思林和鳳凰木外，長途巴士沉沉地自遠方來，向遠方去，一若公路起伏的鼾息。空中瀰漫著露滴的涼意，和新割過的草根的清香。當它沛沛然注入肺葉，我的感覺遂透徹而無礙，若火山腳下，一塊純白多孔的浮石。清醒是幸福的。未來的大劫中，惟清醒可保自由。星空的氣候是清醒的秩序。星空無限，大羅盤的星空啊，創宇宙的抽象大壁畫，玄妙而又奧祕，百思不解而又百讀不厭，而又美麗得令人絕望地讚歎。天河的巨瀑噴灑而下，蒸起螺旋的星雲和星雲，但水聲敻渺得永不可聞。光在卵形的空間無休止地飛啊飛，在天河的漩渦裏作星際航行，無所謂現代，無所謂古典，無所謂寒武紀或冰河時期。美麗的卵形裏誕生了光，千輪太陽，千隻碩大的蛋黃。美麗的卵形誕生了我，亦誕生后稷和海倫。七夕已過，織女的機杼猶紡織多纖細的青白色的光絲。五千年外，指環星雲猶謎樣在旋轉。這婚禮永遠在準備，織雲錦的新娘永遠年輕。五千年前，我的五立方的祖先正在崑崙山下正在黃河源濯足。然則我是誰呢？我是誰呢？呼聲落在無回音的，島宇宙的邊陲。我是誰呢？我——是——誰？一瞬間，所有的光都息羽回顧，蝟集在我的睫下。你不是誰，光說，你是一切。你是侏儒中的侏儒，至小中的至小。但你是一切。你的魂魄烙著北京人全部的夢魘和恐懼。只要你願意，你便立在歷史的中流。在戰爭之上，你應舉起自己的筆，在饑饉在黑死病之上。星裔羅列，虛懸於永恆的一頂皇冠，多少克拉多少克拉的榮耀，可以爲智者爲勇者加冕，爲你加冕。如果你保持清醒，而且屹立得夠久。你是空無。你是一切。無回音的大眞空中，光，如是說。

——一九六四年八月二十日於臺北
（《文星》第八十三期）

——選自一九六五年《逍遙遊》

望鄉的牧神

那年的秋季特別長，一直拖到感恩節，還不落雪。事後大家都說，那年的冬季，也不像往年那麼長，那麼嚴厲。雪是下了，但不像那麼深，那麼頻。幸好聖誕節的一場還積得夠厚，否則聖誕老人就顯得狼狽失措了。

那年的秋季，我剛剛結束了一年浪遊式的講學，告別了第三十三張席夢思，回到密歇根來定居。許多好朋友都在美國，但黃用和華苓在愛奧華，梨華遠在紐約，一個長途電話能令人破產。咪咪手續未備，還阻隔半個大陸加一個海加一個海關。航空郵簡是一種遲緩的箭，射到對海，火早已熄了，餘燼顯得特別冷。

那年的秋季，顯得特別長。草，在漸漸寒冷的天氣裏，久久不枯。空氣又乾，又爽，又脆。站在下風的地方，可以嗅出樹葉，滿林子樹葉散播的死訊，以及整個中西部成熟後的體香。中西部的秋季，是一場彌月不熄的野火，從淺黃到血紅到暗赭到鬱沉沉的濃栗，從愛奧華一直燒到俄亥俄，夜以繼日以繼夜地維持好幾十郡的燦爛。雲羅張在特別潔淨的藍虛藍無上，白得特別惹眼。誰要用剪刀去剪，一定裝滿好幾籮筐。

那年的秋季特別長，像一段雛形的永恆。我幾乎以爲，站在四圍的秋色裏，那種圓溜溜的成熟感，會永遠懸在那裏，不墜下來。終於一切瓜一切果都過肥過重了，從腴沃中昇起來的仍垂向腴沃。每到黃昏，太陽也垂垂落向南瓜田裏，紅橙橙的，一隻熟得不能再熟下去的，特大號的南瓜。日子就像這樣過去。晴天之後仍然是晴天之後仍然是完整無憾飽滿得不能再飽滿的晴天，敲上去會敲出音樂來的稀金屬的晴天。就這樣微酩地飲著清醒的秋季，好怎麼不好，就是太寂寞了。在西密歇根大學，開了三門課，我有足夠的時間看書，寫信。但更多的時間，我用來幻想，而且回憶，回憶在有一個島上做過的有意義和無意義的事情，一直到半夜，到半夜以後。有些事情，曾經恨過的，再恨一次；曾經戀過的，再戀一次；有些無聊，甚至再無聊一次。一切都離我很久，很遠。我不知道，我的寂寞應該以時間或空間爲半徑。就這樣，我獨自坐到午夜以後，看窗外的夜比聖經舊約更黑，萬籟俱死之中，聽兩頰的鬍髭無賴地長著，應和著腕錶巡迴的秒針。

這樣說，你就明白了。那年的秋季特別長。我不過是個客座教授，悠悠盪盪的，無掛無牽。我的生活就像一部翻譯小說，情節不多，氣氛很濃；也有其現實的一面，但那是異國的現實，不算數的。例如汽車保險到期了，明天要記得打電話給那家保險公司；公寓的郵差怪可親的，聖誕節要不要送他件小禮品等等。究竟只是一部翻譯小說，氣氛再濃，只能當做一場逼眞的夢罷了。而尤其可笑的是，讀來讀去。連一個女主角也不見。男主角又如此地無味。這部惡漢體的（picaresque）小說，應該是沒有銷路的。不成其爲配角的配角，倒有幾位。勞悌芬便是其中的一位。在我教過的一百六十幾個美國大孩子之中，勞悌芬和其他少數幾位，大概會長久留在我的回憶裏。一切都是巧合。有一個黑髮的東方人，去到密歇根。恰巧會到那一個大學。恰巧那一年，有一個金髮的美國青年，也在那大學裏。恰巧金髮選了黑髮的課。恰巧誰也不討厭誰。於是金髮出現在那部翻譯小說裏。

那年的秋季，本來應該更長更長的。是勞悌芬，使它顯得不那樣長。勞悌芬，是我給金髮取的中文名字。他的本名是 Stephen Cloud。一個姓雲的人，應該是灑脫的。勞悌芬倒不怎麼灑脫。他毋甯是有些靦腆的，不像班上其他的男孩，愛逗著女同學說笑。他也愛笑，但大半是坐在後排，大家都笑時他也參加笑，會笑得有些臉紅。後來我才發現他是戴隱形眼鏡的。

同時，秋季愈益深了。女學生們開始穿大衣來教室。上課的時候，掌大的楓樹落葉，會簌簌叩打大幅的玻璃窗。我仍記得，那天早晨剛落過霜，我正講到杜甫的「秋來相顧尙飄蓬」。忽然瞥見紅葉黃葉之上，聯邦的星條旗飂在獵獵的風中，一種摧心折骨的無邊秋感，自頭蓋骨一直痲到十個指尖。有三四秒鐘我說不出話來。但臉上的顏色一定洩漏了什麼。下了課，勞悌芬走過來，問我週末有沒有約會。當我的回答是否定時，他說：

「我家在農場上，此地南去四十多哩。星期天就是萬聖節了。如果你有興致，我想請你去住兩三天。」

所以三天後，我就坐在他西德產的小汽車右座，向南方出發了。十月底的一個半下午，小陽春停在最美的焦距上，濕度至小，能見度至大，風景呈現最清晰的輪廓。出了卡拉馬如（Kalamazoo），密歇根南部的大平原撫得好空好闊，浩浩乎如一片陸海，偶然的農莊和叢樹散佈如列嶼。在這樣響噹噹的晴朗裏，這樣高速這樣平穩地馳騁，令人幻覺是在駕駛遊艇。一切都退得很遠，騰出最開敞的空間，讓你迴旋。秋，確是奇妙的季節。每個人都幻覺自己像兩萬呎高的卷雲那麼輕，一大張卷雲捲起來稱一稱也不過幾磅。又像空氣那麼透明，連憂愁也是薄薄的，用裁紙刀這麼一裁就裁開了。公路，像一條有魔術的白地氈，在車頭前面不斷舒展，同時在車尾不斷捲起。

如是捲了二十幾哩，西德的小車在一面小湖旁停了下來。密歇根原是千湖之州，五大湖之間尚有無數小澤。像其他的小澤一樣，面前的這個湖藍得染人肝肺。立在湖邊，對著滿滿的湖水，似乎有一隻幻異的藍眼瞳在施術催眠，令人意識到一種不安的美。所以說秋是難解的。秋是一種不可置信而居然延長了這麼久的奇蹟，總令人覺得有點不妥。就像此刻，秋色四面，上面是土耳其玉的天穹，下面是普魯士藍的清澄，風起時，滿楓林的葉子滾動香熟的燦陽，髣髴打翻了一匣子的瑪瑙。莫內和席思禮死了，印象主義的畫面永生。

這只是剎那的感覺罷了。下一刻，我發現勞悌芬在喊我。他站在一株大黑橡下面。赤褐如焦的橡葉叢底，露出一間白漆木板釘成的小屋。走進去，才發現是一爿小雜貨店。陳設古樸可笑，饒有殖民時期風味。西洋杉鋪成的地板，走過時軋軋有聲。這種小鋪子在城市裏是已經絕跡了。店主是一個滿臉斑點的胖婦人。勞悌芬向她買了十幾根紅白相間的竿竿糖，滿意地和我走出店來。

橡葉蕭蕭，風中甚有寒意。我們趕回車上，重新上路。勞悌芬把糖袋子遞過來，任我抽了兩根。糖味不太甜，有點薄荷在裏面，嚼起來倒也津津可口。勞悌芬解釋說：

「你知道，老太婆那家小店，開了十幾年了，生意不好，也不關門。讀初中起，我就認得她了，也不覺得她的糖有什麼好吃。後來去卡拉馬如上大學，每次回家，一定找她聊天，同時買點糖吃，讓她高興高興。現在居然成了習慣，每到週末，就想起薄荷糖來了。」

「是滿好吃。再給我一根。你也是，別的男孩子一到週末就約 chic 去了，你倒去看祖母。」

勞悌芬紅著臉傻笑。過了一會，他說：

「女孩子麻煩。她們喝酒，還做好多別的事。」

「我們班上的好像都很乖。例如路絲——」

「嗯，滿嘴的存在主義什麼的，好煩。還不如那個老婆婆坦白！」

「你不像其他的美國男孩子。」

勞悌芬聳聳肩，接著又傻笑起來。一輛貨車擋在前面，他一踩油門，超了過去。把一袋糖吃光，就到了勞悌芬的家了。太陽已經偏西。夕照正當紅漆的倉庫，特別顯得明豔映頰。勞悌芬把車停在兩層的木屋前，和他父親的旅行車並列在一起。一個豐碩的婦人從屋裏探頭出來，大呼說：

「Steve！我曉得是你！怎麼這樣晚才回來！風好冷，快進來吧！」

勞悌芬把我介紹給他的父母，和弟弟侯伯（Herbert）。終於大家在晚餐桌邊坐定。這才發現，他的父親不過五十歲，已然滿頭白髮，可是白得整齊而潔淨，反而為他清瘦的面容增添光輝。侯伯是一個很漂亮的，伶手俐腳的小夥子。但形成晚餐桌上暖洋洋的氣氛的，還是他的母親。她是一個胸脯寬闊，眸光親切的婦人，笑起來時，啓露白而齊的齒光，映得滿座粲然。她一直忙著傳遞盤碟。看見我飲牛奶時狐疑的臉色，她說：

「味道有點怪，是不是？這是我們自己的母牛擠的奶，原奶，和超級市場上買到的不同。等會你再嘗嘗我們自己的榨蘋果汁看。」

「你們好像不喝酒，」我說。

「爸爸不要我們喝，」勞悌芬看了父親一瞥。「我們只喝牛奶。」

「我們是清教徒，」他父親瞇著眼睛說。「不喝酒，不抽煙。從我的祖父起就是這樣子。」

接著他母親站起來，移走滿桌子殘肴，為大家端來一碟碟南瓜餅。

「Steve，」他母親說。「明天晚上湯普森家的孩子們說了要來鬧節的。『不招待，就作怪』，余先生聽說過吧？糖倒是準備了好幾包。就缺一盞南瓜燈。地下室有三四隻空南瓜，你等會去挑一隻雕一雕。我要去擠牛奶了。」

等他父親也吃罷南瓜餅，起身去牛欄裏幫他母親擠奶時，勞悌芬便到地下室去。不久，他捧了一隻臉盆大小的空乾南瓜來，開始雕起假面來。他在上端先開了兩隻菱形的眼睛，再向中部挖出一隻鼻子，最後，又挖了一張新月形的闊嘴，嘴角向上。接著他把假面推到我的面前，問我像不像。相了一會，我說：

「嘴好像太小了。」

於是他又把嘴向兩邊開得更大。然後他說：

「我們把它放到外面去吧。」

我們推門出去。他把南瓜臉放在走廊的地板上，從夾克的大口袋裏掏出一截白蠟燭，塞到蒂眼裏，企圖把它燃起。風又急又冷，一吹，就熄了。徒然試了幾次，他說：

「算了，明晚再點吧。我們早點睡。明天還要去打野兔子呢。」

第二天下午，我們果然背著獵槍，去打獵了。這在我說來，是有點滑稽的。我從來沒有打獵的經驗。軍訓課上，是射過幾發子彈，但距離紅心不曉得有好遠。勞悌芬卻興致勃勃，堅持要去。

「上個週末沒有回家。再上個週末，幫爸爸駕收割機收黃豆。一直沒有機會到後面的林子裏去。」

勞悌芬穿了一件粗帆布的寬大夾克，長及膝蓋，闊腰帶一束，顯得五呎十吋上下的身材，分外英挺。他把較舊式的一把獵槍遞給我，說：

「就湊合著用一下吧。一九五八年出品，本來是我弟弟用的。」看見我猶豫的臉色，他笑笑說：「放鬆一點。只要不向我身上打就行。很有趣的，你不妨試試看。」

我原有一肚子的話要問他。可是他已經領先向屋後的橡樹林欣然出發了。我端著槍跟上去。兩人繞過黃白相間的耿西牛群的牧地，走上了小木橋彼端的小土徑，在猶青的亂草叢中蜿蜒而行。天氣依然爽朗朗地晴。風已轉弱，陽光不轉瞬地凝視著平野，但空氣拂在肌膚上，依然冷得人神志清醒，反應敏銳。舞了一天一夜的斑斕樹葉，都懸在空際，浴在陽光金黃的好脾氣中。這樣美好而完整的靜謐，用一發獵槍子彈給炸碎了，豈不是可惜。

「一隻野兔也不見呢，」我說。

「別慌。到前面的橡樹叢裏去等等看。」

我們繼續往前走。我努力向野草叢中搜索，企圖在勞悌芬之前發現什麼風吹草動；如此，我雖未必能打中什麼，至少可以提醒我的同伴。這樣想著，我就緊緊追上了勞悌芬。驀地，我的獵伴舉起槍來，接著耳邊炸開了一聲脆而短的驟響。一樣毛茸茸的灰黃的物體從十幾碼外的黑橡樹上墜了下來。

「打中了！打中了！」勞悌芬向那邊奔過去。

「是什麼？」我追過去。

等到我趕上他時，他正揮著槍柄在追打什麼。然後我發現草坡下，勞悌芬腳邊的一個橡樹窟窿裏，一隻松鼠尚在抽搐。不到半分鐘，它就完全靜止了。

「死了，」勞悌芬說。

「可憐的小傢伙，」我搖搖頭。我一向喜歡松鼠。以前在愛奧華念書的時候，我常愛從紅磚的古樓上，俯瞰這些長尾多毛的小動物，在修得平整的草地上嬉戲。我尤其愛看它們躬身而立，捧食松果的樣子。勞悌芬撿起松鼠。它的右腿滲出血來，修長的尾巴垂著死亡。勞悌芬拉起一把草，把血斑拭去說：

「它掉下來，帶著傷，想逃到樹洞裏去躲起來。這小東西好聰明。帶回去給我父親剝皮也好。」

他把死松鼠放進夾克的大口袋裏，重新端起了槍。

「我們去那邊的樹林子裏再找找看，」他指著半哩外的一片赤金和鮮黃。想起還沒有慶賀獵人，我說：

「好準的槍法，剛才！跟本沒有看見你瞄準，怎麼它就掉下來了。」

「我愛玩槍。在學校裏，我還是預備軍官訓練隊的上校呢。每年冬季，我都帶侯伯去北部的半島打鹿。這一向眼睛差了。隱形眼鏡還沒有戴慣。」

這才注意到勞悌芬的眸子是灰濛濛的，中間透出淡綠色的光澤。我們越過十二號公路。岑寂的秋色裏，去芝加哥的車輛迅疾地掃過，曳著輪胎磨地的，和掠過你身邊時的風聲。一輛農場的拖拉機，滾著齒漕深凹的大輪子，施施然輾過，車尾揚著一面小紅旗。勞悌芬對車上的老叟揮揮手。

「是湯普森家的丈人，」他說。

「車上插面紅旗子幹嘛？」

「哦，是州公路局規定的。農場上的拖拉機之類，在公路上穿來穿去，開得太慢，怕普通車輛從後面撞上去。掛一面紅旗，老遠就看見了。」

說著，我們一腳高一腳低走進了好大一片剛收割過的田地。阡陌間歪歪斜斜地還留著一行行的殘梗，零零星星的豆粒，落在乾燥的土塊裏。劳悌芬隨手折起一片豆莢，把莢剝開。淡黃的豆粒滾入了他的掌心。

「這是湯普森家的黃豆田。嘗嘗看，很香的。」

我接過他手中的豆子，開始嘗起來。他折了更多的豆莢，一片一片地剝著。兩人把嚼不碎的豆子吐出來。無意間，我哼起「高粱肥，大豆香，遍地黃金少災殃……」

「嘿，那是什麼？」劳悌芬笑起來。

「二次大戰時大家都唱的一首歌……那時我們都是小孩子。」說著，我的鼻子酸了起來。兩人走出了大豆田，又越過一片尚未收割的玉蜀黍。劳悌芬停下來，笑得很神祕。過了一會，他說：

「你聽聽看，看能聽見什麼。」

我當眞聽了一會。什麼也沒有聽見。風已經很微。偶爾，玉蜀黍的乾穗殼，和鄰株磨出一絲窸窣。劳悌芬的淺灰綠瞳子向我發出問詢。

我茫然搖搖頭。

他又闊笑起來。

「玉米田，多耳朵。有祕密，莫要說。」

我也笑起來。

「這是雙關語，」他笑道。「我們英語管玉米穗叫耳朵。好多笑話都從它編起。」

接著兩人又默然了。經他一說，果然覺得玉蜀黍幹上掛滿了耳朵。成千的耳朵都在傾聽，但下午的遺忘覆蓋一切，什麼也聽不見。一枚硬殼果從樹上跌下來，兩人嚇了一跳。勞悌芬俯身拾起來，黑褐色的硬殼已經乾裂。

「是山胡桃呢，」他說。

我們繼續向前走。雜樹林子已經在面前。不久，我們發現自己已在樹叢中了。厚厚的一層落葉鋪在我們腳下。卵形而有齒邊的是樺，瘦而多稜的是楓，橡葉則圓長而輪廓豐滿。我們踏著千葉萬葉已腐的，將腐的，乾脆欲裂的秋季向更深處走去，聽非常過癮也非常傷心的枯枝在我們體重下折斷的聲音。我們似乎踐在暴露的秋筋秋脈上。秋日下午那安靜的肅殺中，似乎，有一些什麼在我們裏面死去。最後，我們在一截斷樹幹邊坐下來。一截合抱的黑橡樹幹，橫在枯枝敗葉層層交疊的地面，龜裂的老皮形成陰鬱的圖案，記錄霜的齒印，雨的淚痕。黑眼眶的樹洞裏，覆蓋著紅葉和黃葉，有的仍有潮意。

兩人靠著斷幹斜臥下來，獵槍擱在斷柯的杈枒上。樹影重重疊疊覆在我們上面，蔽住更上面的藍穹。落下來的鏽紅蝕褐已經很多，但仍有很多的病葉，彌留在枝柯上面，猶堪支撐一座兩丈多高的鑲黃嵌赤的圓頂。無風的林間，不時有一張葉子飄飄蕩蕩地墮下。而地面，縱橫的枝葉間，會傳來一聲不甚可解的窸窣，說不出是足擾的或是腹遊的路過。

「你看，那是什麼？」我轉向勞悌芬。他順著我指點的方向看去。那是幾棵銀樺樹間一片凹下去的地面，裏面的樺葉都壓得很平。

「好大的坑，」我說。

「是鹿，」他說。「昨夜大概有鹿來睡過。這一帶有鹿。如果你住在湖邊，就會看見它們結隊去喝水。」

接著他躺了下來，枕在黑皮的樹幹上，穿著方頭皮靴的腳交疊在一起。他仰面凝視葉隙透進來的碎藍色。如是仰視著，他的臉上覆蓋著紛沓而遊移的葉影，紅的朦朧疊著黃的模糊。他的鼻樑投影在一邊的面頰上，因爲太陽已沉向西南方，被樺樹的白幹分割著的西南方，牽著一線金熔熔的地平。他的闊胸脯微微地起伏。

「Steve，你的家園多安靜可愛。我眞羨慕你。」

仰著的臉上漾開了笑容。不久，笑容靜止下來。

「是很可愛啊，但不會永遠如此。我可能給徵到越南去。」

「那樣，你去不去呢？」我說。

「如果徵到我，就必須去。」

「你——怕不怕？」

「哦，還沒有想過。美國的公路上，一年也要死五萬人呢。我怕不怕？好多人趕著結婚。我同樣地怕結婚。年紀輕輕的，就認定一個女孩，好沒意思。」

「你沒有女朋友嗎？」我問。

「沒有認眞的。」

我茫然了。躺在面前的是這樣的一個軀體，結實，美好，充溢的生命一直到指尖和趾尖。就是這樣的一個軀體，沒有愛過，也未被愛過，未被情慾燃燒過的一截空白。有一個東方人是他的朋友。冥冥中，在一個遙遠的戰場上，將有更多的東方人等著做他的仇敵。一個遙遠的戰場，那裏的樹和雲從未聽說過密歇根。

這樣想著，忽然發現天色已經晚了。金黃的夕暮淹沒了林外的平蕪。烏鴉叫得原野加倍地空曠。有誰在附近焚燒落葉，空中漫起灰白的煙來，嗅得出一種好聞的焦味。

「我們回去吃晚飯吧，」勞悌芬說。

那年的秋季特別長，似乎，萬聖節來得也特別遲。但到了萬聖節，白晝已經很短了。太陽一下去，天很快就黑了，比《聖經》的封面還黑。吃過晚飯，勞悌芬問我累不累。

「不累。一點兒也不累。從來沒有像這樣好興致。」

「我們開車去附近逛逛去。」

「好啊——今晚不是萬聖節前夕嗎？你怕不怕？」

「怕什麼？」勞悌芬笑起來。「我們可以捉兩個女巫回來。」

「對！捉回來，要她們表演怎樣騎掃帚！」

全家人都哄笑起來。勞悌芬和我穿上厚毛衫與夾克。推門出去，在寒顫的星光下，我們鑽進西德的小車。車內好冷，皮墊子冰人臀股，一切金屬品都冰人肘臂。立刻，車窗上就呵了一層翳翳的霧氣。車子上了十二號公路，速度驟增，成排的榆樹向兩側急急閃避，白腳的樹幹反映著首燈的光，但榆樹的巷子外，南密歇根的平原罩在一件神祕的黑巫衣裏。勞悌芬開了暖氣。不久，我的膝頭便感到暖烘烘了。

「今晚開車特別要小心，」勞悌芬說。「有些小孩子會結隊到鄰近的村莊去搗蛋。小孩子邊走邊說笑，在公路邊上，很容易發生車禍。今年，警察局在報上提醒家長，不要讓孩子穿深色的衣服。」

「你小時候有沒有鬧過節呢？」

「怎麼沒有？我跟侯伯鬧了好幾年。」

「怎麼一個搗蛋法？」

「哦，不給糖吃的話，就用爛泥糊在人家門口。或在窗子上畫個鬼，或者用粉筆在汽車上塗些髒話。」

「倒是滿有意思的。」

「現在漸漸不作興這樣了。父親總說，他們小時候鬧得比我們還凶。」說著，車已上了跨越大稅路的陸橋。橋下的車輛四巷來去地疾駛著，首燈閃動長長的光芒，向芝加哥，向陀里多。

「是印地安納的超級稅道。我家離州界只有七哩。」

「我知道。我在這條路上開過兩次的。」

「今晚已經到過印地安納了。我們回去吧。」

說著，勞悌芬把車子轉進一條小支道，繞路回去。

「走這條路好些，」他說。「可以看看人家的節景。」

果然遠處霎著幾星燈火。駛近時，才發現是十幾戶人家。走廊的白漆欄杆上，皆供著點燃的南瓜燈，南瓜如面，幾何形的眼鼻展覽著布拉克和畢卡索，說不清是恐怖還是滑稽。有的廊上，懸著騎帚巫的怪異剪紙。打扮得更怪異的孩子們，正在拉人家的門鈴。燈火自樓房的窗戶透出來，映出潔白的窗帷。

接著勞悌芬放鬆了油門。路的右側隱約顯出幾個矮小的人影。然後我們看出，一個是王，戴著金黃的皇冠，持著權杖，披著黑色的大氅。一個是后，戴著銀色的后冕，曳著淺紫色的衣裳。後面一個武士，手執斧鉞，不過四五歲的樣子。我們緩緩前行，等小小的朝廷越過馬路。不曉得爲什麼，武士忽然哭了起來。國王勸他不聽，氣得罵起來。還是好心的皇后把他牽了過去。

勞悌芬和我都笑起來。然後我們繼續前進。勞悌芬哼起「出埃及」中的一首歌，低沉之中帶點淒婉。我一面聽，一面數路旁的南瓜燈。最後勞悌芬說：

「那一盞是我們家的南瓜燈了。」

我們把車停在鐵絲網成的玉蜀黍圓倉前面。勞悌芬的母親應鈴來開門。我們進了木屋，一下子，便把夜的黑和冷和神祕全關在門外了。

「湯普森家的孩子們剛來過，」他的媽媽說。「愛弟裝亞述王，簡妮裝貴妃薇兒，佛萊德跟在後面，什麼也不像，連『不招待，就作怪』都說不清楚。」

「表演些什麼？」勞悌芬笑笑說。

「簡妮唱了一首歌。佛萊德什麼都不會，硬給哥哥按在地上翻了一個筋斗。」

「湯姆怎麼沒來？」

「湯姆嗎？湯姆說他已經大了，不搞這一套了。」

那年的秋季特別長，似乎可以那樣一直延續下去。那一夜，我睡在勞悌芬家樓上，想到很多事情。南密歇根的原野向遠方無限地伸長，伸進不可思議的黑色的遺忘裏。地上，有零零落落的南瓜燈。天上，秋夜的星座在人家的屋頂上電視的天線上在光年外排列百年前千年前第一個萬聖節前就是那樣的陣圖。我想得很多，很亂，很不連貫。高粱肥。大豆香。從越戰想到韓戰想到八年的抗戰。想冬天就要來了空中嗅得出雪來今年的冬天我仍將每早冷醒在單人床上。

大豆香。想大豆在密歇根香著在印地安納在俄亥俄香著的大豆在另一個大陸有沒有在香著？勞悌芬是個好男孩我從來沒有過弟弟。這部翻譯小說，愈寫愈長愈沒有情節而且男主角愈益無趣，雖然氣氛還算逼眞。南瓜餅是好吃的，比蘋果餅好吃些。高粱肥。大豆香。大豆香後又怎麼樣？我實在再也吟不下去了。我的床向秋夜的星空昇起，昇起。大豆香的下一句是什麼？

那年的秋季特別長，所以說，我一整夜都浮在一首歌上。那些尚未收割的高粱，全失眠了。這麼說，你就完全明白了，不是嗎？那年的秋季特別長。

——一九六六年十月二十四日追憶

——選自一九六八年《望鄉的牧神》

焚鶴人

一連三個下午，他守在後院子裏那叢月季花的旁邊，聚精會神做那隻風箏。全家都很興奮。全家，那就是說，包括他，雅雅，眞眞，和佩佩。一放學回家，三個女孩子等不及卸下書包，立刻奔到後院子裏來，圍住工作中的爸爸。三個孩子對這隻能飛的東西寄託很高的幻想。它已經成爲她們的話題，甚至爭論的中心。對於她們，這件事的重要性不下於太陽神八號的訪月之行，而爸爸，滿身紙屑，左手漿糊右手剪刀的那個爸爸，簡直有點太空人的味道了。

可是他的興奮，是記憶，而不是展望。記憶裏，有許多雲，許多風，許多風箏在風中升起。至渺至茫，逝去的風中逝去那些鳥的遊伴，精靈的降落傘，天使的駒。對於他，童年的定義是風箏加上舅舅加上狗和蟋蟀。最難看的天空，是充滿月光和轟炸機的天空。最漂亮的天空，是風箏季的天空。無意間發現遠方的地平線上浮著一隻風箏，那感覺，總是令人驚喜的。只要有一隻小小的風箏，立刻顯得雲樹皆有情，整幅風景立刻富有牧歌的韻味。如果你是孩子，那驚喜必然加倍。如果那風箏是你自己放上天去的，而且愈放愈高，風力愈強，那種勝利的喜悅，當然也就加倍親切而且難忘。他永遠忘不了在四川的那幾年。豐碩而慈祥的四川，山如搖籃水如奶，取之不盡，用之不竭。那時他當然不至於那麼小，只是在記憶中，總有那種感覺。那是二次大戰期間，西半球的天空，東半球的天空，機群比鳥群更多。他在高高的山國上，在寬闊的戰爭之邊緣仍有足夠的空間，作一個孩子愛作的夢。「男孩的意向是風的意向，少年時的思想是長長的思想」。少年愛做的事情，哪一樣，不是夢的延長呢？看地圖，是夢的延長。看厚厚的翻譯小說，喃喃咀嚼那些多音節的奇名怪姓，是夢的延長。放風箏也是的。他永遠記得那山國高高的春天。嘉陵江在千嶂萬嶂裏尋路向南，好聽的水聲日夜流著，吵得好靜好好聽，像在說：「我好忙，揚子江在山那邊等我，猿鳥在三峽，風帆在武昌，運橘柑的船在洞庭，等我，海在遠方。」春天來時總那樣冒失而猛烈，使人大吃一驚。怎麼一下子田裏噴出那許多菜花，黃得好放肆，香得好惱人，滿田的蜂蝶忙得像加班。鄰村的野狗成群結黨跑來追求它們的阿花，害得又羞又氣的大人揮舞掃帚去打散它們。細雨霏霏的日子，雨氣幻成白霧，從林木蓊鬱的谷中冉冉蒸起。杜鵑的啼聲裏有涼涼的濕意，一聲比一聲急，連少年的心都給它擰得緊緊的好難受。

而最有趣的，該是有風的晴日了。祠堂後面有一條山路，蜿蜒上坡，走不到一刻鐘，就進入一片開曠的平地，除了一棵錯節盤根的老黃果樹外，附近什麼雜樹也沒有。舅舅提著剛完工的風箏，一再囑咐他起跑的時候要持續而穩定，不能太驟，太快。他的心卜卜地跳，禁不住又回頭去看那風箏。那是一隻體貌清奇，風神瀟灑的白鶴，綠喙赤頂，縞衣大張如氅。翼展怕不有六尺，下面更曳著兩條長足。舅舅高舉白鶴，雙翅在暖洋洋的風中顫顫撲動。終於「——一——二——三！」他拚命向前奔跑。不到十碼，麻繩的引力忽然鬆弛，也就在同時，舅舅的喝罵在背後響起。舅舅追上來，檢視落地的鶴有沒有跌傷，一面怪他太不小心。再度起跑時，他放慢了腳步，不時回顧，一面估量著風力，慢慢地放線。舅舅迅疾地追上來，從他手中接過線球，順著風勢把鶴放上天去。線從舅舅兩手勾住的筷子上直滾出去，線球轤轤地響。舅舅又曳線跑了兩次，終於在平崗頂上站住。那白鶴羽衣蹁躚，扶搖直上，長足在風中飄揚。他興奮得大嚷，從舅舅手中搶回線去。風力愈來愈強，大有跟他拔河的意思。好幾次，他以為自己要離地飛起，嚇得趕快還給了舅舅。舅舅把線在黃果樹枝上繞了兩圈，將看守的任務交給老樹。

「飛得那樣高？」四歲半的佩佩問道。

「廢話！」眞眞瞪了她一眼。「爸爸做的風箏怎麼會飛不高？眞是！」

「又不是爸爸的舅舅飛！是爸爸的舅舅做的風箏！你眞是笨屁瓜！」十歲的雅雅也糾正她。

「你們再吵，爸爸就不做了！」他放下剪刀。

小女孩們安靜下來。兩隻黃蝴蝶繞著月季花叢追逐。隔壁有人在練鋼琴，柔麗的琴音在空中迴盪。阿眉在廚房裏煎什麼東西，滿園子都是葱油香。忽然佩佩又問：

「後來那隻鶴呢？」

後來那隻風箏呢？對了，後來，有一次，那隻鶴掛在樹頂上，不上不下，一扯，就破了。

他掉了幾滴淚。舅舅也很悵然。他記得當時兩人怔怔站在那該死的樹下，久久無言。最後舅舅解嘲說，鶴是仙人的坐騎，想是我們的這隻鶴終於變成靈禽，羽化隨仙去了。第二天舅甥倆黯然曳著它的屍骸去禿崗頂上，將它焚化。一陣風來，黑灰滿天飛揚，帶點名士氣質的舅舅，一時感慨，朗聲吟起幾句賦來。當時他還是高小的學生，不知道舅舅吟的是什麼。後來年紀大些，每次念到「黃鶴一去不復返，白雲千載空悠悠」，他就會想起自己的那隻白鶴。因爲那是他少年時唯一的風箏。當時他曾纏住舅舅，要舅舅再給他做一隻。舅舅答應是答應了，但不曉得爲什麼，自從那件事後，似乎意興蕭條，始終沒有再爲他做。人生代謝，世事多變，一個孩子少了一隻風箏，又算得了什麼呢？不久他去十五里外上中學，寄宿在校中，不常回家，且換了一批朋友，也就把這件事漸漸淡忘了。等到他年紀大得可以欣賞舅舅那種亭亭物外的風標，和舅舅發表在刊物上但始終不曾結集的十幾篇作品時，舅舅卻已死了好幾年了。舅舅死於飛機失事。那年舅舅才三十出頭，從香港乘飛機去美國，正待一飛沖天，遊乎雲表，卻墜機焚傷致死。

「後來那隻鶴——就燒掉了。」他說。

三個小女孩給媽媽叫進屋裏去吃煎餅。他一個人留在園子裏繼續工作。三天來他一直在糊製這隻鶴，禁不住要一一追憶當日他守望舅舅工作時的那種熱切心情。他希望，憑著自己的記憶，能把眼前這隻風箏做得跟舅舅做的那隻一模一樣。也許這願望在他的心底已經潛伏了二十幾年了。他痛切感到，每一個孩子至少應該有一隻風箏，在天上，雲上，鳥上。他朦朦朧朧感到，眼前這隻風箏一定要做好，要飛得高且飛得久，這樣，才對得起三個孩子，和舅舅，和自己。當初舅舅爲什麼要做一隻鶴呢？他一面工作，一面這樣問自己。他想，舅舅一定向他解釋過的，只是他年紀太小，也許不懂，也許不記得了。他很難決定：放風箏的人應該是哲學家，還是詩人？這件事，人做一半，風做一半，謀事在人，成事在天。表面上，人和自然是對立的，因爲人要拉住風箏，而風要推走風箏，但是在一拉一推之間，人和自然的矛盾竟形成新的和諧。這種境界簡直有點形而上了。但這種經驗也是詩人的經驗，他想，一端是有限，一端是無垠。一端是微小的個人，另一端，是整個宇宙，整個太空的廣闊與自由。你將風箏，不，自己的靈魂放上去，放上去，上去，更上去，去很冷很透明的空間，鳥的青衢雲的千疊蜃樓和海市。最後，你的感覺是和天使在通電話，和風在拔河，和迷迷茫茫的一切在心神交馳。這眞是最最快意的逍遙遊了。而這一切一切神祕感和超自然的經驗，和你僅有一線相通，一瞬間，分不清是風雲攫去了你的心，還是你擄獲了長長的風雲。而風雲固仍在天上，你仍然立在地上。你把自己放出去，你把自己收回來。你是詩人。

太陽把金紅的光收了回去。月季花影爬滿他一身。弄琴人已經住手。有鳥雀飛回高挺的亞歷山大椰頂，似在交換航行的什麼經驗。啾啾啭啭。嘁嘁喳喳唧唧。黃昏流行的就是這種多舌的方言。鳥啊鳥啊他在心裏說，明天在藍色方場上準備歡迎我這隻鶴吧。

終於走到了河堤上，他和女孩子們。三個小女孩尤其興奮。早餐桌上，她們已經爲這件事爭論起來。眞眞說，她要第一個起跑。雅雅說眞眞才七歲，拉不起這麼大的風箏。一路上小佩佩也嚷個不停，要爸爸讓她拿風箏。她堅持說，昨夜她作了一個夢，夢見自己一個人把風箏「放得比氣球還高。」

「你人還沒有風箏高，怎麼拿風箏？不要說放了。」他說。

「我會嘛！我會嘛！」四月底的風吹起佩佩的頭髮，像待飛的翅膀。半上午的太陽在她多雀斑的小鼻子上蒸出好些汗珠子。迎著太陽她直霎眼睛。星期天，河堤很少車輛。從那邊違建戶的小木屋裏，來了兩個孩子，跟在風箏後面，眼中充滿羡慕的眼色。男孩約有十二三歲，平頭，拖一雙木屐。女孩只有六七歲的樣子，兩條辮子翹在頭上。他舉著那隻白鶴，走在最前面。綠喙，赤冠，玄裳，縞衣，下面垂著兩條細長的腿，除了張開的雙翼稍短外，這隻白鶴和他小時候的那隻幾乎完全一樣。那就是說，隔了二十多年，如果他沒有記錯的話。

「雅雅，」他說。「你站在這裏，舉高一點。不行，不行，不能這樣拿。對了，就像這樣。再高一點。對了。我數到三，你就放手。」

他一面向前走，一面放線。走了十幾步，他停下來，回頭看著雅雅。雅雅正盡力高舉白鶴。鶴首昂然，車輪大的翅膀在河風中躍躍欲起。佩佩就站在雅雅身邊。一瞬間，他幻覺自己就是舅舅，而站在風中稚髻飄飄的那個熱切的孩子，就是二十多年前的自己。握著線，就像握住那一端的少年時代。在心中他默禱說：「這隻鶴獻給你，舅舅。希望你在那一端能看見。」

然後他大聲說：「一——二——三！」便向前奔跑起來。立刻他聽見雅雅和眞眞在背後大聲喊他，同時手中的線也鬆下來。他回過頭去。白鶴正七歪八斜地倒栽落地。他跑回去。眞眞氣急敗壞地迎上來，手裏曳著一隻鶴腿。

「一隻腿掉了！一隻腿掉了！」

「怎麼搞的？」他說。

「佩佩踩在鳥的腳上！」雅雅惶恐地說。「我叫她走開，她不走！」

「姐姐打我！姐姐打我！」佩佩閃著淚光。

「叫你舉高點嘛，你不聽！」他對雅雅說。

「人家手都舉痠了。佩佩一直擠過來。」

「這好了。成了個獨腳鶴。看怎麼飛得起來！」他不悅地說。

「我回家去拿膠紙好了，」眞眞說。

「那麼遠！路上又有車。你一個人不能——」

「我們有漿糊，」看熱鬧的男孩說。

「不行，漿糊一下子乾不了。雅雅，你的髮夾給爸爸。」

他把斷腿夾在鶴腹上。他舉起風箏。大白鶴在風中神氣地昂首，像迫不及待要乘風而去。

三個女孩拍起手來。佩佩淚汪汪地笑起來。違建戶的兩個孩子也張口傻笑。

「這次該你跑，雅雅。」他說。「聽我數到三就跑。慢慢跑，不要太快。」

雅雅興奮得臉都紅了。她牽著線向前走。其他的孩子跟上去。

「好了好了。大家站遠些！雅雅小心啊！一——二——三！」他立刻放開手。雅雅果然跑了起來。沒有十幾步，白鶴已經飄飄飛起。他立刻追上去。忽然竄出一條黃狗，緊貼在雅雅背後追趕，一面興奮地吠著。雅雅嚇得大叫爸爸。正驚亂間，雅雅絆到了什麼，一跤跌了下去。

他厲聲斥罵那黃狗，一面趕上去，扶起雅雅。

「不要怕，不要怕，爸爸在這裏。我看看呢。膝蓋頭擦破一點皮。不要緊，回去搽一點紅藥水就好了。」

幾個小孩合力把黃狗趕走，這時，都圍攏來看狼狽的雅雅。佩佩還在罵那隻「臭狗」。

「你這個爛臭狗！我教我們的大鳥來把你吃掉！」眞眞說。

「傻丫頭，叫什麼東西！這次還是爸爸來跑吧。」說著他撿起地上的風筝，和滾在一旁的線球。左邊的鶴翅掛在一叢野草上，勾破了一個小洞。幸好出事的那隻腿還好好地別在鶴身上。

「姐姐跌痛了，我來拿風筝，」眞眞說。

「好吧。舉高點，對了，就這樣。佩佩讓開！大家都走開些！我要跑了！」

他跑了一段路，回頭看時，那白鶴平穩地飛了起來，兩隻黑腳盪在半空。孩子們拍手大叫。他再向前跑了二三十步，一面放出麻索。風力加強。那白鶴很瀟灑地向上飛昇，愈來愈高，愈遠，也愈小。孩子們高興得跳起來。

「爸爸，讓我拿拿看！」佩佩叫。

「不行！該我拿！」眞眞說。

「你們不會拿的，」他把線球舉得高高的。「手一鬆，風箏不曉得要飛到哪裏去了。」

忽然孩子們驚呼起來。那白鶴身子一歪，一條細長而黑的東西悠悠忽忽地掉了下來。

「腿又掉了！腿又掉了！」大家叫。接著那風箏失神落魄地向下墮落。他拉著線向後急跑，竭力想救起它。似乎，那白鶴也在作垂死的掙扎，向四月的風。

「掛在電線上了！糟了！糟了！」大家嚷成一團，一面跟著他向水田的那邊衝去，野外激盪著人聲，狗聲。幾個小孩子擠在狹窄的田埂上，情急地嘶喊著，絕望地指劃著倒懸的風箏。

「用勁一拉就下來了，爸爸！」

「不行不行！你不看它纏在兩股電線中間去了？一拉會拉破的。」

「會掉到水裏去的，」雅雅說。

「你這個死電線！」眞眞哭了起來。

他站在田埂頭上，茫然握著鬆弛的線，看那狼狽而襤褸的負傷之鶴倒掛在高壓線上，僅有的一隻腳倒折過來，覆在破翅上面。那樣子又悲慘又滑稽。

「死電線！死電線！」佩佩附和著姐姐。

「該死的電線！我把你一起剪斷！」眞眞說。

「沒有了電線，你怎麼打電話，看電視——」

「我才不要看電視呢！我要放風箏！」

這時，田埂上，河堤上，草坡上，竟圍來了十幾個看熱鬧的路人。也有幾個是從附近的違建戶中聞聲趕來。最早的那個男孩子，這時拿了一根晒衣服的長竹竿跑了來。他接過竹竿，踮起腳尖試了幾次，始終搆不到風箏。忽然，他感到體重失去了平衡，接著身體一傾，左腳猛向水田裏踩去。再拔出來時，褲腳管，襪子，鞋子，全浸了水和泥。三個女孩子驚叫一聲，向他跑來。到了近處，看清他落魄的樣子，眞眞忽然笑出聲來。雅雅忍不住，也笑起來，一面叫：

「哎呀，你看這個爸爸，看爸爸的襪子！」

接著佩佩也笑得拍起手來。看熱鬧的路人全笑起來，引得草坡上的黃狗汪汪而吠。

「笑什麼！有什麼好笑！」他氣得眼睛都紅了。雅雅，眞眞，佩佩嚇了一跳，立刻止住了笑。他拾起線球，大喝一聲「下來！」使勁一扯那風箏。只聽見一陣紙響，那白鶴飄飄忽忽地栽向田裏。他拉著落水的風箏，拖刑一般跑上坡去。白鶴曳著襤褸的翅膀，身不由己地在草上顚躓撲打，紙屑在風中揚起，落下。到了堤上，他把殘鶴收到腳邊。

「你這該死的野鳥，」他暴戾地罵道。「我操你娘的屁股！看你飛到哪裏去！」他舉起泥漿濃重的腳，沒頭沒腦向地上踩去，一面踩，一面罵，踩完了，再狠命地猛踢一腳，鶴屍向斜裏飛了起來，然後木然倒在路邊。

「回家去！」他命令道。

三個小女孩驚得呆在一旁，滿眼閃著淚水。這時才忽然醒來。雅雅撿起面目全非的空骸。眞眞捧著糾纏的線球。佩佩牽著一隻斷腿。三個女孩子垂頭喪氣跟在餘怒猶熾的爸爸後面，在旁觀者似笑非笑似惑非惑的注視中，走回家去。

•

午餐桌上沒有一個人說話。只有碗碟和匙箸相觸的聲音。女孩子都很用心地吃飯，連佩佩也顯得很文靜的樣子在喝湯。這情形，和早餐上的興奮與期待，形成了尖銳的對照。幸好媽媽不在家吃午飯，這種反常的現象，不需要向誰解釋。三個孩子的表情都很委屈。眞眞淚痕猶在，和塵土混凝成一條汙印子。雅雅的臉上也沒有洗，頭髮上還黏著幾莖草葉和少許泥土。這才想起，她的膝蓋還沒有搽藥水。佩佩的鼻子上佈滿了雀斑和汗珠。她顯然在想剛才的一幕，顯然有許多問題要問，但不敢提出來，只能轉動她長睫下的靈珠，掃視著牆角。順著她的眼光看去，他看見那具已經支離殘缺的鶴屍，僵倚在牆角的陰影裏。他的心中充滿了歉疚和懊悔。破壞和凌虐帶來的猛烈快感，已經捨他而去。在盛怒的高潮，他覺得理直氣壯，可以屠殺所有的天使。但繼之而來的是遲鈍的空虛。那鶴屍，那一度有生命有靈性的鶴骨，將從此棄在陰暗的一隅，任蜘蛛結網，任蚊蠅休憩，任蟑螂與壁虎與鼠群穿行於肋骨之間？傷害之上，豈容再加侮辱？

他放下筷子，推椅而起。

「跟爸爸來，」他輕輕說。

他舉起鶴屍。他緩緩走進後園。他將鶴屍懸在一株月桂樹上。他點起火柴。鶴身轟地一響燒了起來。然後是左翼。然後是熊熊的右翼。然後是仰睨九天的鶴首。女孩子們的眼睛反映著火光。飛揚的黑灰白煙中，他閉起眼睛。

「原諒我，白鶴。原諒我，舅舅。原諒我，原諒無禮的爸爸。」

「爸爸在念什麼嘛？」眞眞輕輕問雅雅。

「我要放風箏，」佩佩說。「我要放風箏。」

「爸爸，再做一隻風箏，好不好？」

他沒有回答。他不知道該怎麼回答才好。他不知道，線的彼端究竟是什麼？他望著沒有風箏的天空。

——一九六九年元旦

——選自一九七二年《焚鶴人》

伐桂的前夕

最後，他在一塊鼓形石上坐了下來。幽森森的月光將滿園子的荒蕪浸在涼涼的回憶裏。一切都過去了。曾經是「家」的一切（就叫它做「家」吧），只留下一堆瓦礫，木條，玻璃屑。曾經是黑壓壓的那幢日式古屋，平房特有的那種謙遜和親切，夏午的風涼和冬日早晨戶內一層比一層深的陰影，檜木高貴的品德，白螞蟻多年的陰謀，以及瀉下鴿灰色的溫柔和憂鬱的鱗鱗屋瓦：這一切，經過拆屋隊一星期的努力，都已經夷成平地了。曾經爲他抵抗過十六季的颱風和黃霉雨，那古屋，已經被肢解，被寸磔，被一片一片地鱗批，連屍體都不留下。可用的部分，也像換腎人的新腎一樣，移殖到別的軀體上去了。十六年！上面的一代在古屋的幽靈中老去，死去，落髮，落牙，如落花；下面的一代，在其中，一個接一個誕生，生日蛋糕的紅燭，一年比一年輝煌；而他，中間的一代，也在其中戀愛，結婚，做了爸爸，長出鬍子，剃了再長，黑的變灰，灰的變白。生，老，病，死。對於他，這古屋就是一個小型的世界。在他回憶中浮現的，不是單純的一景，而是重重底片的疊影。悲劇喜喜劇悲悲喜劇亦悲亦喜。母親的癌症。一位三輪車夫的溺斃，就在後面的河裏。一位下女被南部的家人追蹤，尋獲。另一位，生下一個胖胖的私生子。交遊滿天下：舊的朋友去，新的朋友來，各式各樣的鞋子將他的玄關泊成一種詩的海港。朝北的書齋裏，曾經輝煌過好些側面好些名字。好些名字，有一陣子，連下女都念得舌頭發燙；另外的一些，光度漸漸弱下來，生冷得像拉丁文，在他學生們的眼中，激不起一絲反光。學生們也一樣。一九六零那一班，曾經泊平底鞋高跟鞋在玄關的小湖裏的，大半越過遠海，不再回來。於是又換了一九六一級後是一九六二、六三……

疑眞疑幻的月光下，那古屋，爲這一切作見證的鴿灰色的精靈，只留下了一片朦朧的廢墟。他側耳聆聽，似乎只有蚯蚓在那邊牆角下吟掘土之清歌，此外，萬籟都歇，市聲和蛙鳴兩皆沉沉。十六年的種種，那些晴美的早晨和陰霾窒人的黃昏，不再留下任何見證，任何見證，除了後院子裏這些美麗的樹。除了那邊的三株杜鵑，從歲末開到初夏，向韓國草上揮霍好幾個月的繽繽紛紛。除了更遠處的那叢月季和那樹月桂，輪流維持半個後院的清芬。還有頭頂的這棵楓樹，修直挺拔，戰勝過無數的毛蟲和颱風。他從冰屁股的鼓形石面上站起來，就著清朗的月色，企圖尋找蒼老多裂紋的樹幹上，他曾經刻過的英文字母。那是YLM三個字首，十五年前，在一陣激越而白熱的日子裏，用一柄小刀虐待這楓樹的結果。至於它們代表的是什麼，他從來沒有對人說過，包括那位M。這是我們之間的一項祕密啊，他時常拍拍楓樹，這麼戲謔地說。南宋詩人的「鷗盟」，他羨慕而無能分享，但是詩人與樹之間，也可以訂「楓盟」的，是不是？說著，他又拍了楓樹一下。十幾年來，他一直喜歡這楓樹。秋天的大孩子，竟然流落在沒有秋天的亞熱帶這島上。而他，也是從北方來而且想秋天想得要死的一種靈魂啊。思秋症的患者，理應相憐。因此，對於這棵英俊散朗的楓樹，他一直特別「照顧」。每年十一月，樹上飄落幾張勾勒鑲紅色的三瓣葉子，他總高興得說不出話來，心裏滿是故土的溫柔。

但刻字那件事畢竟很久很久了。冰冰的月色裏，已經辨不出誰是字，誰是裂紋。他撫摩了一會，終於放棄。一生的歷史，是用許多小小的瘋狂串成的，他想。在年輕的世界裏，愛情是最流行的一種瘋狂。YLM！幸好那種焚心的焦灼只維持了兩年。當一切瘋狂都痊癒，他的瘋狂仍然是詩。像愛情一樣，那裏面也有狂喜和失意，成功的滿足和妒忌的刺痛，但是那繆思，她永遠那樣年輕而且惑人，今天，比起二十年前開始追逐的時候，更其如此。這樣子的瘋狂，毋寧是一種高度的清醒吧。

這麼想看，他踏過瓦礫堆，向東邊的圍牆走去。月光從桂葉叢中瀉下來，沾了他一身涼濕。現在他完全進入它的芬芳了。冰薄荷的夜空氣中，他貪饞地吸了好一陣子。好遙好遠的回憶啊，那嗅覺！因爲那是大陸的泥香，古中國幽渺飄忽的品德，近時，渾然不覺，但愈遠愈令人臨風神往。秋天。多橋多水的江南。水上有月。月裏有古代渺茫的簫聲。舅舅的院子裏。高高的桂樹下，滿地落花，泛起一層浮動的清香，像一張看不見躲不開的什麼魔網。他便和表兄妹們一火柴匣又一火柴匣地拾起來，拿回房去。於是一整個秋季，他都浮在那種高貴的氛圍裏，像一個仙人。

但那是二十多年前的事了。眼前這樹桂花，只有八尺多高，唯它的馥郁已足夠使他回到舅舅的那個院子裏。如果說，楓是秋的血，那桂就是秋的魂魄了。滿園樹木中，他最寶貝這棵小桂樹，因爲在他的迷信裏，它形成了一個「情意結」，桂樹，秋天，月亮，詩，四個意象交疊成形，豐富而清朗地象徵著許多東西。譬如說，他叫它做秋之魂，王維卻叫它做桂魄，西方人把它戴在詩人的頭上，而秋天，是他的，也是它的生日。十六年來，他的筆鋒愈揮愈利，他的名字在港灣之間頗有回聲：在他的迷信裏，這一切，都和他園子裏這一片芬芳有關。第一次去新大陸，他曾站在舊大陸的這片芬芳裏，面對青青的小樹，默默祝福自己的家國，也祝福自己，和自己的詩。他的祝福沒有落空。在愛奧華的河邊，他頗得繆思的垂青。第二年回國時，原來才到他眉毛的桂樹竟已高過了他的頭髮。他高興極了，說：「看你，眞的長大了呢！我的詩也該長高些才行！」第二次再從新大陸回來，他的鬢髮怎麼帶回寒帶的薄霜，但是這桂樹依舊青青，竟比他高出一個半頭了。可以說，他是看著它長大的，但在另一方面，它也是他的見證啊，見證他的希望和恐懼，光榮和空虛。

十六年的歲月，他是既渡的行人，過去種種，猶如隔岸的風景，倒影在水中。木訥而健忘的灰色老屋，曾經覆他載他在烈日中在寒流中蔽翼他的那老屋，終於死了，只留下滿園子的樹木，那些重碧交翠的靈魂，做他無言的見證。但你們也不能久留了啊，月光下，他對那桂樹說。今晚，是你最後的一夕芬芳，在永恆的月輝中，徐徐呼吸。然後你們就死去，去那老屋剛去的地方。

白血飛濺白屑飛濺啊白血。鋸斷綠色的靈魂流乳白的血，當鋼齒咬進年輪無辜的年輪。明天早晨，伐木工人將全副武裝湧至，一下子就佔據這園子，展開屠殺。頃刻間，這些和平的生命將集體死亡，而這花園，這綠色的共和國，將淪爲一片水泥的平原，一寸綠色也不留下。於是重噸的巨獸將氣吁吁在門口停下。他們將掘出一立方呎又一立方呎的泥土，種下永不開花一束又一束的鋼筋和鐵骨，陰鬱的地下室，拼花地板，磨石子，嵌磁，嵌磁，最後，一幢不溫柔更不美麗的怪物從地面上升起，到空中，去參加這都市的千百隻現代恐龍。

因爲凡有根的都必須連根拔起。他也是一柯桂一張楓葉，從舊大陸的肥沃中連根拔起。這島嶼，是海拔鑲邊的一種鄉愁。在新大陸無根的歲月裏，他發現自己是一棵植物，鄉土觀念那麼重那麼深的一棵樹，每一圈年輪都是江南的太陽。因爲他最欣賞嘉木那種無言的謙遜，忍耐無爭的美德，和不爲誰而綠的藹藹清蔭，戴一朵雲，棲一隻鳥，或是垂首聆一隻蟋蟀的徐徐歌吟。他相信古印度一位先知的經驗：只要你立得夠久，夠靜，升入樹頂的那種生命力，亦將從泥下透過你腳底而上升。這樣出神地想著想著，在浸漬記憶的月光下，他覺得自己已經成爲一棵樹，綠其髮而青其肢，大地的乳汁逆他的血管而上，直達於他的心臟。他是一棵青青的桂樹，集秋天和月和詩於一身。但今晚是他最後的一次芬芳，因爲現代的吳剛一點也不神話，因爲不神話的吳剛執的是高速的鏈鋸，一舉手就招來機械的殺戮，因爲鋸斷了的桂樹不會在神話裏再生。而且所謂月，只是一顆死了的頑石，種不活桂，養不活蟾蜍。於是一片霍霍飛旋的鋒芒，向他熱呼呼的喉核滾來，一瞬間，高速的痛苦自頂至踵，一切神經緊張如滿弓，剖他成兩半。凡有根的都躲不掉斧斤。

「月桂樹啊，這是你最後的一次清芬！」他忽然有跪下去的衝動，跪下去，請求無辜者的饒恕。

一輪滿月，牽動半個夜的冰冰清光，向那邊人家的電視天線上落下。陰影在許多院落裏延長。哪家廚房的洋鐵皮屋頂，兩隻貓在捉對兒叫春。這都市已經陷在各式各樣的夢或惡魔之中，許多靈魂在許多鼾聲裏撲翅飛起，各式的盆花在各層陽臺上想家而且嘆氣。牧神的羊蹄聲在遠方的天橋上消逝……

五小時後東方將泛白。紅通通的太陽將升起，自藍森森自藍浩浩的太平洋上，於是亞熱帶這城市，千門萬戶，將在朝霞裏醒來。貪婪無饜，這膨脹的城市將吞噬摩肩接踵的行人和川流不絕的車群，像一隻消化不良的巨食蟻獸。於是千貝百貝的囂喊呼喝，眞空管、汽笛、喇叭、引擎，不同的噪音自不同的喉中嘔出吐出，符咒一般網住這城市。噴射機是一切的高潮，逆著百萬人扭曲的神經，以一種撕去所有屋頂的聲威迫害天使。同時另一個恢恢巨網，以這城市爲直徑，從八方四面冉冉升起，無聲，無形，染毒你呼吸的每一口空氣，且美其名曰紅塵，滾滾十丈。於是在兩張巨網的圍襲下，一百五十萬隻毒蜘蛛展開大規模的集體屠殺，在天上，在地上，在地下。沒有一隻不中毒。

機器一佔領這城市，牧歌就夐不可聞了。馬達聲代替了蛙聲蟬聲。到夜裏，還剩下一些陰暗的角落還有些伶仃的紡織娘，蟋蟀，蚯蚓，企圖負嵎抵抗那市聲。十六年前，在水源路的那一邊在金門街在同安街迷宮似的小巷子裏還可以作晚餐後的散步在初夏勃然的蛙鳴中從容構思一首有韻的田園詩。但現在，那一帶詩的走廊早已讓給了計程車的紅蟹隊電單車的蝦群去橫行。所以一到黃昏，許多蒼白的臉上許多飢餓的眼睛，從許多交通車流動的牢獄裏向外饕餮，許多建築物空隙裏的一片晚雲。

所以機器一佔領這城市，牧神就死了。他們在高高的煙囪下屠宰牧歌，裝成大大小小的罐頭。他們在廣告牌上寫詩，在大大小小的圍牆上張貼哲學。他們用鋼鐵，玻璃和鋁把城市舉到虹的旁邊，然後從觀光酒店從公寓頂上俯瞰延平祠和孔廟，清眞寺和基督教堂。

所以機器一佔領這城市，綠色的共和國就亡了。植物是一種少數民族，日趨毀滅。蓮是一種羞赧的回憶，像南宋詞選脫線的零頁零葉，散在地上。柳是江南長長的頭髮飄起，在日式院子亞熱帶的風中，許多樹許多古宅必須倒下，因爲有更多的公寓，更多的人籠子必須升起。因爲機器說，七十年代在那上面等待我們。

所以月亮就掛在電視的天線上。該有天使在高壓線上呼救。再過三小時東方將泛白。手執機器的吳剛將來伐桂，而他，即使是一位詩人，也無力保衛。一隻螳螂怎能抵抗一架開路機？最後的芬芳總是最感人。那樣的嗅覺，從鼻孔一直達到他靈魂。秋天。成熟的江南。古典的庭院。月光。童時。詩。

他作了最後的一次深呼吸。他掃了好幾簇桂瓣在掌心，用手帕小心翼翼地包起來。

「Good-bye, my laurel, Good-bye.」

他轉過身去，向高高挺挺的楓樹看了一眼。

「再見了，我的楓。這裏本來不是你故鄉。」

說著，他踏過玻璃屑和斷木條，踏過遍地的殘殘缺缺，向虛掩的大門走去。都已停歇，狗吠，蛙鳴，人語，車聲。整個城市像一個荒墳。落月的昏濛中，樹影屋影融成一片灰蓬蓬的溫柔。空氣新釀地清新。他鎖上木門，觸到金屬的堅與冷。他走下廈門街的巷子，聽自己的步履空洞的回聲。水源路的河堤上似有人在喊誰的名字。他停下來，仔細聽了好一陣。桂花的幽香從手帕裏散出來。

「沒有。沒有誰在喊我。」

他繼續向前走。

霍霍的鏈鋸聲在背後升起……

——一九六九年五月二十日

——選自一九七二年《焚鶴人》

聽聽那冷雨

驚蟄一過，春寒加劇。先是料料峭峭，繼而雨季開始，時而淋淋漓漓，時而淅淅瀝瀝，天潮潮地溼溼，即連在夢裏，也似乎把傘撐著。而就憑一把傘，躲過一陣瀟瀟的冷雨，也躲不過整個雨季。連思想也都是潮潤潤的。每天回家，曲折穿過金門街到廈門街迷宮式的長巷短巷，雨裏風裏，走入霏霏令人更想入非非。想這樣子的臺北淒淒切切完全是黑白片的味道，想整個中國整部中國的歷史無非是一張黑白片子，片頭到片尾，一直是這樣下著雨的。這種感覺，不知道是不是從安東尼奧尼那裏來的。不過那一塊土地是久違了，二十五年，四分之一的世紀，即使有雨，也隔著千山萬山，千傘萬傘。二十五年，一切都斷了，只有氣候，只有氣象報告還牽連在一起。大寒流從那塊土地上彌天捲來，這種酷冷吾與古大陸分擔。不能撲進她懷裏，被她的裾邊掃一掃吧也算是安慰孺慕之情。

這樣想時，嚴寒裏竟有一點溫暖的感覺了。這樣想時，他希望這些狹長的巷子永遠延伸下去，他的思路也可以延伸下去，不是金門街到廈門街，而是金門到廈門。他是廈門人，至少是廣義的廈門人，二十年來，不住在廈門，住在廈門街，算是嘲弄吧，也算是安慰。不過說到廣義，他同樣也是廣義的江南人，常州人，南京人，川娃兒，五陵少年。杏花春雨江南，那是他的少年時代了。再過半個月就是清明。安東尼奧尼的鏡頭搖過去，搖過去又搖過來。殘山剩水猶如是。皇天后土猶如是。紜紜黔首紛紛黎民從北到南猶如是。那裏面是中國嗎？那裏面當然還是中國永遠是中國。只是杏花春雨已不再，牧童遙指已不再，劍門細雨渭城輕塵也都已不再。然則他日思夜夢的那片土地，究竟在哪裏呢？

在報紙的頭條標題裏嗎？還是香港的謠言裏？還是傅聰的黑鍵白鍵馬思聰的跳弓撥弦？還是安東尼奧尼的鏡底勒馬洲的望中？還是呢，故宮博物院的壁頭和玻璃櫥內，京戲的鑼鼓聲中太白和東坡的韻裏？

杏花。春雨。江南。六個方塊字，或許那片土就在那裏面。而無論赤縣也好神州也好中國也好，變來變去，只要倉頡的靈感不滅美麗的中文不老，那形象，那磁石一般的向心力當必然長在。因爲一個方塊字是一個天地。太初有字，於是漢族的心靈他祖先的回憶和希望便有了寄託。譬如憑空寫一個「雨」字，點點滴滴，滂滂沱沱，淅瀝淅瀝淅瀝，一切雲情雨意，就宛然其中了。視覺上的這種美感，豈是什麼 rain 也好 pluie 也好所能滿足？翻開一部《辭源》或《辭海》，金木水火土，各成世界，而一入「雨」部，古神州的天顏千變萬化，便悉在望中，美麗的霜雪雲霞，駭人的雷電霹雹，展露的無非是神的好脾氣與壞脾氣，氣象臺百讀不厭門外漢百思不解的百科全書。

聽聽，那冷雨。看看，那冷雨。嗅嗅聞聞，那冷雨，舔舔吧那冷雨。雨在他的傘上這城市百萬人的傘上雨衣上屋上天線上雨下在基隆港在防波堤在海峽的船上，清明這季雨。雨是女性，應該最富於感性。雨氣空濛而迷幻，細細嗅嗅，清清爽爽新新，有一點點薄荷的香味，濃的時候，竟發出草和樹沐髮後特有的淡淡土腥氣，也許那竟是蚯蚓和蝸牛的腥氣吧，畢竟是驚蟄了啊。也許地上的地下的生命也許古中國層層疊疊的記憶皆蠢蠢而蠕，也許是植物的潛意識和夢吧，那腥氣。

第三次去美國，在高高的丹佛他山居了兩年。美國的西部，多山多沙漠，千里乾旱，天，藍似安格羅．薩克遜人的眼睛，地，紅如印地安人的肌膚，雲，卻是罕見的白鳥。落磯山簇簇耀目的雪峯上，很少飄雲牽霧。一來高，二來乾，三來森林線以上，杉柏也止步，中國詩詞裏「盪胸生層雲」，或是「商略黃昏雨」的意趣，是落磯山上難睹的景象。落磯山嶺之勝，在石，在雪。那些奇岩怪石，相疊互倚，砌一場驚心動魄的雕塑展覽，給太陽和千里的風看。那雪，白得虛虛幻幻，冷得清清醒醒，那股皚皚不絕一仰難盡的氣勢，壓得人呼吸困難，心寒眸酸。不過要領略「白雲迴望合，青靄入看無」的境界，仍須回來中國。臺灣濕度很高，最饒雲氣氤氳雨意迷離的情調。兩度夜宿溪頭，樹香沁鼻，宵寒襲肘，枕著潤碧濕翠蒼蒼交疊的山影和萬籟都歇的岑寂，仙人一樣睡去。山中一夜飽雨，次晨醒來，在旭日未升的原始幽靜中，衝著隔夜的寒氣，踏著滿地的斷柯折枝和仍在流瀉的細股雨水，一徑探入森林的祕密，曲曲彎彎，步上山去。溪頭的山，樹密霧濃，蓊鬱的水氣從谷底冉冉升起，時稠時稀，蒸騰多姿，幻化無定，只能從霧破雲開的空處，窺見乍現即隱的一峯半壑，要縱覽全貌，幾乎是不可能的。至少入山兩次，只能在白茫茫裏和溪頭諸峯玩捉迷藏的遊戲，回到臺北，世人問起，除了笑而不答心自閑，故作神祕之外，實際的印象，也無非山在虛無之間罷了。雲繚煙繞，山隱水迢的中國風景，由來予人宋畫的韻味。那天下也許是趙家的天下，那山水卻是米家的山水。而究竟，是米氏父子下筆像中國的山水，還是中國的山水上紙像宋畫。恐怕是誰也說不清楚了吧？

雨不但可嗅，可觀，更可以聽。聽聽那冷雨。聽雨，只要不是石破天驚的颱風暴雨，在聽覺上總是一種美感。大陸上的秋天，無論是疏雨滴梧桐，或是驟雨打荷葉，聽去總有一點淒涼，淒清，淒楚，於今在島上回味，則在淒楚之外，更籠上一層淒迷了。饒你多少豪情俠氣，怕也禁不起三番五次的風吹雨打。一打少年聽雨，紅燭昏沉。兩打中年聽雨，客舟中，江闊雲低。三打白頭聽雨在僧廬下，這便是亡宋之痛，一顆敏感心靈的一生：樓上，江上，廟裏，用冷冷的雨珠子串成。十年前，他曾在一場摧心折骨的鬼雨中迷失了自己。雨，該是一滴濕濡濡的靈魂，窗外在喊誰。

雨打在樹上和瓦上，韻律都清脆可聽。尤其是鏗鏗敲在屋瓦上，那古老的音樂，屬於中國。王禹偁在黃岡，破如椽的大竹爲屋瓦。據說住在竹樓上面，急雨聲如瀑布，密雪聲比碎玉，而無論鼓琴，詠詩，下棋，投壺，共鳴的效果都特別好。這樣豈不像住在竹筒裏面，任何細脆的聲響，怕都會加倍誇大，反而令人耳朵過敏吧。

雨天的屋瓦，浮漾溼溼的流光，灰而溫柔，迎光則微明，背光則幽黯，對於視覺，是一種低沉的安慰。至於雨敲在鱗鱗千瓣的瓦上，由遠而近，輕輕重重輕輕，夾著一股股的細流沿瓦槽與屋簷潺潺瀉下，各種敲擊音與滑音密織成網，誰的千指百指在按摩耳輪。「下雨了，」溫柔的灰美人來了，她冰冰的纖手在屋頂拂弄著無數的黑鍵啊灰鍵，把晌午一下子奏成了黃昏。

在古老的大陸上，千屋萬戶是如此。二十多年前，初來這島上，日式的瓦屋亦是如此。先是天黯了下來，城市像罩在一塊巨幅的毛玻璃裏，陰影在戶內延長復加深。然後涼涼的水意瀰漫在空間，風自每一個角落裏旋起，感覺得到，每一個屋頂上呼吸沉重都覆著灰雲。雨來了，最輕的敲打樂敲打這城市，蒼茫的屋頂，遠遠近近，一張張敲過去，古老的琴，那細細密密的節奏，單調裏自有一種柔婉與親切，滴滴點點滴滴，似幻似眞，若孩時在搖籃裏，一曲耳熟的童謠搖搖欲睡，母親吟哦鼻音與喉音。或是在江南的澤國水鄉，一大筐綠油油的桑葉被嚙於千百頭蠶，細細瑣瑣屑屑，口器與口器咀咀嚼嚼。雨來了，雨來的時候瓦這麼說，一片瓦說千億片瓦說，說輕輕地奏吧沉沉地彈，徐徐地叩吧撻撻地打，間間歇歇敲一個雨季，即興演奏從驚蟄到清明，在零落的墳上冷冷奏輓歌，一片瓦吟千億片瓦吟。

在日式的古屋裏聽雨，聽四月，霏霏不絕的黃梅雨，朝夕不斷，旬月綿延，濕黏黏的苔蘚從石階下一直侵到他舌底，心底。到七月，聽颱風颱雨在古屋頂上一夜盲奏，千噚海底的熱浪沸沸被狂風挾來，掀翻整個太平洋只爲向他的矮屋簷重重壓下，整個海在他的蝸殼上嘩嘩瀉過。不然便是雷雨夜，白煙一般的紗帳裏聽羯鼓一通又一通，滔天的暴雨滂滂沛沛撲來，強勁的電琵琶忐忐忑忑忐忐忑忑，彈動屋瓦的驚悸騰騰欲掀起。不然便是斜斜的西北雨斜斜，刷在窗玻璃上，鞭在牆上打在闊大的芭蕉葉上，一陣寒瀨瀉過，秋意便瀰漫日式的庭院了。

在日式的古屋裏聽雨，春雨綿綿聽到秋雨瀟瀟，從少年聽到中年，聽聽那冷雨。雨是一種單調而耐聽的音樂是室內樂是室外樂，戶內聽聽，戶外聽聽，冷冷，那音樂。雨是一種回憶的音樂，聽聽那冷雨，回憶江南的雨下得滿地是江湖下在橋上和船上，也下在四川在秧田和蛙塘下肥了嘉陵江下溼布穀咕咕的啼聲。雨是潮潮潤潤的音樂下在渴望的脣上舐舐那冷雨。

因為雨是最最原始的敲打樂從記憶的彼端敲起。瓦是最最低沉的樂器灰濛濛的溫柔覆蓋著聽雨的人，瓦是音樂的雨傘撐起。但不久公寓的時代來臨，臺北你怎麼一下子長高了，瓦的音樂竟成了絕響。千片萬片的瓦翩翩，美麗的灰蝴蝶紛紛飛走，飛入歷史的記憶。現在雨下下來下在水泥的屋頂和牆上，沒有音韻的雨季。樹也砍光了，那月桂，那楓樹，柳樹和擎天的巨椰，雨來的時候不再有叢葉嘈嘈切切，閃動溼溼的綠光迎接。鳥聲減了啾啾，蛙聲沉了閣閣，秋天的蟲吟也減了唧唧。七十年代的臺北不需要這些，一個樂隊接一個樂隊便遣散盡了。要聽雞叫，只有去《詩經》的韻裏尋找。現在只剩下一張黑白片，黑白的默片。

正如馬車的時代去後，三輪車的時代也去了。曾經在雨夜，三輪車的油布篷掛起，送她回家的途中，篷裏的世界小得多可愛，而且躲在警察的轄區以外。雨衣的口袋越大越好，盛得下他的一隻手裏握一隻纖纖的手。臺灣的雨季這麼長，該有人發明一種寬寬的雙人雨衣，一人分穿一隻袖子，此外的部分就不必分得太苛。而無論工業如何發達，一時似乎還廢不了雨傘。只要雨不傾盆，風不橫吹，撐一把傘在雨中仍不失古典的韻味。任雨點敲在黑布傘或是透明的塑膠傘上，將骨柄一旋，雨珠向四方噴濺，傘緣便旋成了一圈飛簷。跟女友共一把雨傘，該是一種美麗的合作吧。最好是初戀，有點興奮，更有點不好意思，若即若離之間，雨不妨下大一點。眞正初戀，恐怕是興奮得不需要傘的，手牽手在雨中狂奔而去，把年輕的長髮和肌膚交給漫天的淋淋漓漓，然後向對方的脣上頰上嘗涼涼甜甜的雨水。不過那要非常年輕且激情，同時，也只能發生在法國的新潮片裏吧。

大多數的雨傘想不會爲約會張開。上班下班，上學放學，菜市來回的途中，現實的傘，灰色的星期三。握著雨傘，他聽那冷雨打在傘上。索性更冷一些就好了，他想。索性把溼溼的灰雨凍成乾乾爽爽的白雨，六角形的結晶體在無風的空中迴迴旋旋地降下來，等鬚眉和肩頭白盡時，伸手一拂就落了。二十五年，沒有受故鄉白雨的祝福，或許髮上下一點白霜是一種變相的自我補償吧。一位英雄，禁得起多少次雨季？他的額頭是水成岩削成還是火成岩？他的心底究竟有多厚的苔蘚？廈門街的雨巷走了二十年與記憶等長，一座無瓦的公寓在巷底等他，一盞燈在樓上的雨窗子裏，等他回去，向晚餐後的沉思冥想去整理青苔深深的記憶。前塵隔海。古屋不再。聽聽那冷雨。

——一九七四年春分之夜

——選自一九七四年《聽聽那冷雨》

我的四個假想敵

二女幼珊在港參加僑生聯考，以第一志願分發臺大外文系。聽到這消息，我鬆了一口氣，從此不必擔心四個女兒統統嫁給廣東男孩了。

我對廣東男孩當然並無偏見，在港六年，我班上也有好些可愛的廣東少年，頗討老師的歡心，但是要我把四個女兒全都讓那些「靚仔」、「叻仔」擄掠了去，卻捨不得。不過，女兒要嫁誰，說得灑脫些，是她們的自由意志，說得玄妙些呢，是因緣，做父親的又何必患得患失呢？何況在這件事上，做母親的往往位居要衝，自然而然成了女兒的親密顧問，甚至親密戰友，作戰的對象不是男友，卻是父親。等到做父親的驚醒過來，早已腹背受敵，難挽大勢了。

在父親的眼裏，女兒最可愛的時候是在十歲以前，因爲那時她完全屬於自己。在男友的眼裏，她最可愛的時候卻在十七歲以後，因爲這時她正像畢業班的學生，已經一心向外了。父親和男友，先天上就有矛盾。對父親來說，世界上沒有東西比稚齡的女兒更完美的了，唯一的缺點就是會長大，除非你用急凍術把她久藏，不過這恐怕是違法的，而且她的男友遲早會騎了駿馬或摩托車來，把她吻醒。

我未用太空艙的凍眠術，一任時光催迫，日月輪轉，再揉眼時，怎麼四個女兒都已依次長大，昔日的童話之門砰地一關，再也回不去了。四個女兒，依次是珊珊、幼珊、佩珊、季珊。簡直可以排成一條珊瑚礁。珊珊十二歲的那年，有一次，未滿九歲的佩珊忽然對來訪的客人說：「喂，告訴你，我姐姐是一個少女了！」在座的大人全笑了起來。

曾幾何時，惹笑的佩珊自己，甚至最幼稚的季珊，也都在時光的魔杖下，點化成「少女」了。冥冥之中，有四個「少男」正偷偷襲來，雖然躡手躡足，屏聲止息，我卻感到背後有四雙眼睛，像所有的壞男孩那樣，目光灼灼，心存不軌，只等時機一到，便會站到亮處，裝出僞善的笑容，叫我岳父。我當然不會應他。哪有這麼容易的事！我像一棵果樹，天長地久在這裏立了多年，風霜雨露，樣樣有份，換來果實纍纍，不勝負荷。而你，偶爾過路的小子，竟然一伸手就來摘果子，活該蟠地的樹根絆你一跤！

而最可惱的，卻是樹上的果子，竟有自動落入行人手中的樣子。樹怪行人不該擅自來摘果子，行人卻說是果子剛好掉下來，給他接著罷了。這種事，總是裏應外合才成功的。當初我自己結婚，不也是有一位少女開門揖盜嗎？「堡壘最容易從內部攻破」，說得眞是不錯。不過彼一時也，此一時也。同一個人，過街時討厭汽車，開車時卻討厭行人。現在是輪到我來開車。

好多年來，我已經習於和五個女人爲伍，浴室裏瀰漫著香皂和香水氣味，沙發上散置皮包和髮捲，餐桌上沒有人和我爭酒，都是天經地義的事。戲稱吾廬為「女生宿舍」，也已經很久了。做了「女生宿舍」的舍監，自然不歡迎陌生的男客，尤其是別有用心的一類。但是自己轄下的女生，尤其是前面的三位，已有「不穩」的現象，卻令我想起葉慈的一句話：

一切已崩潰，失去重心。

我的四個假想敵，不論是高是矮，是胖是瘦，是學醫還是學文，遲早會從我疑懼的迷霧裏顯出原形，一一走上前來，或迂迴曲折，囁嚅其詞，或開門見山，大言不慚，總之要把他的情人，也就是我的女兒，對不起，從此領去。無形的敵人最可怕，何況我在亮處，他在暗裏，又有我家的「內奸」接應，眞是防不勝防。只怪當初沒有把四個女兒及時冷藏，使時間不能拐騙，社會也無由汙染。現在她們都已大了，回不了頭；我那四個假想敵，那四個鬼鬼祟祟的地下工作者，也都已羽毛豐滿，什麼力量都阻止不了他們了。先下手爲強，這件事，該乘那四個假想敵還在襁褓的時候，就予以解決的。至少美國詩人納許（Ogden Nash, 1902-71）勸我們如此。他在一首妙詩〈由女嬰之父來唱的歌〉（Song to Be Sung by the Father of Infant Female Children）之中，說他生了女兒吉兒之後，惴惴不安，感到不知什麼地方正有個男嬰也在長大，現在雖然還渾渾噩噩，口吐白沫，卻注定將來會搶走他的吉兒。於是做父親的每次在公園裏看見嬰兒車中的男嬰，都不由神色一變，暗暗想道：「會不會是這傢伙！」想著想著，他「殺機陡萌」

（My dreams, I fear, are infanticiddle），便要解開那男嬰身上的別針，朝他的爽身粉裏撒胡椒粉，把鹽撒進他的奶瓶，把沙撒進他的菠菜汁，再扔頭優游的鱷魚到他的嬰兒車裏陪他遊戲，逼他在水深火熱之中掙扎而去，去娶別人的女兒。足見詩人以未來的女婿爲假想敵，早已有了前例。

不過一切都太遲了。當初沒有當機立斷，採取非常措施，像納許詩中所說的那樣，眞是一大失策。如今的局面，套一句史書上常見的話，已經是「寇入深矣」！女兒的牆上和書桌的玻璃墊下，以前的海報和剪報之類，還是披頭，拜絲，大衛・凱西弟的形象，現在紛紛都換上男友了。至少，灘頭陣地已經被入侵的軍隊佔領了去，這一仗是必敗的了。記得我們小時，這一類的照片仍被列爲機密要件，不是藏在枕頭套裏，貼著夢境，便是夾在書堆深處，偶爾翻出來神往一番，哪有這麼二十四小時眼前供奉的？

這一批形跡可疑的假想敵，究竟是哪年哪月開始入侵廈門街余宅的，已經不可考了。只記得六年前遷港之後，攻城的軍事便換了一批口操粵語的少年來接手。至於交戰的細節，就得問名義上是守城的那幾個女將，我這位「昏君」是再也搞不清的了。只知道敵方的砲火，起先是瞄準我家的信箱，那些歪歪斜斜的筆跡，久了也能猜個七分；繼而是集中在我家的電話，「落彈點」就在我書桌的背後，我的文苑就是他們的沙場，一夜之間，總有十幾次腦震盪。那些粵音平上去入，有九聲之多，也令我難以研判敵情。現在我帶幼姍回了廈門街，那頭的廣東部隊輪到我太太去抵擋，我在這頭，只要留意臺灣健兒，任務就輕鬆多了。

信箱被襲，只如戰爭的默片，還不打緊。其實我寧可多情的少年勤寫情書，那樣至少可以練習作文，不致在視聽教育的時代荒廢了中文。可怕的還是電話中彈，那一串串警告的鈴聲，把戰場從門外的信箱擴至書房的腹地，默片變成了身歷聲，假想敵在實彈射擊了。更可怕的，卻是假想敵眞的闖進了城來，成了有血有肉的眞敵人，不再是假想了好玩的了，就像軍事演習到中途，忽然眞的打起來了一樣。眞敵人是看得出來的。在某一女兒的接應之下，他佔領了沙發的一角，從此兩人呢喃細語，囁嚅密談，即使脈脈相對的時候，那氣氛也濃得化不開，窒得全家人都透不過氣來。這時幾個姐妹早已迴避得遠遠的了，任誰都看得出情況有異。萬一敵人留下來吃飯，那空氣就更爲緊張，好像擺好姿勢，面對照相機一般。平時鴨塘一般的餐桌，四姐妹這時像在演啞劇，連筷子和調羹都似乎得到了消息，忽然小心翼翼起來。明知道這僭越的小子未必就是眞命女婿，（誰曉得寶貝女兒現在是十八變中的第幾變呢？）心裏卻不由自主升起一股淡淡的敵意。也明知女兒正如將熟之瓜，終有一天會蒂落而去，卻希望不是隨眼前這自負的小子。

當然，四個女兒也自有不乖的時候，在惱怒的心情下，我就恨不得四個假想敵趕快出現，把她們統統帶走。但是那一天眞要來到時，我一定又會懊悔不已。我能夠想像，人生的兩大寂寞，一是退休之日，一是最小的孩子終於也結婚之後。宋淇有一天對我說：「眞羨慕你的女兒全在身邊！」眞的嗎？至少目前我並不覺得，自己有什麼可羨之處。也許眞要等到最小的季姍也跟著假想敵度蜜月去了，才會和我存並坐在空空的長沙發上，翻閱她們小時的相簿，追憶從前，六人一車長途壯遊的盛況，或是晚餐桌上，熱氣蒸騰，大家共享的燦爛燈光。人生有許多事情，正如船後的波紋，總要過後才覺得美的。這麼一想，又希望那四個假想敵，那四個生手笨腳的小夥子，還是多吃幾口閉門羹，慢一點出現吧。

袁枚寫詩，把生女兒說成「情疑中副車」；這書袋掉得很有意思，卻也流露了重男輕女的封建意識。照袁枚的說法，我是連中了四次副車，命中率夠高的了。余宅的四個小女孩現在變成了四個小婦人，在假想敵環伺之下，若問我擇婿有何條件，一時倒恐怕答不上來。沉吟半晌，我也許會說：「這件事情，上有月下老人的婚姻譜，誰也不能竄改，包括韋固，下有兩個海誓山盟的情人，『二人同心，其利斷金』，我憑什麼要逆天拂人，梗在中間？何況終身大事，神祕莫測，事先無法推理，事後不能悔棋，就算交給廿一世紀的電腦，恐怕也算不出什麼或然率來。倒不如故示慷慨，僞作輕鬆，博一個開明父親的美名，到時候帶顆私章，去做主婚人就是了。」

問的人笑了起來，指著我說：「什麼叫做『僞作輕鬆』？可見你心裏並不輕鬆。」

我當然不很輕鬆，否則就不是她們的父親了。例如人種的問題，就很令人煩惱。萬一女兒發癡，愛上一個聳肩攤手口香糖嚼個不停的小怪人，該怎麼辦呢？在理性上，我願意「有婿無類」，做一個大大方方的世界公民。但是在感情上，還沒有大方到讓一個臂毛如猿的小夥子把我的女兒抱過門檻。現在當然不再是「嚴夷夏之防」的時代，但是一任單純的家庭擴充成一個小型的聯合國，也大可不必。問的人又笑了，問我可曾聽說混血兒的聰明超乎常人。我說：「聽過，但是我不稀罕抱一個天才的『混血孫』。我不要一個天才兒童叫我 Grandpa，我要他叫我外公。」問的人不肯罷休：「那麼省籍呢？」

「省籍無所謂，」我說。「我就是蘇閩聯姻的結果，還不壞吧？當初我母親從福建寫信回武進，說當地有人向她求婚。娘家大驚小怪，說『那麼遠！怎麼就嫁給南蠻！』後來娘家發現，除了言語不通之外，這位閩南姑爺並無可疑之處。這幾年，廣東男孩鍥而不舍，對我家的壓力很大，有一天閩粵結成了秦晉，我也不會感到意外。如果有個臺灣少年特別巴結我，其志又不在跟我談文論詩，我也不會怎麼爲難他的。至於其他各省，從黑龍江直到雲南，口操各種方言的少年，只要我女兒不嫌他，我自然也歡迎。」

「那麼學識呢？」

「學什麼都可以。也不一定要是學者，學者往往不是好女婿，更不是好丈夫。只有一點：中文必須清通。中文不通，將禍延吾孫！」

客又笑了。「相貌重不重要？」他再問。

「你眞是迂闊之至！」這次輪到我發笑了。「這種事，我女兒自己會注意，怎麼會要我來操心？」

笨客還想問下去，忽然門鈴響起。我起身去開大門，發現長髮亂處，又一個假想敵來掠余宅。

——選自一九八七年《記憶像鐵軌一樣長》

記憶像鐵軌一樣長

我的中學時代在四川的鄉下度過。那時正當抗戰，號稱天府之國的四川，一寸鐵軌也沒有。不知道爲什麼，年幼的我，在千山萬嶺的重圍之中，總愛對著外國地圖，嚮往去遠方遊歷，而且覺得最浪漫的旅行方式，便是坐火車。每次見到月曆上有火車在曠野奔馳，曳著長煙，便心隨煙飄，悠然神往，幻想自己正坐在那一排長窗的某一扇窗口，無窮的風景爲我展開，目的地呢，則遠在千里外等我，最好是永不到達，好讓我永不下車。那平行的雙軌一路從天邊疾射而來，像遠方伸來的雙手，要把我接去未知；不可久視，久視便受它催眠。

鄉居的少年那麼神往於火車，大概因爲它雄偉而修長，軒昂的車頭一聲高嘯，一節節的車廂鏗鏗跟進，那氣派眞是懾人。至於輪軌相激枕木相應的節奏，初則鏗鏘而慷慨，繼則單調而催眠，也另有一番情韻。過橋時俯瞰深谷，眞若下臨無地，躡虛而行，一顆心，也忐忐忑忑吊在半空。黑暗迎面撞來，當頭罩下，一點準備也沒有，那是過山洞。驚魂未定，兩壁的回聲轟動不絕，你已經愈陷愈深，衝進山嶽的盲腸裏去了。光明在山的那一頭迎你，先是一片幽昧的微熹，遲疑不決，驀地天光豁然開朗，黑洞把你吐回給白晝。這一連串的經驗，從驚到喜，還帶著不安和神祕，歷時雖短而印象很深。

坐火車最早的記憶是在十歲。正是抗戰第二年，母親帶我從上海乘船到安南，然後乘火車北上昆明。滇越鐵路與富良江平行，依著橫斷山脈蹲踞的餘勢，江水滾滾向南，車輪鏗鏗向北。也不知越過多少橋，穿過多少山洞。我靠在窗口，看了幾百里的桃花映水，眞把人看得眼紅、眼花。

入川之後，剛亢的鐵軌只能在山外遠遠喊我了。一直要等勝利還都，進了金陵大學，才有京滬路上疾駛的快意。那是大一的暑假，隨母親回她的故鄉武進，鐵軌無盡，伸入江南溫柔的水鄉，柳絲弄晴，輕輕地撫著麥浪。可是半年後再坐京滬路的班車東去，卻不再中途下車，而是直達上海。那是最哀傷的火車之旅了：紅旗渡江的前夕，我們倉皇離京，還是母子同行，幸好兒子已經長大，能夠照顧行李。車廂擠得像滿滿一盒火柴，可是乘客的四肢卻無法像火柴那麼排得平整，而是交肱疊股，摩肩錯臂，互補著虛實。母親還有座位。我呢，整個人只有一隻腳半踩在茶几上，另一隻則在半空，不是虛懸在空中，而是斜斜地半架半壓在各色人等的各色肢體之間。這麼維持著「勢力均衡」，換腿當然不能，如廁更是妄想。到了上海，還要奮力奪窗而出，否則就會被新湧上車來的回程旅客夾在中間，挾回南京去了。

來臺之後，與火車更有緣分。什麼快車慢車、山線海線，都有緣在雙軌之上領略，只是從前京滬路上的東西往返，這時變成了縱貫線上的南北來回。滾滾疾轉的風火千輪上，現代哪吒的心情，有時是出發的興奮，有時是回程的慵懶，有時是午晴的遐思，有時是夜雨的落寞。大玻璃窗招來豪闊的山水，遠近的城村；窗外的光景不斷，窗內的思緒不絕，眞成了情景交融。尤其是在長途，終站尙遠，兩頭都搭不上現實，這是你一切都被動的過渡時期，可以絕對自由地大想心事，任意識亂流。

餓了，買一盒便當充午餐，雖只一片排骨，幾塊醬瓜，但在快覽風景的高速動感下，卻顯得特別可口。臺中站到了，車頭重重地喘一口氣，頸掛零食拼盤的小販一擁而上，太陽餅、鳳梨酥的誘惑總難以拒絕。照例一盒盒買上車來，也不一定是爲了有多美味，而是細嚼之餘有一股甜淨淨的鄉情，以及那許多年來，唉，從年輕時起，在這條線上進站、出站、過站、初旅、重遊、揮別，重重疊疊的回憶。

最生動的回憶卻不在這條線上，在阿里山和東海岸。拜阿里山神是在十二年前。朱紅色的窄軌小火車在洪荒的岑寂裏盤旋而上，忽進忽退，忽蠕蠕於懸崖，忽隱身於山洞，忽又引吭一呼，回聲在峭壁間來回反彈。萬綠叢中牽曳著一線媚紅，連高古的山顏也板不起臉來了。

拜東岸的海神卻近在三年以前，是和我存一同乘電氣化火車從北迴線南下。浩浩的太平洋啊，日月之所出，星斗之所生，畢竟不是海峽所能比，東望，是令人絕望的水藍世界。起伏不休的鹹波，在遠方，搖撼著多少個港口多少隻船，捫不到邊，探不到底，海神的心事就連長錨千丈也難窺。一路上怪壁凝天，奇岩鎭地，被千古的風浪蝕刻成最醜所以也最美的形貌，羅列在岸邊如百里露天的藝廊，刀痕剛勁，一件件都鑿著時間的簽名，最能滿足狂士的「石癖」。不僅岸邊多石，海中也多島。火車過時，一個個島嶼都不甘寂寞，跟它賽起跑來。畢竟都是海之囚，小的，不過跑三兩分鐘，大的，像龜山島，也只能追逐十幾分鐘，就認輸放棄了。

薩洛揚的小說裏，有一個寂寞的野孩子，每逢火車越野而過，總是興奮地在後面追趕。四十年前在四川的山國裏，對著世界地圖悠然出神的，也是那樣寂寞的一個孩子，只是在他的門前，連火車也不經過。後來遠去外國，越洋過海，坐的卻常是飛機，而非火車。飛機雖可想成莊子的逍遙之遊，列子的御風之旅，但是出沒雲間，遊行虛碧，變化不多，機窗也太狹小，久之並不耐看。那像火車的長途，催眠的節奏，多變的風景，從闊窗裏看出去，又像是在人間，又像駛出了世外。所以在國外旅行，凡鏗鏗的雙軌能到之處，我總是站在月臺——名副其實的「長亭」——上面，等那陽剛之美的火車轟轟隆隆其勢不斷地踹進站來，來載我去遠方。

在美國的那幾年，坐過好多次火車。在愛奧華城讀書的那一年，常坐火車去芝加哥看劉鎏和孫璐。美國是汽車王國，火車並不考究。去芝加哥的老式火車頗有十九世紀遺風，坐起來實在不大舒服，但沿途的風景卻看之不倦。尤其到了秋天，原野上有一股好聞的淡淡焦味，太陽把一切成熟的東西焙得更成熟，黃透的楓葉雜著赭畫的橡葉，一路豔燒到天邊，誰見過那樣美麗的火災呢？過密西西比河，鐵橋上敲起空曠的鏗鏘，橋影如網，張著抽象美的線條，倏忽已踹過好一片壯闊的煙波。等到暮色在窗，芝城的燈火迎面漸密，那黑人老車掌就喉音重濁地喊出站名：Tanglewood！

有一次，從芝城坐火車回愛奧華城。正是耶誕假後，滿車都是回校的學生，大半還背著、拎著行囊，更形擁擠。我和好幾個美國學生擠在兩節車廂之間，等於站在老火車軋軋交掙的關節之上，又凍又渴。飲水的紙杯在衆人手上，從廁所一路傳到我們跟前。更嚴重的問題是不能去廁所，因爲連那裏面也站滿了人。火車原已誤點，我們在呵氣翳窗的芝城總站上早已困立了三、四個小時，偏偏隆冬的膀胱最容易注滿。終於「滿載而歸」，一直熬到愛大的宿舍。一瀉之餘，頓覺身輕若仙，重心全失。

美國火車經常誤點，眞是惡名昭彰。我在美國下決心學開汽車，完全是給老爺火車激出來的。火車誤點，或是半途停下來等到地老天荒，甚至爲了說不清楚的深奧原因向後倒開，都是最不浪漫的事。幾次耽誤，我一怒之下，決定把方向盤握在自己手裏，不問山長水遠，都可即時命駕。執照一到手，便與火車分道揚鑣，從此我騁我的高速路，它敲它的雙鐵軌。不過在高速路旁，偶見迤迤的列車同一方向疾行，那修長而魁偉的體魄，那穩重而剽悍的氣派，尤其是在天高雲遠的西部，仍令我怦然心動。總忍不住要加速去追趕，興奮得像西部片裏馬背上的大盜，直到把它追進了山洞。

一九七六年去英國，周榆瑞帶我和彭歌去劍橋一遊。我們在維多利亞車站的月臺上候車，匆匆來往的人群，使人想起那許多著名小說裏的角色，在這「生之漩渦」裏捲進又捲出的神色與心情。火車出城了，一路開得不快，看不盡人家後院曬著的衣裳，和紅磚翠籬之間明豔而動人的園藝。那年西歐大旱，耐乾的玫瑰卻恣肆著嬌紅。不過是八月底，英國給我的感覺卻是過了成熟焦點的晚秋，儘管是遲暮了，仍不失為美人。到劍橋飄起霏霏的細雨，更為那一幢幢儼整雅潔的中世紀學院平添了一分迷朦的柔美。經過人文傳統日琢月磨的景物，畢竟多一種沉潛的秀逸氣韻，不是鋁光閃閃的新廈可比。在空幻的雨氣裏，我們撐著黑傘，踱過劍河上的石洞拱橋，心底迴旋的是米爾頓牧歌中的抑揚名句，不是硤石才子的紅南鄉音。紅磚與翠藤可以為證，半部英國文學史不過是這河水的回聲。雨氣終於濃成暮色，我們才揮別了燈暖如橘的劍橋小站。往往，大旅途裏最具風味的，是這種一日來回的「便遊」（side trip）。

兩年後我去瑞典開會，回程順便一遊丹麥與西德，特意把斯德哥爾摩到哥本哈根的機票，換成黃底綠字的美麗火車票。這一程如果在雲上直飛，一小時便到了，但是在鐵軌上輪轉，從上午八點半到下午四點半，卻足足走了八個小時。雲上之旅海天一色，美得未免抽象。風火輪上八小時的滾滾滑行，卻帶我深入瑞典南部的四省，越過青青的麥田和黃豔豔的芥菜花田，攀過銀樺蔽天杉柏密矗的山地，渡過北歐之喉的峨瑞升德海峽，在香熟的夕照裏駛入丹麥。瑞典是森林王國，火車上凡是門窗几椅之類都用木製，給人的感覺溫厚而可親。車上供應的午餐是烘麵包夾鮮蝦仁，灌以甘冽的嘉士伯啤酒，最合我的胃口。瑞典南端和丹麥北部這一帶，陸上多湖，海中多島，我在詩裏曾說這地區是「屠龍英雄的澤國，佯狂王子的故鄉」，想像中不知有多陰鬱，多神祕。其實那時候正是春夏之交，緯度高遠的北歐日長夜短，柔藍的海峽上，遲暮的天色久久不肯落幕。我在延長的黃昏裏獨遊哥本哈根的夜市，向人魚之港的燈影花香裏，尋找疑真疑幻的傳說。

西德之旅，從杜塞爾多夫到科隆的一程，我也改乘火車。德國的車廂跟瑞典的相似，也是一邊是狹長的過道，另一邊是方形的隔間，裝飾古拙而親切，令人想起舊世界的電影。乘客稀少，由我獨佔一間，皮箱和提袋任意堆在長椅上。銀灰與橘紅相映的火車沿萊茵河南下，正自縱覽河景，查票員說科隆到了。剛要把行李提上走廊，猛一轉身，忽然瞥見蜂房蟻穴的街屋之上峻然拔起兩座黑黝黝的尖峯，瞬間的感覺，極其突兀而可驚。定下神來，火車已經駛近那一雙怪物，峭險的尖塔下原來還整齊地繞著許多小塔，鋒芒逼人，拱衛成一派森嚴的氣象，那麼崇高而神祕，中世紀哥德式的肅然神貌聳在半空，無聞於下界瑣細的市聲。原來是科隆的大教堂，在萊茵河畔頂天立地已七百多歲。火車在轉彎。不知道是否因爲車身微側，竟感覺那一對巨塔也峨然傾斜，令人吃驚。不知飛機迴降時成何景象，至少火車進城的這一幕十分壯觀。

三年前去里昂參加國際筆會的年會，從巴黎到里昂，當然是乘火車，爲了深入法國東部的田園詩裏，看各色的牛群，或黃或黑，或白底而花斑，嚼不盡草原上緩坡上遠連天涯的芳草萋萋。陌生的城鎭，點名一般地換著站牌。小村更一現即逝，總有白楊或青楓排列於鄉道，掩映著粉牆紅頂的村舍，襯以教堂的細瘦尖塔，那麼秀氣地針著遠天。席思禮、畢沙洛，在初秋的風裏吹弄著牧笛嗎？那年法國剛通了東南線的電氣快車，叫做 **Le TGV**（Train à Grande Vitesse），時速三八〇公里，在報上大事宣揚。回程時，法國筆會招待我們坐上這驕紅的電鰻；由於座位是前後相對，我一路竟倒騎著長鰻進入巴黎。在車上也不覺得怎麼「風馳電掣」，頗感不過如此。今年初夏和紀剛、王藍、健昭、楊牧一行，從東京坐子彈車射去京都，也只覺其

「穩健」而已。車到半途，天色漸昧，正吃著鰻魚佐飯的日本便當，呑著苦澀的札幌啤酒，車廂裏忽然起了騷動，驚歎不絕。在鄰客的探首指點之下，迓見富士山的雪頂白矗晚空，明知其爲眞實，卻影影綽綽，像一片可怪的幻象。車行極快，不到三五分鐘，那一影淡白早已被近丘所遮。那樣快的變動，敢說浮世繪的畫師，戴笠跨劍的武士，都不曾見過。

臺灣中南部的大學常請臺北的教授前往兼課，許多朋友不免每星期南下臺中、臺南或高雄。從前龔定盦奔波於北京與杭州之間，柳亞子說他「北駕南艤到白頭」。這些朋友在島上南北奔波，看樣子也會奔到白頭，不過如今是在雙軌之上，不是駕馬艤舟。我常笑他們是演「雙城記」，其實近十年來，自己在臺北與香港之間，何嘗不是如此？在臺北，三十年來我一直以廈門街爲家。現在的汀州路二十年前是一條窄軌鐵路，小火車可通新店。當時年少，我曾在夜裏踏著軌旁的碎石，鞋聲軋軋地走回家去，有時索性走在軌道上，把枕木踩成一把平放的長梯。時常在冬日的深宵，詩寫到一半，正獨對天地之悠悠，寒顫的汽笛聲會一路沿著小巷嗚嗚傳來，淒清之中有其溫婉，好像在說：全臺北都睡了，我也要回站去了，你，還要獨撐這傾斜的世界嗎？夜半鐘聲到客船，那是張繼。而我，總還有一聲汽笛。

在香港，我的樓下是山，山下正是九廣鐵路的中途。從黎明到深夜，在陽臺下滾滾輾過的客車、貨車，至少有一百班。初來的時候，幾乎每次聽見車過，都不禁要想起鐵軌另一頭的那一片土地，簡直像十指連心。十年下來，那樣的節拍也已聽慣，早成大寂靜裏的背景音樂，與山風海潮合成渾然一片的天籟了。那輪軌交磨的聲音，遠時哀沉，近時壯烈，清晨將我喚醒，深宵把我搖睡，已經潛入了我的脈搏，與我的呼吸相通。將來我回去臺灣，最不慣的恐怕就是少了這金屬的節奏，那就是眞正的寂寞了。也許應該把它錄下音來，用最敏感的機器，以備他日懷舊之需。附近有一條鐵路，就似乎把住了人間的動脈，總是有情的。

香港的火車電氣化之後，大家坐在冷靜如冰箱的車廂裏，忽然又懷起古來，隱隱覺得從前的黑頭老火車，曳著煤煙而且重重嘆氣的那種，古拙剛愎之中仍不失可親的味道。在從前那種車上，總有小販穿梭於過道，叫賣齋食與「鳳爪」，更少不了的是報販。普通票的車廂裏，不分三教九流，男女老幼，都雜雜沓沓地坐在一起，有的默默看報，有的怔怔望海，有的瞌睡，有的啃雞爪，有的閒閒地聊天，有的激昂慷慨地痛論國是，但旁邊的主婦並不理會，只顧得呵斥自己的孩子。如果你要香港社會的樣品，這裏便是。週末的加班車上，更多廣州返來的回鄉客，一根扁擔，就挑盡了大包小籠。此情此景，總令我想起杜米葉（Honoré Daumier）的名畫「三等車上」。只可惜香港沒有產生自己的杜米葉，而電氣化後的明淨車廂裏，從前那些汗氣、土氣的乘客，似乎一下子都不見了，小販子們也絕跡於月臺。我深深懷念那個摩肩抵肘的時代。站在今日劃了黃線的整潔月臺上，總覺得少了一點什麼，直到記起了從前那一聲汽笛長嘯。

寫火車的詩很多，我自己都寫過不少。我甚至譯過好幾首這樣的詩，卻最喜歡土耳其詩人塔朗吉（Cahit Sitki Taranci）的這首：

去什麼地方呢，這麼晚了，
美麗的火車，孤獨的火車？
淒苦是你汽笛的聲音，
令人記起了許多事情。

爲什麼我不該揮舞手巾呢？
乘客多少都跟我有親。
去吧，但願你一路平安，
橋都堅固，隧道都光明。

——一九八四年五月七日

——選自一九八七年《記憶像鐵軌一樣長》

自豪與自幸

——我的國文啓蒙

每個人的童年未必都像童話，但是至少該像童年。若是在都市的紅塵裏長大，不得親近草木蟲魚，且又飽受考試的威脅，就不得縱情於雜學閒書，更不得看雲、聽雨，發一整個下午的呆。我的中學時代在四川的鄉下度過，正是抗戰，儘管貧於物質，卻富於自然，裕於時光，稚小的我乃得以親近山水，且涵泳中國的文學。所以每次憶起童年，我都心存感慰。

我相信一個人的中文根柢，必須深固於中學時代。若是等到大學才來補救，就太晚了，所以大一國文之類的課程不過虛設。我的幸運在於中學時代是在純樸的鄉間度過，而家庭背景和學校教育也宜於學習中文。

一九四〇年秋天，我進入南京青年會中學，成爲初一的學生。那家中學在四川江北縣悅來場，靠近嘉陵江邊，因爲抗戰，才從南京遷去了當時所謂的「大後方」。不能算是什麼名校，但是教學認眞。我的中文跟英文底子，都是在那幾年打結實的。尤其是英文老師孫良驥先生，嚴謹而又關切，對我的教益最多。當初若非他教我英文，日後我是否進外文系，大有問題。

至於國文老師，則前後換了好幾位。川大畢業的陳夢家先生，兼授國文和歷史，雖然深度近視，戴著厚如醬油瓶底的眼鏡，卻非目光如豆，學問和口才都頗出衆。另有一位國文老師，已忘其名，只記得儀容儒雅，身材高大，不像陳老師那麼不修邊幅，甚至有點邋遢。更記得他是北師大出身，師承自多名士耆宿，就有些看不起陳先生，甚至溢於言表。

高一那年，一位前清的拔貢來教我們國文。他是戴伯瓊先生，年已古稀，十足是川人慣稱的「老夫子」。依清制科舉，每十二年由各省學政考選品學兼優的生員，保送入京，也就是貢入國子監，謂之拔貢。再經朝考及格，可充京官、知縣或教職。如此考選拔貢，每縣只取一人，眞是高材生了。戴老夫子應該就是巴縣（即江北縣）的拔貢，舊學之好可以想見。冬天他來上課，步履緩慢，意態從容，常著長衫，戴黑帽，坐著講書。至今我還記得他教周敦頤的〈愛蓮說〉，如何搖頭晃腦，用川腔吟誦，有金石之聲。這種老派的吟誦，隨情轉腔，一詠三歎，無論是當衆朗誦或者獨自低吟，對於體味古文或詩詞的意境，最具感性的功效。現在的學生，甚至主修中文系的，也往往只會默讀而不會吟誦，與古典文學不免隔了一層。

爲了戴老夫子的耆宿背景，我們交作文時，就試寫文言。憑我們這一手稚嫩的文言，怎能入夫子的法眼呢？幸而他頗客氣，遇到交文言的，他一律給六十分。後來我們死了心，改寫白話，結果反而獲得七、八十分，眞是出人意外。

有一次和同班的吳顯恕讀了孔稚珪的〈北山移文〉，佩服其文采之餘，對紛繁的典故似懂非懂，乃持以請教戴老夫子，也帶點好奇，有意考他一考。不料夫子一瞥題目，便把書合上，滔滔不絕，不但我們問的典故他如數家珍地詳予解答，就連沒有問的，他也一併加以講解，令我們佩服之至。

國文班上，限於課本，所讀畢竟有限，課外研修的師承則來自家庭。我的父母都算不上什麼學者，但他們出身舊式家庭，文言底子照例不弱，至少文理是曉暢通達的。我一進中學，他們就認為我應該讀點古文了，父親便開始教我魏徵的〈諫太宗十思疏〉，母親也在一旁幫腔。我不太喜歡這種文章，但感於雙親的諄諄指點，也就十分認真地學習。接下來是讀〈留侯論〉，雖然也是以知性為主的議論文，卻淋漓恣肆，兼具生動而鏗鏘的感性，令我非常感動。再下來便是〈春夜宴桃李園序〉、〈弔古戰場文〉、〈與韓荊州書〉、〈陋室銘〉等幾篇。我領悟漸深，興趣漸濃，甚至倒過來央求他們多教一些美文。起初他們不很願意，認為我應該多讀一些載道的文章，但見我頗有進步，也真有興趣，便又教了〈為徐敬業討武曌檄〉、〈滕王閣序〉、〈阿房宮賦〉。

父母教我這些，每在講解之餘，各以自己的鄉音吟哦給我聽。父親誦的是閩南調，母親吟的是常州腔，古典的情操從鄉音深處召喚著我，對我都有異常的親切。就這麼，每晚就著搖曳的桐油燈光，一遍又一遍，有時低迴，有時高亢，我習誦著這些古文，忘情地讚歎駢文的工整典麗，散文的開闔自如。這樣的反覆吟詠，潛心體會，對於真正進入古人的感情，去呼吸歷史，涵泳文化，最為深刻、委婉。日後我在詩文之中展現的古典風格，正以桐油燈下的夜讀為其源頭。爲此，我永遠感激父母當日的啓發。

不過那時爲我啓蒙的，還應該一提二舅父孫有孚先生。那時我們是在悅來場的鄉下，住在一座朱氏宗祠裏，山下是南去的嘉陵江，濤聲日夜不斷，入夜尤其撼耳。二舅父家就在附近的另一個山頭，和朱家祠堂隔谷相望。父親經常在重慶城裏辦公，只有母親帶我住在鄉下，教授古文這件事就由二舅父來接手。他比父親要閒，舊學造詣也似較高，而且更加喜歡美文，正合我的抒情傾向。

他爲我講了前後〈赤壁賦〉和〈秋聲賦〉，一面捧著水煙筒，不時滋滋地抽吸，一面爲我娓娓釋義，哦哦誦讀。他的鄉音同於母親，近於吳儂軟語，纖秀之中透出儒雅。他家中藏書不少，最吸引我的是一部插圖動人的線裝《聊齋誌異》。二舅父和父親那一代，認爲這種書輕佻側豔，只宜偶爾消遣，當然不會鼓勵子弟去讀。好在二舅父也不怎麼反對，課餘任我取閱，縱容我神遊於人鬼之間。

後來父親又找來《古文筆法百篇》和《幼學瓊林》、《東萊博議》之類，抽教了一些。長夏的午後，吃罷綠豆湯，父親便躺在竹睡椅上，一卷接一卷地細覽他的《綱鑑易知錄》，一面嘆息盛衰之理，我則暢讀舊小說，尤其耽看《三國演義》。《西遊記》、《水滸傳》，甚至《封神榜》、《東周列國誌》、《七俠五義》、《包公案》、《平山冷燕》等等也在閒觀之列，但看得最入神也最仔細的，是《三國演義》，連草船借箭那一段的〈大霧迷江賦〉也讀了好幾遍。至於《儒林外史》和《紅樓夢》，則要到進了大學才認眞閱讀。當時初看《紅樓夢》，只覺其婆婆媽媽，很不耐煩，竟半途而廢。早在高中時代，我的英文已經頗有進境，可以自修《莎氏樂府本事》（*Tales from Shakespeare*: by Charles Lamb），甚至試譯拜倫《海羅德公子遊記》（*Childe Harold's Pilgrimage*）的片段。只怪我野心太大，頭緒太多，所以讀中國作品也未能全力以赴。

我一直認爲，不讀舊小說難謂中國的讀書人。「高眉」（high-brow）的古典文學固然是在詩文與史哲，但「低眉」（low-brow）的舊小說與民謠、地方戲之類，卻爲市井與江湖的文化所寄，上至騷人墨客，下至走卒販夫，廣爲雅俗共賞。身爲中國人而不識關公、包公、武松、薛仁貴、孫悟空、林黛玉，是不可思議的。如果說莊、騷、李、杜、韓、柳、歐、蘇是古典之葩，則西遊、水滸、三國、紅樓正是民俗之根，有如圓規，缺其一腳必難成其圓。

讀中國的舊小說，至少有兩大好處。一是可以認識舊社會的民情風土、市井江湖，爲儒道釋俗化的三教文化作一注腳；另一則是在文言與白話之間搭一橋樑，俾在兩岸自由來往。當代學者慨嘆學子中文程度日低，開出來的藥方常是「多讀古書」。其實目前學生中文之病已近膏肓，勉強吞嚥幾丸孟子或史記，實在是杯水車薪，無濟於事，根柢太弱，虛不受補。倒是舊小說融貫文白，不但語言生動，句法自然，而且平仄妥貼，詞彙豐富；用白話寫的，有口語的流暢，無西化之夾生，可謂舊社會白語文的「原湯正味」，而用文話寫的，如《三國演義》、《聊齋誌異》與唐人傳奇之類，亦屬淺近文言，便於白話過渡。加以故事引人入勝，這些小說最能使青年讀者潛化於無形，耽讀之餘，不知不覺就把中文摸熟弄通，雖不足從事什麼聲韻訓詁，至少可以做到文從字順，達意通情。

我那一代的中學生，非但沒有電視，也難得看到電影，甚至廣播也不普及。聲色之娛，恐怕只有靠話劇了，所以那是話劇的黃金時代。一位窮鄉僻壤的少年要享受故事，最方便的方式就是讀舊小說。加以考試壓力不大，都市娛樂的誘惑不多而且太遠，而長夏午寐之餘，隆冬雪窗之內，常與諸葛亮、秦叔寶爲伍，其樂何輸今日的磁碟、錄影帶、卡拉OK？而更幸運的，是在「且聽下回分解」之餘，我們那一代的小「看官」們竟把中文讀通了。

同學之間互勉的風氣也很重要。巴蜀文風頗盛，民間素來重視舊學，可謂弦歌不輟。我的四川同學家裏常見線裝藏書，有的可能還是珍本，不免拿來校中炫耀，乃得奇書共賞。當時中學生之間，流行的課外讀物分爲三類：即古典文學，尤其是舊小說；新文學，尤其是三十年代白話小說；翻譯文學，尤其是帝俄與蘇聯的小說。三類之中，我對後面兩類並不太熱中，一來因爲我勤讀英文，進步很快，準備日後直接欣賞原文，至少可讀英譯本，二來我對當時西化而生硬的新文學文體，多無好感，對一般新詩，尤其是普羅八股，實在看不上眼。同班的吳顯恕是蜀人，家多古典藏書，常攜來與我共賞，每遇奇文妙句，輒同聲嘖嘖。有一次我們迷上了《西廂記》，愛不釋手，甚至會趁下課的十分鐘展卷共讀，碰上空堂，更並坐在校園的石階上，膝頭攤開張生的苦戀，你一節，我一段，吟詠什麼「顛不刺的見了萬千，似這般可喜娘的龐兒罕曾見。」後來發現了蘇曼殊的《斷鴻零雁記》，也激賞了一陣，並傳觀彼此抄下的佳句。

至於詩詞，則除了課本裏的少量作品以外，老師和長輩並未著意爲我啓蒙，倒是性之相近，習以爲常，可謂無師自通。當然起初不是眞通，只是感性上覺得美，覺得親切而已。遇到典故多而背景曲折的作品，就感到隔了一層，紛繁的附注也不暇細讀。不過熱愛卻是真的，從初中起就喜歡唐詩，到了高中更兼好五代與宋之詞，歷大學時代而不衰。

最奇怪的，是我吟詠古詩的方式，雖得閩腔吳調的口授啓蒙，兼採二舅父哦歎之音，日後竟然發展成唯我獨有的曼吟迴唱，一波三折，餘韻不絕，跟長輩比較單調的誦法全然相異。五十年來，每逢獨處寂寞，例如異國的風朝雪夜，或是高速長途獨自駕車，便縱情朗吟「棄我去者昨日之日不可留，亂我心者今日之日多煩憂！」或是「長洪斗落生跳波，輕舟南下如投梭，水師絕叫鳧雁起，亂石一線爭磋磨！」頓覺太白、東坡就在肘邊，一股豪氣上通唐宋。若是吟起更高古的「老驥伏櫪，志在千里。烈士暮年，壯心不已」，意興就更加蒼涼了。

《晉書》王敦傳說王敦酒後，輒詠曹操這四句古詩，一邊用玉如意敲打唾壺作節拍，壺邊盡缺。清朝的名詩人龔自珍有這麼一首七絕：「回腸蕩氣感精靈，座客蒼涼酒半醒。自別吳郎高詠減，珊瑚擊碎有誰聽？」說的正是這種酒酣耳熱，縱情朗吟，而四座共鳴的豪興。這也正是中國古典詩感性的生命所在。只用今日的國語來讀古詩或者默念，只恐永遠難以和李杜呼吸相通，太可惜了。

前年十月，我在英國六個城市巡迴誦詩。每次在朗誦自己作品六、七首的英譯之後，我一定選一、兩首中國古詩，先讀其英譯，然後朗吟原文。吟聲一斷，掌聲立起，反應之熱烈，從無例外。足見詩之朗誦具有超乎意義的感染性，不幸這種感性教育今已蕩然無存，與書法同一式微。

去年十二月，我在「第二屆中國文學翻譯國際研討會」上，對各國的漢學家報告我中譯王爾德喜劇《溫夫人的扇子》的經驗，說王爾德的文字好炫才氣，每令譯者「望洋興嘆」而難以下筆，但是有些地方碰巧，我的譯文也會勝過他的原文。衆多學者吃了一驚，一起抬頭等待下文。我說：「有些地方，例如對仗，英文根本比不上中文。在這種地方，原文不如譯文，不是王爾德不如我，而是他撈過了界，竟以英文的弱點來碰中文的強勢。」

我以身爲中國人自豪，更以能使用中文爲幸。

——一九九三年一月

——選自一九九八年《日不落家》

日不落家

1

壹圓的舊港幣上有一隻雄獅，戴冕控球，姿態十分威武。但七月一日以後，香港歸還了中國，那頂金冠就要失色，而那隻圓球也不能號稱全球了。伊麗莎白二世在位，已經四十五年，恰與一世相等。在兩位伊麗莎白之間，大英帝國從起建到瓦解，凡歷四百餘年，與漢代相當。方其全盛，這帝國的屬地藩邦、運河軍港，遍布了水陸大球，天下四分，獨占其一，爲歷來帝國之所未見，有「日不落國」之稱。

而現在，日落帝國，照豔了香港最後這一片晚霞。「日不落國」將成爲歷史，代之而興的乃是「日不落家」。

冷戰時代過後，國際日趨開放，交流日見頻繁，加以旅遊便利，資訊發達，這世界眞要變成地球村了。於是同一家人辭鄉背井，散落到海角天涯，晝夜顛倒，寒暑對照，便成了「日不落家」。今年我們的四個女兒，兩個在北美，兩個在西歐，留下我們二老守在島上。一家而分在五國，你醒我睡，不可同日而語，也成了「日不落家」。

幼女季珊留法五年，先在翁熱修法文，後去巴黎讀廣告設計，點唇畫眉，似乎沾上了一些高盧風味。我家英語程度不低，但家人的法語發音，常會遭她糾正。她擅於學人口吻，並佐以滑稽的手勢，常逗得母親和姐姐們開心，輕則解頤，劇則捧腹。可以想見，她的笑話多半取自法國經驗，首當其衝的自然是法國男人。馬歇·馬叟是她的偶像，害得她一度想學默劇。不過她的設計也學得不賴，我譯的王爾德喜劇《理想丈夫》，便是她做的封面。現在她住在加拿大，一個人孤懸在溫哥華南郊，跟我們的時差是早八小時。

長女珊珊在堪薩斯修完藝術史後，就一直留在美國，做了長久的紐約客。大都會的藝館畫廊既多，展覽又頻，正可盡情飽賞。珊珊也沒有閒著，遠流版兩巨冊的《現代藝術理論》就是她公餘、廚餘的譯績。華人畫家在東岸出畫集，也屢次請她寫序。看來我的「序災」她也有份了，成了「家患」，雖然苦些，卻非徒勞。她已經做了母親，男孩四歲，女孩未滿兩歲。家教所及；那小男孩一面揮舞恐龍和電動神兵，一面卻隨口叫出梵谷和摩娜·麗莎的名字，把考古、科技、藝術合而爲一，十足一個博聞強記的頑童。四姐妹中珊珊來得最早，在生動的回憶裏她是破天荒第一聲嬰啼，一嬰開啼，衆嬰響應，帶來了日後八根小辮子飛舞的熱鬧與繁華。然而這些年來她離開我們也最久，而自己有了孩子之後，也最不容易回臺，所以只好安於「日不落家」，不便常回「娘家」了，她和么妹之間隔了一整個美洲大陸，時差，又早了三個小時。

凌越淼淼的大西洋更往東去，五小時的時差，便到了莎士比亞所讚的故鄉，「一塊寶石鑲嵌在銀濤之上」。次女幼珊在曼徹斯特大學專攻華茲華斯，正襟危坐，苦讀的是詩翁浩繁的全集，逍遙汗漫，優游的也還是詩翁俯仰的湖區。華茲華斯乃英國浪漫詩派的主峯，幼珊在柏克萊寫碩士論文，仰攀的是這翠微，十年後遠去華氏故鄉，在曼城寫博士論文，登臨的仍是這雪頂，眞可謂從一而終。世上最親近華氏的女子，當然是他的妹妹桃樂賽（Dorothy Wordsworth），其次呢，恐怕就輪到我家的二女兒了。

幼珊留英，將滿三年，已經是一口不列顚腔。每逢朋友訪英，她義不容辭，總得駕車載客去西北的坎布利亞，一覽湖區絕色，簡直成了華茲華斯的特勤導遊。如此貢獻，只怕桃樂賽也無能爲力吧。我常勸幼珊在撰正論之餘，把她的英國經驗，包括湖區的唯美之旅，一一分題寫成雜文小品，免得日後「留英」變成「留白」。她卻惜墨如金，始終不曾下筆，正如她的么妹空將法國歲月藏在心中。

幼珊雖然遠在英國，今年卻不顯得怎麼孤單，因爲三妹佩珊正在比利時研究，見面不難，沒有時差。我們的三女兒反應迅速，興趣廣泛；而且「見異思遷」：她拿的三個學位依次是歷史學士、廣告碩士、行銷博士。所以我叫她做「柳三變」。在香港讀中文大學的時候，她的鋼琴演奏曾經考取八級，一度有意去美國主修音樂；後來又任《星島日報》的文教記者。所以在餐桌上我常笑語家人：「記者面前，說話當心。」

回臺以後，佩珊一直在東海的企管系任教，這些年來，更把本行的名著三種譯成中文，在「天下」、「遠流」出版。今年她去比利時做市場調查，範圍兼及荷蘭、英國。據我這做父親的看來，她對消費的興趣，不但是學術，也是癖好，尤其是對於精品。她的比利時之旅，不但飽覽佛朗德斯名畫，而且遍嘗各種美酒，更遠征土耳其，去清眞寺仰聽尖塔上悠揚的呼禱，想必是十分豐盛的經驗。

2

世界變成了地球村，這感覺，看電視上的氣象報告最爲具體。臺灣太熱，溫差又小，本地的氣象報告不夠生動，所以愛看外地的冷暖，尤其是夠酷的低溫。每次播到大陸各地，我總是尋找瀋陽和蘭州。「哇！零下十二度耶！過癮啊！」於是一整幅雪景當面摑來，覺得這世界還是多采多姿的。

一家既分五國，氣候自然各殊。其實四個女兒都在寒帶，最北的曼徹斯特約當北緯五十三度又半，最南的紐約也還有四十一度，都屬於高緯了。總而言之，四個女兒緯差雖達十二度，但氣溫大同，只得一個冷字。其中幼珊最爲怕冷，偏偏曼徹斯特嚴寒欺人，而讀不完的華茲華斯又必須久坐苦讀，難抵凜冽。對比之下，低緯二十二度半的高雄是暖得多了，即使嚷嚷寒流犯境，也不過等於英國的仲夏之夜，得蓋被窩。

黃昏，是一日最敏感最容易受傷的時辰，氣象報告總是由近而遠，終於播到了北美與西歐，把我們的關愛帶到高緯，向陌生又親切的都市聚焦。陌生，因爲是寒帶。親切，因爲是我們的孩子所在。

「溫哥華還在零下！」

「暴風雪襲擊紐約，機場關閉！」

「倫敦都這麼冷了，曼徹斯特更不得了！」

「布魯塞爾呢，也差不多吧？」

坐在熱帶的涼椅上看國外的氣象，我們總這麼大驚小怪，並不是因爲沒有見識過冰雪，或是孩子們還在稚齡，不知保暖，更不是因爲那些國家太簡陋，難以禦寒。只因爲父母老了，念女情深，在記憶的深處，夢的焦點，在見不得光的潛意識底層，女兒的神情笑貌仍似往昔，永遠珍藏在嬌憨的稚歲，童眞的幼齡——所以天冷了，就得爲她們加衣，天黑了，就等待她們一一回來，向熱騰騰的晚餐，向餐桌頂上金黃的吊燈報到，才能眾瓣聚首，眾瓣圍葩，輻輳成一朵烘鬧的向日葵。每當我眷顧往昔，年輕的幸福感就在這一景停格。

人的一生有一個半童年。一個童年在自己小時候，而半個童年在自己孩子的小時候。童年，是人生的神話時代，將信將疑，一半靠父母的零星口述，很難考古。錯過了自己的童年，還有第二次機會，那便是自己子女的童年。年輕爸爸的幸福感，大概僅次於年輕媽媽了。在廈門街綠蔭深邃的巷子裏，我曾是這麼一位顧盼自得的年輕爸爸，四個女嬰先後裹著奶香的襁褓，投進我喜悅的懷抱。黑白分明，新造的靈瞳灼灼向我轉來，定睛在我臉上，不移也不眨，凝神認眞地讀我，似乎有一點困惑。

「好像不是那個（媽媽）呢，這個（男人）。」她用超語言的渾沌意識在說我，而我，更逼近她的臉龐，用超語言的笑容向她示意：「我不是別人，是你爸爸，愛你，也許比不上你媽媽那麼周到，但不會比她較少。」她用超經驗的直覺將我的笑容解碼，於是學起我來，忽然也笑了。這是父女間第一次相視而笑，像風吹水綻，自成漣漪，卻不落言詮，不留痕跡。

爲了女嬰靈秀可愛，幼稚可哂，我們笑。受了我們笑容的啓示，笑聲的鼓舞，女嬰也笑了。女嬰一笑，我們以笑回答。女嬰一哭，我們笑得更多。女嬰剛會起立，我們用笑勉勵。她又跌坐在地，我們用笑安撫。四個女嬰馬戲團一般相繼翻筋斗來投我家，然後是帶爬、帶跌、帶搖、帶晃，撲進我們張迎的懷裏——她們的童年是我們的「笑季」。

爲了逗她們笑，我們做鬼臉。爲了教她們牙牙學語，我們自己先兒語牙牙：「這是豆豆，那是餅餅，蟲蟲蟲蟲飛！」成人之間不屑也不敢的幼稚口吻、離奇動作，我們在孩子面前，特權似地，卻可以完全解放，盡情表演。在孩子的眞童年裏，我們找到了自己的假童年，鄉愁一般再過一次小時候，管它是眞是假，是一半還是完全。

快樂的童年是雙全的互惠：一方面孩子長大了，孺慕兒時的親恩；一方面父母老了，眷念子女的兒時。因爲父母與稚兒之間的親情，最原始、最純粹、最強烈，印象最久也最深沉，雖經萬劫亦不可磨滅。坐在電視機前，看氣象而念四女，心底浮現的常是她們孩時，仰面伸手，依依求抱的憨態，只因那形象最縈我心。

最縈我心是第一個長夏，珊珊臥在白紗帳裏，任我把搖籃搖來搖去，烏眸灼灼仍對我仰視，窗外一巷的蟬嘶。是幼珊從躺床洞孔倒爬了出來，在地上顫顫昂頭像一隻小胖獸，令衆人大吃一驚，又哄然失笑。是帶佩珊去看電影，她水亮的眼珠在暗中轉動，閃著銀幕的反光，神情那樣緊張而專注，小手微汗在我的手裏。是季珊小時候怕打雷和鞭炮，巨響一迸發就把哭聲埋進婆婆的懷裏，嗚咽久之。

不知道她們的母親，記憶中是怎樣爲每一個女孩的初貌取景造形。也許是太密太繁了，不一而足，甚至要遠溯到成形以前，不是形象，而是觸覺，是胎裏的顚倒蜷伏，手撐腳踢。

當一切追溯到源頭，渾沌初開，女嬰的生命起自父精巧遇到母卵，正是所有愛情故事的雛形。從父體出發長征的；萬頭攢動，是適者得岸的蝌蚪寶寶，只有幸運的一頭被母島接納。於是母女同體的十月因緣奇妙地開始。母親把女嬰安頓在子宮，用胚胎餵她，羊水護她，用臍帶的專線跟她神祕地通話，給她曖昧的超安全感，更賦她心跳、脈搏與血型，直到大頭蝌蚪變成了大頭寶寶，大頭朝下，抱臂交股，蜷成一團，準備向生之窄門擁擠頂撞，破母體而出，而且鼓動肺葉，用尙未吃奶的氣力，嗓音驚天地而動鬼神，又像對母體告別，又像對母親報到，洪亮的一聲啼哭，「我來了！」

3

母親的恩情早在孩子會呼吸以前就開始。所以中國人計算年齡，是從成孕數起。那原始的十個月，雖然眼睛都還未睜開，已經樣樣向母親索取，負欠太多。等到降世那天，同命必須分體，更要斷然破胎、截然開骨，在劇烈加速的陣痛之中，掙扎著，奪門而出。生日蛋糕之甜，燭火之亮，是用母難之血來償付的。但生產之大劫不過是母愛的開始，日後母親的辛勤照顧，從抱到背，從扶到推，從拉拔到提掖，字典上凡是手字部的操勞，哪一樣沒有做過？〈蓼莪〉篇說：「哀哀父母，生我劬勞。」其實肌膚之親、操勞之勤，母親遠多於父親。所以〈蓼莪〉又說：「母兮鞠我，拊我畜我，長我育我，顧我復我，出入腹我。欲報之德，昊天罔極？」其中所言，多爲母恩。「出入腹我」一句形容母不離子，最爲傳神，動物之中恐怕只有袋鼠家庭勝過人倫了。

從前是四個女兒常在身邊，顧之復之，出入腹之。我存肌膚白皙，四女多得遺傳，所以她們小時我戲呼之爲「一窩小白鼠」。在丹佛時，長途旅行，一窩小白鼠全在我家車上，坐滿後排。那情景，又像是所有的雞蛋都放在同一隻籃裏。我手握駕駛盤，不免倍加小心，但是全家同遊，美景共享，卻也心滿意足。在香港的十年，晚餐桌上熱湯蒸騰，燈氛溫馨，四隻小白鼠加一隻大白鼠加我這大老鼠圍成一桌，一時六口齊張，美肴爭入，妙語爭出，嘰嘰喳喳喧成一片，鼠倫之樂莫過於此。

而現在，一窩小白鼠全散在四方，這樣的盛宴久已不再。剩下二老，只能在清冷的晚餐後，向國外的氣象報告去揣摩四地的冷暖。中國人把見面打招呼叫做寒暄。我們每晚在電視上眞的向四個女兒「寒暄」，非但不是客套，而且寓有眞情，因爲中國人不慣和家人緊抱熱吻，恩情流露，每在淡淡的問暖噓寒，叮囑添衣。

往往在氣象報告之後，做母親的一通長途電話，越洋跨洲，就直接撥到暴風雪的那一端，去「寒暄」一番，並且報告高雄家裏的現況，例如父親剛去墨西哥開會，或是下星期要去川大演講，她也要同行。有時她一夜電話，打遍了西歐北美，耳聽四國，把我們這「日不落家」的最新動態收集彙整。

看著做母親的曳著電線，握著聽筒，跟九千里外的女兒短話長說，那全神貫注的姿態，我頓然領悟，這還是母女連心、一線密語的習慣。不過以前是用臍帶向體內腹語，而現在，是用電纜向海外傳音。

而除了臍帶情結之外，更不斷寫信，並附寄照片或剪稿，有時還寄包裹，把書籍、衣飾、藥品、隱形眼鏡等等，像後勤支援前線一般，源源不絕向海外供應。類此的補給從未中止，如同最初，母體用胎盤向新生命輸送營養和氧氣：綿綿的母愛，源源的母愛，唉，永不告竭。

所謂恩情，是愛加上辛苦再乘以時間，所以是有增無減，且因累積而變得深厚。所以《詩經》嘆曰：「欲報之德，昊天罔極？」

這一切的一切，從珊珊的第一聲啼哭以前就開始了。若要徹底，就得追溯到四十五年前，當四個女嬰的母親初遇父親，神話的封面剛剛揭開，羅曼史正當扉頁。到女嬰來時，便是美麗的插圖了。第一圖是父之囊。第二圖是母之宮。第三圖是育嬰床，在內江街的婦產醫院。第四圖是搖嬰籃，把四個女嬰依次搖啊搖，沒有搖到外婆橋，卻搖成了少女，在廈門街深巷的一棟古屋。以後的插圖就不用我多講了。

這一幅插圖，看哪，爸爸老了，還對著海峽之夜在燈下寫詩。媽媽早入睡了，微聞鼾聲。她也許正夢見從前，有一窩小白鼠跟她捉迷藏，躲到後來就走散了，而她太累，一時也追不回來。

——一九九七年四月

——選自一九九八年《日不落家》

輯二　天涯躡蹤

石城之行

一九五七年的雪佛蘭小汽車以每小時七十英里的高速在愛奧華的大平原上疾駛。北緯四十二度的深秋，正午的太陽以四十餘度的斜角在南方的藍空滾著銅環，而金黃色的光波溢進玻璃窗來，撫我新剃過的臉。我深深地飲著飄過草香的空氣，讓北美成熟的秋注滿我多東方回憶的肺葉。是的，這是深秋，亦即北佬們所謂的「小陽春」（Indian Summer），下半年中最值得留戀的好天氣。不久寒流將從北極掠過加拿大的平原南侵，那便是戴皮帽，穿皮衣，著長統靴子在雪中掙扎的日子了。而此刻，太陽正凝望平原上作著金色夢的玉蜀黍們；奇蹟似地，成群的燕子在晴空中呢喃地飛逐，老鷹自地平線升起，在遠空打著圈子，覬覦人家白色柵欄裏的雞雛，或者，安格爾教授告訴我，草叢裏的野鼠。正是萬聖節之次日，家家廊上都裝飾著畫成人面的空南瓜皮。排著禾墩的空田盡處，伸展著一片片緩緩起伏的黃豔豔的陽光，我眞想請安格爾教授把車停在路邊，讓我去那上面狂奔，亂嚷，打幾個滾，最後便臥仰在上面曬太陽，睡一個童話式的午睡。眞的，十年了，我一直想在草原的大搖籃上睡覺。我一直羨慕塞拉的名畫，「星期日午後的大耶島」中懶洋洋地斜靠在草地上幻想的法國紳士，羨慕以抒情詩的節奏跳跳蹦蹦於其上的那個紅衣小女孩。我更羨慕鮑羅丁在音樂中展露的那種廣闊，那種柔和而奢侈的安全感。然而東方人畢竟是東方人，我自然沒有把這思想告訴安格爾教授。

東方人確實是東方人。諾，就以坐在我左邊的安格爾先生來說，他今年已經五十開外，出版過一本小說和六本詩集，做過哈佛大學的教授，且是兩個女兒的爸爸了；而他，戴著灰格白底的鴨舌小帽，穿一件套頭的毛線衣，磨得發白的藍色工作褲，和（在中國只有中學生纔穿的）球鞋。比起他來，我是「紳士」得多了；眼鏡，領帶，皮大衣，筆挺的西裝褲加上光亮的黑皮鞋，使我覺得自己不像是他的學生。從反光鏡中，我不時瞥見後座的安格爾太太，莎拉和小花狗克麗絲。看上去，安格爾太太也有五十多歲了。莎拉是安格爾的小女兒，十五歲左右，面貌酷似爸爸——淡金色的髮自在地垂落在頸後，細直的鼻子微微翹起，止於鼻尖，形成她頑皮的焦點。而臉上，美國小女孩常有的雀斑是不免的了。後排一律是女性，小花狗克麗絲也不例外。她大概很少看見東方人，幾度跳到前座來和我擠在一起，斜昂著頭打量我，且以冰冷的鼻尖觸我的頸背。

昨夜安格爾教授打電話給我，約我今天中午去「郊外」一遊。當時我也不知道他所謂的「郊外」是指何處，自然答應了下來。而現在，我們在平而直的公路上疾駛了一個多小時，他們還沒有停車的意思。自然，老師邀你出遊，那是不好拒絕的。我在「受寵」之餘，心裏仍不免懷著鬼胎，正覺「驚」多於「寵」。他們所謂請客，往往只是吃不飽的「點心」。正如我上次在他們家中經驗過的一樣——兩片麵包，一塊牛油，一盤番茄湯，幾塊餅干；那晚回到宿舍「四方城」中，已是十一點半，要去吃自助餐已經太遲，結果只飲了一杯冰牛奶，餓了一夜。

「保羅，」安格爾太太終於開口了，「我們去安娜摩莎（Anamosa）吃午飯罷。我好久沒去看瑪麗了。」

「哦，我們還是直接去石城好些。」

「石城」（Stone City）？這地名好熟！我一定在哪兒聽過，或是看過這名字。只是現在它已漏出我的記憶之網。

「哦，保羅，又不遠，順便彎一彎不行嗎？」安格爾太太堅持著。

「O please, Daddy!」莎拉在想念她的好朋友琳達。

安格爾教授O. K.了一聲，把車轉向右方的碎石子路。他的愛女兒是有名的。他曾經爲兩個女兒寫了一百首十四行詩，出版了一個單行本《美國的孩子》（*American Child*）。莎拉愛馬；他以一百五十元買了一匹小白馬。莎拉要騎馬參加愛奧華大學「校友回校大遊行」，父親巴巴地去二十哩外的俄林（Olin）借來一輛拖車，把小白馬載在拖車上，運去遊行的廣場；因爲公路上是不准騎馬的。可是父母老後，兒女，是一定分居的。老人院的門前，經常可以看見坐在靠椅上無聊地曬著太陽的老人。這景象在中國是不可思議的。我曾看見一位七十五歲（一說已八十）步態蹣跚的老工匠獨住在一座頗大的空屋中，因而纔了解佛洛斯特（Robert Frost）〈老人的冬夜〉

一詩的淒涼意境。

不過那次的遊行是很有趣味的。平時人口僅及二萬八千的愛奧華城，當晚竟擠滿了五萬以上的觀衆——有的自西達拉匹茲（Cedar Rapids）趕來，有的甚至來自三百哩外的芝加哥。數哩長的遊行行列，包括競選廣告車，賽美花車，老人隊，雙人腳踏車隊，單輪腳踏車，密西西比河上的古畫舫，開闢西部時用的老火車，以及四馬拉的舊馬車，最精采的是老爺車隊；愛奧華州全部一九二〇年以前的小汽車都出動了。一時街上火車尖叫，汽船鳴笛，古車蹣跚而行，給人一種時間的錯覺。百人左右的大樂隊間隔數十丈便出現一組，領先的女孩子，在四十幾度的寒夜穿著短褲，精神抖擻地舞著指揮杖，踏著步子。最動人的一隊是「蘇格蘭高地樂隊」（The Scottish Highlanders），不但陣容壯大，色彩華麗，音樂也最悠揚。一時你只見花裙和流蘇飄動，鼓號和風笛齊鳴，那嘹亮的笛聲在空中迴盪而又迴盪，使你悵然想起史各特的傳奇和彭斯的民歌。

汽車在一個小鎮的巷口停了下來，我從古代的光榮夢中醒來。向一隻小花狗吠聲的方向望去，一座小平房中走出來一對老年的夫妻，歡迎客人。等到大家在客廳坐定後，安格爾教授遂將我介紹給鮑爾先生及太太。鮑爾先生頭髮已經花白，望上去有五十七八的年紀，以皺紋裝飾成的微笑中有一影古遠的憂鬱，有別於一般面有得色、頤有餘肉的典型美國人。他聽安格爾教授說我來自臺灣，眼中的淺藍色立刻增加了光輝。他說二十年前曾去過中國，在廣州住過三年多；接著他講了幾句迄今猶能追憶的廣東話，他的目光停在虛空裏，顯然是陷入往事中了。在地球的反面，在異國的深秋的下午，一位碧瞳的老人竟向我娓娓而談中國，流浪者的鄉愁是很重很重了。我回想在香港的一段日子，那時母親尚健在……

莎拉早已去後面找小朋友琳達去了，安格爾教授夫婦也隨女主人去地下室取酒。主客的寒暄告一段落，一切落入冷場。我的眼睛被吸引於牆上的一幅翻印油畫：小河、小橋、近村、遠徑，圓圓的樹，一切皆呈半寐狀態，夢想在一片童話式的處女綠中；稍加思索，我認出那是美國已故名畫家伍德（Grant Wood, 1892-1942）的名作「石城」（Stone City）。在國內，我和咪也有這麼一小張翻版；兩人都說這畫太美了，而且靜得出奇，當是出於幻想。聯想到剛纔車上安格爾教授所說的「石城」，我不禁因吃驚而心跳了。這時安格爾教授已回到客廳裏，發現我投向壁上的困惑的眼色，朝那幅畫瞥了一眼，說：

「這風景正是我們的目的地。我們在石城有一座小小的夏季別墅，好久沒有人看守，今天特別去看一看。」

我驚喜未定，鮑爾先生向我解釋，伍德原是安格爾教授的好友，生在本州的西達拉匹茲，曾在愛奧華大學的藝術系授課，這幅「石城」便是伍德從安格爾教授的夏屋走廊上遠眺石城鎮所作。

匆匆吃過「零食」式的午餐，我們別了鮑爾家人，繼續開車向石城疾駛。隨著沿途樹影的加長，我們漸漸接近了目的地。終於在轉過第三個小山坡時，我們從異於伍德畫中的角度眺見了石城。河水在斜陽下反映著淡鬱鬱的金色，小橋猶在，只是已經陳舊剝落，不似畫中那麼光彩。啊，磨坊猶在，叢樹猶在，但是一切都像古銅幣一般，被時間磨得黯澹多了；而圓渾的山巒頂上，只見半黃的草地和零亂的禾墩，一如黃金時代的餘灰殘燼。我不禁失望了。

「啊，春天來時，一切都會變的。草的顏色比畫中的還鮮！」安格爾教授解釋說。

轉眼我們就駛行於木橋上了；過了小河，我們漸漸盤上坡去，不久，河水的淡青色便蜿蜒在俯視中了。到了山頂，安格爾教授將車停在別墅的矮木柵門前。大家向夏屋的前門走去，忽然安格爾太太叫出聲來，原來門上的鎖已經給人扭壞。進了屋去，過道上、客廳裏、書房裏，到處狼藉著破杯、碎紙，分了屍的書，斷了肢的玩具，剖了腹的沙發椅墊，零亂不堪，有如兵後劫餘。安格爾教授一聳哲學式的兩肩，對我苦笑。莎拉看見她的玩具被毀，無言地撿起來捧在手裏。安格爾太太絕望地訴苦著，拾起一件破家具，又丟下另一件。

「這些野孩子！這些該死的野孩子！」

「哪裏來的野孩子呢？你們不能報警嗎？」

「都是附近人家的孩子，中學放了暑假，就成群結黨，來我們這裏胡鬧、作樂、跳舞、喝酒。」說著她拾起一隻斷了頸子的空酒杯，「報警嗎？每年我們都報的，有什麼用處呢？你曉得是誰闖進來的呢？」

「不可以請人看守嗎？」我又問。

「噢，那太貴了，同時也沒有人肯做這種事啊！每年夏天，我們只來這裏住三個月，總不能僱一個人來看其他的九個月啊。」

接著安格爾太太想起了樓上的兩大間臥室和一間客房，匆匆趕了上去，大家也跟在後面。零亂的情形一如樓下：席夢思上有汙穢的足印，地板上橫著釣竿，滾著開口的皮球。嗟嘆既畢，她也祇好頹然坐了下來。安格爾教授和我立在朝西的走廊上，倚欄而眺。太陽已經在下降，暮靄升起於黃金球和我們之間。從此處俯瞰，正好看到畫中的石城；自然，在藝術家的畫布上，一切皆被簡化、美化，且重加安排，經過想像的沉澱作用了。安格爾教授告訴我說，當初伍德即在此廊上支架作畫，數易其稿始成。接著他為我追述伍德的生平，說格蘭特（Grant，伍德之名）年輕時不肯做工，作畫之餘，成天閒逛，常常把膠水貼成的紙花獻給女人，不久那束花便散落了，或者教小學生把燈罩做成羊皮紙手稿的形狀。可是愛奧華的人們都喜歡他，朋友們分錢給他用，古玩店懸賣他的作品，甚至一位百萬財主也從老遠趕來赴他開的波希米亞式的晚會——他的臥室是一家殯儀館的老闆免費借用的。可是他鄙視這種局限於一隅的聲名，曾經數次去巴黎，想要征服藝術的京都。然而巴黎是不容易征服的，你必須用巴黎沒有的東西去征服巴黎；而伍德只是一個摹倣者，他從印象主義一直學到抽象主義。他在塞納路租了一間畫展室，展出自己的三十七幅風景，但是批評界始終非常冷淡。在第四次遊歐時，他從十五世紀的德國原始派那種精確而細膩的鄉土風物畫上，悟出他的藝術必須以自己的故鄉，以美國的中西部為對象。趕回愛奧華後，他開始創造一種樸實、堅厚，而又經過藝術簡化的風格，等到「美國的哥德式」一畫展出時，批評界乃一致承認他的藝術。不過，這幅「石城」應該仍屬他的比較「軟性」的作品，不足以代表他的最高成就，可是一種迷人的純眞仍是難以抗拒的。

「格蘭特已經死了十七年了，可是對於我，他一直坐在這長廊上，作著征服巴黎的夢。」

橙紅色的日輪墜向了遼闊的地平線，秋晚的涼意漸濃。草上已經見霜，薄薄的一層，但是在我，已有十年不見了。具有圖案美的柏樹尖上還流連著淡淡的夕照，而腳底下的山谷裏，陰影已經在擴大。不知從什麼地方響起一兩聲蟋蟀的微鳴，但除此以外，鳥聲寂寂，四野悄悄。我想念的不是亞熱帶的島，而是嘉陵江邊的一個古城。

歸途中，我們把落日拋向右手，向南疾駛。橙紅色彌留在平原上，轉眼即將消滅。天空藍得很虛幻，不久便可以寫上星座的神話了。我們似乎以高速夢遊於一個不知名的世紀；而來自東方的我，更與一切時空的背景脫了節，如一縷遊絲，完全不著邊際。

——一九五八年十一月於愛奧華城

——選自一九六三年《左手的謬思》

九張床

一張比一張離你遠。一張，比一張荒涼。檢閱荒涼的歲月，九張床。

第一張。西雅圖的旅館裏，面海，朝西。而且多風，風中有醒鼻的鹹水氣息。那是說，假如你打開長長的落地窗，披襟當風。對於宋玉，風有雌雄之分。對於我，風只分長短。譬如說，桃花扇底的風是短的。西雅圖的風是長的。來自阿拉斯加，自海豹群吠月的岩岸，自空空洞洞的育空河口吹來。最難是，破題兒第一遭。寂寞的史詩，自午夜的此刻開始。自西雅圖開始。西雅圖，多風的名字，遙遠的城。六年前，一個留學生的寂寞也從此開始，檢閱上次回國的歲月，發現有些往事，千哩外，看得分外地清晰。發現一個人，一個千瓣的心靈，很難絕對生活在此時此刻。預感帶幾分恐懼。回憶帶幾分悲傷。如是而已。如是而已。蝕膚酸骨的月光下，中秋漸近而不知中秋的西雅圖啊，充軍的孤城，海的棄嬰！今夕，我無寐，無鼾，在浩浩乎大哉，太平洋蒼老而又年輕，藍浸四大洲的鼾聲之中。小小的悲傷，小小的恩怨，小小的一夜失眠。當你想，永恆的浪潮拍著宇宙的邊陲，多少光，多少清醒。

第二張浮在中秋的月色裏。西雅圖之後，北美洲大陸的心臟，聽不見海，吹不到風。該是初秋的早寒了，猶逗留燠熱的暑意，床單逆拂著微潮的汗毛。耳在枕上，床在樓上，紅磚的樓房在廣闊的中西部大平原上。正是上課的前夕，明晨的秋陽中，四十雙碧瞳將齊射向我，如欲射穿五千年的神祕和陌生。李白發現他的句子橫行成英文，他的名字隨海客流行，到方丈與蓬萊之外，有什麼感想？今人不見古時月，今月曾經照古人。投倒影在李白樽中的古月，此時將清光潑翻我滿床。月光是史前誰的魂魄，自神話裏流瀉出來，流向夢的，夜的，記憶的每一角落。月光光，誰追我，從臺北追到西雅圖追到皮奧瑞亞。如果昨夕無寐，今夜豈有入寐的理由？月光光，照他鄉……抗戰前流行的一首歌，在不知名處嫋嫋地旋起。輕羅小扇，兒時的天井。母親做的月餅，餅面的芝麻如星。重慶，空襲的月夜，月夜的玄武湖，南京……直到曙色用一塊海綿，吸乾一切。

第三張在愛奧華城。林中鋪滿輕脆的乾橡葉，十月小陽春的夜裏，一個畢業生回想六年前，另一季美麗，但不快樂的秋天。六年前，金字塔下，許多木乃伊忽然復活，且列隊行過我枕上。許多畸形的片段，七巧板似地合而復分，女巫們自《萬聖節》中，拂其黑袖，騎其長帚，挾其邪惡的笑聲，翩翩起飛。重遊舊地，心情複雜而難加分析。六年前的異域，竟成六年後某種意義下某種程度上的故鄉。畢竟，在此我忍過十個月（十個冰河期？）的眞空，嚥過難以消化的冷餐，消化過難以下嚥的現代藝術。畢竟，在此我哭過，若非笑過，怨過，若非愛過。當長途汽車迤迤進站，且吐出灰狗重重的喘息，當愛奧華大學的象徵，金頂的州議會舊廈森然自黑暗中升起，當舊日的老師李鑄晉與安格爾，和今日的少壯作家，葉珊、王文興、白先勇，在站前接我，一瞬間竟有重歸故鄉的感覺。

第四張在愛奧華城西北。那是黃用公寓中的雙人床。重遊母校的第三天，和葉珊、少聰並騎灰犬，去西北方百哩的愛姆斯，拜訪黃用和他的新娘。好久不寫詩的黃用，在五年前現代詩的論戰中，曾是一員驍將。公寓中的黃用，並不像寓公。伶牙俐齒，脣槍舌劍之間，黃用仍令你想起離經叛道，似欲掀起一股什麼校風的自行車騎士。賓主談到星圖西傾，我才被指定與葉珊共榻。不能和戴我指環的女人同衾，我可以忍受；必須和另一男人，另一件泥塑品，共榻而眠，卻太難堪了。要將四百多根雄性的骨骼，舒適地分佈在不到卅平方呎的局面，實在不是一件易事，而是一件藝術，一件較之現代詩的分行爲猶難的藝術。葉珊的寐態，和他俊逸的詩風頗難發生聯想。同床異夢，用之形容那一夜，是再恰當不過的了。他夢他的《水之湄》，我夢我的《蓮的聯想》。不，說異夢也是不公平的，因爲我根本無夢，尤其耳當他鼾聲的要衝。這還不是高潮。正當我臥蓮欲禪之際，他忽在夢中翻過身來，將我抱住。我必須聲明，我既非王爾德，他也不是魏爾崙。因此這種擁抱，可以想見的，不甚愉快。總算東方既白，像《白鯨記》中的依希美爾，我終於掙脫了這種睜眼的夢魘。

第五張歷史較長，那是我在皮奧瑞亞的布萊德利大學，安定下來後的一張，我租了美以美教會牧師杜倫夫婦寓所的二樓。那是一張古色古香，饒有殖民時期風味的雙人床，榻面既高，床欄亦聳，床左與床尾均有大幅玻璃窗，飾以卷雲一般的潔白羅紗，俯瞰可見人家後院的花圃和車房。三五之夜，橡樹和楓樹投影在窗，你會感覺自己像透明的玻璃缸中，穿遊於水藻間的金魚。萬聖節的前夕，不該去城裏看了一場魅影幢幢的電影，叫什麼 Witchcraft 的。夜間猶有餘悸，將戲院發的辟妖牌（witch deflector）懸在床欄上，似亦不起太大作用。緊閉的室內，總有一絲冷風。恍惚間，總覺得有個黑衣女人立在樓梯口上，目光燐燐，盯在我的床上，第二天，發起燒來，病了一場。

幸好，不久布萊德利大學的講課告一段落，我轉去中密大（Central Michigan University）。第六張床比較現代化，席夢思既厚且軟。這時已經是十二月，密歇根的雪季已經開始。一夜之間，氣溫會直落二十度，早上常會冷醒。租的公寓在樂山（Mount Pleasant）郊外，離校區還有三哩路遠。屋後一片空廓的草地，滿覆白雪，不見人蹤，鳥跡。公寓新而寬大，起居室的三面壁上，我掛上三個小女孩的合照，佛洛斯特的遺像，梵谷的向日葵，和劉國松的水墨抽象。大幅的玻璃窗外，是皚皚的平原之外還是皚皚的平原。和芬蘭一樣，密歇根也是一個千澤之國，而樂山正居五大湖與眾小澤之間。冰封雪鎖的白夜，魚龍的悲吟一時沉寂。爲何一切都離我傜遙傜遠，即燃起全部的星斗，也抵不上一隻燭光。

有時，點起耶誕留下來的歐薄荷色的蠟炬，青熒熒的幽輝下，重讀自己國內的舊作，竟像在墓中讀誰的遺書。一個我，接著另一個我，紛紛死去。眞的我，究竟在何處呢？在抗戰前的江南，抗戰時的嘉陵江北？在戰後的石頭城下，抑在六年前的西方城裏？月色如幻的夜裏，有時會夢遊般起床，啓戶，打著寒顫，開車滑上運河一般的超級公路。然後扭熄車首燈，扭開收音機，聽鋼琴敲叩多鍵的哀怨，或是黑女肥沃的喉間，吐滿腔的悲傷，悲傷。

另一張也在密歇根湖邊。那是一張帆布床，也是劉鎏爲我特備的陳蕃之榻。每次去芝加哥，總是下榻城北愛凡思頓劉鎏和孫璐的公寓。他們伉儷二人，同任西北大學物理系教授。我一去，他們的書房即被我佔據。劉鎏是我在西半球最熟的朋友之一。他可以毫無忌憚地諷刺我的詩，我也可以不假思索地取笑他的物理。身爲科學家的他，偏偏愛看一點什麼文藝，且喜歡發表一點議論。除了我的詩，於梨華的小說也在他射程之內。等到興盡辭窮，呵欠連連，總是已經兩三點鐘。躺上這張床，總是疲極而睡。有時換換口味，也睡於梨華的床——於梨華家的床。

第八張在豪華莊。所謂豪華莊（Howard Johnsons Motor Lodge），原是美國沿超級公路遍設的一家停車旅館，以設計玲瓏別致見稱。我住的豪華莊，在匹茨堡城外一山頂上，俯覽可及百里，寬闊整潔的稅道上，日夕疾駛著來往的車輛。我也是疾駛而來的旅客啊！車尾曳著密歇根的殘雪，車首指向蓋提斯堡的古戰場。惟一不同的，我是在七十五哩的時速下，豪興遄飛，朗吟太白的絕句而來的。太白之詩 tempo 最快，在高速的逍遙遊中吟之，最爲快意。開了十小時的車，倦得無力看房裏的電視，或是壁上掛的費寧格爾（Lionel Feininger）的立體寫意。一陷入黑甜的盆地裏便酣然入夢了。夢見未來派的車輪車輪。夢見自己是一尊噬英里的怪獸，吐長長的火舌向俄亥俄的地平。夢見不可名狀不可閃避的車禍，自己被紅睛的警車追逐，警笛曳著淒厲的響尾。

好——險！鬼哭神號的一聲煞車，與死亡擦肩而過。自夢魘驚醒，慶幸自己還活著，且躺在第九張床上。床在樓上，樓在鎮上，鎮在古戰場的中央。南北戰爭，已然是百年前的夢魘。這是和平的清晨，星期天的鐘聲，鼓著如鴿的白羽，自那邊路德教堂的尖頂飛起，繞著這小鎮打轉，歷久不下。林肯的巨靈，自古戰場上，自魔鬼穴中，自四百尊銅炮與二千座石碑之間，該也正冉冉昇起。當日林肯下了火車，騎一匹老馬上山，在他的于思鬍子和清癯的顴骨之間，發表了後來成爲民主經典的蓋提斯堡演說。那馬鞍，現在還陳列在鎮上的紀念館中。百年後，林肯的側面像，已上了一分銅幣和五元鈔票，但南部的黑人仍上不了選票。同國異命，尼格羅族仍卑屈地生活在爵士樂悲哀的旋律裏。「一隻番薯，兩隻番薯」。「跟我一樣黑」。那種悲哀，在咖啡館的酒杯裏旋轉旋轉，令人停杯投叉，不能卒食，令人從頭蓋麻到腳後跟。所謂自由、平等、博愛。從法國大革命到現在。比起他們，五陵少年的憂鬱，沒有那麼黑。你一直埋怨自己的破鞋，直到你看見有人斷腳。

鐘聲仍然在敲著和平。爲誰而敲，漢明威，爲誰而敲？想此時，新浴的旭日自大西洋底堂堂昇起，紐約港上，自由的女神凌波而立，矗幾千噸的宏美和壯麗。而日落天黑的古中國啊，仍在她火炬的光芒外，陷落，陷落。想此時，江南的表妹們都已出嫁，該不會在採蓮，採菱。巴蜀的同學們早畢業了，該不會在唱山歌，秧歌。母親在黃昏的塔下。父親在記憶的燈前。三個小女孩許已在作她們的稚夢，夢七矮人和白雪公主。想此時，夏菁在巍巍的落磯山頂，黃用在愛奧華的雪原，望堯旋轉而旋轉，在越南政變的漩渦。蒲公英的歲月，一切都吹散得如此遼遠，如此破碎的中國啊中國。

想此時，你該仰臥在另一張床上，等待第一聲啼，自第四個幼嬰。浸你在太平洋初春的暖流裏，一隻膨脹到飽和的珠母，將生命分給生命。而春天畢竟是國際的運動，在西半球，在新英格蘭，從且剎比克灣到波多馬克河到塞斯奎漢娜的兩岸，三月風，四月雨，土撥鼠從凍土裏撥出了春季。放風箏的日子哪，鳥雀們來自南方，鬥嘴一如開學的稚嬰。鳥雀們來自風之上，雲之上，越州過郡，不必納稅，只須抖一串顫音。不久春將發一聲吶喊，光譜上所有的色彩都會噴灑而出。櫻花和草莓，山茱萸和苜蓿，桃花綻時，原野便蒸起千朵紅雲，令梵谷也看得眼花。沿桃蹊而行，五陵少年，該不會迷路在武陵。至少至少，我要摘一朵紅雲寄你，說，紅是我的愛情，雲是我的行跡。那種熾熱的思念，隔著航空信封，隔著郵票上林肯的虬髯，你也會覺得燙手。畢竟，這已是三月了，已是三月了啊。冬的白宮即將雪崩。春天的手指呵得人好癢。鐘聲仍在響。催人起床。人賴在第九張床上。在想，新婚的那張，在一種夢谷，一種愛情盆地。日暖。春田。玉也生煙。而鐘聲仍不止。人仍在，第九張床。

——一九六五年三月十五日，蓋提斯堡學院
（《徵信新聞》人間一九六五年四月十二日）

——選自一九六五年《逍遙遊》

苦雨就要下降

1

雅魯藏布江不斷地向東流，因爲喜馬拉雅山的北麓，太陰太冷了，因爲溫暖的印度洋在南方等它，奧祕而柔美的弦音，那千竅的羲達琴啊，在南方遙遙地喚它。繞過了喜馬拉雅山的橫嶺側峯，它的名字變得很印度：普拉馬布德拉。向西流，它匯入了另一條聖河，恆河，終於一起注向孟加拉灣。

這是世界上最悲苦的地區之一。即使匯合了兩條聖河，也洗滌不淨暴力的罪惡。維希奴也好，阿拉也好，都救不了這塊土地。東巴基斯坦，不，爭取自由的東巴人叫這塊土地做孟加拉國（Bangla Desh）。

一九七〇年十一月，颶風錘打這塊多難的鐵砧，死了五十萬人。天災未息，人禍又起。一九七一年的春天，西巴基斯坦的軍隊向東巴展現現代史上罕見的大屠殺，不但用機關槍掃射平民，轉眼便毀了整個村莊，而且在達卡城稠密的貧民區縱火燒城，根據最低的估計，至少已經死了三十萬人。

東巴和西巴之間夾了一個印度，距離是一千英里，可是感情上的距離更大。巴基斯坦是一個回教的國家，不幸十分之一的人口竟是印度教徒，而其中絕大多數又集中在東巴。可是，死於大屠殺的東巴人之中，偏偏大部分是印度教徒。所以論者認為，巴基斯坦的內戰，政治因素多於宗教。東巴的人口比西巴多，可是政權卻操在西巴的手裏。一九七〇年十二月的選舉中，東巴在鼓吹自治的領袖席克・穆吉伯・拉曼的領導下，贏得了國民大會的多數席位。巴基斯坦的獨裁者亞牙汗，先是遲遲不肯召開國民大會，繼又遣兵去蹂躪東巴。

七百萬難民逃到印度境內。四十八小時之內，僅僅加爾各答一地，就收容了二十五萬災民。幸運的一些，還可以住在排水管裏，其餘的，就睡在露天。已經有很多人死於霍亂。已經很窮的印度，為了維持難民的生活，每天還要耗費三百萬美金。而除了饑荒的威脅，還擔心霍亂會隨時蔓延。

2

印度義達琴的大師拉維・仙客（Ravi Shankar）在美國聽到這些消息，心裏非常難受。他自己的父親就是在東巴出生的。他的教父烏思塔德・阿勞丁汗的家園，被西巴的軍隊燒掠一空。

留美印度學生的社團，紛紛請求拉維・仙客舉行慈善演奏會，爲東巴的難民募款。拉維・仙客是印度旅美最有名的音樂家，可是他知道，如果自己單獨來做這件事，恐怕會事倍功半，募不到多少錢。「至少要五萬美金才行！」他想到了四披頭之一，也就是七年前向他學習義達琴，赫赫有名的喬治・哈里森（George Harrison）。

拉維・仙克在洛杉磯見到哈里森，便向他提出這項建議：「喬治，情形就是這樣。我知道這件事與你無關。我知道你不會……」哈里森非常動容，很快就說：「我想，我可以幫點忙。」

結果是，哈里森幫了大忙。他立刻變成慈善音樂會的發起人。以他在搖滾樂壇的地位，號召這麼一個音樂會，不是什麼難事。最初，他的計畫非常龐大，想把搖滾樂的所謂「超級明星」（superstars）一網打盡。他打了幾個長途電話。麥卡特尼說，他不想參加。蘭能夫婦爲了爭取洋子和前夫所生孩子的監護權，正與人涉訟，無法分身。「滾石」的領隊米克・傑格在法國南部錄音，很想參加，可是不獲簽證。「壞手指」樂隊應哈里森之召，特地從倫敦飛去紐約。四披頭第四號的林戈，一聽見是爲了救濟東巴的難民，立刻答應參加。最令人興奮的，是巴布・狄倫，他在長途電話的那一頭說：「很有意思嘛。」

3

三位印度音樂家，以瑜伽之姿，蓮坐在華麗非凡的一張花地氈上。黃豔豔的，是兩側的花叢。嫋嫋升起的，是一炷印度香火。拉維・仙客司義達琴，阿里・阿克巴汗司剎羅琴，跏趺於前；阿刺・瑞嘉司小手鼓，退坐於後。拉維・仙客才一揮手，便向修長而敏感的麻栗木上，拂起了那樣清幽那樣高雅那樣細膩，在七主弦和十三輔弦之間，起伏震顫，波及至深至遠的，鼻音。剎羅琴和小手鼓追上去，忐忐忑忑，錚錚琮琮，合奏一曲柔美欲眠的黃昏頌。一波三折，一唱三嘆息，然後是義達琴和剎羅琴此問彼答，爾呼我應，把一首東巴民謠的旋律，發展成即興揮弦的二重奏。香火不絕，玄思如夢，催眠臺下兩萬多的聽衆。

宣佈休息。臺上放起電影來。東巴的難民，黧黑、嶙峋，流離他鄉。挺著膨脹的肚子，營養不足，那些畸形的孩子。霍亂患者，一半已死，另一半正垂斃。黑壓壓的鴉群爭食著屍體。

影像消逝，舞臺陷入了黑暗。聽衆的情緒不斷地高漲，高漲，最後爆發開來，成爲一分鐘，兩分鐘，長達五分鐘的集體歡呼。喬治・哈里森出現了，不過看不清楚，因爲二十幾位歌手和演奏者簇擁著他。一大群人走上臺來，遮住了擴音器的紅燈。歡呼聲不斷。樂隊奏起喬治的「哇哇」。吉打和鼓號的聲浪淹沒了一切。彩色燈排開黑暗，一下子就罩住了喬治，這才看清，今晚音樂會的發起人和主角，穿著一身白衣，領口露出橙色的襯衫，鬚髮昂揚，抱著一把吉他，正在鼓動音樂或是爲音樂所鼓動。他的周圍全是一流的樂手。左邊是吉他大師克拉普頓（Eric Clapton），里昂・羅素（Leon Russell）在後面猛捶一架鋼琴。林戈和凱爾特納雄據在兩副鼓後。普瑞斯頓（Billy Preston）司電風琴，伏在喬治右翼，傑斯・戴維斯和四披頭漢堡時代的德國朋友武爾曼（Klaus Voormann）則彈奏吉他和低音吉他。這些高手，任挑一位出來演奏，都可以輕易號召好幾千人。

舞臺的另一端，也是人才濟濟。「壞手指」的四個隊員很文靜地撥弄著傳統的諧音吉他，誰也聽不出他們在彈些什麼。旁邊是七人的喇叭隊。再過去，是九人的合唱隊。眾響齊作。喬治的歌聲偶爾昂起，騎在音潮之上。這是有史以來最龐大的搖滾樂隊，喬治一面挑撥自己的白吉他，一面四下巡視，有點緊張。

「哇哇」甫畢，「大哉上帝」的歌聲又起。兩萬聽眾有節奏的掌聲，追隨著歌的旋律。喬治的聲音低徊而有感情，穩定而有信心。哈利露亞的合頌從臺上延伸到臺下，融成了一片。電吉他的鼻音又柔婉又亢奮。

接著喬治說，要唱普瑞斯頓的「上帝的安排」，並且把普瑞斯頓介紹給聽眾。普瑞斯頓把他漢蒙牌的風琴鼓成一座肺活量奇大的教堂，和克拉普頓鏗鏘的吉他一呼一應，震得兩萬聽眾不安於座。七支喇叭加進來，迴旋梯一樣地愈轉愈高。皮衣紫帽的普瑞斯頓從風琴後面縱出來，在喬治的面前舞得很瘋很野。聽眾都站起來，齊聲喝采。

還沒有喘過氣來，圓錐體的燈光忽然撲向鼓和鈸，攫住了躲在濃髮、密髯，和傳教士黑衣裏面的林戈。他笑得很含蓄；他的衣領上別著一枚後臺工作人員的鮮黃證章。他唱起自己的新作「來之不易」，一面向鼓上鈸上擊起轡轟轟的一片節奏。喬治的吉他在結尾時參加進來。掌聲采聲爆起。

喬治接著唱他的「謹防啊黑暗」。剛唱完第一節。他回過身去，里昂・羅素繼續唱下去。因爲羅素正好給克拉普頓遮住，聽眾不由一怔，然後又揚起一片歡呼。

下一首是「當我的吉他在輕輕哭泣」。克拉普頓擔任主奏，喬治和戴維斯伴奏。聽衆靜了下來。接近尾聲的時候，吉他和喇叭交織如網，喬治的吉他間歇可聞。這是一九六八年出品的披頭舊歌。音樂喚回了披頭的往昔，利物浦四位少年可歌的記憶。聽衆之中，有人哭泣起來。

里昂・羅素放下嘴角的紙煙，把遮住眼睛的長髮掠向背後，向鋼琴上敲打「小丑跳一跳」。聽衆鼓掌打拍子。喬治走向麥克風去，哼起「就是你」，他時哼時輟，因爲麥克風有點走電。歌畢，演唱的人群全部下臺，只留下喬治和「壞手指」的韓彼德，諧音吉他幽澹地彈奏喬治・哈里森的「出太陽」。

燈光黯下去。里昂・羅素重新出現在臺上，插好他低音吉他的插頭。喬治抱起一張電吉他，在手指上套一個鋼的琴撥。林戈從臺側出現，手裏捧著一面小手鼓。舞臺上仍是昏暗一片。一個瘦小的人，長髮蓬鬙，幽靈一般隱現在臺右。喬治走到麥克風前面，只說了一句「我請來一位朋友，大家的朋友，巴布・狄倫先生。」

果然是他。咖啡的燈籠褲，棉布外套裏露出綠色汗衫，手裏拿著一把四號的馬丁吉他，頸子上架著一只口琴。長長的歡呼聲中，他僅僅微啓笑容，舐舐嘴脣，錚錚琮琮撥響吉他，向麥克風吟起「苦雨就要下降」。六十年代民歌和搖滾樂最重要的人物，美國青年最尊重的新文化英雄、詩人、作曲家、歌手的巴布・狄倫，每一次出現在公開的場合，都是年輕人世界的一件大事。除了吟唱，巴布・狄倫不肯多吐一個字，也不作任何解釋。他是最活潑最狂放的搖滾樂壇上一尊最嚴肅最沉默的史芬克獅。現代酒神的孩子們唱起歌來，他是唯一不醉的歌者。他的神祕，多出現一次，就增多一分。巴布・狄倫今晚的出現，使這場音樂會具有歷史的意義。他站在那裏，兩腿向外微彎，每唱一句，便從麥克風前退後一步，把臉藏在口琴架後。他的聲音仍然瘦瘦的，利利的，富有鼻音，但是很有控制。

接著他唱「笑也不容易，哭也不容易」❶。歌到一半，他吹起口琴來，那薄薄尖尖的聲音，好像一把憂鬱的刀，剮痛了誰。喬治淡淡地撫弄吉他配他。

然後是他九年前的成名作，也是六十年代第一聲抗議的「在風中飄揚」。這首歌的聯想太多太多，它牽動了「彼德・保羅和瑪麗」到「菁華三姝」到瑪琳・狄翠琦的回憶。他的鬍鬚一直修到頰下，頭髮不算太長，可是很剛很硬，他的神態，像剛從「逍遙遊」（Freewheelin'），唱片的封面上走出來。

掌聲退潮，巴布・狄倫只喃喃說了一聲「謝謝」。他換了一把口琴，和里昂及喬治協調了一下，便唱起「貨鼓郎」（Mr. Tambourine Man）來。淒清的琴音在空廳中迴旋，有多少流浪漢在江湖上有多少失意。他一句一頓：

僅僅跳舞，在鑽石的太空下
一手自在地揮啊揮
側影反襯著海水
四周，是圓場的黃沙

又是一陣掌聲。又是和里昂切切私語。然後與喬治對坐調琴。巴布・狄倫撥出了反反覆覆的一段墨西哥曲調，一聲劃斷，吹了一段口琴，又停下來，最後鼓弄吉他，唱起「就像個女人」。兩側的麥克風啞了，里昂和喬治就擠到巴布的這架來和他。巴布的節拍下手很沉很重，喬治的電吉他鏗然回應。

歌止。燈亮。巴布舉目四顧，有點失措，然後他像力士一樣揚起雙拳，露齒一笑，大步跨下臺去。

掌聲劈劈拍拍鼓了足足兩分鐘。顯然巴布・狄倫不會再出現了。一位歌手能教林戈搖小手鼓在後面伴奏，自然不需要出來謝幕。終於掌聲也止了。樂隊重新回到臺上，各自就位。喬治對麥克風說：「巴布一唱過，就難以爲繼了。」爲了讓聽衆喘一口氣，喬治逐一介紹臺上的音樂家。

瑽瑽琤琤，喬治敲響了「有樣東西」，整個樂隊跟上去，音樂會又掀起一次高潮。這是最後的一曲了。臺上人散。臺下人不肯散，掌聲一直堅持下去，把臺上人召回臺上，兩萬人嘶叫成一片瘋狂。樂隊奏出喬治的新作「救救孟加拉」：

吾友來看我，滿眼都是哀傷
他說，救救我，救救我

樂隊走下臺去，這次是眞的結束了。聽衆仍癡癡地站在座前，一連五分鐘不肯散去，好像他們不散，這場音樂會就永遠不結束。

麥迪森廣場花園外紐約市正下著滂沱大雨。那是一九七一年八月一日。場外擠滿了向隅的聽衆。在黃牛的手裏，七塊五美金的入場券漲到五十塊，剩下最後幾張時，更提高到六百元一張。有些聽衆藉賄賂警衛始得入場。欠缺耐性的一些，企圖破門而入，被警衛拖了出來，還挨了好幾警棍。大致上說來，秩序不壞。一個成功的搖滾樂會。

4

喬治．哈里森發起的這個搖滾樂會，具有好幾層深厚的意義，値得我們細細玩味：

首先，披頭樂隊雖已解散，利物浦四少年仍然繼續創作，各自出版唱片，並且發展一己的獨特風格。我們當然深深懷念披頭樂隊昔日的華美與激情，可是無權要求四少年永不分手，爲了滿足聽衆而長期壓抑各自的性情。何況，富麗堂皇的大樂隊，已經漸漸過去了。解散了的披頭，仍然具有神奇莫測的號召力。篤實、好學、寡言，且熱愛印度文化的喬治．哈里森，當日在四披頭之中，被藍能的霸氣和麥卡特尼的嫵媚所蔽，成爲不很起眼的第三號人物。現在脫離了兩人的籠罩，不但新出的唱片「萬物皆逝」沛然可聽，即使獨當一面，主辦這麼龐大的一個音樂會，也井井有條。同時，他一口氣答應拉維・仙客之請，可謂不忘師恩，遍邀搖滾名手，尤其是巴布・狄倫，可謂潭潭大度，略無妒才之意。林戈爲人最忠厚，肯和喬治合作，並爲巴布・狄倫伴奏，自然是意料中事。喬治和林戈同時演出，已經等於半個披頭樂隊，當然令人興奮。四披頭最後一次的現場合演，是一九六六年八月二十九日，在舊金山。那已經是五年前的事，而五年，在搖滾樂史上，就是很久很久了。

其次，巴布・狄倫的出現，也是令人振奮的大事。自從一九六七年他騎電單車失事以來，他就很少在公開的演奏會上露面。在英國威特島出現的一次，吸引了二十萬聽衆，演唱一夕，索酬八萬五千美金，頗爲論者詬病。這次他趕來紐約，爲救濟東巴難民免費演唱，可謂澄清了大家對他的誤解。巴布・狄倫肯來，其他歌手自無不來的道理。臺上出現里昂・羅素、艾立克・克拉普頓，固不待言，即使臺下的聽衆席上，也坐滿了瓊妮・米巧、格萊安・納許，以及「大低潮」樂隊等等高手。巴布・狄倫從未與四披頭一起露面過；這次和其中的兩位共同登臺，也是歷史性的大事。

第三，這次的搖滾樂會是一個純粹的慈善音樂會：除了八月一日下午和晚上兩場的收入，二十五萬美金全部捐給東巴流亡的孩子以外，現場錄音灌製的唱片，和拍攝成功的電影，兩者未來的收入，也悉數指定贈與難民。此舉充分顯示了搖滾樂壇的正義感和同情心。這次的搖滾樂會，場地所限，兩場的聽衆加起來不過五萬人，在同類的演奏會中，不能算多麼盛大，可是象徵的意義最爲深長。美國的搖滾樂會，到了一九六九年八月，四十五萬青年在伍德斯塔克三天的盛會，可說臻於巔峯狀態，值得年輕的一代自豪。不幸幾個月內，就在那年的年底，「滾石」樂隊在加州的亞塔蒙特舉行臨別美國的免費演奏會，竟發生了流血的慘案。一時論者皆謂年輕的一代天眞喪盡，搖滾樂已淪爲魔鬼的藝術。其後搖滾樂人拜金成風，很有一些甘心聽從商業主義的驅使，以反抗工業文明始，竟以役於工業文明終，搖滾樂初期來自民歌的那一股清新樸實之氣，幾乎蕩然無存。氣得菲莫爾劇場的主人毅然關門誌哀。現在喬治・哈里森、林戈和巴布・狄倫等領導人物能聯合同輩，在救濟難民的人道主義之下，重振搖滾樂的聲望和尊嚴，並且表現出漸趨成熟的責任感，令我慶幸之餘，更相信搖滾樂，酒神的新藝術，是可以釀出更濃更純的芬芳來的。

——一九七一年十月

——選自一九七四年《聽聽那冷雨》

注釋：

❶：原文是 It Takes a Lot to Laugh, It Takes a Train to Cry，歌題有點一語雙關，因為其中 Lot 有「命運」之意，而 Train 有「火車」之意，要譯得貼切，是不可能的。

不朽，是一堆頑石？

那天在悠悠的西敏古寺裏，衆鬼寂寂，所有的石像什麼也沒說。遊客自紐約來，遊客自歐陸，左顧右盼，恐後爭先，一批批的遊客，也嚇得什麼都不敢妄說。岑寂中，只聽得那該死的嚮導，無禮加上無知，在空廳上指東點西，製造合法的噪音。十個嚮導，有九個進不了天國。但最後，那卑微斷續的噪音，亦如歷史上大小事件的騷響一樣，終於寂滅，在西敏古寺深沉的肅穆之中。遊客散後，他兀自坐在大理石精之間，低迴久不能去。那些石精銅怪，百魄千魂的噤嘿之中，自有一種冥冥的雄辯，再響的噪音也辯它不贏，一層深似一層的陰影裏，有一種音樂，灰樸樸地安排他敏感的神經。當晚回到旅舍，他告訴自己的日記：「那是一座特大號的鬼屋。徘徊在幽光中，被那樣的鬼所祟，卻是無比的安慰。大過癮。大感動。那樣的被祟等於被祝福。很久，沒有流那樣的淚了。」

說它是一座特大號的鬼屋，一點也沒錯。在那座嵯峨的中世紀古寺裏，幢幢作祟的鬼魂，可分三類。掘墓埋骨的，是實鬼。立碑留名的，是虛鬼。勒石供像的一類，有虛有實，無以名之，只好叫它做石精了。而無論是據墓爲鬼也好，附石成精也好，這座古寺裏的鬼籍是十分雜亂的。帝王與布衣，俗衆與僧侶，同一拱巍巍的屋頂下，鼾息相聞。高高低低，那些嶙峋的雕像，或立或坐，或倚或臥，或鍍金，或敷彩，異代的血肉都化爲同穴的冷魂，一礦的頑塊。李白所說「屈平詞賦懸日月，楚王臺榭空山丘」，在此地並不適用。在西敏寺中，詩人一隅獨擁，固然受百代的推崇，而帝王的墓穴，將相的遺容，也遍受四方的遊客瞻仰。一九六六年，西敏寺慶祝立寺九百年，宣揚的精神正是「萬民一體」。

西敏寺的位置，居倫敦的中心而稍稍偏南，詩人史賓塞筆下的「風流的泰晤士河」在其東緩緩流過，華茲華斯駐足流留的西敏寺大橋凌乎波上，在寺之東北。早在公元七世紀初年，這塊地面已建過教堂。一零六五年，敕建西敏寺的英王，號稱「懺悔的愛德華」。次年諾曼第公爵威廉北渡海峽，征服了大不列顛，那年的耶誕節就在西敏寺舉行加冕大典，成爲法裔的第一任英王。從此，在西敏寺加冕，成了英國宮廷的傳統，而歷代的帝王卿相高僧名將皇后王子等等，也紛紛葬在寺中，不葬在此地的，也往往立碑勒銘，以誌不忘。西敏寺，是一座大理石砌的教堂，七色的玻璃窗開向天國，至今仍是英國人每日祈禱的聖殿。但同時是一座石氣陰森陽光罕見的博物巨館，石槨銅棺，拱門迴廊，無一不通向死亡，無一不通向幽闇的過去。

對於他，西敏古寺不止是這些。坐在南翼大壁畫前的古木排椅上，兩側是歷代詩人的雕像，凌空是百呎拱柱高舉的屋頂，遠眺北翼，歷代將相成排的白石立像盡處是所羅門的走廊，其上是直徑廿呎的薔薇圓窗，七彩斑斕的薔瓣上，十一使徒的繪像，染花了上界的天光——這麼坐著，仰望著，恍恍惚惚，神遊於天人之際，西敏寺就是一部立體的英國歷史，就是一部，尤其是對於他，石砌的英國文學史。

不敢高聲語，恐驚天上人。詩人之隅，他是屏息斂氣，放輕了腳步走進來的。忽然他已經立在詩魂蠢動的中間，四周，一尊尊的石像，頂上，一方方的浮雕，腳下，一塊接一塊的紀念碑平嵌於地板，令人落腳都難。天使步躊躇，妄人踹莫顧，他低吟起頗普的名句來。似曾相識的那許多石像，逼近去端詳，退後來打量，或正面瞻仰，或旁行側望，或碑文喃喃以沉吟，或警句津津而冥想，詩人雖一角，竟低迴了兩個小時。終於在褐色的老木椅上坐下來，背著哥德斯密司的側面浮雕，仰望著崇高的空間怔怔出神。六世紀的英詩，巡禮兩小時。那麼多的形象，聯想，感想，疲了，眼睛，酸了，肩頸，讓心靈慢慢去調整。

最老的詩魂，是六百多歲的喬叟。詩人晚年貧苦，曾因負債被告，乃戲筆寫了一首諧詩，向自己的阮囊訴窮。亨利四世讀詩會意，加賜喬叟年俸。不到幾個月，喬叟卻病死在寺側一小屋中，時爲一四零零年十月二十五日。寺方葬他在寺之南翼，屍體則由東向的側門抬入。但身後之事並未了結。原來喬叟埋骨聖殿，不是因爲他是英詩開卷的大師，或什麼「英詩之父」之類的名義——那都是後來的事——而是因爲他做過朝官，當過宮中的工務總監，死前的寓所又恰是寺方所賃。七十多年後，凱克斯敦在南翼牆外裝置了英國第一架印刷機，才向寺方請准在喬叟墓上刻石致敬，說明墓中人是一位詩人。又過了八十年的光景，英國人對自己的這位詩翁認識漸深，乃於一五五六年，把喬叟從朱艾敦此時立像的地點，遷葬於今日遊客所瞻仰的新墓。當時的詩人名布禮根者，更為他嵌立一方巨碑，橫於碩大典麗的石棺之上，赫赫的詩名由是而彰，其後又過百年，大詩人朱艾敦提出「英詩之父，或竟亦英詩之王」之說，喬叟的地位更見崇高。所謂寂寞身後事，看來也眞不簡單。蓋棺之論論難定，一個民族，有時要看上幾十年幾百年，才看得清自己的詩魂。

喬叟死後二百年，另一位詩人葬到西敏寺來。一五九八年的耶誕前夕，史賓塞從兵燹餘燼的愛爾蘭逃來倫敦，貧病交加，不到一月便死了。親友遵他遺願，葬他於喬叟的墓旁，他的棺木入寺，也是經由當年的同一道側門。據說寫詩弔他的寺友，當場即將所寫的詩和所用的筆一齊投入墓中陪葬。直到一六二零年，杜賽特伯爵夫人才在他墓上立碑紀念，可見史賓塞死時，詩名也不很隆。

其實盛名即如莎士比亞，蓋棺之時，也不是立刻就被西敏寺接納的。英國最偉大的詩人，死於一六一六年，卻要等到一七四零年，在寺中才有石可託。一六七四年米爾頓死時，清教徒的革命早已失敗，在政治上，米爾頓是一個失勢的叛徒。時人報導他的死訊，十分冷淡，只說他是「一個失明的老人，書寫拉丁文件維生」。六十三年之後，他長髮垂肩的半身像才高高俯臨於詩人之隅。

西敏寺南翼這一角，成為名詩人埋骨之地，既始於喬叟與史賓塞，到了十八世紀，已經相沿成習。一七一一年，散文家艾迪生在《閱世小品》裏已經稱此地為「詩人之苑」，他說：「我發現苑中或葬詩人而未立其碑，或有其碑而未葬其人。」至於首先使用「詩人之隅」這名字的，據說是後來自己也立碑其間的哥德斯密司。

詩人之隅的形成，是一個緩慢的傳統而且不規則。說它是石砌的一部詩史吧，它實在建得不夠嚴整。時間那盲匠運斤成風，鬼斧過處固然留下了駭目的神工，失手的地方也著實不少。例如石像羅列，重鎮的詩魁文豪之間就繚繞著一縷縷虛魅遊魂，有名無實，不，有石無名，百年後，猶飄飄浮浮沒有個安頓。雪萊與濟慈，有碑無像。柯立基有半身像而無碑。相形之下，普賴爾（Matthew Prior）不但供像立碑，而且天使環侍，獨據一龕，未免大而無當了。至於謝德威爾（Thomas Shadwell）不但浮雕半身，甚且桂冠加頂，帷飾儼然，乍睹之下，他不禁啞然失笑，想起的，當然是朱艾敦那些斷金削玉冷鋒凜人的千古名句。朱艾敦的諷刺詩猶如一塊堅冰，謝德威爾冥頑的形象急凍冷藏在裏面，透明而凝定。謝德威爾亦自有一種不朽，但這種不朽不是他自己光榮掙來的，是朱艾敦給罵出來的，算是一種反面的永恆，否定的紀念吧。跟天才吵架，是沒有多大好處的。

詩人之隅，不但是歷代時尚的記錄，更是英國官方態度的留影。拜倫生前名聞全歐，時譽之隆，當然有資格在西敏寺中立石分土，但是他那叛徒的形象，法律，名教，朝廷，皆不能容，注定他是要埋骨異鄉。浪漫派三位前輩都安葬本土，三位晚輩都魂遊海外，葉飄飄而歸不了根。拜倫死時，他的朋友霍普浩司出面呼籲，要葬他在西敏寺裏而不得。其後一個半世紀，西敏寺之門始終不肯爲拜倫而開。十九世紀末年，又有人提議爲他立碑，爲住持布瑞德禮所峻拒，引起一場論戰。直到一九六九年五月，詩人之隅的地上才算爲這位浪子奠了一方大理石碑，上面刻著：「拜倫勳爵，一八二四年逝於希臘之米索朗吉，享年三十六歲」。英國和她的叛徒爭吵了一百多年，到此才告和解。激怒英國上流社會的，是一個魔鬼附身的血肉之軀，被原諒的，卻是一堆白骨了。

本土的詩人，魂飄海外，一放便是百年，外國的詩客卻高供在像座上，任人膜拜，是詩人之隅的另一種倒置。莎士比亞，米爾頓，布雷克，拜倫，都要等幾十年甚至百年才能進寺，新大陸的朗費羅，死後兩年便進來了。丁尼生身後的杜石上，卻是澳洲的二流詩人高登（A. L. Gordon）。頗普不在，他是天主教徒。洛里爵士也不在，他已成爲西敏宮中的冤鬼。可是大詩人葉慈呢，他又在哪裏？

甚至詩人之隅的名字，也發生了問題。南翼的這一帶，鬼籍有多麼零亂。有的鬼實葬在此地，墓上供著巍然的雕像，像座刻著堂皇的碑銘，例如朱艾敦，約翰遜，江森。至於葬在他處的詩魂，有的在此只有雕像和碑銘，例如華茲華斯和莎翁，有的有像無碑，例如柯立基和史考特，有的有碑無像，例如拜倫和奥登。生前的遭遇不同，死後的待遇也相異，這些幽靈之中，除詩魂之外，尚有散文家，小說家，戲劇家，批評家，音樂家，學者，貴婦，僧侶，和將軍，詩人的一角也不盡歸於詩人。大理石的殿堂，碑接著碑，雕像凝望著雕像，深刻拉丁文的記憶英文的玄想。聖樂繞樑，猶繚繞韓德爾的雕像。哈代的地碑毗鄰狄更斯的地碑。麥考利偏頭側耳，聽遠處，歷史迂緩的迴音？巧舌的名伶，賈禮克那樣優雅的手勢，掀開的絨幕裏，是哪一齣悲壯的莎劇？

而無論是雄辯滔滔或情話喃喃，無論是風琴的聖樂起伏如海潮，大理石的聽衆，今天，都十分安寧，冷石的耳朵，白石的盲瞳，此刻都十分肅靜。遊客自管自來去，朝代自管自輪替，最後留下的，總是這一方方、一稜稜、一座座，堅冷凝重的大理白石，日磋月磨，不可磨滅的石精石怪永遠祟著中古這廳堂。風晚或月夜，那邊的老鐘樓噹噹敲罷十二時，遊人散盡，寺僧在夢魘裏翻一個身，這時，石像們會不會全部醒來，可驚千百對眼瞳，在暗處矍矍復眈眈，無聲地旋轉，被不朽罰站的立像，這時，也該換一換腳了。

因爲古典的大理石雕像，在此地正如在他處一樣，眼雖睜而無瞳如盲。傳神盡在阿堵，畫龍端待點睛。希臘人放過這靈魂的穴口，一任它空空茫茫面對著大荒，眞是聰明，因爲石像所視不是我們的世界，原不由我們向那盈寸間去揣摩，妄想。什麼都不說的，說得最多。倚杖支頤，莎翁的立姿，俯首沉吟，華茲華斯的坐像，朱艾敦的儒雅，米爾頓的嚴肅，詩人之隅大大小小的石像，全身的，半身的，側面浮雕的，全盲了那對靈珠，不與世間人的眼神灼灼相接。天人之間原應有一堵牆，那怕是一對空眶。

死者的心聲相通，以火焰爲舌，
活人的語言遠不可接。

所以隱隱地感到，每到午夜，這一對對僞裝的盲睛，在暗裏會全部活起來，空廳裏一片明滅的青燐。但此刻正是半下午，寺門未閉，零落的遊客三三兩兩，在廳上逡巡猶未去。

也就在此時，以爲覽盡了所有的石魂，一轉過頭去，布雷克的青銅半身像卻和他猛打個照面！剛強堅硬的圓頭顱光光，額上現兩三條紋路像鑿在絕壁上，眉下的巖穴深深，睜，兩隻可怖的眼睛，瞳孔漆漆黑，那眼神驚愕地眺出去，像一層層現象的盡頭驟見到，預言裏駭目的遠景，不忍注目又不能不逼視。雕者亦驚亦怒，銅像亦怒亦驚，鼻脊與嘴脣緊閉的稜角，陰影，塑出瘦削的頰骨沉毅的風神。更瘦更剛是肩胛骨和寬大的肩膀，頭顱和頸項從其上挺起矗一座獨立的頑崗。先知就是那樣。先知的眼睛是兩個火山口近處的空氣都怕被灼傷。惶惶然他立在那銅像前，也怕被灼傷又希望被灼傷。於是四周的石像都顯得太馴服太乖太軟弱太多脂肪，鎖閉的盲瞳與盲瞳之間唯有這銅像瞋目而裂眥。古典脈脈。現代眈眈。

銅像是艾普斯坦的傑作。千座百座都兢兢仰望過，沒一座令他悸慄震動像這座。布雷克默默奮鬥了一生，老而更貧，死後草草埋彭山的荒郊，墓上連一塊碑也未豎。生前世人都目他爲狂人，現在，又追認他爲浪漫派的先驅大師，既歎其詩，復驚其畫。艾普斯坦的雕塑，粗獷沉雄出於羅丹，每出一品，輒令觀者駭怪不安。這座青銅像是他死前兩年的力作，那是一九五七年，來供於詩人之隅，正是布雷克誕生的兩百週年。承認一位天才，有時需要很久的時間。

詩人之隅雖爲傳統的聖地，卻也爲現代而開放。現代詩人在其中有碑題名者，依生年先後，有哈代，吉普林，梅士菲爾，艾略特，奧登。如以對現代詩壇的實際影響而言，則尚有布雷克與霍普金斯。除了布雷克立有雕像之外，其他六人的長方形石碑都嵌在地上。年代愈晚，詩人之隅要供置石像便愈少空間，鬼滿爲患，後代的詩魂只好委屈些，平鋪在地板上了。哈代的情形最特別：他之入葬西敏寺，小說家的身分恐大於詩名，同時，葬在寺裏，是他的骨灰，而他的心呢，卻照他遺囑所要求，是埋在道且斯特的故鄉。艾略特和奧登，死後便入了詩人之隅，足證兩人詩名之盛，而英國的政教也不厚古人而薄今人。奧登是入寺的最後一人。他死於一九七三年九月，葬在奧地利。第二年十月，他的地碑便在西敏寺揭幕，由桂冠詩人貝吉曼獻上桂冠。

下一位可輪到貝吉曼自己？奧登死時才六十六歲，貝吉曼今年卻已過七十。他從東方一海港來喬叟和莎翁的故鄉，四十多國的作家也和他一樣，自熱帶自寒帶的山城與水港，濟慈的一箋書，書中的一念信念，群彥倜儻要仔細參詳。七天前也是一個下午，他曾和莎髯的詩苗詩裔分一席講壇：右側是白頭怒髮鷹顏矍然的史班德，再右，是清瘦而易惱的羅威爾，半被他擋住的，是貝吉曼好脾氣的龍鍾側影。羅威爾是美國人，雖然西敏寺收納過朗費羅，亨利・詹姆斯，艾略特等幾位美國作家，看來詩人之隅難成爲他的永久戶籍。然則史班德的鷹隼，貝吉曼的龍鍾，又如何？兩人都有可能，貝吉曼的機會也許更大，但兩人都不是一代詩宗。史班德崛起於三十年代，一度與奧登齊名，並爲牛津出身的左翼詩人。四十年的文壇和政局，塵土落定，憤怒的牛津少年，一回頭已成歷史——出征時那批少年誓必反抗法西斯追隨馬克斯，到半途旗摧馬蹶壯士齊回頭，搖揮手，別了那眩目而不驗的神。The God That Failed!奧登去花旗下，作客在山姆叔叔家，佛洛伊德，祈克果，一路拜回去回到耶穌。戴路易斯繼梅士菲爾做桂冠詩人，死了已四年。麥克尼斯做了古典文學教授，進了英國廣播公司，作古已十三載。牛津四傑只剩下煢煢這一人，老矣，白髮皚皚的詩翁坐在他右側，喉音蒼老遲滯中仍透出了剛毅。四十年來，一手揮筆，一手麥克風，從加入共黨到訣別馬列，文壇政壇耗盡了此生。而繆思呢是被他冷落了，二十年來已少見他新句。詩名，已落在奧登下，傳誦眾口又不及貝吉曼，史班德最後的地址該不是西敏寺。詩人之隅，當然也不是繆思的天秤，銖兩悉稱能鑑定詩骨的重輕，裏面住的詩魂，有一些，不如史班德遠甚。詩人死後，有一塊白石安慰荒土，也就算不寂寞了，有一座大教堂峥嶸而高，廣蔽歷代的詩魂把栩栩的石像縈繞，當然更美好，但一位詩人最大的安慰，是他的詩句傳誦於後世，活在發燙的脣上快速的血裏，所謂不朽，不必像大理石那樣冰涼。

可是那天下午，南翼那高挺的石柱下坐著，四周的雕像那麼寧靜地守著，他回到寺深僧肅的中世紀悠悠，緩緩地他仰起臉來仰起來，那樣光燦華美的一扇又一扇玻璃長窗更上面，猗猗盛哉是倒心形的薔薇巨窗天使成群比翼在窗口飛翔。耿耿詩魂安息在這樣的祝福裏，是可羨的。十九世紀初年，華茲華斯的血肉之身還沒有僵成冥坐的石像，丁尼生，白朗寧猶在孩提的時代，這座哥德式的龐大建築已經是很老很老了——煙薰石黑，七色斑斑黑線勾勒的厚窗蔽暗了白晝。涉海來拜的伊爾文所見的西敏寺，是「死神的帝國：死神冠冕儼然，坐鎮他宏偉而陰森的宮殿，笑傲人世光榮的遺蹟，把塵土和遺忘滿佈在君王的碑上。」今日的西敏寺，比伊爾文憑弔時更老了一百多歲，卻已大加刮磨清掃：雕門鏤扉，銅像石碑，色彩凡有剝落，都細加髹繪，玻璃花窗新鑲千扇，燭如複瓣的大吊燈，一蕊蕊一簇簇從高不可仰的屋頂拱脊上一落七八丈當頭懸下來，隱隱似空中有縹緲的聖樂，啊這永生的殿堂。

對詩人自己說來，詩，只是生前的浮名，徒增擾攘，何足療飢，死後即使有不朽的遠景如蜃樓，墓中的白骸也笑不出聲來。正如他，在一個半島的秋夜所吟：

倘那人老去還不忘寫詩
燈就陪他低誦又沉吟
身後事付亂草與繁星

但對於一個民族，這卻是千秋的盛業，詩柱一折，文廟岌岌乎必將傾。無論如何，西敏寺能闢出這一隅來招詩魂，供後人仰慕低迴，挹不老桂枝之清芳，總是多情可愛的傳統。而他，迢迢自東方來，心香一縷，來愛德華古英王的教堂，頂禮的不是帝后的陵寢與偃像，世冑的旌旗，將相的功勳，是那些漱齒猶香觸舌猶燙的詩句和句中吟嘯歌哭的詩魂。悵望異國，蕭條異代，傷心此時。深閟隔世的西敏古寺啊。寺門九重石壁外面是現代。衛星和巨無霸，Honda和Minolta的現代。車塞於途，人囚於市，魚死於江海的現代。所有的古蹟都陷落，蹂躪於美國的旅行團去後又來日本的遊客。天羅地網，難逃口號與廣告的噪音。月球可登火星可探而有面牆不可攀有條小河不可渡的現代。但此刻，他感到無比的寧靜。一切亂象與噪音，紛繁無定，在詩人之隅的永寂裏，都已沉澱，留給他的，是一個透明的信念，堅信一首詩的沉默比所有的擴音器加起來更清晰，比機槍的口才野礮的雄辯更持久。堅信文字的冰庫能冷藏最燙的激情最新鮮的想像。時間，你帶得走歌者帶不走歌。

西敏寺乃消滅萬籟釋盡衆嫌的大堂，千載宿怨在其中埋葬，史家麥科利如此說。此地長眠的千百鬼魂，碑石相接，生前爲敵爲友，死後相伴相鄰，一任慈藹的遺忘覆蓋著，渾沌沌而不分。英國的母體一視同仁，將他們全領了回去，冥冥中似乎在說：「唉，都是我孩子，一起都回來吧，願一切都被饒恕。」米爾頓革命失敗，死猶盲眼之罪人。布雷克歿時，忙碌的倫敦太忙碌，渾然不知。拜倫和雪萊，被拒於家島的門外，悠悠遊魂無主，流落在南歐的江湖。有名的野鬼陰魂總難散，最後是母土心軟，一一招回了西敏寺去。到黃昏，所有的鴉都必須歸塔。詩人的南翼對公侯的北堂，月桂擎天，同樣是爲棟爲樑，西敏寺兼容的傳統是可貴的。他想起自己的家渺渺在東方，崑崙高，黃河長，一百條泰晤士的波濤也注不滿長江，他想起自己的家裏激辯正高昂，仇恨，是人人上街佩戴的假面，所有的擴音器蟬噪同一個單腔單調，桂葉都編成掃帚，標語貼滿屈原的額頭。

出得寺來，倫敦的街上已近黃昏，八百萬人的紅塵把他捲進去，匯入浮光掠影的街景。這便是肩相摩踵相接古老又時新的倫敦，西敏寺中的那些鬼魂，用血肉之身愛過，咒過，鬧過的名城。這樣的街上曾走過孫中山，邱吉爾，馬克斯，當倫敦較小較矮，滿地是水塘，更走過女王的車輦和毛氅披肩的少年。四百年後，執節戴冕的是另一個伊麗莎白在白金漢宮，但誰是錦心繡口另一個威廉？在一排猶青的楓樹下他回過頭去。那灰樸樸的西敏寺，和更為魁偉的國會，夕照裏，俊拔的鐘樓，高高低低的尖塔纖頂，正托著天色迴藍和雲影輕輕。他向前走去，沿著一排排黑漆的鐵柵長欄，然後是斑馬線和過街的綠燈，紅圈藍槓的地下車標誌下，七色鮮麗的報攤水果攤，紀念品商店的櫥窗裏，一列列紅衣黑褲的衛兵，玻璃上映出的卻是兩個警伯的側像，高盔岌岌而束頸。他沿著風車堤緩緩向南走，逆著泰晤士河的東流，看不厭堤上的榆樹，樹外的近橋和遠橋，過橋的雙層紅巴士，遊河的白艇。

——水仙水神已散盡，
泰晤士河啊你悠悠地流，我歌猶未休。

從豪健的喬叟到聰明的奧登，一江東流水奶過多少代詩人？而他的母奶呢，奶他的汨羅江水飲他的淡水河呢？那年是中國大地震西歐大旱的一年，整個英倫在喘氣，惴惴於二百五十年未見的苦旱。聖傑姆斯公園和海德公園的草地，枯黃一片，恰如艾略特所預言，長靠背椅上總有三兩個老人，在亢旱的月份枯坐待雨。而就在同時一場大颱風，把小小的香港笞成旋轉的陀螺，暴雨急湍，沖斷了九廣鐵路。那晚是他在倫敦最後的一晚，那天是八月最後的一天。一架波音七零七在蓋特威克機場等他，不同的風雲在不同的領空，東方迢迢，是他的起點和終點。

他是西征倦遊的海客，一顆心惦著三處的家：一處是新窩，寄在多風的半島，一處是舊巢，偎在多雨的島城，多雨而多情，而眞正的一處那無所不載的后土，倒顯得生疏了，縱鄉心是鐵砧也禁不起卅載的搥打搥打，怕早已忘了他吧，雖然他不能忘記。

當晚在旅館的檯燈下，他這樣結束自己的日記：「這世界，來時她送我兩件禮物，一件是肉身，一件是語文。走時，這兩件都要還她，一件，已被我用壞，連她自己也認不出來，另一件我愈用愈好，還她時比領來時更活更新。縱我做她的孩子有千般不是，最後我或許會被寬恕，欣然被認做她的孩子。」

——一九七六年十月追記

——選自一九七七年《青青邊愁》

隔水呼渡

1

一千六百西西的白色旅行車，一路上克令亢朗，終於來到盤盤山徑的盡頭，重重地喘了一口大氣，鬆下滿身的筋骨。天地頓然無聲。高島說前面無路了，得下車步行。三個人推門而出，走向車尾的行李箱。高島馱起鐵架托住的顫巍巍背囊，本已魁梧的體魄更顯得幢幢然，幾乎威脅到四周的風景。宓宓拎著兩只小旅行袋，腳上早已換了雪白的登山鞋。我一手提著帆布袋，另一手卻提著一只扁皮箱：事後照例證明這皮箱迂闊而可笑，因爲山中的日月雖長，天地雖大，卻原始得不容我坐下來記什麼日記。

三個人在亂草的阡陌上蹣跚地尋路，轉過一個小山坳，忽然迎面一片明晃，風景開處，令人眼界一寬，閃動著盈盈欲溢的水光。

「這就是南仁湖嗎？」宓宓驚問。

高島嗯了一聲，隨手把背上的重負卸了下來。這才發現，我們已經站在渡口了。一架半舊的機車斜靠在草坡下，文明似乎到此為止。水邊的一截粗木樁卻不同意，它繫住的一根尼龍白纜斜伸入水，順勢望去，約莫十六、七丈外，那一頭冒出水來，接上對岸的渡樁，正泊著一只平底白筏。

「恐怕要叫上一陣子了，」高島似笑非笑地說。

接著他深呼吸起來，忽地一聲暴吼。

「令賞！」滿湖的風景大吃一驚，回聲從山圍裏反彈過來，嬝嬝不絕，掠過空蕩蕩的水面，清晰得可怕。果然，有幾隻鷺鷥擾攘飛起，半晌，才棲定在斜對岸的相思林裏。

「令賞！令賞！」又嘶吼起來，繼以一串無意義的怪叫。

「誰是令賞？」我忍不住問道。

「對岸的人家姓林，」高島說著，伸手指著左邊。「看見那邊山下的一排椰樹嗎？對，就是那一排，筆直的十幾根白幹子。林家本來住在椰樹叢裏，後來國家公園要他們搬出去。屋子都拆了，不料過了些時，他們卻在正對面這山頭的後面另搭了一座，住得更深入了。公家的人來找他們，也在這裏，像我這麼大呼小叫，他們卻躲在樹背後用望遠鏡偷看，不理不睬——」

「那我們這樣叫，有用嗎？」宓宓說。

「不一定聽得見，」高島笑嘻嘻地說：「你看見那樹背後的天線沒有？」

順著白筏的方向朝山上看去，草丘頂上是茂密如鬟的相思樹林，果然有一架天線在樹後伸出來，襯著陰陰的天色，纖巧可認。

「他們還看電視嗎？」宓宓不解了。

「看哪，他們有一架發電機。只是沒有電話。」

「沒有電話，太好了。外面的世界就搆不到他們，」我說。

「令賞！令賞！」高島又吼起來。接著他又哇哇怪叫。我和宓宓也加入呼喊。我的男低音趁著水，她的尖嗓子趁著風，一起凌波而去，去為高島的男高音助陣。靜如太古的湖氣攪得魚鳥不寧，亂了好一陣子。自己的耳朵也覺得不像話，一定冒犯了山精水神了。十幾分鐘後，三個人都停了下來，喉頭澀苦苦的。於是山又是山，水又是水。那白筏依然保持著野渡無人的姿態。

「這比天方夜譚的『芝蔴開門』辛苦得多了，」我嘆道。

「這麼一喊，肚子倒餓了，」高島說，「這裏風太大，不如找地方躲下風，先把午飯解決了再說。要是再喊不應，我就繞湖走過去，半個多鐘頭也應該夠了。」

那一天是陰天，風自東來，不時還挾著毛毛細雨，頗有涼意。我們繞到草丘的西邊，靠樹蔭與坡形擋著風勢，在一叢紫花綠葉的長穗木邊坐下。高島解開背囊，取出一件鵝黃色的大雨衣鋪在草地上，然後陸陸續續，變戲法一般取出無數的東西。燒肉粽、紅龜糕、蛋糕、蘋果、香瓜等等，權充午餐是足夠的了。最令我們感到興趣的，是一瓶長頸圓肚的卡繆白蘭地，和儼然匹配的三只高腳酒杯，全都敧斜地擱在雨衣上。他為每人都斟了半杯。酒過三巡，大家正醺然之際，他忽然說：

「來點茶吧。」

「哪來茶呢？」宓宓笑問。

「煮啊。」

「煮？」

「對啊，現煮。」說著高島又從他的百寶囊中掏出了一盞酒精燈，點燃之後，再取出一只陶壺，三只功夫小茶盅。不一會，香濃撲鼻的烏龍已經斟入了我們的盅裏。在這荒山野湖的即興午餐，居然還有美酒熱茶，眞是出人意外。高島一面品茶，一面告訴我們說，他沒有一次登山野行不喝熱茶，說著，又為大家斟了一遍。

草丘的三面都是湖水，形成了一個半島。斜風細雨之中，我起身繞丘而行。一條黃土小徑帶領我，在恆春楊梅、象牙樹、垂枝石松之間穿過，來到北岸。瞥見岸邊的淺水裏有簇簇的黑點在蠢蠢游動，蹲下來一看，圓頭細尾，像兩公分長而有生命的逗點，啊，是蝌蚪。原來偌大的一片南仁湖，竟是金線蛙的幼稚園。這水裏怕不有幾萬條黑黑黏滑的「蛙蛙」嬉游在水草之間和岸邊的斷竹枯枝之下。我趕回高島和宓宓的身邊，拿起喝空了的高腳杯。幾乎不用瞄準，杯口只要斜斜一掬，兩尾「蛙蛙」便連水進了杯子。我興奮地跑回野餐地，舉示杯中的獵物。「看哪，滿湖都是蝌蚪！」那兩尾黑黑的大頭嬰在圓錐形的透明空間裏竄來竄去，驚惶而可憐。

「可以拿來下酒呀！」高島笑說。

「不要肉麻了，」宓宓急叫，「快放了吧！」

我一揚手，連水和蝌蚪，一起倒回了湖裏。

大家正笑著，高島忽然舉手示意說，渡口有人。我們跟他跑到渡口，水面果然傳來人語，循聲看去，對岸有好幾個人，正在上筏。爲首的一人牽動水面的縴索，把白筏慢慢拉過湖來，緊張的索上抖落一串串的水珠。三、四分鐘後已近半渡，看得出那縴夫平頭濃眉，矮壯身材，約莫四十左右。高島在這頭忍不住叫他了：

「林先生，叫了你大半天，怎麼不來接我們呢？」

「阮籠聽無，」那人只顧拉縴，淡淡地說。

「你要是不送人客過來，咳，我們豈不要等上一下晡？」高島不肯放鬆。

「那有什麼要緊？」那人似笑非笑地說。

筏子終於攏岸了。上面的幾個客人跳上渡頭來，輪到我們三人上筏。不是傳統的竹筏，是用一排塑膠空管編紮而成，兩頭用帽蓋堵住，以免進水，管上未鋪平板，所以渡客站在圓筒上，得自求平衡，否則一晃就踩進湖裏去了。同時還得留意那根生命線似的縴索，否則也會被它逼得無可立腳，翻入水中。就這麼，在高島和林先生有一搭沒一搭的鄉音對話之中，一根細縴拉來了對岸。

2

林家住在一棟磚牆瓦頂的簡單平房裏，屋前照例有一片曬穀場，旁邊堆些破舊的家具，場中躺著兩隻黃狗，其一跛了右面的後腿，更有一群黑毛土雞遊走啄食。曬穀場的一面接著南仁湖的小灣，近岸處水淺草深，有點像沼澤；另一面是一汪池塘，鋪滿了睡蓮的圓葉，一莖莖直擎著的蓮花卻都緊閉著紅瓣，午寐方酣。在外湖與內塘之間，有一條雜草小埂。我們一路踱過去，便走到一個坡腳，爬上坡去，是青草芊芊的渾圓丘頂，可以環顧幾面的湖水。

正是半下午，天氣仍是涼陰陰的，吹著東北風，還間歇飄著細雨。我們繞著草坡，想把南仁湖看出個大致的輪廓來，卻只見山重水複，一覽無盡。眞羡慕灰面鷲與鷺鷥能夠憑虛俯眺，自由無礙地巡遊。南仁湖不能算一個大湖，但是水域縈迴多灣，加以四周山色連環，卻也不像小湖那麼一目了然。湖岸線這麼曲折，要是徒步繞湖一圈，恐怕得走一整個下午；何況有好幾段草樹綢繆，荒徑若斷若續，忽高忽低，未必通得過去。

高島入山多次，地形很熟，正爲我們指點湖山風景，忞忞忽然說：「對面有人。」大家眺向北岸，灰褐色的土地祠邊果然有人走動，白衣一閃，就沒入了樹影。

「會是誰呢，在這山裏？」我問。

「可能是來研究生態的什麼專家，」高島說，「有些教授一來就住上十天半個月……咦，那不是灰面鷲嗎？還是一對呢！這種鳥十月間多從滿州過境，現在已經是十月底，快過了。」

大家正在追蹤鳥影，一面懊惱沒帶望遠鏡來，隔湖又傳來人聲。那是女人的聲音，像在吆喝什麼。北岸的斷堤埂上出現一個人體，個子不高，一疊連聲，正把一頭大水牛趕下水來。

高島笑起來說：「那是林家的嫂子，要把那頭牛趕過這邊來。」

「牠會游水嗎？」宓宓訝然。

「怎麼不會？是水牛呢。」

那牛果然下了湖，龐然的黑軀已經浸在水中，只露出一弧背脊和仰翹的鼻頭，斜裏向窄水近岸處泅了過來，七、八分鐘後竟已半渡。那路線離我們立眺的山坡約有百多公尺，加以天色陰陰，覷不很眞切，只能憑那一對匕首似的大彎角，來追認她頭的擺向。大家都稱讚那水牛英勇善泅，高島尤其笑得開心。這時，牠卻停了下來，只探首出水，一動也不動。

「牠一定是在水淺的地方找到了歇腳石，」我說。

「湖水並不深，所以渡筏也可以用竹篙來撐，」高島說。「這南仁湖的水面已有海拔三百十幾公尺了，只因爲圍在山裏，看不出高來。」

正說著，對岸的人影在土埂上跑上跑下，又吆喝起來。水面那一對牛角擺了一下，向前移動起來，有時候以乎還回過頭去，觀望女主人的動靜。女主人繼續喝叱，不容牠猶豫。終於水牛泅到了湖這邊來，先是昂起了崢嶸的頭角，繼而露出了大半個軀體，卻並不逕上岸來，只靠在樹根畢露的黃土斷崖下，來回地扭著身子。

「那是在磨癢，」高島說：「泡在水裏，不但舒服，還可以擺脫討厭的牛虻。哈哈，你看那頭牛，根本不想回家來！」

對岸的女主人儘管聲嘶力竭，那頭牛卻毫不理會。這一主一畜和我們之間，形成了一個鈍角三角形，而以牛為鈍角。一幕事件單純而趣味無盡的田園諧劇，就這麼演了半個多小時，丘頂的我們是不期而遇的觀眾。高島樂得咧嘴直笑，說僅看這一齣，今天就沒白過。最後，那女人放棄了驅牛的企圖，提高了嗓子喊她的丈夫。

「她家隔著一個山坡，」高島說：「天曉得她丈夫什麼時候才過來渡她。我們中午足足喊了一個多鐘頭呢。」

可是這一次白筏卻來得很快，筏首昂起，一排紅帽蓋在青山白水之間分外醒目。高島一看見，便高興地大叫：

「林先生，渡我們過去！」

那矮壯的篙夫轉過頭來，看到我們，便把遲緩的筏子斜撐過來。十幾分鐘後，我們都跳上了筏子。篙夫把丈八竹篙舉過我們的頭頂，一路滴著湖水，向左邊猛地一插、一撐，把筏首又對回他「牽手」的方向。白筏朝北岸慢吞吞地拍水前進。四山的蟬聲噪成一片。

「那隻牛鬧什麼脾氣呀？」高島問那濃眉厚脣的篙夫，「林嫂趕了半天，都不肯上岸來。」

篙夫並不立刻回答，只管轉頭去瞅那崖下的畜牲，才慢吞吞地說：「早起為牠穿了鼻子，牠有點受氣。」

「你們籠總有幾隻牛？」宓宓問。

問話吊在半空，隔了一會，才吐出答案：「十幾隻。」

3

渡過北岸，一行三人沿著湖水向右手曲折走去。高島堅持北岸更好，因為地僻路荒，人跡罕至，而且林木較密，也較原始。南仁湖四周眞是得天獨厚的青綠世界，由迎風的季風林所形成，為島上僅存的低海拔原始林區。相思樹、珊瑚樹、象牙樹、青剛櫟、長尾栲、紅校欑等，叢叢簇簇，密布在多風的山坡，更與大頭茶、大葉樹蘭一類較矮的樹雜伴而生，翠蔭裏還蔽護著無數的蕨類。這一千多公頃的綠色處女地，文明的黑腳印不許魯莽踐踏的生態保護區，倖存於煙囪、挖土機、擴音器之外，為走投無路的牧神保留一隅最後的故鄉，讓飛者飛，爬者爬，游者從容自在地搖鱗擺尾，讓窒息的肺葉深深呼吸，受傷的耳朵被慰於寧靜，刺痛的眼睛被撫於翠青。

從南岸看過來，北岸這一帶特別誘人，因為密林開處有一片平曠的草原，緩緩斜向湖水，盈眼的芊芊呼應著近岸而出水的螢藺。那樣慷慨而坦然的鮮綠，曾經在什麼童話的第幾頁插圖裏見過，此刻，竟然隔水來招呼我的眉睫。無猜的天機，那受寵的驚喜正如一隻蜻蜓會停在我的腕上。從南岸看過來，黑斑斑一簇，周圍灑落了一點點乳白，對照鮮明，正是起落無定的鷺鷥依傍著放牧的水牛。這黑白的對照，襯著柔綠的舒適背景，卻被鬱鬱蒼蒼的兩岸坡岬，一左一右地遮去大半，似乎造化也意有所鍾，捨不得一下子就讓我們貪婪無饜的眼睛偷窺了這天啓的全貌。於是我們決定北渡，去探那牧神的隱私。

今夏一場韋恩颱風，肆虐的痕跡就在這世外的山裏仍處處可見。最顯眼的是縱橫的斷枝，脆的，一截截吹落在湖岸，堅韌的，像竹，則斷而不脫，仍然斜垂在主幹上，露出白心。我向叢竹裏招待所取了一根三尺多長的金黃斷枝，揮了幾下，細長俐落而有彈力，十分得手。於是一路揮舞者，見到順手的斷枝，便瞄準重心所在，向湖上挑去，竟也玩得很樂。高島則背著一應俱全的攝影器材，領著宓宓在前頭，正在端詳湖景，要挑一處角度最好的「風景眼」，去擒粼粼的水光，稠稠的樹色。若是忽然瞥見一閃白鷺掠波而去，或是映水而立，或是翩翩飛翔，要擇樹而憩，就大呼鷺鷥，興奮地舉機調鏡，總是遲了半拍，逝了白影。

突然又傳來宓宓的驚呼，那聲音，不像驚鷥，倒像驚魘。我嚇了一跳。接著高島也叫了起來，但驚喜多於驚惶：

「一定要拍下來！」他再三嚷道。

我揮動竹枝趕上前去。轉過一個黃土坡，眼前忽然一暗。背著薄陰的天色和近乎墨綠色的密樹濃陰，頭角崢嶸，體格龐沛，順著坡勢布陣一般地，屹立著一群黑壓壓的水牛。未及細數，總有十幾座吧，最高處的一匹反襯在天邊，輪廓更是突出。最令人震撼的，是群牛一起回過頭來朝著我們，十幾雙暴眼灼灼瞠瞪而來。這景象不能說怎麼可怖，但是巍巍的巨物成陣，一口氣擋住了去路，卻也令人不能不凜然止步。

「快照啊，」我催他們，「趁牠們一起都對著我們。」

牛群對我們的集體注視，令我們感到處於焦點的緊張，同時牠們那種不約而同的專注神態，又令人覺得好笑。兩人手忙腳亂地拍了幾張「牛陣圖」之後，我們一個向後轉，終於在那許多雙目光的睽睽之下，撤退了。

「要是真面對著田單的火牛陣，才可怕呢。」我說著，大家都鬆了一口氣，一起沿著北岸向西走。湖邊的一條黃土小路，左迴右轉而且起伏不平，一會兒是窄埂，一會兒是斷徑，也不見有什麼人來往，野草卻踐得殘缺不全。近岸處的樹叢下，時或令人眼睛一亮，不是匍地而開的怯紫色蝶豆花，便是粉紅色的馬鞍藤。最後來到一片開曠的草地，高島和宓宓便忙於張設三角架，測光，對鏡，要把南仁湖的隱私之美伺機攝下，好帶到山外的人間去作見證。我就在水邊找到一截粗拙的樹枝，坐下去，靜觀黑嫩的蝌蚪，有的擺尾來去，有的伏臥如寐，風來時也隨波晃漾，起伏不已。可以想見明年春天，蛙喧的聲勢有多驚人。現代的都市人對山林和田野越來越患鄉愁，雖然可以在牆上掛幾張風景來望梅止渴，效果究竟還不夠生動。其實錄音帶這麼發達，爲什麼沒有人把蛙鳴、蟬嘶、鳥叫、潮囂之類的天籟一一錄下，來解城棲者可憐的耳饑？要是有這種錄音帶就好了，我們就可以在臨睡前播放，輕輕地，像是來自遠方，然後就在滿地區的閣閣蛙唱裏，入了仲夏夜之夢。

蝌蚪的尾巴這麼長，游動時抖得變成一串S形，十分有趣。我忽然心動，便把折來的黃金竹枝探入水裏，去逗弄這些黑蛙娃。看牠們奔來竄去的樣子，眞是好玩。這些黑蛙娃結構單純，都是一粒大頭的後面拖著一條長尾巴，像一條黑豆芽。那橢圓的滑頭不怎麼好玩，一來因爲太小，二來因爲怕傷了牠。那搖擺不定的尾巴卻誘人去戲弄。漸漸地，我學會了一招絕技，就是用竹枝的細尖把黑蛙娃的尾巴按在土岸上。牠一驚，必定使勁抖尾巴，當然掙不開了。然後你一鬆竹枝，牠立刻擺尾急竄，向深處潛逃，那情景十分可笑。不過黑蛙娃尾滑滑，又特別警覺，要能將牠夾個正著，一舉擒住，卻也不容易。平均十次裏面，最多命中一次。開始我深怕牠一掙扎便掉了尾巴，那就太殘忍了，後來發現那尾巴堅韌得很，怎麼扭掙都不要緊，就放心玩下去了。就這麼，竟玩了近一小時。

水面下幾寸之內的淺處，是黑蛙娃集體遊憩的幼稚園，說得上是萬頭攢動。水面上，踏著空明的流光來去飄忽的獨行客，卻是水蜘蛛。無論你怎麼定神追蹤，再也看不清牠迷離的步法究竟怎樣在演變，只覺得牠的怪異行程像鬼在下棋，落子那麼快，快過蜻蜓點水，一霎時已經七起八落，最後總是停在你的目光之外。更怪的是，一般的水蜘蛛都有八隻腳，南仁湖上的卻只有四隻，而且細得像頭髮，膝彎幾乎成直角，身軀也細瘦得不可思議，給我的感覺，正如一組詭譎的幾何線條掠水而過。

暮色從湖面躡來，也是一隻水蜘蛛。什麼時候湖面已經漸漸暗下來，抬頭一看，因爲天色已經在變色了。這才發現高島已經在收三角架，宓宓在草地背後的土埂上喊我。「該回去了，」高島也說。三個人便沿著湖岸向東走，目標是斷堤近處一根繫了繂纜的木樁。

「白鷺！」宓宓叫起來。

兩隻鷺鷥一前一後，從斷堤裏面幽深的湖灣飛來，雖然在蒼茫的暮色中，襯著南岸鬱鬱莽莽的季風林，仍然白得豔人眼目。那具有潔癖的貞白，若是靜綻如花，還不這麼生動，偏偏又這麼上下飄舞，比白蝶悠閒，比雪花有勁，就更令人目追心隨，整個風景都活潑起來了。雙鷺飛到南岸渡頭上面的樹叢，就若有所待地慢慢迴翔起來。

「哇，你們看哪！」高島大叫。

從暮色深處，湖的東端，無中生有地閃出四、五隻，七、八隻，不，十幾隻白鷺鷥來，一時皓皓晃晃的翅膀紛紛飄舉，那樣高雅而從容，雖然凌空迅飛，卻寧靜無擾，彼此之間的位置也保持不變，另有一種隱然的默契和超然的秩序。而白羽翩翩從暗中不斷地招展而來，「靈之來兮如雲」，直到我估計歸林的群鷺，在對岸的樹梢起起落落，欲棲而不定欲飛而又迴旋，至少有五十多隻。不久，天色便整個暗下來了，雲隙間幾片灰幽幽的光落在湖面，反托出群山的倒影，曖昧得令人不安。夕愁，就是這樣子嗎？我們站在渡頭，等待中，面前這一片湖水愈加荒僻，而浮出水面的，不是山，不像是山了，是蠢蠢的獸。

「他一定忘記我們還在這邊了，」高島說著，大吼一聲：「令賞！」回聲在亂山中反彈過來，虛幻而異怪，所有的精靈只怕都驚動了。背後的密林裏傳來不知名的吟禽，一串三個音節，不能算怎麼恐怖，卻令人有點心虛。宓宓和我也發出怪叫來助陣，一時黑暗的秩序大亂。

「令賞！」群山異口同聲地回答我們。

我還想借水光看腕錶已經幾點了，卻什麼也看不清。這麼喊喊停停，也不知過了多久。忽然水面上傳來人聲，像是兩個人在說話。

「令賞！」高島大叫。

「來了，」是篙夫在回答。

不久傳來了水聲，想是竹篙撥弄出來的，入水是波的一刺，出水是一串水珠落回水中。水聲和人語漸漸近來，渾渾然筏子的輪廓也在夜色中蠢蠢出現。終於筏子攏岸，昏黑中，我們粗手笨腳地都踩了上去，把自己交給了叵測的湖水。人影難辨，只能從語音推測，在筏首撐篙的是林先生，在筏尾撐的是他的兒子。不由自主地，我想起陰間擺渡的船夫凱倫（Charon）。

4

從飢寒交迫的戶外夜色裏回到林家的平頂舊厝，在日光燈下享用熱騰騰的晚餐，分外感到溫暖。林厝一共分成四間，正中的堂屋有香案與神龕，供著媽祖，牆角卻架著彩色電視機，臺北的歌星正在螢光幕上顧盼弄姿。向右是一間飯廳，後門開出去，是一口石井，笨重的抽水機可以咿啞打水。向左是一間木板隔成的睡房，一張大床三面抵住牆壁，佔去房間的三分之二，也是用硬木板鋪成，上面只蓋了一層單薄的墊褥。主人指定我們住這一間，我們的晚餐也就在這一間吃。就著一張小桌子，高島和宓宓坐在床沿上，我則打橫坐在凳子上。

一切都很簡陋，桌上的晚餐卻毫不寒酸。一大湯碗的草魚，一碗筍，一碗青菜，一盤田螺，圍著中間的一大鍋燒酒雞，三個人努力加餐，仍然剩下了一大半。尤其是那一鍋雞湯，恐怕足足倒了一瓶米酒，燒的是一整隻土雞。每個人至少喝了兩碗湯，至於雞肉，卻燉得不夠爛熟，嚼得有點辛苦。因爲酒濃，不久我便醺然耳熱起來。雞，是自己養的。菜，是自己種的。筍和田螺都是天生。魚呢，滿滿的一湖活跳生鮮，只要你撒下網去，絕不會讓你空網而歸。搖鰭擺尾的鱗族裏，有鯽魚、鱔魚，還有塘虱魚。

微酡的醉意下，高島提議去渡口的山坡上看那些歸巢的白鷺。

「這麼晚了，看得到嗎？」宓宓有點疑惑。

「哦，看得到的。一嚇，就飛起來了。」高島保證。

「這麼黑，怎麼找路呢？」她說。

「有燈呀！」高島說著，回身向床上的背囊裏掏出一支電筒，和一個像小熱水瓶的盒子，只一擰，那盒子就驀地劇亮起來，淨白的光氾了一室，耀人眼花。高島得意地笑說：「這是強力瓦斯燈，我特別帶來的。」

於是宓宓拿著電筒，高島舉起明燈，三人興致勃勃地再出門去。走過曬穀場，剛踏上瘦脊嶙嶙的土埂，宓宓忽然驚呼：「開了，你們看！」大家轉頭一看，跟滿塘眼熱的嫣紅打了個照面，齊齊叫了起來。日間含羞閉瓣午睡酣酣的幾百朵睡蓮，竟全都醒了過來，趁太陽不在家，每手擎著一枝，舉行起燭光夜會來了。經我們的瓦斯燈煌煌一照，滿塘的紅顏紅妝一時都回頭相望。寂靜中，只聽見瓦斯迎風的炙響，青蛙跳水的清音。

驚豔一番之後，意猶未盡，只好別過頭去，向坡上攀爬。四周一片黑，高島手中的光亮像一盞神祕的礦燈，向煤坑的深處一路挖去。到了坡頂，喘息才完，四周闃寂無聲，只有瓦斯燈熾烈旺盛地嘶嘶響著。湖山渾然在原始的黑沉沉裏，從石板屋到滿州，從南仁山到太平洋岸，十幾公里的生態保護區，只有這一盞皎白的燈亮著，暗中，不知道有多少驚寤的眼瞳向它轉來，有的瞿瞿，有的眈眈，向這不明來歷的發光體注目而視。眾暗我明，我們是焦點，是靶心，太招搖了，令人惴惴不安。

「飛起來了！」宓宓叫道。「一起飛起來了！」

說著她揮動電筒長而細的劍光，去追蹤滿空竄擾的翅膀。幾十隻驚起的棲鷺從草坡另一面的密林梢頭，激湍迴瀾一般地四瀉散開，在夜色裏盲目地飛逐來去，無數亂翼在電筒的窄光裏一閃而逝。儘管如此，這一切卻在無聲中進行，沒有一聲鳥呼，像一場啞夢。

突然，高島把瓦斯燈熄掉，黑暗的傷口一下子就癒合了。只剩下宓宓的窄劍不時揮動著淡光，在追捕零星的鷺影。晚上九點鐘的樣子，四圍的山脊起伏，黑茸茸的輪廓抵在灰黯黯的夜空上，極其陰森曖昧，難以了解。勁風從東邊吹來，那是太平洋浪濤的方向。隔著東岸的丘陵當然聽不見潮水，天地寂寞，即使用一千隻耳朵諦聽，十里之內，也只有低細的蟲吟。

5

再回到林家厝，宓宓和我都有點累了。高島卻精神奕奕，興致不減，又從他的百寶囊中取出土紅的茶壺和三只小茶盅，點起酒精燈，煮起烏龍茶來。他再三強調，入山旅行不可不帶茶具，更不可不喝熱茶。」一面說著，一面為我們斟滿泡好了的烏龍，頓時茶香盈座。宓宓淺啜了一口說道：

「這麼濃的茶，我不敢多喝，怕睡不著。你又喝茶又喝酒，高先生，一切都背在背包裏，不怕重嗎？」

「這些行頭加起來也不過二十公斤，算得了什麼？」高島說著，瞪大了圓眼，一揚眉毛，自豪地笑了起來。「我做了好幾年的高山嚮導，這一切早就慣了。也不記得帶過多少登山隊了，下雪，颱風，什麼都遭遇過，尤其是下雨，一下大雨就會發山洪。有時候困在雨裏，只好在帳棚裏一夜睡在水上，禱告整個通宵。」

「聽說你救過好多人呢，」宓宓說。

「那本來就是嚮導的責任，」高島輕描淡寫地說。「有一次冒著暴雨，登山隊裏一個女孩子吵著要自己先回去，再勸也沒用。果然，跌下了山去，跌到一半斷了腿，再翻身又滾了下去，成了重傷。她要求大家讓她死掉，因為斷骨錯在肉裏，不能再移動，太痛苦了，又怕會終身殘廢。我把她勸得心回意轉。大家輪流抬她下山，沒有誰不累得死去活來。」

「眞是太慘了，」宓宓說。「後來呢？」

「後來總算醫好了，年輕嘛。」

「臺灣的山難事件也眞多，」我說。

「不外是準備不夠，經驗不足，失去聯絡，而且不信嚮導的話……」

大家笑起來。宓宓又問高島是不是常不在家。

「是啊，」高島眉毛一揚。「三天倒有兩天是出門在外，以前是做高山嚮導，現在是爲了攝影。照相的人不像你們詩人可以在家裏吟風弄月，我們只有到處去尋找鏡頭，有時爲了等一次驚天動地的浪花，要在海風和鹹水裏……」

「攝影家必須深入自然，深入民間，」宓宓大發議論，正待說下去。

「攝影家是一種特殊的旅行家，」我搶著說。「他不但要經營空間，更要掌握時間。世上一切啓示，自然所有的奧妙，只展向耐久的有心人。他是美的獵者。徐霞客要是有一架奧林匹斯……」

「說得好，說得好！」高島大笑。

「攝影家一定要身體好，」宓宓說。「你認得莊明景嗎？對呀，就是拍黃山的那位。爲了要拍落日從山谷的缺口落下，他請嚮導把自己綁牢在松樹上，以防跌下山去。」

「我的身體從不生病，」高島認眞告訴我們。「以前我常練瑜伽術，可以倒立好半天。有一年冬天，有個和尙跟我打賭，兩人把上身脫光了，倒立在風裏，引來好多人圍觀，最後那和尙凍得受不了，只好認輸。哪，像這樣——」

說著他果眞在床上一個倒栽，豎起蜻蜓來。他豎得挺直，過了幾秒鐘，又放下腿來，兩膝交盤在一起，最後把下半身向前折疊過來。這麼維持了一陣，才一一自行解開，恢復原狀。宓宓和我鼓掌喝采。

「再來一杯茶吧。」高島略略喘息之後，又為我斟了一杯。

大家眞也累了，就勢都躺了下來，睡在硬板的大通鋪上。宓宓在我左手，高島在我右側，不一會，兩人都發出了鼾聲，一個嚶嚶，一個咻咻，嚶吟在左，咻哦在右，此起彼落，似乎在爭頌睡神。只剩我獨自清醒地躺著，望著沒有天花板的屋頂，樑木支撐，排列著老厝的脊椎。燈暗影長，交疊的樑影裏隱隱約約都是灰褐的傳說。這樣的屋頂令我回到了四川，回憶有一種瓦的溫柔。

就這麼無寐地躺在低細的蟲聲裏，南仁湖母性的懷中，感到四川為近而臺北為遠。臺北和我已變得生疏，年輕時我認得的臺北愛過的臺北，已經不再。廈門街的那條巷子，我曾經歌頌過無數次的，現在拓寬了，頗有氣派，但我的月光長巷呢，三十年的時光隧道已成了歷史，只通向回憶。

經過了香港的十年，去年回來，說不上「頭白東坡海外歸」，卻已是另一個人了。我並沒有回到臺北，那回不去了的臺北，只能說遷來了高雄。奇異的轉化正在進行，漸漸，我以南部人自命，為了南部的山海，和南部的一些人。相對於臺北的陰鬱，我已慣於南部的爽朗。相對於臺北人的新銳慧黠，我更傾心於南部人的鄉氣渾厚。世界已經那麼複雜，鄰居個個比你精細，錙銖必較，分秒必爭；能有一個憨厚些的朋友，渾然忘機地陪你煮茶看花，並且不一定相信「時間即金錢」，總令人安心，放心，開心。我來南仁湖山，一半出於老派的煙霞之癖，什麼鷗盟鷺約之類的逸興，一半卻是新派的生態保護，對種種汙染與破壞的抗議。深入原始的山區，原爲膜拜牧神而來。不料嚮導我來的人，出山入水，餐風飲露，與萬物共存而同樂，童眞未喪，本身已經是半個牧神了。說不定就是牧神派來的吧，或者，竟是牧神自己化裝下山的呢？

高島翻了一個身，夢囈含糊，也不知是承認還是否認。

——一九八六年十一月十五日

——選自一九九〇年《隔水呼渡》

沒有鄰居的都市

1

六年前從香港回來，就一直定居在高雄，無論是醒著夢著，耳中隱隱，都是海峽的濤聲。老朋友不免見怪：爲什麼我背棄了臺北。我的回答是：並非我背棄了臺北，而是臺北背棄了我。

在南部這些年來，若無必要，我絕不輕易北上。有時情急，甚至斷然說道：「拒絕臺北，是幸福的開端！」因爲事無大小，臺北總是坐莊，諸如開會、演講、聚餐、展覽等等，要是臺北一招手就倉皇北上，我在高雄的日子就過不下去了。

這麼說來，我眞像一個無情的人了，簡直是忘恩負義。其實不然。我不去臺北，少去臺北，怕去臺北，絕非因爲我忘了臺北，恰恰相反，是因爲我忘不了臺北——我的臺北，從前的臺北。那一坳繁華的盆地，那一盆少年的夢，壯年的回憶，盛著我初做丈夫，初做父親，初做作家和講師的情景，甚至更早，盛著我還是學生還有母親的歲月——當時燦爛，而今已成黑白片了的五十年代，我的臺北；無論我是坐國光號從西北，或是坐自強號從西南，或是坐華航從東北進城，那個臺北是永遠回不去了。

至於從八十年代忽已跨進九十年代的臺北，無論從報上讀到，從電視上看到，或是親身在街頭遇到的，大半都不能令人高興；無論先知或騙子用什麼「過渡」、「多元」、「開放」來詮釋，也不能令人感到親切。你走在忠孝東路上，整個亮麗而囂張的世界就在你肘邊推擠，但一切又似乎離你那麼遙遠，什麼也抓不著，留不住。像傳說中一覺醒來的獵人，下得山來，闖進了一個陌生的世界，你走在臺北的街上。

所謂鄉愁，如果是地理上的，只要一張機票或車票，帶你到熟悉的門口，就可以解決了。如果是時間上的呢，那所有的路都是單行，所有的門都閉上了，沒有一扇能讓你回去。經過香港的十年，我成了一個時間的浪子，背著記憶沉重的行囊，回到臺北的門口，卻發現金鑰匙丟了，我早已把自己反鎖在門外。

驚疑和悵惘之中，即使我叫開了門，裏面對立著的，也不過是一張陌生的臉，冷漠而不耐。

「那你爲什麼去高雄呢？」朋友問道，「高雄就認識你麼？」

「高雄原不識年輕的我，」我答道，「我也不認識從前的高雄。所以沒有失落什麼，一切可以從頭來起。臺北不同，背景太深了，自然有滄桑。臺北盆地是我的回聲谷，無窮的回聲繞著我，祟著我，轉成一個記憶的漩渦。」

2

那條廈門街的巷子當然還在那裏。臺北之變，大半是朝東北的方向，挖土機對城南的蹂躪，規模小得多了。如果臺北盆地是一個大回聲谷，則廈門街的巷子是一條曲折的小回聲谷，響著我從前的步聲。我的那條「家巷」，一一三巷，巷頭連接廈門街，巷尾通到同安街，當然仍在那裏。這條窄長的巷子，頗有文學的歷史。五十年代，《新生報》的宿舍就在巷腰，常見彭歌的蹤影。有一度，潘壘也在巷尾卜居。《文學雜誌》的時代，發行人劉守宜的寓所，亦即雜誌的社址，就在巷尾斜對面的同安街另一小巷內。所以那一帶的斜巷窄弄，也常聞夏濟安、吳魯芹的咳唾風生，夏濟安因興奮而赧赧的臉色，對照著吳魯芹泰然的眸光。王文興家的日式古屋掩映在老樹蔭裏，就在同安街尾接水源路的堤下，因此腳程所及，也常在附近出沒。那當然還是《家變》以前的淹遠歲月。後來黃用家也遷去一一三巷，門牌只差我家幾號，一陣風過，兩家院子裏的樹葉都會前後吹動的。

赫拉克萊德司說過：「後浪之來，滾滾不斷。拔足更涉，已非前流。」時光流過那條長巷的回聲狹谷，前述的幾人也都散了。只留下我這廈門人氏，長守在廈門街的僻巷，直到八十年代的中葉，才把它，我的無根之根，非產之產，交給了晚來的洪範書店和爾雅出版社去看顧。

只要是我的「忠實讀者」，沒有不知道廈門街的。近乎半輩子在其中消磨，母親在其中謝世，四個女兒和十七本書在其中誕生，那一帶若非我的鄉土，至少也算是我的市井、街坊、閭里或故居。若是我患了夢遊症，警察當能在那一帶將我尋獲。

儘管如此，在我清醒的時刻，是不會去重遊舊地的。儘管每個月必去臺北，卻沒有勇氣再踏進那條巷子，更不敢去憑弔那棟房子，因爲巷子雖已拓寬、拉直，兩旁卻立刻停滿了汽車，反而更形狹隘。曾經是扶桑花、九重葛掩映的矮牆頭，連帶扶疏的樹影全不見了，代之矗起的是層層疊疊的公寓，和另一種枝柯的天線之網。清脆的木屐敲叩著滿巷的寧謐，由遠而近，由近而低沉。清脆的腳踏車鈴在門外叮叮曳過，那是早晨的報販，黃昏放學的學生，還有三輪車夾雜在其間。夜深時自有另外的聲音來接班，淒清而幽怨的是按摩女或盲者的笛聲，悠緩地路過，低抑中透出沉洪的，是呼喚晚睡人的「燒肉粽」。那燒肉粽，一掀開籠蓋白氣就騰入夜色，我雖然從未開門去買過，但是聽在耳裏，知道巷子裏還有人在和我分擔深夜，卻減了我的寂寞。

但這些都消失了，拓寬而變窄的巷子，激盪著汽車、爆發著機車的噪音。巷裏住進了更多的人，卻失去了鄰居，因爲回家後人人都把自己關進了公寓，出門，又把自己關進了汽車。走在今日的巷子裏，很難聯想起我寫的〈月光曲〉：

用這樣乾淨的麥管吸月光
涼涼的月光，有點薄荷味的月光

而機器狼群的厲嘷，也淹蓋了我的〈木屐懷古組曲〉：

踢踢踏
踏踏踢
給我一雙小木屐
讓我把童年敲敲醒
像用笨笨的小樂器
從巷頭
到巷底
踢力踏拉
踏拉踢力

3

五十年代的青年作者要投稿，《中央副刊》是兵家必爭之地。我從香港來臺，插班臺大外文系三年級，立刻認眞向中副投稿，每投必中。只有一次詩稿被退，我不服氣，把原詩再投一次，竟獲刊出。這在中國的投稿史上，不知有無前例。最早的時候，每首詩的稿酬是五元，已經夠我帶女友去看一場電影，吃一次館子了。

詩稿每次投去，大約一週之後刊登。算算日子到了，一大清早只要聽到前院拍撻一聲，那便是報紙從竹籬笆外飛了進來。我就推門而出，拾起大王椰樹下的報紙，就著玫紅的晨曦，輕輕、慢慢地抽出裏面的副刊。最先瞥見的總是最後一行詩，只一行就夠了，是自己的。那一刹那，世界多奇妙啊，朝霞是新的，報紙是新的，自己的新作也是簇簇新嶄嶄新。編者又一次肯定了我，世界，又一次向我矚目，眞夠人飄飄然的了。

不久稿費通知單就來了，靜靜抵達門口的信箱。當然還有信件、雜誌、贈書。世界來敲門，總是騎著腳踏車來的，煞車聲後，更撳動痙攣的電鈴。我要去找世界呢，也是先牽出輕俊而靈敏的赫赳力士（Hercules），左腳點鐙，右腳翻騰而上，曳一串爽脆的鈴聲，便上街而去。腳程帶勁而又順風的話，下面的雙輪踩得出那吒的氣勢，中山北路女友的家，十八分鐘就到了。

臺大畢業的那個夏夜，我和蕭堉勝並馳腳踏車直上圓山，躺在草地上怔怔地對著星空。學生時代終於告別了，而未來充滿了變數，不知如何是好。那時候還沒有流行什麼「失落的一代」，我們卻眞是失落了。幸好人在社會，身不由己。大學生畢業後受訓、服役，從我們那一屆開始。我們是外文系出身，不必去鳳山嚴格受訓，便留在臺北做起翻譯官來。我先後在國防部的聯絡局與第三廳服役，竟然出入總統府達三年之久。直到一九五六年，夏濟安因爲事忙，不能續兼東吳的散文課，要我去代課。這是我初登大學講壇的因緣。

住在五十年代的臺北，自覺紅塵十丈，夠繁華的了。其實人口壓力不大，交通也還流暢，有些偏僻街道甚至有點田園的野趣。騎著腳踏車，在和平東路上向東放輪疾駛，翹起的拇指山滿有性格地一直在望，因爲前面沒有高樓，而一過新生南路，便車少人稀，屋宇零落，開始荒了。雙輪向北，從中山北路二段右轉上了南京東路，並非今日寬坦的四線大道，啊不是，只是一條粗鋪的水泥彎路，在水田青秧之間蜿蜒而隱。我上臺大的那兩年，雙輪沿羅斯福路向南，右手盡是秧田接秧田，那麼純潔無辜的鮮綠，偏偏用童貞的白鷺來反喻，怎不令人眼饞，若是久望，眞要得「饜綠症」了。這種幸福的危機，目迷霓虹的新臺北人是不用擔心的。

大四那一年的冬天，一日黃昏，寒流來襲，吳炳鍾老師召我去他家吃火鍋。冒著削面的冰風騎車出門，我先去衡陽街兜了一圈。不過八點的光景，街上不但行人稀少，連汽車、腳踏車也交不到幾輛，只有陰雲壓著低空，風聲搖撼著樹影。五十年代的臺北市，今日回顧起來，只像一個不很起眼的小省城，繁榮或壯麗都說不上，可是空間的感覺似乎很大，因爲空曠，至少比起今日來，人稀車少，樹密屋低。四十年後，臺北長高了，顯得天小了，也長大了，可是因爲擠，反而顯得縮了。臺北，像裹在所有臺北人身上的一件緊身衣。那緊，不但是對肉體，也是對精神的壓力，不但是空間上，也是時間上的威脅。一根神經質的秒針，不留情面地追逐所有的臺北人。長長短短的截止日期，爲你設下了大限小限，令你從夢裏驚醒。只要一出門，天羅地網的招牌、噪音、廢氣、資訊資訊資訊，就把你鞭笞成一隻無助的陀螺。

何時你才能面對自己呢？

那時的武昌街頭，一位詩人可以靠在小書攤上，君臨他獨坐的王國，與磨鏡自食的斯賓諾薩，以桶爲家的戴阿吉尼司遙遙對笑。而牯嶺街的矮樹短牆下，每到夜裏，總有一群夢遊昔日的書迷，或老或少，或佝僂，或蹲踞，向年淹代遠的一堆堆一疊疊殘篇零簡、孤本祕笈，各發其思古之幽情。

那時的臺北，有一種人叫做「鄰居」。在我廈門街巷居的左鄰，有一家人姓程。每天清早，那父親當庭漱口，聲震四方。晚餐之後，全家人合唱聖歌，天倫之樂隨安詳的旋律飄過牆來。四十年後，這種人沒有了。舊式的「厝邊人」全絕跡了，換了一批戴面具的「公寓人」。這些人顯然更聰明，更富有，更忙碌，愛拚才會贏，令人佩服，卻難以令人喜歡。

臺北已成沒有鄰居的都市。

使我常常回憶發跡以前的那座古城。它在電視和電腦的背後，傳眞機和行動電話的另一面。坐上三輪車我就能回去，如果我找得到一輛三輪車。

——一九九二年一月

——選自一九九八年《日不落家》

天方飛毯原來是地圖

天方飛毯

我一生最最難忘的中學時代，幾乎全在四川度過。記憶裏，那峯連嶺接的山國，北有劍閣的拉鏈鎖頭，東有巫峽的鑰匙留孔，把我圍繞在一個大盆地裏，不管戰爭在外面有多獰惡，裏面卻像母親的子宮一樣安全。

抗戰的歲月交通不便，資訊貧乏，卻阻擋不了一個中學生好奇的想像。北極拉布蘭族有一首歌說：「男孩的意向是風的意向，少年的神往是悠長的神往。」山國的外面是戰爭，戰爭的外面呢又是什麼？廣闊而多彩的世界等在外面，該值得我去閱歷，甚至探險的吧？那時電視在西方也才剛開始，而在四川，不要說電視了，連電影一年也看不到幾回，至於收音機，也不普及。於是我瞭望外面世界的兩扇窗口，只剩下英文課和外國地理。英文讀累了，我便對著亞光輿地社出版的世界地圖，放縱少年悠長的神往。

半世紀後，周遊過三十幾個國家，再貴的世界大地圖冊也買得起了，回頭再去看當年的那本世界地圖，該不會大驚小怪了。可是當年我對著那本寶圖心醉而神馳，百看不厭，覺得精美極了，比什麼美景都更動人。

要初識一個異國，最簡單的方式應該是郵票、鈔票、地圖了。郵票與鈔票都印刷精美，色彩悅目，告訴你該國有什麼特色，但是得靠通信或旅遊才能得到。而地圖則到處都有，雖然色彩不那麼鮮豔，物象不那麼具體，卻能用近乎抽象的符號來標示一國的自然與人工，告訴你許多現況，至於該國的景色和民情，則要靠你的想像去捕捉。符號愈抽象，則想像的天地愈廣闊。地圖的功用雖在知性，卻最能激發想像的感性。難怪我從小就喜歡對圖遐想。

亞光版那本世界地圖，在抗戰時期絕不便宜，我這鄉下的中學生怎會擁有一冊，現在卻記不得了。只記得它是我當時最美麗最珍貴的家當，經常帶在身邊的動產。週末從寄宿的學校走十里的山路回家，到了嘉陵江邊，總愛坐在淺黃而柔軟的沙岸，在喧囂卻又寂寞的江流聲中，展圖神遊。四川雖云天府之國，卻與海神無緣，最近的海岸也在千里以外。所以當時我展圖縱目，最神往的是海岸曲折，尤其多島的國家，少年的遠志簡直可以飲洋解渴，嚼島充飢。我望著滔滔南去的江水，不知道何年何月滾滾的浪頭能帶我出峽、出海，把掌中這地圖還原為異國異鄉。

我迷上了地理，尤其是地圖，而畫地圖的功課簡直成了賞心樂事。不久我便成為班上公認的「地圖精」，有同學交不出地圖作業，就來求救於我。尤其有兩三個女生，雖然事先打好方格，對準原圖，臨帖一般左顧右盼地一路描下去，到頭來山東半島，咦，居然會高於遼東半島。總不能見死不救吧，於是我只好愚公移山，出手來重造神州了。「地圖精」之名傳開之後，連地理老師對我也存了幾分戒心。有位老師綽號叫「中東路、昂昂溪」，背著學生在黑板上偶爾畫一幅地圖要說明什麼，就會回過頭來匆匆掃我一眼，看我有什麼反應。同學們就會忍不住笑出聲來，我則竭力裝得若無其事。

初三那年，一個冬日的下午，校園裏來了個賣舊書刊的小販，就著橘柑樹下，攤開了一地貨品。這在巴縣悅來場那樣的窮鄉，也算是希罕的了。同學們把他團團圍住，有的買《聊齋誌異》、《七俠五義》、《包公案》或是當時頗爲流行的《婉容詞》。歡喜新文學的則掏錢買什麼《蝕》、《子夜》、《激流》之類，或是中譯本的帝俄小說。那天我沒有買書，卻被一張對折的地圖所吸引——一張古色斑斕的土耳其地圖。土黃的安納托利亞高原，柔藍的黑海和地中海，加上和希臘糾纏的群島，吸住了我逡巡的目光。生平第一次，我用微薄的零用錢買下了第一幅單張的地圖，美感的誘惑多於知性的追求。不過是一個初中生罷了，甚至不知道伊斯坦堡就是君士坦丁堡，當然也還未聞特洛邑的故事，更不會料到四十年後，自己會從英譯本轉譯出《土耳其現代詩選》。

不過是一個小男孩罷了，對那中東古國、歐亞跳板根本一無所知，更毫無關係，卻不乏強烈的神祕感與美感。那男孩只知道他愛地圖，更直覺那是智慧的符號、美的密碼，大千世界的高額支票，只要他夠努力，有一天他必能破符解碼，把那張遠期支票兌現成壯麗的山川城鎭。

其後二十年，我的地圖癖雖然與日俱深，但困於環境，收藏量所增有限。本國的地圖在繪製技術上殊少進步，加以海峽分割，臺灣不可能重繪中國地圖，而坊間買得到的舊圖也欠精緻。至於外國地圖，不但進口很少，而且售價偏高，簡直就買不起。美國新聞處請我翻譯惠特曼和佛洛斯特的詩，也經常酬送我文學書籍，但只限於美國作品。朋友贈書，也莫非詩集與畫冊，不是地圖。

直到一九六四年，我三十六歲那年，自己開車上了美國的公路，才算看到什麼叫做認眞的地圖。那是爲方向盤後的駕駛人準備的公路行車圖，例皆三尺長乘兩尺寬，把層層的折疊次第展開，可以鋪滿大半個桌面。一眼望去，大勢明顯，細節精確，線條清晰而多功能，字體則有輕有重，有正有斜，色彩則雅致悅目，除白底之外只用粉紅、淺綠、淡黃等等來區別保護區、國家公園、都市住宅，不像一般粗糙的地圖著色那麼俗豔刺眼。道路分等尤細，大凡鋪了路面而分巷雙行的，都在里程標點之間注明距離，以便駕駛人規劃行程。

有了這樣的行車詳圖，何愁縮地乏術，千里的長途盡在掌握之中了。我在美國教書四載，有兩年是獨自生活，每次近遊或遠征，只能跟這樣的地圖默默討論，親密的感覺不下於跟一位知己。

一張精確而詳細的地圖，有如一個頭腦清楚、口齒簡潔的博學顧問，十分有用，也十分可靠。太太去美國後，我就把這縮地之術傳給了她，從此美利堅之大，高速路之長，跨州越郡，從東岸一直到西岸，就由她在右座擔任「讀圖員」（map reader）了。就這麼，我們的車輪滾過二十四州，再回臺時，囊中最可貴的紀念品就是各州的行車圖、各城的街道圖，加上許多特殊分區的地圖例如國家公園之類，爲數當在百幅以上。

可驚的是，三十多年前從美國各地的加油站收集來的那些地圖，不知爲何，現在竟已所餘無幾。偶爾找到一張，展開久磨欲破的折痕，還看得見當年遠征前夕在地名或街名旁邊畫的底線，或是出發前記下的里程表所示的里數，只覺時光倒流，像是化石上刻印的一鱗半爪，爲遺忘了的什麼地質史作見證。

一九七四年遷去香港，一住十一年，逐漸把我的壯遊場景從北美移向西歐，而往昔的美國地圖也逐漸被西歐、東歐各國的所取代，圖上的英文變成了法文、德文、西班牙文、斯拉夫文……即使是英國地圖，也有不少難以發音的蓋爾（Gaelic）地名。歐洲的古老和多元深深吸引著我：那麼多國家，那麼多語言，那麼多美麗的城堡、宮殿、教堂、廣場、雕像，那麼中世紀那麼文藝復興那麼巴洛克，一口深呼吸豈能吸盡？夫妻倆老興浩蕩，抖落了新大陸的舊塵，車輪滾滾，掀起了舊大陸的新塵，夢遊一般，馳入了小時候似曾相識的一部什麼翻譯小說。

「憑一張地圖」，就像我一本小品文集的書名那樣，我們駕車在全然陌生的路上，被奇異的城名街名接引，深入安達露西亞的歌韻，露瓦河古堡的塔影，縱貫英國，直入卡利多尼亞的古都與外島，而爲了量德意志有多長，更從波羅的海海岸一車絕塵，直切到波定湖邊（Bodensee）。少年時亞光版的那冊世界地圖並沒有騙我：那張美麗的支票終於在歐洲兌現，一切一切，「憑一張地圖」。

就這樣，我的地圖庫又添了上百種新品。除了歐洲各國之外，更加上加拿大、墨西哥、委內瑞拉、巴西、澳洲、南非及南洋各地的大小輿圖；包括瑞士巧克力糖盒裏附贈的瑞士地形圖，除了波定湖、日內瓦湖波平不起之外，蟠蜿的阿爾卑斯群山都隆起浮雕，凹凸如山神所戴的面具；還有半具體半抽象的布拉格街道圖，用漫畫的比例、童話的天眞，畫出魔濤河兩岸的街景，看查理大橋上百藝雜陳，行人正過橋而來，有的廣場上有人在結婚，甚至頭戴黑罩的劊子手正揮刀在處決死囚，而有的街口呢，嚇，卡夫卡那八腳大爬蟲正蠕蠕爬過。

幼嗜地理的初中男孩一轉眼已變成退休教授，「地圖精」眞的成精了。於是有人送禮就送來地圖。送我瑞士巧克力的那個女孩，選擇那樣的禮物，就因爲盒裏有那一張，不，那一簇山形。地圖庫裏供之高架的三巨冊世界地圖，也是先後由女兒、女婿和富勒敦加州大學的許淑貞教授所贈。許教授送的那冊《最新國際地圖冊》物重情意也重，抱去磅秤上一秤，重達七磅。在我收集的兩百多幅單張輿圖和二十多本中外地圖冊裏，它是鎭庫之寶。

世界臉譜

所謂世界地圖，其實就是地球的畫像，但是它既非魯本斯的油畫，也非史泰肯（Edward Steichen）的攝影，而是地圖繪製師用一套美觀而精緻的半抽象符號，來爲我們這渾茫的水陸大球勾勒出一個象徵的臉譜。那是智慧加科技的結晶，無關靈感，也無意自命爲藝術。然而神造世界，法力無邊，竟多姿多彩，跟設計家所製的整齊藍圖不同。那漫長而不規則的海岸線，那參差錯落的群島列嶼，那分歧槎枒的半島，那曲折無定的河流，天長地久，構成了這世界的五官容貌，已變得熟悉可親，甚至富有個性。

繪製世界地圖，是用一張紙來描寫一隻球，用平面幾何來探討立體幾何，所以繪的地區愈大，經緯的弧線也就愈彎，正可象徵，所謂地平線或是水平線其實不平。所謂水平，只是凡人的近視淺見而已。大地圖上的經緯，拋物線一般向遠方拋去，每次我見到，都會起高極而暈的幻覺，因爲那就是水陸母球的體魄，輪廓隱隱。

世界的眞面貌只有地球儀能表現，所以一切地圖不過是變相，實爲筆補造化的一種技藝，爲了把凡人提升爲鷹、爲雲、爲神，讓地上平視的在雲端俯觀。有一次我從巴黎飛回香港，過土耳其上空已近黃昏，駕駛員說下面是伊斯坦堡。初夏的晴空，兩萬英尺下有一截微茫的土黃色，延伸著歐陸最後的半島。驚疑中，我正待決眥尋找黑海或馬爾馬拉海，暮色在下面已經加深。

要升高到看得出土耳其龐然的輪廓，得先把土耳其縮爲六百萬分之一。要看出這世界是個圓球，更得再縮它，縮成七千萬分之一。地圖用的正是這種神奇的縮地術，把世界縮小，攤平，把我們放大，提高，變成了神。只是地圖的縮地術更進一步，把神人之間的雲霧一掃而盡，包括用各種語言向各種神靈求救的祈禱，讓我們的火眼金睛看個透明。

然則地圖展示給我們的僅止於空間嗎？又不盡然。第二次世界大戰有一首名詩，叫做〈目測距離〉（Judging Distances, by Henry Reed），說是：「至少你知道／地圖描寫時間，而非地點，就軍隊而言／正是如此。」意思是研判敵陣外貌，應防僞裝，不可以爲一成不變。

其實改變地貌的豈獨是戰爭？氣候侵蝕、地質變化、人工墾拓等等都能使大地改相，至於滄海桑田、華屋山丘之巨。古代的地圖上找不到上海和香港，現代的地圖上也不見尼尼微和特洛邑，那些遺址只有在夠大的圖上才標以三瓣紅花的符號。再過一千年，紐約，甚至美國，還會在地圖上嗎？柏拉圖在晚年的對話錄裏，曾描述「赫赳力士的天柱」外面，在大西洋上有一個文明鼎盛的古國，毀於火山與地震，遂陸沉海底。那便是傳說至今的亞特蘭地斯（Atlantis）。地質學家告訴我們，西非凹進去的直角跟南美凸出來的直角，在遠古本來是陸地相連，而今卻隔了四十五度的經度。甚至也不必痴等多少個世紀了，滄海桑田已變在眼前。小時候讀中學，地理書說洞庭湖是中國第一大湖，後來讀唐人的詩句「濯足洞庭望八荒」，宋人的詞句「玉界瓊田三萬頃」，想這洪流不知有多壯闊，怪不得中國詩人都少寫海，因爲只寫洞庭就夠了。也難怪傳抱石的「湘夫人」，只要畫洞庭波起，落葉紛下，就能與波提且利的「愛神海誕」比美。最令人傷心的，卻是四十年來江河沖積，人工圍墾，名湖早已分割「縮水」，落到鄱陽之後了。

圖窮匕見

洞庭水促，長江水濁，三峽水漫，蘇州水汙，「曾日月之幾何，而江山不可復識矣」。我小時候的地圖因舊而貴，竟然奇貨可居，能用來弔古、考古了。屈原今日而要投水，不知滄浪還有清流嗎？故國不再，鄉愁難解，要神遊只有對著舊地圖了。

所以地圖展示的不止是空間，更是時間。美國名詩人華倫（Robert Penn Warren）說過：「歷史要解釋清楚，全靠地理。」我不妨更進一步，說：「地理要解釋清楚，得看地圖。」反過來說，地圖不但展示地理，也記錄歷史；歷史離不了政治，所以地圖也反映政治。

一八〇六年一月，有感於拿破崙大敗奧地利與俄羅斯的聯軍於奧斯特利茲，英國最年輕的首相小皮特（William Pitt the Younger）說：「把（歐洲）地圖捲起來吧，十年內都用不著了。」他這話說得太匆促，因爲不出十年，拿破崙就戰敗被囚，歐洲的國界又得重畫了。但也可見地圖如何牽涉到政治。

地圖繪製師（cartographer）不會失業，因爲政客不讓他閒著。最好的例子就在眼前。骨牌搭成的前蘇聯被戈巴契夫一推就倒了，東柏林的圍牆跟著坍塌。有那麼多的疆界要重畫，有人要看看烏茲別克在哪裏，意味著地圖業有生意上門。巴爾幹的火藥庫一爆發，南斯拉夫炸成好幾個新國家，一時克羅地亞、塞爾維亞、馬其頓、科索沃紛受國際矚目，成爲地圖上多事的焦點。

「圖窮匕見」，地圖裏是有政治的。政治一吹風，地圖就跟著草動了。蘇聯解體，列寧之城就歸還彼得之堡。捷克分家，就一克變成兩克，一半仍是捷克，另一半叫做斯洛伐克。同一個國家，我們稱爲韓國，海峽對面卻稱爲朝鮮。同一個湖泊，德國人自己叫做波定湖

（Bodensee），英國人卻叫做康士坦斯湖（Lake Constance）。另一個湖，本地人的法文叫做勒芒湖（Lac Leman），英文又以城爲名，叫做日內瓦湖。最有趣的該是英吉利海峽了，對岸的法國人也有份的呀，憑什麼要以英國命名呢？果然，法國地圖上把它逕稱 La Manche，也就是「海峽」之意，但此字原意是「衣袖」，也可形容海峽之狹長。更有趣的是，德文也把那海峽叫做「衣袖海峽」（Ärmelkanal），同樣不甘心冠以英國之名。

相似的形勢亞洲也有。日本與韓國之間的海叫做日本海，韓國人不知道感想如何，很想看看韓國的地圖是如何稱呼。不過日韓之間的海峽卻叫做朝鮮海峽，也算是不無小補吧。同樣地，阿拉伯與印度之間的水域叫阿拉伯海，印度好像吃虧了，但是阿拉伯海卻歸於印度洋，也算是擺平了吧。眞想看看印、阿兩國自印的地圖。

地圖裏既有匕首，各國自製的地圖冊難免有本位意識。一般的八開本巨型地圖冊，除卷首交代地圖發展史、投影繪圖術及世界地質、地形、氣候、生態、人口、語言、宗教各方面的概圖之外，大半的篇幅例皆從本國出發，逐洲、逐區、逐國展示，遇見重要地區，也會放大以供詳閱。但因觀點不同，輕重取捨之間差別也就很大。

英美出版的世界地圖冊例皆從歐洲開始，到南美洲結束，而歐洲又以英國開端，但其中各國篇幅的分配就不免厚薄有別了。以面積與人口而言，廣土衆民的亞洲篇幅本應最多，但我所有的世界地圖冊裏，亞洲卻落在歐洲與北美之下，位在第三。美國蘭德・麥克納利公司一九九四年豪華版的《最新國際地圖冊》（Rand McNally: *The New International Atlas*）給各大洲的篇幅，依次是北美洲六十六頁、歐洲六十二頁、亞洲四十四頁、非洲二十六頁、南美洲十七頁、大洋洲十六頁。「重白輕色」之勢十分顯著。

美國漢曼公司的《世界地圖冊》（**Hammond:** ***Atlas of the World***）同年出版，也是八開本，各洲頁數的分配則是歐洲五十、北美洲三十八、亞洲二十六、非洲十八、南美洲十三、大洋洲十二。

再看英國菲利普公司所出的一九八五年三十二開本《世界小地圖冊》（*Philips' Small World Atlas*），大塊的亞洲仍居歐風美雨之下，其頁數分別是歐洲五十六、北美洲四十四、亞洲四十二、非洲十四、南美洲十一、大洋洲十。非洲只得歐洲四分之一，其偏更著。

洲際的分配如此，國際的又如何？《最新國際地圖冊》給美國四十一頁，幾與全亞洲相等。其他國家得頁較多的是俄羅斯（及舊屬）十五、澳大利亞十三、加拿大與義大利各十二、中國十一、英國十、德國與印度各八、日本與巴西各六。看來仍是偏重英語國家。《世界地圖冊》的前四名，美國（二十五頁）、加拿大（八頁）、澳大利亞（八頁）、英國（七頁），也都是英語國家。至於《世界小地圖冊》的前四名，除了次序稍變，仍然是美國（十八頁）、英國（十六頁）、加拿大（十六頁）、澳大利亞（八頁），不過加上了日本（同爲八頁）而已。對比之下，中國只有四頁。

再如一九七四年英國的《企鵝版世界地圖冊》（*The Penguin World Atlas*）展示了三十七個大城市的市區圖，所屬依次是歐洲十六個、北美洲十四個、亞洲五個（北京、上海、加爾各答、德里、東京）、澳大利亞及南美各一個。至於非洲，一個也沒有。

這就是西方人眼中的世界。

這觀點當然有人要挑戰。一九八二年西安地圖出版社編印的《世界地圖冊》便改變了這次序和比重，從亞洲開始，以南美結束，篇幅大加調整，依次是亞洲三十四頁、非洲二十六頁、歐洲十四頁、南北美洲各十頁、大洋洲六頁。亞非二洲相加為六十頁，正好佔百分之六十。相比之下，前述英美的四種世界地圖冊中，這兩大洲加在一起，所佔比例都低於百分之三十六。

到一九八二年為止，這本西安版的《世界地圖冊》已經印了一百七十八萬六千冊，這在臺港的區區書市看來，真是紙貴洛陽，不，紙貴西安的了。其實真正暢銷的是河北印刷的《中國地圖冊》，一九九〇年第七版第二十九次印刷已印了一千四百五十九萬二千冊，需求之廣可以想見。

不過，前述西安版的《世界地圖冊》雖然有志力矯白人中心之枉，影響也只限於華語世界，加以開本袖珍，印刷也未盡精美，而各國分圖之外世界總圖的面面觀仍欠多姿，欲求國際的地圖精們刮目相看，尚有距離。熱烈地，我等待中國人繪製的宏美輿圖巨冊。

西方的巨製輿圖再精確，也不是絕無漏洞的。漢曼版的《世界地圖冊》一二五頁，就在沙巴境內相距一百多公里的兩處，用黑三角形標出了基納巴盧山（中國寡婦山：Gunung Kinabalu），北邊的黑三角是對的，南邊的卻是無中生有，重複多餘。又在二一二頁，把貴州的長順（Changshun）誤為長春（Changchun），說人口有一百七十四萬，而真正的長春卻近在上面第五行。蘭德・麥克納利版的《新萬國地圖冊》（*The New Cosmopolitan World Atlas*）二六三頁列舉世界大島，把印尼東部的西蘭島（Ceram）排在爪哇與紐西蘭北島之間，並附注其面積爲四萬五千八百零一平方英里。其實它只有七千一百九十一平方英里，應該往後退三十名，排到日本四國島的下面。

地圖乃世界之臉譜，迄今仍由西方人在繪圖，雖然繪得相當精美，可惜歐美澳才是正面，亞非拉只算側影。前舉西方精美巨冊犯錯的三個例子，一在中國、一在印尼、一在馬來西亞，湊巧都在「側影」之中，不免令人「多心」。西方的「先進國家」早已登陸外星，在繪月球、火星的臉譜了，我們的地理學家、地圖專家，甚至天文學家該怎麼辦呢？

——一九九九年四月九日

——選自二〇〇五年《青銅一夢》

鈔票與文化

1

《世說新語》說王夷甫玄遠自高，口不言錢，只叫它作「阿堵物」。換了現代口語，便是「這東西」。中國人把富而傖俗譏爲「銅臭」，英文也有「臭錢」（stinking money）之說，所以說人錢多是「富得發臭」（stinking rich）。

英國現代詩人兼歷史小說家格瑞夫斯（Robert Graves）寫詩不很得意，小說卻雅俗共賞，十分暢銷，甚至拍成電視。帶點自嘲兼自寬，他說過一句名言：「若說詩中無錢，錢中又何曾有詩。」

錢中果眞沒有詩嗎，也不見得。有些國家的鈔票上不但畫了詩人的像，甚至還印上他的詩句。例如蘇格蘭五鎊的鈔票上就有彭斯畫像，西班牙二千元鈔票上正面是希美內思的大頭，反面還印出他詩句的手稿。

鈔票上的人像未必是什麼傑作，但往往栩栩傳神，當然多是細線密點，屬於工筆畫一類。高敢跟梵谷在黃屋裏吵架，曾經諷刺梵谷：「你的頭腦跟你的顏料盒子一樣混亂。歐洲每一個設計郵票的畫家你都佩服。」高敢善辯，更會損人。他這麼看不起郵票畫家，想必對鈔票畫家也一視同其不仁。其實畫家上鈔票的也不算少：例如荷蘭畫家郝思（Frans Hals）與法國畫家拉杜赫（Maurice Quentin de Latour）都上了本國的鈔票；至於戴拉瓦庫與塞尙，也先後上了法朗，名畫的片段更成了插圖；比利時的安索（James Ensor）也上了比利時法朗，帶著他畫中的面具和骷髏。

匆忙而又緊張的國際旅客，在計算匯率點數外幣之餘，簡直沒有時間更無閒情去辨認，那些七彩繽紛的鈔票上，究竟畫的是什麼人頭。其實他只要匆匆一瞥，知道那是五十馬克或者一萬里拉，已經夠了。畫像是誰，對幣值有什麼影響？如果他周遊好幾個國家，鈔票上的人頭就走馬燈般不斷更換，法朗上的還未看清，盧布上的新面孔已經跟你打招呼了。那些面孔的旁邊，不一定附上人名。在這方面，法朗最有條理，一定注明是誰。蘇格蘭人就很奇怪：彭斯像旁有名，史考特就沒有。熟諳英國文學的人當然認得《撒克遜劫後英雄略》的作者，但是一般觀光客又怎能索解？

義大利五萬里拉的幣面，是濃眉大眼、茂髮美髭的人像，那敏感的眼神、陡峭的下頦，十足藝術家的倜儻。再看紙幣背後的騎者雕像，頗似君士坦丁大帝，我已經猜到七分。但爲確認無誤，我又翻回正面，尋找人頭旁邊有無注名，卻一無所獲。終於發現衣領的邊緣，有一條彎彎的細線似斷似續，形跡可疑。在兩面放大鏡的重疊之下，發現原來正是一再重複的名字 Gian Lorenzo Bernini，每個字母只有四分之一公釐寬。這隱名術豈是粗心旅客所能識破？我相信，連義大利人自己也沒有多少會起疑吧？

有些國家的鈔票，即使把畫像注上名字，也沒有多少遊客能解。例如希臘幣五十元（Draxmai Penteconta）正面的頭像，鬚髮茂密而且捲曲如浪，正是海神波賽登（Poseidon），可是下面注的超細名字卻是希臘文 ΠΟΣΕΙΔΟΝ，就算在放大鏡下勉強看出來了，也沒有幾人解得了碼。更有趣的是：鈔票上端的一行希臘文，意思雖然是「希臘銀行」，但其國名不是我們習見的 Greece，而是希臘人自稱的 Hellas（亦即中文譯名所本），不過在現代希臘文裏又簡稱 Ellas，所以在鈔票上的原文是 ΕΛΛΑΔΟΣ。至於一百元希幣上的女戰士頭像，長髮戴盔，鼻脊峭直，則是雅典的守護神雅典娜（Athena，全名 Pallas Athena），旁邊注的一行細字正是 ΑΘΗΝΑΠΕΙΡΑΙΩΣ。這兩張希幣令人想起：當初雅典建城，需要命名，海神波賽登與智慧兼藝術之神雅典娜爭持不下。眾神議定，誰獻的禮最有益人類，就以誰命名。海神創造了馬，雅典娜創造了橄欖樹，眾神選了雅典娜。也因此，一百元希幣的背面畫了美麗的橄欖枝葉。

2

民國以來，我們慣於在鈔票上見到政治人物，似乎供上這樣的「聖像」（icon）是天經地義。常去歐洲的旅客會發現：未必如此。大致說來，君主國家多用君主的頭像，例如瑞典、丹麥、英國，但是荷蘭與西班牙的君主只上硬幣，卻不上軟鈔。民主國家如法國、德國、義大利等都不讓元首露面；像戴高樂這樣的英雄，都沒有上過法朗。

美鈔雖然人人歡迎，但那綠錢上的面孔，除了百元上的富蘭克林之外，清一色是政治人物，其中只有漢米爾頓不是總統。截然相反的是法朗。我收藏的八張法朗上面是這樣的人物：十法朗，作曲家貝遼士；廿法朗，作曲家杜布西；五十法朗，畫家拉杜赫；新五十法朗，作家聖愛修伯瑞；一百法朗，畫家戴拉庫瓦；新一百法朗，畫家塞尙；二百法朗，法學家孟德斯鳩；五百法朗，科學家居里夫婦。

英鎊的風格則介於美國的泛政治與法國的崇人文之間：有科學家，也有文學家，但是只能出現在鈔票的背面，至於正面，還得讓給女王。最有趣的該是十英鎊，共有新舊兩版。新版上女王看來老些，像在中年後期；背後的畫像則是晚年的狄更斯，下有文豪的簽名，對面是名著《匹克威克俱樂部記事》的插圖，板球賽的一景。舊版上的女王青春猶盛；背後的畫像竟是另一女子，髮線中分，戴著白紗頭巾，穿著護士長袍，眼神與脣態溫婉中含著堅定，背景的畫面則是她手持油燈在傷兵的病床間巡房，一圈圈的光暈洋溢如光輪。她正是南丁格爾：也只有她，才能和女王平分尊貴。更感人的是，把鈔票迎光透視，可見水印似眞似幻，浮漾的卻是護士，不是女王。但是狄更斯那張，水印裏是女王而非作家。女王像旁注的不是「伊麗莎白二世」，而是特別的縮寫字樣（E II R），全寫當爲 Elizabetha Regina（拉丁文伊麗莎白女王）。

3

這麼一路隨興說來，讀者眼前若無這些繽紛的紙幣，未免失之空洞，太不過癮。不如讓我選出三張最令我驚豔的來，說得細些，好落實我這「見錢開眼」的另類美學家，怎麼在銅臭的鈔票堆裏嗅出芬芳的文化。

蘇格蘭五鎊的鈔票，正面是詩人彭斯（Robert Burns）的半身像，看來只有二十七、八歲，臉頰豐滿，眼神凝定，握著一管羽毛筆，好像寫作正到中途，停筆沉思。翻到反面，只見暗綠的基調上，一隻「碩鼠」亂鬚潦草，正匍匐於麥稈；背後的玫瑰枝頭花開正豔。原來這些都是彭斯名作的主題。詩人出身農民，某次犁田毀了鼠窩，野鼠倉皇而逃。詩人寫了〈哀鼠〉（To a Mouse）一首，深表歉意，詩末彭斯自傷身世，嘆息自己也是前程茫茫，與鼠何異。詩中名句「人、鼠再精打細算，／到頭來一樣失算。」（The best-laid schemes o' mice an' men/Gang aft a-gley.）後來成了小說家史坦貝克《人鼠一例》（*Of Mice and Men*）書名的出處。至於枝頭玫瑰，則是紀念彭斯的另一名作〈吾愛像紅而又紅的玫瑰〉：其中「海乾石化」之喻，中國讀者當似曾相識。

這張鈔票情深韻長，是我英詩班上最美麗的教材。

我三訪西班牙，留下了三張西幣：一百 peseta 上的頭像是作曲家法雅，一千元上是小說家高爾多思，二千元上是詩人希美內思（Juan Ramon Jiménez）。希美內思這一張以玫瑰紅為基調，詩人的大頭，濃眉盛鬚，巨眸隆準，極富拉丁男子剛亢之美。旁邊有白玫瑰一，紅玫瑰三，其二含苞未綻。反面也有一叢玫瑰，組合相同。但是最令我興奮的，是右上角詩人的手跡：¡Allá va el olor de la rosa!/¡Cóje la en tu sinrazón!書法酣暢奔放，且多連寫，不易解讀。承蒙淡江大學外語學院林耀福院長代向兩位西班牙文教授乞援，得知詩意當爲「玫瑰正飄香，且忘情讚賞！」鈔票而印上這麼忘情的詩句，眞不愧西班牙的浪漫。

一百法朗的舊鈔上，正面居中是浪漫派大師戴拉庫瓦的自畫像，面容瘦削，神態在冷肅矜持之中不失高雅，一手掌著調色板，插著畫筆。背景是他的名作〈自由女神率民而戰〉的局部，顯示半裸的女神一手揚著法國革命的三色旗，一手握著長槍，領著巴黎的民衆在硝煙中前進。背面則將他的自畫像側向左邊，右手卻握了一枝羽毛筆。這姿勢表示他正在記他有名的《日記》，其中的藝術評論及藝術史料爲後世所珍。

一個國家願意把什麼樣的人物放上鈔票，不但讓本國人朝夕面對，也讓全世界的旅客得以瞻仰，正說明那國家崇尚的是什麼樣的價値，値得我們好好研究。一個旅客如果忙得或懶得連那些人頭都一概不識，就太可惜了。如此「瞎拼」一趟回來，豈非「買櫝還珠」？

鈔票上豈但有詩，還有藝術、有常識、有歷史，還有許許多多可以學習、甚至破解的外文。

——二〇〇三年六月四日

——選自二〇〇五年《青銅一夢》

輯三

師友過從

第十七個誕辰

葉珊幾度來信，說現代詩在臺灣的歷史，先後已近廿年，在屈原沉江之日，「各家各派」的作者如果能平靜地回顧並檢討一番，應該不是毫無意義的事情；又說要我以藍星詩社「掌門人」的身分，參加這一次的回顧。最初我要他去請夏菁，另一位「掌門人」，來寫這篇文章。他回信說，夏菁遁跡江湖，封劍日久，手頭又缺翔實的資料，因此無意出山，結論當然是不放過我。兩年來，我浪遊海外，山隱丹佛，揮筆無非蟹行，搖舌且多音節，除了迴腸縈心的故國以外，對於許多事情，包括所謂現代詩，都看得相當之淡，正如葉珊自己也常說的，「沒有詩，照樣活得下去。」這樣的心情下，要我大動筆墨，舊創復發式地回顧起來，說什麼也是不勝任的。何況這幾年來，我對於俠客式，不，乞丐式的無酬寫稿，早已深惡痛絕，認爲編者於此，是助紂爲虐，作者於此，是姑息養奸。至於劍一出鞘，鋒芒所及，不免又要傷人，更是仁者不爲，智者不取的愚行。

然而我還是答應了葉珊。所謂「答應」，當初只是搖搖舌頭，輕鬆得很。如今限期將至，一搖舌成爲千揮筆，雖然「這是知更鳥的日子」，知更在落磯山裏叫我去玩，也只好毀了一個週末，閉戶下扃，大孵其豆芽了。這就是文藝青年所謂的「人生的荒謬」。

在這篇文章裏，我要做兩件事：第一，是回溯藍星詩社的種種，第二，是稍稍檢討現代詩的過去，並隱隱眺望現代詩的未來。我要在此聲明的是：第一，文中的言論只是我個人的偏見與狂想，並不代表藍星詩社。第二，他鄉作客，剪報存書只能留守臺北的書齋，因此手頭毫無參考資料，也因此，許多事實，尤其是日期，都無法敘述得精確可靠。如有謬誤，將來一定補正。第三，去國二年，國內詩壇近況，雖間獲書刊窺其一二，畢竟隔海看山，仙蹤茫然，不足爲憑。因此我的評論所及，應以一九六九年夏天爲止，過此則有臆測之嫌。第四，這篇文章的劍法，以陰柔爲主，無血無痛，點到爲止，無意深入。二十年後，天下的豪俠應可封劍論道。分勝負是虛榮，決死生是愚妄。第五，本文提到的人名太多，爲省篇幅，不及一一尊稱女士或先生，尚請原諒。第六，詩是我的初戀，但不一定成爲我的末戀。近年來，我的藝術興趣，從翻譯到批評到散文，從西洋畫到古典音樂到搖滾樂，雖說與詩並行不悖，畢竟不是純詩的了。所以如此，潛意識上也許是對繆思的一種「報復」，要向她證明一點：就是，天下之美，不盡在此。加以我近年來對詩的組織，很少參加，對辦詩刊，很少興趣，朋友們當可領略此中之「淡」。至少久矣我不復有「刊物等於領土」之幻覺。則此時此地，我再來談詩，如有逆耳之言，該非違心之論吧？

我是在民國四十三年年初，幾乎同時認識鍾鼎文，覃子豪，和夏菁的。那時正值紀弦初組現代詩社，口號很響，從者甚衆，幾乎三分詩壇有其二。一時子豪沉不住氣，便和鼎文去廈門街看我，透露另組詩社之意。結果是一個初春（好像是三月）的晚上，我們三個人和鄧禹平在鄭州路夏菁的寓所，有一次餐聚。藍星詩社就在那張餐桌上誕生。當時夏菁曾函邀蓉子參加，蓉子有事未去，因此藍星詩社的發起人，名義上說來，便只有鼎文，子豪，禹平，夏菁，和我。

一開始，我們似乎就有一個默契，那就是，我們要組織的，本質上便是一個不講組織的詩社。基於這個認識，我們也就從未推選什麼社長，更未通過什麼大綱，宣揚什麼主義。大致上，我們的結合是針對紀弦的一個「反動」。紀弦要移植西洋的現代詩到中國的土壤上來，我們非常反對。我們雖不以直承中國詩的傳統爲己任，可是也不願意貿然作所謂「橫的移植」。紀弦要打倒抒情，而以主知爲創作的原則，我們的作風則傾向抒情。紀弦要放逐韻文，而用散文爲詩的工具。對於這一點，我們的反應不太一致，只是覺得，在界說含混的「散文」一詞的縱容下，不知要誤了多少文字欠通的青年作者而已。

子豪一開始就喜歡幻想，堂堂如藍星詩社應該有一套基本的理論，因此在聚會的時候他幾度提出自己的理論，似乎希望大家接受，成爲詩社的信條。幸好鼎文，禹平，夏菁屢加阻止，他才作罷。鼎文一向不好理論，禹平富於四川人的幽默感，夏菁則一聞主義長派別短就不快樂。事實上，子豪也是四川人，所以私下夏菁常對我說：「這是以蜀制蜀。」每次聽了，我都忍不住要笑。

當時衆人在餐桌上議定，編輯的事務採輪流方式，每人負責一期。可是這種輪流制，如果欠缺成熟的民主訓練和責任感，往往是行不通的。子豪自告奮勇，不久在《公論報》上洽得一塊園地，便逐期編起「藍星週刊」來了。當時和他接觸的作者很多，其中也有好些是參加了紀弦的現代派的。這些人很自然經常在兩人之間走動，對於子豪和紀弦之間的冷戰心情，不免越扣越緊。子豪主編「藍星週刊」，既然集稿有方，編輯甚力，又樂之不疲，其他的四個人久之也就採取默認的態度了。事實上，鼎文和禹平都相當懶，禹平當時已經少產，鼎文後來也漸漸減產；夏菁和我，發表的刊物很少，我自己更負責編《文學雜誌》的詩作，兩人對於印刷和銷路皆不理想的《公論報》，可謂興趣缺缺。子豪幾乎是獨力經營「藍星週刊」，實在是很自然的結果。

至於「藍星」這個名字，倒是子豪想出來的。那年夏天，大家經常在中山堂的露天茶座聚會，一面飲茶，一面談詩，並傳閱彼此的新作。有一天，衆人苦思社名不得，子豪忽然說：「就叫藍星如何？」他也沒有解釋爲什麼要叫藍星，大家也沒有多加推敲，一時就通過了。當時各人的作品也許大半不夠成熟，可是寫得都很認眞，也很多產，聚會的時候，常有人帶新作去傳觀，因此很有相互激勵的意味。現在回憶起來，覺得那眞是一個天眞而且可愛的時期，也許幼稚些，可是並不空虛。

過了不久，蓉子就常常出現了。添了一位女詩人，我們的聚會就更多采多姿。可是那時羅門還在紀弦的旗下，衝勁很猛，似乎他們夫婦兩位，在文壇上的步伐不大一致。這情形，一直要到四十七年間羅門脫離現代派並加入藍星時，才告終止。同一時間，梁雲坡，司徒衛兩位也不時出現，且偶有刊稿。在子豪那一面，經常和他接觸而和其他社友較少往還的，有白萩，向明，沉思，彭捷，辛鬱，葉泥，彭邦楨，袁德星，朱家駿（即後來的朱橋）等好多位。

稍後一點，大約在四十四、五年之間，夏菁把季予介紹給大家，可是要說到對於詩社的影響，則這位新人遠不如同時出現的吳望堯和黃用。望堯的出現，大約比黃用要早一年，不過望堯的熱和黃用的冷，前者的好逞幻想和後者的善於分析，在對照之下，大大地豐富了藍星的視域。黃用於詩，才學都高，尤富批判的能力。一開始，他就對藍星不整齊的陣容頗爲不滿，而於子豪在翻譯和詩學上的表現，尤不敬佩。平心而論，子豪的創作，每有可取之處，晚年漸入佳境，亦更大有可觀，可是他的外文和詩學，以言翻譯和理論，終覺勉強，卻又不知藏拙，因此在「論現代詩」一類的書中，錯誤百出。

因爲黃用的加入，藍星對現代的論戰，一時軍容大壯。四十六年的夏天，藍星同人又在中和鄉夏菁的家中，議定要辦一個季刊，由鼎文，子豪，夏菁和我各編一期。不知怎麼一來，子豪籌到一筆錢，又演成他一人獨編之局。他在封面上大書「覃子豪主編」五個字，令衆人都不高興。夏菁與我引此相戒，所以後來我們主持編務的時候，都不肯自己出面，只將光榮歸於全社。

子豪既編《藍星詩選》季刊，便將《公論報》的「藍星週刊」交給了我。在我主編週刊將近一年的期間，我還負責《文學雜誌》和《文星》的詩作一欄，一時相當繁忙。主編週刊的經驗，是憎喜參半的；憎，是因爲《公論報》的紙張和印刷都比別的報紙差，誤排既多，每星期五出刊後又往往會忘了送五十份贈刊給我，還要我親自去報社領取；喜，是因爲投稿的作者很是踴躍，佳作亦多，編起來也就有聲有色。當時經常出現，且有不少是初次出現，在週刊上的名字，包括向明，阮囊，夏菁，望堯，黃用，張建，葉珊，敻虹，周夢蝶，唐劍霞，袁德星，金狄等多人。其中的金狄，是我臺大外文系同學蔡紹班的筆名，他現在加拿大，常用本名在《中副》上發表哲學性的小品。瘂弦，洛夫，辛鬱，管管諸人出現得較少，原因是他們的作品，和上述其他詩人的作品一樣，我往往移用到《文學雜誌》上去。這時我和子豪合作得很愉快。兩人在詩壇上的淵源相異，交遊的圈子不同，不過對於新人的欣賞，大體上趨於一致，所以上列這張名單上可以自豪的名字，十之七八亦出現在《藍星詩選》上面。

同時，透過子豪的關係，《宜蘭青年》上更開闢了「藍星」分刊，由朱家駿主編。倒底是朱橋的「前身」，編出來的這份分刊，已頗不俗。其實當時發表藍星同人作品的刊物很多，初不限於詩社自己的「機關報」；這些「友刊」包括《中副》，《文學雜誌》，《文星詩頁》，《創世紀》，《南北笛》等等。有一次望堯還用了「巴雷」的筆名，在紀弦主編的《現代》上刊出了好幾首怪詩，事後非常得意，好像是達成了一次間諜任務一樣。

這時詩壇上有一個很美麗的現象：不少作者頗能發揮個性，創造自己獨立的風格。也許今日回顧起來，那些作品顯得粗些或者嫩些，或者天眞得「不夠現代」，可是大半生命飽滿，元氣淋漓，流露著可愛的本色，和稍後一段時期正宗現代主義產品的哽咽作態，大不相同。摹倣甚至抄襲，不是沒有，例如紀弦，子豪，愁予，瘂弦等的作品，便是當時一般「盜寫」的對象，不過比起今日的抄襲成風，面目依稀來，還是清新得多。

四十七年夏天，先有羅門脫離現代派來歸，繼有「藍星詩獎」的頒發，和鼎文的宣佈退出詩壇，一時藍星詩社的動態，非常「新聞」。羅門的投奔藍星，很是戲劇化。他不但就此退出現代派，還是在《藍星詩選》上發表文章，申明他所以退出的理由，並且向紀弦擲出一隻鐵手套。當時元氣充沛的紀弦，一定比周瑜還要生氣。七月一日，爲了慶祝《藍星週刊》二百期紀念，我們在中山堂頒發「藍星詩獎」給吳望堯，黃用，瘂弦，和羅門。詩獎的雕塑由楊英風設計，梁實秋頒獎，子豪主席，我致頌辭。那天觀禮的人很多，包括《文學雜誌》主編夏濟安和現代派的重要人物方思。事後夏濟安把我的頌辭刊在他的雜誌上。得獎作者的陣容，顯示這是藍星「聯創抗現」的一項政策。當時子豪和我不免沾沾自喜，坐在後排的方思則笑得非常複雜。我已經記不清那天禹平有沒有出席，只記得輪到鼎文致詞的時候，他忽然宣佈說從此他要退出詩壇。衆人驚訝之餘，都認爲他選上社慶的這個場合來這麼一個戲劇性的聲明，未免不太適合。到現在我還是不明白，鼎文當時爲什麼要說這一席話。一說那是由於子豪凡事喜歡獨攬，這話可能有幾分眞實性。不過鼎文一般活動很多，寫詩在他只能算是次要之務，算是一種間歇性的噴發，子豪則於詩爲專，也難怪他要獨攬。

同年十月，我來美國念書，好像「藍星週刊」也就停刊了。我將《文學雜誌》的詩交給夏菁，《文星詩頁》則交給子豪。同年十二月，望堯和夏菁創辦《藍星詩頁》，由夏菁主編。這份小刊物，編排靈巧新穎，不但省卻裝釘，而且方便郵寄，一時很得讀者喜愛。四十八年我回國後不久，夏菁便把這份「小藍星」交給我編。我編了很久，又給羅門，蓉子伉儷合編，他們編得比我出色，過了一個時期，又還給我。直到五十三年我來美講學，才再度由羅門，蓉子接編，之後又給王憲陽主編，不久好像也就停刊了。這份詩頁，除了偶或中輟，一直按月出版，一度還增加篇幅到兩張甚至兩張半，也就等於八版到十版。它每期的篇幅雖然顯得相當迷你，可是加起來的總篇幅，恐怕比任何大型的詩刊都少不了太多。而由於一期篇幅有限，編起來也較能集中，精鍊，而且美觀。這時，常在詩頁上刊登作品的詩人，除了在週刊時代的舊人以外，更出現曹介直，陳東陽，王憲陽，吳宏一，菩提，鄭林，王渝，蜀弓，楚風，白浪萍，方良，藍采，方莘，高準，曠中玉，劉延湘，周英雄，曹逢甫，李國彬等的名字。筆名的流行，使作者陣容顯得比實際上的要壯闊些：例如胡筠便是夐虹，汶津便是張健，商略是唐劍霞，浮塵子是曹介直，女詩人專號上的聶敏是我自己。

就在我出國的時候，大約是四十八年的春天，藍星內部發生了一次不小的齟齬。其時黃用以批評家的鋒芒和青年人的銳氣，在他的四周頗吸引了一些少壯的作者，而與他往來最密的，則是葉珊和洛夫。三人對子豪的欠缺敬意，時或溢於言表，子豪偏又素以前輩自居，因此相互之間的不滿之情，時弛時張，已有一段日子。「事發」之日，雙方似乎都很激動，遂達不可收拾的地步。我原不在場，事後眾說紛紜，亦莫衷一是。文壇聚散本來無常，這樣不迷人的場面，我自己也經歷過多次，何況一方詩友墳木已拱，談之何益。不過事後接到黃用來信，說少壯詩人，方籌組「五人派」，欲以一新詩壇耳目，可是他自己頗為踟躕，最後提出「也要余光中加入」為他加入的條件，其他四人也答應了云云。五人者，瘂弦，洛夫，葉珊，敻虹，和黃用自己。這個陣容確乎不弱，當日果眞組成一派，詩壇要轉禍為福，也不一定。我很感激黃用相邀之意，可是在回信上坦白地說，夏菁在國內正辛苦經營《藍星詩頁》，如果此時我竟捨他而去，於情於義，都說不過去的，同時，我也不願和望堯分手。後來不曉得為什麼原因，所謂的「五人派」也沒了下文。

四十八年夏天我既回國，第一件事，便是在子豪和黃用之間竭力斡旋，企圖彌補藍星同人的裂痕。總算給我面子，雙方不再僵持，黃用也很有風度，在會上稱子豪為「覃先生」。當時我私心慶幸，認為藍星團結有望。沒有想到，就在第二年（四十九年），黃用和望堯先後出國，第四年（五十一年），夏菁也來美，第五年（五十二年），子豪竟便逝世。少壯派的黃用和望堯既告別了繆思，藍星的發展史遂進入後半期。從另一個角度來看，也可以把子豪的逝世視為藍星前後期的分水嶺。總之，到了後半期，就要靠蓉子，羅門，向明，夢蝶，張建，敻虹諸位來撐持局面。現代派在方思走後就失去平衡。藍星社在走了望堯，黃用，啞了阮囊，死了子豪之後，陣容大見遜色，發展也就改向。創世紀的幸福就在聚而不散。

當時藍星的同人也不能不團結，事實上，所有現代詩作者都有合作的必要，因為當時文壇上對於所謂現代詩漸起反感，形諸筆墨的亦復不少。先是子豪和蘇雪林為了象徵主義的解釋涉及現代詩的評價，在《自由青年》上展開論戰，頗令文壇側目。繼有我在回國後和言曦為了更廣泛的問題，在《中副》，《文學雜誌》和《文星》之間掀起的辯難。後來的發展，不再是一對一的論爭，而是一場混戰。在現代詩一邊衛戰最力的，有虞君質，黃用，夏菁，吳宏一。攻擊現代詩最烈的，有門外漢和吳怡。對現代詩的非難多於同情的，有陳慧和孺洪（高陽）。《創世紀》季刊曾經響應我們。紀弦也在我力促下在《藍星詩頁》上發表了一篇〈我的立場〉。至於誰勝誰負，可說見仁見智，因為評定勝負的準則，深一層看，不在論戰本身，而在現代詩的興衰甚至存亡。十年後的今天，事實證明，現代詩非但沒有亡，甚至也沒有衰，相反地，現代詩的讀者日益增加，現代詩人在文壇上甚至學術上的地位也日見提高。現代詩的作者和支持者之中，在國內國外已任文學教授且又表現出眾者，屈指算來，至少有一打以上。五十六年一月某夜，我和司馬中原在成功大學演講，蘇雪林正襟危坐在擁擠的聽眾之中，聽我朗誦的，正是現代詩。那些聽眾大半是她自己的學生，可是她已經無力阻止他們來接近現代詩了。這種「時間的諷喻」當時並沒有使我驕矜起來。相反地，言辭之間我對她甚為尊敬，同時由於有「長者」在場，唯恐頂撞了她，我還將預定要誦的一首〈七十歲以後〉特別刪去。不料事後她竟在《純文學》上對我冷嘲熱諷，而且企圖用徐志摩來鎮壓我。十年來，現代詩人一直在求進步，不但在學問上做功夫，而且在文學史觀的透視上，適度調整自己對中國傳統和西洋時尚的看法。相反的，當日抨擊現代詩的人士，十年來多半一成不變，仍然在五四的襁褓裏牙牙自語。那就不能怪時代和讀者要遺棄他們了。

這麼說來，十年後的現代詩是否就算勝利了呢？曰又未必。現代詩固然一直屹立到現在，而且很有一派尊嚴，可是那屹立的樣子，總有一點像比薩斜塔。僅看十位到十五位頂尖詩人的代表作，現代詩的成就實在已經不可輕侮，可是放眼縱覽一般現代詩，則又不能令人免於杞憂。現代詩本身的種種病態，十年來我在詩友不悅的面色中曾數作逆耳之言，因而喪失了許多昂貴的友情。後來這種逆耳之言竟出於很有地位的現代小說家之口。等到在三月號的《幼獅文藝》上讀到洛夫的〈一九七零詩選序〉，述及語言的僵化，文字的夾纏，到了「已使紙張褄黃在無望的婚媾之中」的地步，我益加相信，現代詩的病情，十年來並無減輕的徵象。當日論戰初啓，樂觀的夏菁曾對我說：「遠景還是樂觀的。說不定長此論戰下去，現代詩人反而看清傳統是怎麼一回事，而保守人士也看懂了現代詩。」夏菁的預言只兌現了一半。保守的人士習慣多已僵化，到現在仍然看不出現代詩憑什麼迷人，可是有不少在當時是非常激烈的現代詩人，今日已經大大修正了對中國古典傳統的評價，並在自己的近作中表現出這樣的轉變。

在那次論戰的開始，藍星詩人並不是遭受攻擊的主要對象，可是奮起守衛第一線的，大半是藍星詩人，因爲那時，藍星作者能發表文章的刊物很多，也確實舉得起幾枝能言善辯的筆。從論戰後的劫灰中，藍星作者努力擴充現代詩的領土，在慘澹經營下逐漸贏取了讀者的同情。其中的一例，便是倡導現代詩的朗誦會，把現代詩從滯銷的詩刊上推展到大眾之間，也就是說，把消極的讀者變成積極的聽衆。到我五十三年秋天來美講學爲止，藍星詩社在臺北先後舉辦了三次這樣的朗誦會，聽衆一次多於一次。最後的一次，名義上是和《現代文學》季刊聯合舉行。那是五十三年三月三十日的晚上，耕莘文教院的大禮堂上，連坐帶站的聽衆，約有五百五十人。這數目在現代詩的朗誦已經流行的今天，恐怕也不算小吧。當時頗有一些現代詩人，表示現代詩是一種微妙高深的藝術，只合在個人的世界裏慢慢體會，豈可去大庭廣衆之間朗誦？事實上，哪有一種詩的藝術是不能接受聽覺的考驗的呢？像狄倫・湯默斯那麼晦澀的詩，尚可用朗誦來贏得聽衆，臺灣的現代詩何獨不能？事實已經證明，這是可以成功的，不但可以成功，還可以對現代詩創作的本身，起一種健康的反作用。在朗誦會上，聽衆的反應是一個冷酷的現實。如果詩人給聽衆的，是彆扭的句法，生澀的文字，加上支離破碎的節奏，則聽衆給詩人的，不是冷漠，便是譏諷。現代詩固然不屑於做到「老嫗都解」，但是總不甘於接受「大學生也茫然」的現象吧？目前不少現代詩人在語言上漸漸趨於開朗，恐怕現代詩的朗誦是導因之一。

子豪死前不久，胡品清從法國歸來，不但藍星多了一位女詩人和翻譯家，子豪的生活上也起了一些波瀾。品清是一個內傾的人，她回國後和藍星同人很少見面，子豪一死，聯繫就更淡了。同時我和子豪之間，漸生誤會，竟至不相往來。這實在是藍星的不幸。我必須坦白承認，從組社開始，我對子豪的外文和詩學，一直缺乏由衷的敬佩。子豪歡喜獨攬，也不免倚老，是事實，不過他對夏菁和我，倒是一向很熱情，也夠禮貌。我們雖然有時候在私下取笑他的虛張聲勢（事實上，夏菁，望堯，黃用，和我之間，誰又能免於背後的相互嘲弄呢？），還不至於對他無禮，相反地，我們認爲他是一個朋友，並欣賞他對詩的專一和赤忱。在他那一面，到了後期，對我究竟爲何不滿，我不願多加陳述或推測。不過那時我在文學上的活動，已經發展到散文和藝術評論，而且對於詩的看法有了很大的變化，不可能處處再和他同進共退。加以紀弦的現代派已經解散於無形，而於我及子豪私交皆篤的望堯又遠去越南。用馬基亞維利的口吻來說，去了一個共同的「敵人」，又走了一個共同的知己，這樣的情形，有了什麼誤會，就不容易冰釋了。在子豪死後近八年的今天，我仍然認爲當初和他的結合是有意義的事情，和他的交往不無愉快可憶的日子，且認爲，他對現代詩畢竟功多於過，不失爲早期現代詩運動的核心人物之一。相信夏菁也有近似的感想。

羅門和蓉子合編的《一九六四藍星詩選》，無論在編排和內容上，都是一本上乘的刊物。可惜在我二度來美以後，他們就沒有繼續下去。我在美國兩年期間（五十三年至五十五年），夏菁恰恰也有一年在美國。在這段日子裏，藍星同人雖然以個別而言各有表現，但集體的活動則幾乎停頓。從五十五年回國到五十八年三度來美，其間三年，我先後主編過《近代文學譯叢》，《藍星叢書》和《現代文學》雙月刊，餘下來的精力，都分佈在自己的詩，翻譯，批評和散文上，同時還在師大，臺大和淡江三校開課；加以羅門，蓉子，張健三個人都因事忙而不願套上編輯的巨磨，夢蝶孤雲野鶴，敻虹人比蒲柳，亦不忍遽以重擔相加，夏菁又早我一年出國，去牙買加任農業顧問，所以始終沒有再辦什麼詩刊。藍星早期曾出版《藍星詩叢》二十四種，規模之大，超過同一時期任何詩叢。後期的《藍星叢書》也出版了十種，內容的評價見仁見智，在此免去主觀的自詡，可是說到編排，印刷和校對，尤其是英文的校對，可以說是對讀者交代得過去的。

我實在不能預言，藍星的未來會有什麼樣子的發展。我只能說，如果它要再出發遠征，則後期的這幾位主將，軍容猶壯，可堪一馳，如果它不幸就此降下半旗，則它也已經捫心無愧完成了它的歷史任務。不過這是社友們共同的抉擇，非我一人所敢決定。藍星的結合，完全基於各社友自由的意志與個人的尊嚴。也許正因如此，我們始終沒有以集體的名義亮出什麼主義或口號，說非如此如此就不算現代詩。這樣的「地方分權制」，缺點是以文學運動而言不夠狂熱和號召力，不容易形成所謂潮流，優點是解除了理論甚至教條的桎梏，社友的創作比較容易作個別而自由的發展，風格較富多般性。除此之外，藍星似乎還有一個傳統，就是社友之間，較少相互標榜的傾向。當然，相互之間要截然禁絕美言佳評，是不可能也是不近人情的事，不過溢美之辭尚少氾濫成洪至於荒謬的程度。這種低姿態的作風，對於喜歡高帽子的青年作者，當然缺乏鼓舞性。

去國二年，忽焉又是知更鳥和蒲公英的季節。「青春結伴好還鄉」，是嗎？久矣我已經習於無伴可結無鄉可還也不再那麼青春的獨客之情。登高臨風，我遙念國內的藍星詩友，念他們在杜鵑花後端午節前有什麼新作，也遙念墨西哥灣對岸的夏菁，念他在靜靜的林間是否已渾然忘卻繆思。我更遙念地下的子豪和遺棄了繆思的望堯，黃用，阮囊。她的這一個孝子和三個浪子，本身已足形成一個陣容充實的詩社，把他們從一個詩社裏減去，該是多麼重大的損失！

對於猶健的同伴，我只有下面一番話相慰：所謂主義，所謂派，所謂社，只能視爲一種觸媒，它的作用只在於催化，至於充分的完成，恐怕還要個人自己去努力。次要的藝術家往往就止於一個派別，唯有大藝術家才能超越派別的生命而長存：葉慈，龐德，莫內，畢卡索，史特拉夫斯基，前例太多了。至於屈原和陶潛，那是什麼詩社也沒有參加過的。則又何須悵悵？

回溯罷藍星的發展史，再略談整個現代詩的過去，現在和將來。讓我分成下列的幾個問題來逐一討論：

㈠從晦澀到透明：自從超現實主義的一些觀念輸入我們的詩壇以來，詩人的活動空間似乎忽然變成無窮大，而表現的技巧也相對地倍增了起來。詩思的變質使詩的語言忽然有了一個巨變，經驗的絕緣化便產生了晦澀的問題。前一個時期的一些新古典傾向，例如紀弦理論上的主知主義和方思創作上的主知精神，到了這個時候，便在新起的反理性浪潮中淹沒了。放逐理性，切斷聯想，扼殺文法的結果，使詩境成爲夢境，詩的語言成爲囈語甚或魘呼，而意象的濫用無度，到了汩沒意境阻礙節奏的嚴重程度。我不否認，超現實主義確曾拓展了詩的視域，並豐富了詩的手法，可是我要指出，實際上它的魔術只加速了少數能放能收能入能出的高手的成熟過程，對於大多數的冒險家而言，不幸道高一尺，魔高一丈，終陷於走火入魔的危境。

晦澀，恐怕是繆思身上最後的一個祕密了。這是晦澀迷人的地方。如何親近她而又在緊要關頭保全她這個祕密，也許是詩人最難把握的一個天機。多少作者缺乏了這麼一點「巧力」，結果往往是抓住了祕密，卻逃走了繆思。用中國批評的術語來說，那便是一種「隔」。對於現代詩晦澀之病，十年來我曾直諫再三。事實上，像「我實實不能相信四枚眼核不能成爲好看的麥田和父母的美名」一類的句子，其晦澀之病不在皮膚，而在骨髓。以文字而言，這一句不但文法清楚，而且節奏明快，毛病在於透明的文字背後，只看見一隻盲人的眼睛，也就是說，文字的意義未能蛻化爲詩的意境。從這個例子看來，晦澀的病徵雖見於文字，晦澀的病源卻出於思想。胸中如果不能豁然，筆下怎能做到恍然？如果一個作者仍迷信他有將經驗絕緣化的權利，則跟在他背後爲他收拾文字的垃圾，恐怕沒有什麼用處吧？

近三四年來，這種晦澀之風已經激起了普遍的反動。這個反動表現於兩種相近甚或相疊的傾向，其一是反晦澀而趨透明，其二是反文言而趨口語。白荻，戴成義，劉延湘三位，是最顯著的例子。《笠》一向以口語化爲口號，而一些年輕的新人之間，口語化的傾向也很是普遍。此外如周夢蝶，溫健騮，鄭愁予，商禽，洛夫，大荒，葉維廉幾位，也或多或少表現出上述的兩種傾向。我自己最近的詩也企圖做到口語上的透明，同時，搖滾樂的歌詞也正開始對我若有所示。

不過，所謂透明，應該是指藝術效果的簡潔化和直接化，不是指藝術效果的沖淡。如果我們作深入的分析，則所謂晦澀，通常有兩個原因，其一是文字的篇幅或組織不能負擔過重的意義，其二是文字成了意義的障礙。另一方面，明朗的陷阱並不少於晦澀的陷阱，因爲明朗的極端是淡白無聊，窮扯。一個詩人如果失敗於晦澀，並不意味著他會成功於明朗。詩的語言需要維持一定的緊張感。透明的詩需要深入淺出，淡中見濃，似鬆實緊，這對於拔山扛鼎出手重慣了的現代詩人，實在是一項新的挑戰。過去，走深奧路子的詩人之中，犧牲的遠多於成功的；可以預言，平易的路子也不會見到很多人凱旋。在反晦澀傾向成爲時尙之前，我願意提出這樣的警告。

㈡從否定到肯定：我還沒有想通，晦澀的形式與否定的精神之間，是否一定有表裏的關係，所以我不能預言，說反晦澀的傾向後面，隱約可以窺見反否定的傾向。這裏我要聲明，所謂否定，是指虛無或悲觀，並不包括諷刺，因爲諷刺的文學實際上在否定中見肯定，往往非常明快有力。我不否認，現代詩的否定氣氛有其時代和地理的背景。我更不否認，否定的文學似乎更有深度，也確曾產生了不少傑作。可是，十七年後，我很不願意想像，現代詩的未來，仍將委屈在否定的陰霾之中。

不知道我能否提出這麼一個假定：《楚辭》的晦澀來自它的否定，《詩經》的開朗來自它的肯定。我們的現代詩，好像更接近《楚辭》一點。也許中國是一個飽經憂患的民族，而我們這一代的中國人也實在找不到多少快樂的原因，可是我實在不忍見到下一代繼續我們的傳統。喜悅和悲哀，同爲生命的兩大動力，可是前者在現代詩中幾乎還是未開拓的處女地。正宗的現代詩，念念不忘於個人在現代社會中的孤絕感，不但疏遠了自然，抑且隔離了社會，剩下來的一條路是向內去發掘一個無歡的自我。正宗的現代詩人，面對一朵花或是一位路人，在理論上說來，是不可以張臂伸手去擁抱的。哲學上說來，否定是分，肯定是合。莊周夢蝶，是喜悅，是肯定，是人與自然之合。「舉杯向天笑，天迴日西照」是李白的喜悅，李白式的人合自然。杜甫的偉大，在於「吾廬獨破受凍死亦足」能在悲哀中與社會合一。我們的現代詩一自外於自然，再自外於社會，既不與天人交通，無需共鳴，當然要晦澀起來，而且題材日呈枯竭之象了。

不過，最令人厭煩的現象，是僞虛無的流行。現代詩第一代的某些作者，在他們的詩中，哭是眞哭，怒是眞怒，仰天而呼是眞的痛楚和激昂。到了第二代的詩中，往往就成爲人哭亦哭，人怒亦怒的「塑膠虛無」，面目相似，神氣全失。效顰，已經很可笑，效蹙，就荒謬了。理論上說來，青年的可貴全在喜悅，肯定，與萬物合一。杜甫詩中儘多「老病有孤舟」之句。但早年也不乏「會當凌絕頂，一覽衆山小」的喜悅。我們的許多青年詩人，雖然善用西方的術語來化裝，事實上也不過是在嘆「老病有孤舟」罷了。

如果說，這不過是國際詩潮的區域化而已，那就是眞正不明國際詩潮了。例如美國年輕的一代，欲與自然合一的新思想，在當代美國詩和搖滾樂中已有很強的表現，而搖滾樂的社會性，更是非常顯著的一股潮流。

㈢從反傳統到成正宗：遠從紀弦組現代派而高呼反傳統起，幾乎沒有一位重要的現代詩人不曾反叛過傳統。所謂反，有時是理論上的，但更常見的是創作上的，而所謂傳統，不僅指中國的古典，也包括早期的新詩。但所謂反傳統，常是一個界說含混的名詞。有時候反傳統只是反某一時期的傳統，與另一時期的傳統暗相呼應；有時候反傳統只是反傳統中的某一精神，卻與傳統中的另一精神並行不悖。百分之百的反傳統，是不可思議的，因爲那意味著連本國的文字都可以拋棄，簡直等於自殺。我們不能想像一個完全不反傳統或者反傳統到回不了傳統的大詩人，同樣，我們也不能想像一個不能吸收新成分或者一反就會反垮的偉大傳統。中國文化的偉大，就在它能兼容並包，不斷作新的綜合。老實說，一個傳統如果要保持蛻變的活力，就需要接受不斷的挑戰。用「似反實正格」來說，傳統要變，還要靠浪子。如果全是一些孝子，恐怕只有爲傳統送終的份。所以平平仄仄的諸公，根本於事無補。

眞正的反傳統，至少有一個先決條件：認識傳統。從《詩經》到《紅樓夢》，每一種文學的代表作，我們是否有相當的認識？一首詩如果這樣寫，本質上與李賀的有什麼不同？這一句的表現方式，在古典詩中眞是沒有前例嗎？如果一個人從未這麼自問過，就貿然宣稱他要反傳統，只是自欺的姿態罷了。保守的人士，一入傳統即不可出，崇洋的呢，未及傳統之門就要推倒傳統。眞正的認識傳統，是入而能出。有一些人云亦云的反傳統作者，連傳統中最基本的中文都沒有把握，不知「通」爲何物，就幻想自己要超越文法與邏輯，結果只有害自己。

近年來，很有一些當初反傳統甚爲激烈的現代詩人，修正了，甚或否定了他們早年反傳統的觀念，並且在批評上引證傳統，宣揚古典。這實在是詩史觀上演變的自然結果，不過當初在反傳統豪氣的激盪下，他們也確曾爲中國詩的傳統增加了一些瑰奇新麗的東西，足見反傳統眞可能反出一點名堂來的。只是在現代詩的運動中，我們不妨經常保留一個「少數民族」，一個「異端」，作爲未來蛻變的一個因子。例如，在盛行晦澀與反傳統的早年，我是一個異端，甘冒天下之大不韙，鼓吹明朗與傳統。現在明朗與傳統漸漸盛行，我反而希望有少數頑固份子，繼續搞他們孤獨的晦澀和反傳統，爲第三代的現代詩作一伏筆。

說到現代詩人的再接受傳統，我認爲這還不夠。我的遠景還要美麗一點。現代詩人在接受過西洋現代文藝的洗禮後再回顧中國的古典詩，我們眼中的古典詩不再是平仄諸公眼中的「舊詩」了。可是在一般讀者，尤其是平仄諸公的眼中，我們也只是一個異端，不是上承古典詩的正統。如何用現代詩人的新眼光，去詮釋並重估中國的古典詩，另一方面，用中國古典詩的精神，來做現代詩某些本質的注腳：這樣把現代詩接上中國詩的正統的工作，對於現代詩人該是一個重大的考驗。例如用新的眼光來編一部《唐詩三百首》，或是重寫一部《中國詩史》，或是予一位古典大詩人重新估價，或是對古典的詩評作一個反批評，或是在大學和中學的詩教育上作一個全新的改革，凡此種種，都屬於上述「正統運動」的範圍。不可諱言，目前現代詩人的古典修養，還不能充分勝任這樣的工作，不過，一步一步慢慢去做，總比空言古典的偉大有意義吧。

(四)從輸入到輸出：如果沒有國際間的文學交流，十七年來現代詩在臺灣的發展，將是不可思議的。不過所謂交流，到現在爲止，只是一個美名，因爲幾乎沒有輸出。至於輸入，則十七年來，似乎一直沒有中斷。輸入的方式有四：最普遍的是西洋現代詩的中譯，其次是論評的介紹，再其次是各大學外文系的課程，最後是留學生到外國去「取經」。先從後面說起。「取經」應該是最可靠最直接的輸入。十幾年來，我國去美國，日本，歐洲各國取經的玄奘，至少有三十幾人，去愛奧華一地的就有九人，不能算是太少。只是這種方式的輸入，只限於少數幸運的人，而且很有幾位玄奘一去不回，像方思，方新，方旗，黃用，林泠那樣。外文系的課程，受惠者比較多，可惜高材生不一定有詩人的「仙骨」，甚至也不一定能修成學者的正果。西洋詩及其理論的譯介，該是最大衆化的輸入方式，不過這樣的專門人才，在現代詩人自己的陣容裏，實在不多。十七年來，我們很有一些熱心而不稱職的「譯介人」，譯介了不少失眞的創作和理論，對輸入的貢獻只能算功過參半。現代詩一部分的亂象，是要這些人負一點責任的。眞正稱職的譯者不是沒有，同時還有一些學者，像陳祖文，陳紹鵬，程抱一，和顏元叔，雖不以詩人自居，但在這方面對於輸入的工作也能有所貢獻。

對於一般的譯介人，我們似乎有權提出下列的請求：這是一種近乎專家的工作，如果外文不精，詩學不濟，那麼不如乘早光榮引退，或努力進修，以免誤己誤人。第二，一切譯介最好能做到「第一手」，而避免轉譯或傳述。與其從英文中去窺袞特·格拉斯（Gunter Grass）的眞相，或是從日文的評論中去傳述龐德，何不把這些任務還給德文和英文的高手？第三，一篇論文中如果引用了他人的譯詩或譯文，理應注明出處，以免掠美之嫌。我的譯詩最近就出現在這麼一篇文章裏，全未標明來源。我想其他譯者也曾有同樣的經驗。這實在是非常失禮的事。在這裏我要舉杜國清的《艾略特評論選集》爲例，說，像這樣集中，稱職，而且校對盡責的譯介，才算是夠格。希望西洋其他的詩人和批評家，在我們這個不夠整齊的譯壇，也能夠受到同樣的「優待」。

至於輸出，則十七年來的成就是十分歉收的。包括選集，專集，和零星的譯介在內，恐怕不會超過二十五種。譯文的幅度雖然包括英文，法文，韓文，日文（不知道《笠》發起的日譯選集是否已出版？）和德文（包括一九七零年 Akzente 對《蓮的聯想》的介紹），可是距離在國際間引起注意的程度，還很遠很遠。不要說什麼遠征歐美了，即使一水之隔的菲律賓，對我們現代詩壇的眞相，仍是欠缺認識的。

另一方式的輸出，是在外國的大學裏推展中國現代文學的課程。據我所知，在美國大學裏擔任這方面教授的，便有白先勇，葉珊，葉維廉，於梨華，聶華苓，江玲等好幾位，只要我們有夠多夠硬的貨色，這方面是可以慢慢打開的。

也許我們祖先的文學遺產太輝煌了，也許目前我國在政治上處於一種不正常的情勢，也許我們自己在輸出的工作上不夠努力，總之，結果是我們的現代作家，在國際文壇上仍是一個「沒有臉的人」，至少，對外而言，不如日本，韓國，菲律賓，對內而言，不如劉國松那樣的現代畫家。在國際詩壇上，共產國家的葉夫杜盛科，瓦斯內森斯基，巴斯特納克，布瑞克特，和同路人的內魯達等等，都非常受人注目。

這就要說到另一個正統的問題了。目前的問題是：我們不但對內，要在自己的文學傳統中爭取現代詩的正統地位，還要對外，在國際的文壇上爲我們十七年來的現代詩爭取中國新文學上的正統地位。這句話，恐怕國內的詩人不太了解，因爲我們都知道，從一九四九年到現在，二十多年以來，大陸上已有詩亡之痛，要說中國新詩的傳統，當然由臺灣的現代詩來承先啓後。可是在國際的翻譯界，由於欠缺這樣的認識，並且接受了一種泛政治主義的幻覺，常用艾青田間的作品做中國新詩的壓卷之作。更有不少英譯選集，例如錯誤百出的《白駒集》竟以毛澤東的舊詩終篇。長此以往，我們的現代詩將只能在荒原裏做獨奔的黑馬。我們如果不能精心翻譯，有效輸出，那就只能在國際文壇上，做一個「沒有臉的人」。

——一九七一年詩人節於丹佛欖橄街

——選自一九七二年《焚鶴人》

雲開見月

——初論劉國松的藝術

二十世紀的中國畫家，面臨西方現代藝術的輪番挑戰，大致上有下列的三種反應。第一種，以不變應萬變，認為只要閉關固守，便算盡了孝道。同時再三強調關內山川之勝，先人功業之隆，便算為自己的怯於應戰或怠於奔馳找到了遁辭。問題是，這麼久守下去，怎麼能為傳統增加一份光彩？不幸傳統之為物，不進則退，不生則死，因而坐視傳統老去，坐食傳統日空，算不算孝行，還大大值得討論。第二種，以千變應萬化，國際潮流一來，便隨波浮沉，像一群「弄潮兒」。弄潮兒從印象派的潮流一直弄到歐普的光波，自己幻覺是乘風破浪，事實上只是在漩渦裏大兜圈子，不知岸在何方。弄潮兒嘲弄第一種畫家只知道模仿古人，可是自己不覺悟，只知道模仿洋人，同樣也不是創造。第三種，以一道貫萬變：他們知道模仿古人和模仿洋人同樣是絕路，所以既無意參加國粹派，更無意參加西化派。在另一方面，他們也知道，不研究古人則昧於傳統，不研究洋人則昧於潮流，自絕於傳統與潮流，也是死路一條。因此，在國粹派和西化派之間，他們想摸索第三條路。理想的第三條路，該能入傳統而復出，呑潮流而復吐，以致自由出入，隨意呑吐。也就是說，第三條路是民族的，但不閉塞，也是現代的，但不崇洋。如果說，國粹派是孝子，而西化派是浪子，則第三條路是浪子回頭。只有回頭的浪子才是眞正的孝子，因爲他知道怎樣重整家園。劉國松便是一個典型的例子。

儘管如此，浪子回頭卻是一條艱辛的路，因爲不肯回頭的浪子誤認他半途而廢，而不肯出門的孝子也反對他回來重整家園。我最了解國松這種處境，因爲在文學上我走過的路也大致相同。十幾年前，我們同屬浪子，在所謂反傳統的旗下盲目馳突，備受孝子的攻擊。後來，我們幾乎是同時「回頭」，又激起浪子朋友的「公憤」。這種腹背受敵的心情，我們可說共嘗已久，且亦甘之如飴。近年來臺港之間的現代畫壇，幸而尙未全然淪爲西化的殖民地，國松的屹立不搖，至少是其中的一個原因。

第一次聽到劉國松這名字，是在一九五九年初秋。當時我剛從美國回到臺北，聽說他正在主編《筆匯》雜誌，鼓吹西洋現代畫派，很是活躍。至於我們第一次是怎樣見面，在哪裏見面，現在已經難以追憶。當時現代詩方興於臺灣文壇，發軔雖比現代畫稍早，衝勁反比後者略遜，所以不久兩者便會師一處，並駕齊驅了。正是西化的高潮，呼嘯來去的莫非潮兒浪子，我們很快便成爲經常見面的朋友。這時現代詩的論戰正趨白熱，頗令文壇側目，等到國松的「五月畫會」和其他浪子組成的「東方畫會」、「現代版畫會」等等聲勢漸壯，現代畫也就成爲國粹派憤然攻擊的對象。同屬浪子之誼，雖然我自己文壇論戰方酣，有時也不免要分兵去聲援現代畫家。所謂論戰，有時只是紙上談兵，有時竟成當面舌戰。最戲劇化的一次，是在淡水河邊的一座樓上，攻擊抽象畫和保衛抽象畫的雙方，各坐一排，依次起立辯駁，壁壘非常森嚴。抽象畫這一邊的主要辯士，除了席德進，便是國松和我。席德進聲浪高，手勢多，元氣淋漓，雜以笑謔，劉國松則沉毅之中復見勇猛，嗓門也不弱，兩人相加，一哼一哈，抽象畫軍威大振。

這麼冷戰夾著熱戰，過了四、五年的樣子，終於有少數的浪子悟出：去西方的廟裏燒香拜神，長此浪遊下去，絕成不了大器。詩分新、舊，畫分西畫與國畫，樂分西樂與國樂，這種矛盾的對立一天存在，孝子和浪子的歧見便一天不解，中國的現代文藝也只能在閉守和出走之間徘徊。未來的大師，不但能見古今之分，也應見古今之合，不但能見中西之異，也應見中西之同。也只有這樣的大師，才能創造出既富民族性又富時代精神的傑作，來光大中國的傳統。在全速的西化途中煞車改向，國松和我的回頭幾乎也是同時。他從油畫回到水墨，我從虛無回到古典，都是在一九六一年左右。之後我們就成了中國現代文藝運動中的少數派，既不見容於孝子，也不見諒於浪子。誤解我們的浪子舊友，曾經嘲弄我們是在辦「文化觀光」，那意思是說，紅柱綠瓦，偽充漢唐。事隔十年，塵埃已定，歷史的透視漸見分明。昔日的浪子如今大半都已回過頭來，要重認中國的傳統，而年輕的一代更已普遍揚棄了晦澀與虛無。可見當初國松浪子回頭，志在入山求仙，不在修補破廟。

初識國松，聽其談吐，觀其為人，知道他是個豪爽而耿直的山東人。後來才發現，他原來是國軍軍官的遺孤，六歲那年，父親便因抗日成仁，母親把他和妹妹帶大，一度生活很是困苦。在武昌讀初二那年，他在上學途中常常經過一家裱畫店。店主見他愛好繪畫，不但送他舊筆餘紙，更指點他如何作畫。他就那樣進入了藝術的世界。一九三八年，他隻身來臺灣，既無母親的消息，也無親友的資助，在那樣的困境下，讀完師範大學的藝術系。一九五六年，他號召師大的同學，成立了「五月畫會」，同年並在基隆一家中學教書。第二年，他在海軍陸戰隊服役一年。一九五八年，他又回到基隆教中學。一九五九年，他去成功大學建築系任助教，第二年，轉去中原理工學院任建築系的講師。我和國松的交往，便是在這時開始，他常來我廈門街的日式古屋，我也常去他在植物園蓮池畔破廟中的湫居。後來他的藝術突飛猛晉，漸漸引起國際的注目，終於一九六五年初，在愛奧華大學李鑄晉教授的推薦下，他獲得了洛克菲勒基金會的獎助，先後去美國和歐洲訪問兩年，不但聲名遠播，而且視界大開。一九六六年底，國松回到臺灣，在中原理工學院任副教授。一九七〇年，他去美國講學半年，回臺灣不久，便應聘去香港中文大學新亞書院藝術系任教，自去年六月起，並任該系的主任。

今日，劉國松已經成爲名聞國內和國際的一流畫家。從臺北和香港到紐約、芝加哥、倫敦、漢堡，他曾經在世界各地舉行過五十多次個展；他的作品先後爲知名的藝術館與收藏家所收藏；各國的藝評家對他的好評也漸多起來。國松之有今日，固然全憑自己的毅力和才識，但當日獎掖之功，就我所知，似應歸於兩位恩師。在國松的大學時代和追求抽象表現的早年，給他全力支持的，是虞君質教授。一九六四年以後，撰寫專書[1]分析他的藝術的，是李鑄晉教授。

劉國松對於現代中國畫壇的貢獻，可以分兩方面來討論。一方面是他自己藝術上的成就，另一方面是他在繪畫運動和理論上的建設。

在藝術的創作上，劉國松的風格歷經變遷，層出不窮。從一九五二年臨摹希臘少年半身像的「素描」，到近兩三年來的太空造形，二十年間，他做過孝子、浪子，和回頭的浪子。他的藝術之中，最動人的勝境，當然是在回頭以後，不過，即使是做孝子和浪子，他早年的表現也並不含糊。

雖然劉國松擬古和襲洋的「少作」在時序上曾經交疊出現，他早年的傾向，大致上說來，還是浪子多於孝子的。一九五九年以前，可以說一直是他的「模仿時期」。在大學裏，他的國畫老師是溥心畬。一九五五年的「松石圖」，筆法精緻，意境高超，很有文人畫的味道。同年的一幅「山水」，樹掩樓閣，石藏漁舟，濃淡對照之間，兼有渾厚與飄逸之感，可稱雋品。這種黑主灰輔相得益彰的對比手法，隱隱然已經爲日後抽象山水的樸素色調，留下了伏筆。更早的一幅「香瓜」，純用白描勾成，筆觸細膩而有韻味，足見他在基本技法上早具根柢，不是一步就要踏進抽象之徒可以比擬。

西畫的學習，從一九五二年到五八年，爲時較長，風格的變化也更見繁複。在大學時期，國松買不起油畫的顏料，只好多畫水彩。一九五四年到五六年間，他作了好些生動的水彩畫。「自畫像」、「靜物」、「阿里山森林鐵路」、「山雨」、「印象派風的靜物」、「花籃」、「基隆近郊」等作品，可以代表這一階段的風格。看得出來，和許多西畫的學生一樣，他最早的影響來自塞尙和馬蒂斯。一幅題名「裸」的油畫，在濃淡的對照，空間的分割，女體輪廓簡潔而敏銳的勾描上，完全是馬蒂斯的風格。稍後，他又迷上了保羅．克利。一九五七年的一對姐妹作，油畫「兒時的回憶之一」與「兒時的回憶之二」，一縱一橫，將畫面割裂成塊，小塊之內，或男或女，或禽或獸，或蟲或魚，創意既近克利，又似盧阿與夏高，只是造形既感零亂，命意亦甚含糊，與抗戰的兒時也不像有多少關係。一九五七年到五八年，他的興趣又轉移到畢卡索。「靜物」、「裸婦」和「舞」三幅油畫，分別模仿畢卡索綜合的立體主義、新古典主義，和玫瑰時期兼新古典時期的畫風。同時，克利的影響仍未斷絕，從克利的半抽象到帕洛克的抽象，只是一步之差。一九五八年的油畫「戰爭」，在黝藍的背景上縱橫馳突著黃白的線條，顯然是帕洛克影響下的習作。從印象主義一直模仿到抽象主義，劉國松在西洋現代畫壇的巡禮已經到了盡頭。雖然他學一位大師便像一位大師，那畢竟只是技巧的鍛鍊，裏面並沒有獨創的思想和純眞的感受。如果當時他便安於效顰，竟或停下筆來，充其量他只能算一個手腳伶俐的西化浪子。這樣的二流畫家，中國有的是，西洋當然更多；有了他，對中國或西洋的畫壇都不會有多大意義。這一點，劉國松很快便明白過來了。

一九五九年到六二年，是劉國松的「過渡時期」。所謂過渡，是指精神上、技法上，甚至工具上，都從西洋回到中國的民族傳統。有了這種醒悟，起初他仍然堅信所謂民族性只在精神而不在工具，因此他當時的雄心，是用西洋的畫布來表現中國的畫意。一九五九年的石膏油畫「詩的世界」，是他回頭跨出的第一步，可是那是具有決定性的一大步。當時他常用的步驟，是先在畫布上敷一層石膏，然後在石膏底上或擦出紋路，或滴下墨汁，或塗繪顏料。由於石膏墊底，墨水很快便四下滲開來，佈成耐看的紋理。「詩的世界」雖然化墨成趣，予人淋漓盡致之感，畢竟太落實太充塞了一點，和中國空靈飄逸的氣韻尚有一段距離。到了一九六〇年的「我來此地聞天語」一幅，工具和程序雖仍大致相同，但是用墨已經重於著色，筆墨高度集中，佈局呼應緊湊，富律動感與戲劇性，同時空間豁然開朗，留白既多，羈絆自少，在一種抽象的表現上，竟已攫到中國山水畫的神韻。

一九六一年的三幅巨構，「赤壁」、「如歌如泣泉聲」、「廬山高」，朝這方向更推進了一步。這三幅畫有好些相同的地方：第一，都是立軸式的巨畫，長達六呎；第二，無論是抽象或半抽象，都是山水蛻變而成，氣魄極爲雄偉；第三，都受到中國古典畫的啓示，但都能夠活用原意，推陳出新。例如「赤壁」是來自武元直，「如歌如泣泉聲」是來自郭熙，「廬山高」則師承沈周，雖然三幅的佈局依稀可認，但是原作的點法與皴法，到了劉國松的畫中，由於石膏吸墨的原故，不但流轉多姿，黑白相映，而且起伏不平，形成浮雕的趣味。因古生意，而賦名畫以新機，這種手法很有點畢卡索神竊的意趣。

到了「過渡時期」的後期，劉國松終於發現，要把握中國的精神，不能不回到中國的工具。他放下西洋的畫布，拿起中國的宣紙，用筆畫上濃黑的形塊，再用折皺的紙沾了淡色壓上去，造成背景的肌理。結果並不成功，因爲那效果太淺平也太僵硬，難以表現中國傳統生動的氣韻。一九六二年，劉國松改用纖維較粗的棉紙，這難題便解決了。

一九六三年起，劉國松進入了他的「成熟時期」，他的畫面終於流動中國古典的神韻，播出中國傳統的芬芳。從一九六三年的「雲深不知處」到一九六八年的「白居正中」，他的水墨抽象山水恆予人一種成熟的文化老樹著花的感覺，那感覺又像是回憶，又像是發現，發現一些忘了很久的東西，因為忘了很久，所以重拾起來，很是新奇。劉國松把西洋的抽象表現主義引進中國山水畫的枯田，竟生出了一朵奇葩。從他的抽象山水裏，我們看到儒家的溫柔敦厚，更看到道家的自由自在，在抽象的轉化中，「不拘形跡」地流露了出來。

劉國松藝術的勝境，純然屬於中國的哲學，宜用陰陽交替之道來體會。蟠蜿迴旋在他的畫中的，是一股生生不息循環不已虛而不屈動而愈出的活力。就是那股無窮無盡無始無終的生命，恆在吸引我們。這種活潑而又自然的律動感，盤旋在他的畫面，像蛟龍，也像雲煙，像山勢起伏，也像水波蕩漾；他的畫面像是自給自足，又像是不夠完整，因為那律動感似乎永無止境，要求破框而去。劉國松的律動感很富於戲劇性，因為在他的畫面演出的，是「變」的本質。在中國哲學裏，生命的常態就是「變」；「變」與「常」，原是一體。「逝者如斯，而未嘗往也。」劉國松畫面的佈局，千變萬化，不可方圓，事實上只是一種障眼法，因為幕後的本質，一個「變」字，是永遠不變的。一位藝術家能把握變即是常常即是變的眞理，應該可以自豪了。

劉國松畫面的詭譎尚不止此。如果說，畫面的筆墨是時間，則畫面的空白豈非永恆？如果說，筆墨是生命，則空白豈非死寂？如果說，畫處是「有」，則不畫處豈不是「無」？很少畫家能以不畫為畫，而把「無」畫得這麼美的。他的畫黑白交錯，黑中有白，白中有黑，正意味著生命原是「無」中生「有」，復以「有」臨「無」，終於返「有」於「無」。讀國松的畫，常興「前不見古人，後不見來者」之感，雖覺天地悠悠，卻並不會愴然涕下，因爲變與常原是一體，黑固可喜，白亦可愛，劉國松如是說。

了解了這一點，就坦然於他的千變萬化，甚至不變不化了。論者曾謂國松的抽象山水，畫來畫去都差不多。事實上，「自其變者而觀之，則天地曾不能以一瞬，自其不變者而觀之，則物與我皆無盡也。」世界上，最善變的東西也就是最單純的東西。誰會厭於看水看雲呢？

在近十年來的「成熟時期」之中，國松的表現手法也屢見翻新。一開始，他的典型佈局，除了畫黑留白，以黑證白，造成黑白相襯的戲劇感和玄想性之外，更在黑中求變，用淡墨掃出深淺不一層次漸進的灰色，來加強著筆部分的質感，並促進律動的彈性。如果說，濃黑的律動賦畫面以雄偉，淺灰的浮動賦畫面以飄逸，則潔白的背景正爲視域伸展無邊無際的寧靜。國松常在畫成之後，將棉紙上著墨部分的纖維撕去，留下水墨不及縱橫成趣的白痕。畫面的淺灰部分，似眞似幻，若有若無，原已蒼茫幽遠，動人遐思，現在再引入這些神奇秀美的白紋，更增加水墨縱深的層次，和明暗交錯的感覺。同時，律動的部分在佈局上也往往分成一呼一應主客相對的形勢，使畫面的變化更多一層轉折。例如一九六四年的「嶺上白雲」，主旋律在上，較濃較強，輔旋律在下，較淡較弱，可是主客之間呼應緊湊，不但在墨色深淺形體迴旋上相互反映，即使是中央的那一方空間，也實在難以分辨，究竟是意在阻隔，或是在融匯。同一時期的「寒山雪霽」和「奇石圖」，都歸於相似的風格。

從一九六六年起，國松把西洋現代畫的剪貼技巧用到抽象山水上來，使畫面的肌理和色調更形繁富。同時，由於剪貼的紙邊稜角剛直，富於平面感，益加強調了水墨律動的自然生動，爲畫面又添一種變化。一九六六年的「山川」和一九六八年的「石之變位」，都是極爲動人的例子。一九六七年的「出峽過灘」，以硬邊的剪紙爲峽，復橫掃墨湍湍爲灘，確是高妙的安排。

幾乎是在同時，不斷求變的國松，爲了變化畫面的色調，更在幾幅畫紙上慘澹經營，然後連接起來，合成可以橫覽的抽象風景。這種手法原有中國的屏風和西洋畫的三聯板（triptych）爲之先導。一九六八年的「自居正中」，長近六呎，是最佳的實例：畫上但見山勢蜿蜿，雲氣鬱鬱，由於畫紙上的色調明暗不一，雖然水墨的氣勢相繆不絕，到了紙邊，仍予人陰陽一割之感。這種續而斷之斷而續之至於如分如合的化境，眞是令人百看不厭。後來這種技巧在他的太空寫意裏用得更多。

到了一九六九年，多變的國松已經厭於他畫面永無休止的律動，乃開始尋求一個新的形象。他找到了圓。從此他進入了「太空時期」，成爲最古典也是最現代的一位畫家。論者或謂一九六九正是人類登月之年，國松的畫恰在其時出現球形，似有投機之嫌。這句話是不公平的。首先，相中之圓猶如空中之月，唯「捷足」者始能先登，豈可視爲投機？其次，扇面冊頁，自南宋以來早成中國畫的一個傳統，不一定要在電視上看到登月才會有圓形的靈感。早在一九六二年，國松已經畫過一幅渾圓的作品，叫做「古老的山水」，其中的斑斑駁駁和淋淋漓漓，無所不包猶如廣角鏡頭，已經遙啓他今日的太空球形。至於一九六九年的那幅「元宵節」，畫面一分爲二，下半仍是生動的旋律，上半的朱紅方塊之中，赫然浮現冷冷的月球，則是從元宵的燈籠得來的靈感。其時較太空人首次登月尙早好幾個月。

何況圓形本來就是中國玄學用以象徵生命起源的形象。太極生兩儀。國松在他的抽象山水中一再「演出」且窮極變化的，原來就是陰陽兩儀。只是他把兩儀化了開來，而用極爲戲劇性的律動，來表現陰陽消長之狀。但是他已經「變」到極限，必須重歸於「常」。圓的自給自足，有始有終，完整無缺，正是「常」的象徵。古典的玄想和太空時代的新視覺經驗，在國松的近作中合爲一體，乃見渾然而圓的「常」懸在上方，沛然而轉的「變」在下界流動，使他的宇宙在動中寓靜，靜中寓動，在相對之中保持平衡。以「地球何許」爲總題的一組太空寫意，虛與實，遠與近，空靈與博大，凝定與渾茫之間的交錯，安排得非常微妙。至此他慣有的風起雲湧，與太空船上所見的地球交疊在一起，竟然若合符節，而令觀者眼界一新。一九六九年的作品「子夜的太陽」，在洪洪濛濛的地平線上，赫然掛五輪碩大無朋鮮麗奪目的紅日，把太空烘成一片火炎炎的鬧赤，與下方的黛綠山水交映成一個明豔逼人的世界。「子夜的太陽」表現的不但是空間，也是時間。這幅巨構，用五張大紙接成，高五呎，長十呎，氣魄非常宏偉。劉國松在「子夜的太陽」中的佈局，用色，造形，都十分大膽。他打破了以前黑主灰輔的定局，改用對比華美的彩色，並且推出純然平面的造形，在等距處排開五個絕對精確的圓形，以井然的秩序君臨下方的騷動。劉國松，回頭的浪子，並沒有空手回到中國的傳統。「子夜的太陽」誠然是一幅傑作。

劉國松和畫友創辦的「五月畫會」，近年來雖因同人分散在海外，不能經常互相激勵，而漸漸失去早年的衝力，但回顧十六年來，先後入會的畫家，如顧福生、莊喆、韓湘甯、彭萬墀、馮鍾睿、陳庭詩、洪嫻，和劉國松自己，都各有傑出的表現，而「五月畫會」的聯展，包括國內的和國外的，早年也確爲臺灣的現代藝術，打開了一條出路。劉國松曾是當日這一切活動的核心人物；是他，和少數的先知先覺，一面鼓舞創作的同伴，一面說服懷疑的觀衆，使抽象畫在臺灣站住了腳。今日臺灣的觀衆普遍接受抽象畫，劉國松應是功臣之一。在論戰和思考的過程中，他先後在臺港的刊物上發表了不少文章，後來都收在《中國現代畫的路》（一九六五）和《臨摹．寫生．創造》（一九六六）那兩本論文集裏。在藝術思想上，他堅決反對摹古與崇洋，主張走第三條路，做回頭的浪子。在創作上，他果眞這麼做了，做得很是成功。同屬回頭的浪子，在向他致敬之餘，我期望他不斷地努力，爲中國的現代畫開拓更大的遠景。

——一九七三年元月

——選自一九七四年《聽聽那冷雨》

注釋：

❶：李鑄晉教授用英文寫的長論《劉國松：一位中國現代畫家的成長》（*Liu Kuo-sung: the Growth of a Modern Chinese Artist*）一九六九年由臺北歷史博物館出版。本文有部分論點和資料都是採用該書，謹此聲明。

用傷口唱歌的詩人

——從〈午夜削梨〉看洛夫詩風之變

洛夫無疑是二十多年來我國最有分量的詩人之一。從早年的《靈河》到近年的《魔歌》，他的產量大，變化多，某些佳作已經攀登很高的境地。現代詩的視野，由於他的探索與突破，而更形擴大。像一切有分量的詩人一樣，洛夫當然也不免於缺點，他的《石室之死亡》也許是現代詩中受評量最高的一部詩集。我覺得在他的詩史上，《石室之死亡》是一突變，《西貢詩抄》又是一突變，兩次突變都和地理的變遷有關，可見一位詩人的所謂「主觀」，仍然要受環境「客觀」的影響。洛夫在詩途上的回頭，他的「生活化」和「落實化」應該是始於《西貢詩抄》。無論他初期的作品曾有多少缺失，到目前爲止，他豐厚的成就已經使他《功多於過》，且已成爲中年一代詩人的一座重鎮。他是五十年代屹立迄今的寥寥幾座活火山之一。

一位重要詩人的失手之作，和一位無關緊要的詩人的平庸之作，是頗有差異的。前者的毛病往往在於「失調」，例如想像過繁或是語言太緊；後者的毛病往往只是「貧弱」。前者貪功，過亦隨之；後者只求無過，所以功亦無緣。前者是消化不良，後者是營養不足。我認爲《石室之死亡》即使在失手之時，毛病也在失調，而不在貧弱：力量仍是有的，而且很強，只是沒有打在要害。

洛夫是現代詩壇一位重量級的拳手，不久他便悟出了出拳之道，能放能收，命中率也頗高，不再像在《石室之死亡》裏那樣，幾乎每一拳都使足十成力了。後期的作品，無論在意象或語言上，大半都勻出了足夠的空間，讓讀者從容呼吸。近作《漢城詩抄》一輯中〈晨遊祕苑〉一首，每段四行，句法伸縮自如，語氣從容不迫，意境由實而虛，一結餘韻無窮。全詩娓娓道來，給人的感覺，只使了六七成的氣力，這才是一位高手眞正成熟的表現。這麼一首小品，不用典，不借重文言，而古典的情韻手到攫來，足證現代詩之「回歸」已經到家，但仍然有不少人任意誣指現代詩是西化的產品，實在是不公平的。

〈晨遊祕苑〉和《石室之死亡》任何一節，都像是出於兩人之手。洛夫詩風之變，幅度十分之大，目前已經很難指認一種風格爲他的「常態」了。初期他的作品，意象繁富而大膽，音調強勁而快速，語言則剛烈而又緊湊，走的是孔武有力的路子。後期漸漸放鬆，結果其彈性反而增加，耐人尋味。在六十年代的早期，洛夫和瘂弦都曾熱中於超現實主義，試驗的結果，有得也有失。後來此風漸退，評者頗多，洛夫似乎也有了戒心，不再強調他這方面的傾向，並且想走路尋路，接通中國詩古典之禪境。其實超現實的手法，在確切把握主題的原則下，對於加強一首詩的感性，仍是可以有所幫助的。問題在於誰駕馭誰。如果是詩人駕馭了這種手法，當可增進他技巧的彈性，而且突破散文化的無謂交代。如果詩人駕馭無力，反而爲其所乘，就危險了。洛夫後期的作品，雖然已經大異於前期，但是仍然保留了超現實手法造成的那種虛實相生疑眞疑幻的驚奇之感。他最近的詩集題名《魔歌》，不是沒有原因的。不過在他後期的作品裏，這種驚奇感大致上是爲主題服務，千變萬化，自由聯想，只是爲了發揮主題的感性，並沒有變形到迷失了主題。《漢城詩抄》之中〈午夜削梨〉一首，便是最好的例子。

午夜削梨

冷而且渴
我靜靜地望著
午夜的茶几上
一隻韓國梨

那確是一隻
觸手冰涼的
閃著黃銅膚色的
梨
一刀剖開

它胸中
竟然藏有
一口好深好深的井

戰慄著
拇指與食指輕輕捻起
一小片梨肉

白色無罪

刀子跌落
我彎下身子去找
啊！滿地都是
我那黃銅色的皮膚

單論語言，這首詩實在純淨而明晰，絕少意象語，頭兩段更是白描。韓國屬於北方的大陸性氣候，乾而且冷。五年前我去韓國，曾在慶州的佛國寺一宿，雖是夏末秋初，已有此感。第三段梨中有井的暗喻，感性十足。另一意象，也就是本詩的高潮，是詩末的頓悟。這頓悟並非憑空而來，在前文已經屢有伏筆。梨之人格化，先以梨皮喻人膚，繼以梨心喻人胸，到了「白色無罪」，隱隱然已有人肉之想。到了詩末，抽象的人變成了具體的我。詩人彎腰去找刀子，觸手驚覺竟是滿地皮膚——自己的皮膚！你可以說這是想像，聯想，暗喻，或是象徵，可是在戲劇化的動作之中，物我忽然合一，那種似眞似幻的驚疑感，其實是從超現實手法學來的絕活。這種手法當然也不全屬「舶來」，中國成語裏面也儘多「壺中日月」、「袖裏乾坤」、「宰相肚裏好撐船」之喻，活加運用，已足自給。

我讀這首生動的小品，卻有更深一層的感受。「梨」和「離」同音。韓國活生生分為南北，三八線分界，眞是「一刀剖下」，人民何罪，遭此國難。聯想到自己的國家，也是山河不整，一峽中斷，令人傷心。彎腰去找，找什麼呢？找自己的眞我，大我。如果刀象徵分，則滿地皮膚正是合。另一象徵，詩人訪韓，發現友邦本是兄弟之邦，文化風俗，原多相通，因此引發「滿地都是我那黃銅色的皮膚」之感。這麼解來，似乎也說得通。然則表面上是超現實主義的怪誕之作，深一層看，豈不是現實的委婉表現？也許洛夫自己並沒有想到這麼多，但是詩如冰山，隱藏在潛意識裏面的究竟有多深，恐怕詩人自己也難決定。

〈午夜削梨〉的物我相喻與合一略如上析，其中還有一個特點通於洛夫其他作品，值得一述。那便是洛夫意象手法慣用的一著「苦肉計」。這說法是我發明的，自命對他的詩風頗為貼切。

洛夫詩中創造的世界，本質上是一個動的世界，他的意義，不在靜態中展現，而在劇動中完成。那運動，往往不是順向的諧和的行進，而是逆向的矛盾的衝突。他的詩中，意念不但賦予形象，而且賦予象徵性極強的戲劇化動作。洛夫眞可謂詩人中的動力學家，他的詩藝在這方面的成就，是罕能企及的。

你和一整匹夜賽跑
永遠你領先一肩
直到你猛踢黑暗一窟窿
成太陽

這四行詩摘自我的〈詩人——和陳子昂抬抬槓〉，也頗接近前文所說的對抗運動，但這樣的高潮在洛夫詩中出現得更多，往往也更猛烈。在現代詩人之中，恐怕沒有誰比洛夫更愛用「炸裂」、「砸碎」、「激射」、「猛撲」等等饒有壯烈意味的動詞了。下面是他的〈醒之外〉末二句：

你猛力拋起那顆塗燐的頭顱
便與太陽互撞而俱焚

即使是在早期的詩中，這種誇張的劇動也已流露了出來，例如四十五年的〈石榴樹〉，結尾的兩行：

哦！石榴已成熟，這動人的炸裂
每一顆都閃爍著光，閃爍著你的名字

但是在這一類對抗運動的詩裏，洛夫最愛做也是最善於做的，便是把命豁出去，不惜犧牲自己，危害自己的器官，以完成那一幕幕壯烈而狂熱的場面。

從灰燼中摸出千種冷中千種白的那隻手
舉起便成爲一炸裂的太陽

——〈石室之死亡〉五十七節

睡眠中群獸奔來，思想之魔，火的羽翼，
　巨大的爪蹄追擊我的胸脯如撞一口鐘
回聲，次第盪開
水似的一層層剝著皮膚

你們爭相批駁我
以一柄顫悸的鑿子

——〈月亮．一把雪亮的刀子〉

我撫摸赤裸的自己
傾聽內部的喧囂於時間的盡頭
且怔怔望著
碎裂的肌膚如何在風中片片揚起

——〈巨石之變〉之五

——〈巨石之變〉之三

退役後
他就怕聽自己骨骼錯落的聲音

——〈國父紀念館之晨〉

這種虐待自己的「苦肉計」，是洛夫詩中咄咄迫人久而難忘的意象手法，也是他作品的一大特色。前文所引的〈午夜削梨〉那首詩裏，詩人所削的對象，一番障眼法之後，竟從梨一變而爲自己。切膚之痛，皮肉之苦，仍然不離自虐的手法。中國人當然也有「肝腦塗地」、「肝腸寸斷」、「摧肝裂膽」等駭人想像的誇張意象，我卻認爲洛夫的「苦肉計」大半得力於超現實主義之感性聯想。洛夫實在是一位用傷口唱歌的詩人。

不過，這種驚心動魄的自虐劇，無論多麼有效，給人的印象多麼深刻，卻不宜再三演出。洛夫的這一類作品，有時令我想起梵谷的自畫像，和蘇丁、柯柯希卡等的表現主義的風格。這也是洛夫的詩鹹多甜少的原因。其實他的不少作品，與其說是鹹，不如說是辛辣。洛夫是湖南人，想當能以辣自豪。他自然也有甜的詩，但不是純甜，而是酸甜。前述的苦肉計，洛夫已經行之有年，幾乎成了他的註冊商標，刪去作者名字，也能指認。這一點，他近期的作品仍未完全擺脫，例如在《漢城詩抄》裏便偶爾會流露出來。但在他成功的近作如〈午夜削梨〉之中，他已經改採較低的姿勢，含蓄得多。他的近作如〈獨飲十五行〉、〈雲堂旅社初夜〉、〈晨遊祕苑〉，和這首〈午夜削梨〉都渾成而自然，不見刀斧痕跡，值得再三賞味，誠然皆是上品。苦肉計的作品雖然有更大的震撼力，但低姿勢的〈晨遊祕苑〉等卻更有餘味。請看下面的幾段詩：

看雪只能算是附帶的事
酒後的事
朋友，雪在你身邊睡著

我在你身邊
站著

——〈雪祭韓龍雲〉

飛簷的背後是
圍牆
圍牆的背後是
寢宮內熬銀耳蓮子湯的香味

門虛掩著，積雪上
有一行小小的腳印
想必昨夜又有一位宮女
躡足蹓出苑去

——〈晨遊祕苑〉

〈雪祭韓龍雲〉的一段純爲靜態。〈晨遊祕苑〉的前一段本是靜態，卻因景物的逐層推進而生縱深的動感，就像在影片裏，物體不動而被鏡頭帶動那樣。〈晨遊祕苑〉的後一段，則出實入虛，由觀察之靜引出想像之動，十分高明。這三段詩各有勝處，〈雪祭韓龍雲〉那段雖爲單純之靜態，樸素之中仍能動人。足證洛夫動靜皆宜，即使不用他所擅長的大動作的「苦肉計」，也能把握事物的精神的。

在第四十八期《創世紀》的談詩小聚實錄裏，洛夫說：「我們寫詩已經三十年，如今寫得少了，最大的原因，恐怕是很多眼睛在看著你，不能不謹愼……我們詩人最大的危機是過於缺乏理性力量的支持。詩雖然不是完全理性的東西，但在操縱語言時，仍然需要理性。我們雖不必完全依賴腦子去寫詩，追求機械的結構，但必須考慮到一件藝術品的完整性，每一字每一句都應有其必要性和表現上的效果。詩人的本領是操縱語言和意象，而不是被語言和意象所操縱。」

洛夫在這段話裏，顯然大幅度修正了他早年的基本詩觀。這是他自我約束也是自我超越的表現。在早期的若干作品裏，他曾經險被語言和意象所乘，但到了後期，他終於置語言和意象於主題之下，使其爲主題奔走了。超現實主義的虎背，他一度跨騎而難下，如今，他終於修成馭虎之道了。願洛夫驅虎如駒，不斷向前，因爲在目前三五位決賽選手之中，他顯然後勁可觀。

——一九七八年十月

——選自一九八一年《分水嶺上》

亦秀亦豪的健筆

——我看張曉風的散文

三十年來臺灣的散文作家，依年齡和風格大致可以分爲四代。第一代的年齡在八十歲上下，可以梁實秋爲代表。第二代在六十歲左右，以女作家居多，目前筆力最健者，當推琦君，但在鬚眉之中，也數得出思果、陳之藩、吳魯芹、周棄子等人，不讓那一代的散文全然變成「男性的失土」。第三代的年齡頗不整齊，大約從四十歲到六十歲，社會背景也很複雜：王鼎鈞、張拓蕪、林文月、亮軒、蕭白、子敏等人都是代表；另有詩人而兼擅散文的楊牧與管管，小說家而兼擅此道的司馬中原（張愛玲亦然，但應該歸於第二代）。第四代的年齡當在二、三十歲，作者衆多，潛力極大，一時尚難遽分高下，但似乎應該包括溫任平、林清玄、羅青、渡也、高大鵬、孫瑋芒、李捷金、陳幸蕙……等人的名字。

大致說來，第二代的風格近於第一代，多半繼承五四散文的流風餘緒，語言上講究文白交融，筆法上講究入情入理，題材上則富於回憶的溫馨。第三代是一個突變，也是一個突破。年齡固然是一大原因，但眞正的原因是第三代的作家大多接受了現代文藝的洗禮，運用語言的方式，已有大幅的蛻變。他們不但講究文白交融，也有興趣地酌量作西化的試驗，不但講究人情世故，也有興趣探險想像的世界。在題材上，他們不但回憶大陸，也有興趣反映臺灣的生活，探討當前的現實。他們當然欣賞古典詩詞，但也樂於通用現代詩的藝術，來開拓新散文的感性世界，同樣，現代的小說、電影、音樂、繪畫、攝影等等藝術，也莫不促成他們觀察事物的新感性。

「要是你四月來，蘋果花開，哼……」

這人說話老是使我想起現代詩

張曉風的散文〈常常，我想起那座山〉中的兩句話，正好用來印證我前述的論點。在第三代的散文家中，張曉風年紀較輕，但成就卻不容低估。前引的兩句和現代詩的關係還比較落於言詮，再看她另一篇作品〈你還沒有愛過〉中的一句：

而終有一天，一紙降書，一排降將，一長列解下的軍刀，我們贏了！

這一句話寫的是日軍投降，但是那跳接的意象，那武斷而迅疾的句法，卻是現代詩的作風。換了第二代的散文家，大半不會這麼寫的。

張曉風的一枝健筆縱横於近二十年來的文壇，先是以散文成名，繼而轉向小說，不久又在戲劇界激起壯闊的波瀾，近年她的筆鋒又收回散文的領域，而更見變化多姿。她在散文創作上的發展，正顯示一位年輕作家如何擺脫了早期新文學的束縛，如何鍛鍊了自己的風格，而卓然成爲第三代的名家。早在十三年前，我已在〈我們需要幾本書〉一文中指出：「至少有三個因素使早期的曉風不能進入現代：中文系的教育，女作家的傳統，五四新文學的餘風。我不是說，凡出身中文系，身爲女作家，且承受五四餘澤的人，一定進不了現代的潮流。我只是說，上述的三個背景，在普通的情形下，任具一項，都足以阻礙現代化的傾向。曉風三者兼備，竟能像跳欄選手一樣，一一越過，且奔向坦坦的現代大道，實在是難能可貴的。」

十三年後回顧曉風在散文上的成就，比起當日來，自又豐收得多，再度綜覽她這方面的作品，欣賞之餘，可以歸納出如下的幾個特色：第一，曉風成名是六十年代的中期，那時正是臺灣文壇西化的高潮，她的作品卻能夠免於一般西化的時尙，既不亂嘆人生的虛無，也不沉溺文字的晦澀。第二，她出身於中文系，卻不自囿於所謂「舊文學」，寫起文章來，既少餖飣其表的四字成語或經典名言，也無以退爲進以酸爲雅的謙虛作態。相反地，她對於西方文學頗留意吸收，在劇本的創作上尤其如此。讀她的散文，實在看不出是昧於西洋文學的作家所寫。第三，她是女作家，卻能夠擺脫許多女作家，尤其是一些散文女作家常有的那種閨秀氣，其實從〈十月的陽光〉起，她的散文往往倒有一股勃然不磨的英偉之氣。她的文筆原就無意於嫵媚，更不可能走向纖弱，相反地，她的文氣之旺，筆鋒之健，轉折之快，比起一些陽剛型的男作家來，也毫不減色。第四，一般的所謂散文家，無論性別為何，筆下的題材常有日趨狹窄之病，不是耽於山水之寫景，就是囿於家事之瑣細，舊聞之陳腐，酬酢之空虛，旅遊之膚淺，久之也就難以為繼。曉風的散文近年在題材上頗見拓展，近將出版的《你還沒有愛過》一書可以印證她的精神領域如何開闊。在風格上，曉風能用知性來提升感性，在視野上，她能把小我拓展到大我，仍能成為有分量有地位的一流散文家。

《你還沒有愛過》裏面的十五篇散文，至少有八篇半是寫人物——〈承受第一線晨曦的〉只能算是半篇。這些人物，有的是文化界已故的前輩，像洪陸東、俞大綱、李曼瑰、史惟亮；有的是曾與曉風協力促進劇運的青年同伴，像姚立含、黃以功；更有像溫梅桂那樣奮鬥自立的泰雅爾族山胞。後面的三個人物寫得比較詳盡，但也不是正式的傳記。前面的四個名人則見首而不見尾，夭矯雲間，出沒無常，只是一些生動的印象集錦。而無論是速寫或詳敘，這些人物在曉風的筆下，都顯得親切而自然，往往只要幾下勾勒，頰上三毫已見。曉風的筆觸，無論是寫景、狀物、對話或敘事，都是快攻的經濟手法，務必在數招之內見功，很少細針密線的工筆。所以她的段落較短，分段較多，事件和情調的發展爽利無礙，和我一般散文的長段大陣，頗不相同。曉風的文筆還有一項能耐，便是雅俗、文白、巧拙之間的分寸，能依主題的需要而調整，例如寫耆宿洪陸東時的老練，便有別於〈蝸牛女孩〉的坦率天眞。

幾篇寫人物的散文之中，我認為味道最濃筆意最醇的，是〈半局〉和〈看松〉。這兩篇當然不是傳記，而是作者一鱗半爪的切身感受和親眼印象，卻安排得恰到好處，眞有「傳神」之功。也許曉風和文中的兩位人物——一位是她的系主任，一位是同事——相知較深，所以往事歷歷，隨手拈來，皆成妙諦，比起其他人物的寫照來，更見突出。我認爲這種散聞軼事串成的人物剪影，形象生動，意味雋永，是介於《史記》列傳和《世說新語》之間的筆法，希望曉風以後多加發揮。尤其是〈半局〉一篇，墨飽筆酣，六千字一氣呵成，其中人物杜公的意態呼之欲出，不但是曉風個人的傑作，也是近年來散文的妙品。我甚至認爲，〈半局〉的老到恣肆之處，魯迅也不過如此。請看下列這一段：

有一天，他和另一個助教談西洋史，那助教忽然問他那段歷史中兄弟爭位後來究竟是誰死了，他一時也答不上來，兩個人在那裏久久不決，我聽得不耐煩：

「我告訴你，既不是哥哥死了，也不是弟弟死了，反正是到現在，兩個人都死了。」

說完了，我自己也覺一陣悲傷，彷彿《紅樓夢》裏張道士所說的一個喫它一百年的療妒羹——當然是效驗的，百年後人都死了。

杜公卻拊掌大笑：

「對了，對了，當然是兩個都死了。」

短短的一段文字裏，從歷史的徒勞到人生的空虛，從作者的傷感到杜公的豁達，幾番轉折，眞是方寸之間有波瀾。再看結尾的一段：

對於那些英年早逝棄我而去的朋友，我的情緒與其說是悲哀，不如說是憤怒！正好像一群孩子，在廣場上做遊戲，大家才剛弄清楚遊戲規則，才剛明白遊戲的好玩之處，並且剛找好自己的那一伙，其中一人卻不聲不響的半局而退了，你一時怎能不愕然得手足無措，甚至覺得被什麼人騙了一場似的憤怒！

這一段的比喻十分貼切，而對於朋友夭亡的反應，不是悲哀，卻是憤怒，好像沒可奈何之中，竟遷怒造化的無端弄人。這，就是我所謂作者的英偉之氣。〈半局〉的題目就取得很好，而尤見功力的，是文中感情的幾經變化，那樣「半忘年交」的友誼，戲謔中有尊敬，低迴中有豪情，疏淡中寓知己，讀來眞正令人「五內翻湧」。

這樣的傑作，在民初的散文裏也不多見。可是曉風散文的多度空間裏，比他們要多一度空間，那便是現代文學，尤其是現代詩的啓示。像〈半局〉中的這一段：

杜公是黑龍江人，對我這樣年齡的人而言，模糊的意念裏，黑龍江簡直比什麼都美，比愛琴海美，比維也納森林美，比龐培古城美，是榛莽淵深，不可仰視的。是千年的黑森林，千峯的白積雪加上浩浩萬里、裂地而奔竄的江水合成的。

便是我前文所謂「第三代的散文」，因爲它速度快，筆力強，一氣呵成，有最好的現代詩那種莽莽蒼蒼的感性。僅有感性，當然不足以成散文大家，但是筆下如果感性貧乏，而不見其崢嶸，寫水而不覺其靈動，卻無論如何成不了散文家。曉風寫景記遊的一些近作如〈常常，我想起那座山〉，在抒情散文的創作上成就驚人，「臨場感」（sense of immediacy）甚爲飽滿的感性，經靈性和知性的提升之後，境界極高。在這種散文裏，曉風已經是一位不分行的詩人了。曉風偶爾也寫些詩，但句法剛直，語言嫌露，佳作不多。我倒覺得，能在寫景或抒情的散文裏揮灑詩才，也是一種高妙之境，原不一定非要去經營「分行的藝術」。其實，曉風散文中寫景之句，論空靈，論秀逸，論氣魄，比起許多現代詩的佳句來，並不遜色。〈常常，我想起那座山〉中許多附有小標題的片段，都是筆法精簡感性逼人眉睫的妙品，例如寫梅骨的一段，眞能攫住老柯心裏祕藏欲發的生機。又如她寫夜色，有這樣的句子：「深夜醒來我獨自走到庭中。四下是徹底的黑，襯得滿天星子水清清的。」又說：「文明把黑夜弄髒了，黑色是一種極嬌貴的顏色，比白色更沾不得異物。」下面的一段設想奇妙，那種想像力，眞可以博得東坡一笑。

山從四面疊過來，一重一重地，簡直是綠色的花瓣——不是單瓣的那一種，而是重瓣的那一種——人行水中，忽然就有了花蕊的感覺，那種柔和的，生長著的花蕊，你感到自己的尊嚴和芬芳，你竟覺得自己就是張橫渠所說的可以「爲天地立心」的那個人。

再看下面這一段：

十一點了，秋山在此刻竟也是陽光炙人的，我躺在復興二號❶下面，想起唐人的傳奇，虯髯客不帶一絲邪念臥看紅拂女梳垂地的長髮，那景象眞華麗。我此刻也臥看大樹在風中梳著那滿頭青絲，所不同的是，我也有華髮綠鬢，跟巨木相向蒼翠。

這眞是神乎其想的豪喻，曉風身爲女作家，不自比紅拂女，卻自擬虯髯客，正是我所謂的英偉之氣。至於「華髮綠鬢，跟巨木相向蒼翠」一句，也有辛棄疾山人相看嫵媚之意，仍是自豪的。在同一章中，曉風又喻那擎天神木爲「倒生的翡翠礦」，也是匪夷所思。此文的「後記」第三則又說：

夏天，在一次出國旅行之前，我又去了一次拉拉山，吃了些水蜜桃，以及山壁上傾下來的不花錢的紅草莓。夏天比秋天好的是綠苔上長滿十字形的小紫花，但夏天遊人多些，算來秋天比夏天多了整整一座空山。

整段文字清空自在，不用說了，奇就奇在最後那一句：「算來秋天比夏天多了整整一座空山。」照講夏天葉茂人多，應該夏多於秋才對，但作者神思異發，認爲入山貴在就山，不在就人，所以要比空寂之美，卻是秋富於夏。這種妙筆，散文家也不輸詩人。

張曉風這本新書裏佳作尚多，不及一一細析，但還有一篇值得再三誦讀的，便是書名所用的〈你還沒有愛過〉。此地所謂的愛，是國家民族的大我之愛。作者在貴陽街國軍歷史文物館裏，弔古低迴，感奮於民初青年慷慨報國的忠義精神。她一面瞻仰早期軍校樸拙而莊嚴的同學錄，一面從那些古色古香的通訊地址去揣摩那些相中人物鄉鎮的情景，領著讀者作紙上的故國神遊：

郭孝言　年十九　鎮江城內小市口杜宅後院
章　甫　年廿三　湖南永州老縣門口章吉祥藥號交
李亞丹　年廿二　湖南岳州桃林喻義興寶號轉舊屋李家

就這麼幾十個簡單而又落實的地址，便激發了作者無窮的鄉國之思，同胞之愛，引爆了她光華四射的想像。這些古色斑斕膽氣照人的名錄，具體可握如歷史的把手，作者逐條加上自己的按語，就像實地低迴時心中起伏波動的意識流，虛實相激相盪，眞是善作安排。及其高潮，下面的這段文字更是噴薄而出：

只爲一聲戍角，那些好男兒從稻田從麥田從高粱田，從商行，從藥鋪，從磨坊，從魚行，從雜貨鋪，從酒坊一一走出來，就這樣，走出一番新翠照眼的日月山川，不知爲什麼，越讀那些土裏土氣的小地名，越覺有萬千王師的氣象，每翻一張扉頁，竟覺得在腕底翻起的是颯颯然的八方風雨。

能寫出這種節奏，這種氣魄，這種胸襟的散文，張曉風不愧是第三代散文家裏腕挾風雷的淋漓健筆，這枝筆，能寫景也能敘事，能詠物也能傳人，揚之有豪氣，抑之有秀氣，而即使在柔婉的時候也帶一點剛勁。在散文的批評裏，梁實秋的風趣，思果的恬淡，琦君的溫馨，早經公認，賞析已多，但散文天地的廣闊正如人生，淡有淡味，濃有濃情，懷舊的固然動人溫情，探新的也能動人激情。說散文一定要像橄欖或青茶，由來已久，其實是畫地爲牢。誰規定散文不可以像哈密瓜像酒？韓潮蘇海，是橄欖或清茶嗎？散文的讀者不妨拓展自己的視域，也來欣賞張曉風的豪秀，楊牧的雅麗。

張曉風既有天才，又有學力，更有可驚的精力與毅力，我熱切希望她能盡展所長，少作秀，少編書，少寫別人也會寫的那些俏皮小品，或應景文章，把她的大才用來創新並突破散文的華嚴世界。

——一九八一年一月於廈門街

——選自一九八一年《分水嶺上》

注釋：

❶：復興二號是神木編號。

愛彈低調的高手
——遠悼吳魯芹先生

1

上一次見到吳魯芹先生，是在一九八一年九月。那年的國際筆會在法國召開，他從美國，我從香港，分別前往里昂赴會，都算代表臺北。里昂的街頭秋色未著，高俊的喬木叢葉猶青，不過風來時已有寒意。他上街總戴一頂黑色法國呢帽，披一件薄薄的白色風衣，在這黑白對照之間，還架了一副很時髦的淺茶褐太陽眼鏡；加以膚色白皙，面容飽滿，神情閒散自得，以一位六十開外的人說來，也是夠瀟灑的了。他健談如故；我們的車駛過薩翁（River Saone）河堤，涼沁沁的綠蔭拂人一身，他以懷舊的低調追述夏濟安、陳世驤、徐訏等生前的軼事，透出一點交遊零落、只今餘幾的感傷。當時明豔的河景映頰，秋風裏，怎麼料得到，不出兩年就有此巨變？

那次去里昂開會的中國人，除了巴金一行之外，還有代表臺北而來自巴黎的楊允達，和代表香港的徐東濱。法國筆會把中國人全安置在同一家旅館，因此我們好幾次見到巴金。有一次，吳魯芹在電梯裏遇見四十年前武漢大學的老同學，面面相覷久之，忽然那人叫道：「你不是吳鴻藻嗎？」吳魯芹叫道：「你不是葉君健嗎？」笑了一陣子後，對方說：「等下我來看你。」吳魯芹瀟灑地答道：「好啊，正好敘敘武漢往事。只有一點，你可別向我統戰，我也不勸你投奔自由。」這件事，第二天吃早飯時他告訴了我們，說罷大笑。吳魯芹做人嚮往的境界，是瀟灑。他所謂的瀟灑，是自由，自然，以至於超然。也就因此，他一生最厭煩的就是劍拔弩張，黨同伐異的載道文學。這種態度，他與文壇的二三知己如夏濟安、林以亮等完全一致。在那次國際筆會的研討會上，輪到他發表論文時，他也就針對這種奉命文學毫不含糊地提出批評。

里昂四天會後，我們又同乘高速的新火車去巴黎。之後楊允達又以地主之誼，帶我們和徐東濱遍覽聖母院、鐵塔、凡爾賽宮等地。一路上吳魯芹遊興不淺，語鋒頗健，精神顯得十分充沛。只有兩次有人提議登高探勝，他立刻敬謝不敏，寧願留在原地，保存體力。當時羨慕他老而猶健，老得那麼閒逸瀟灑，而晚作又那麼老而愈醇，不料未及兩年，對海的秣陵郡竟然傳來了噩耗。

這消息來得突然，但到我眼前，卻晚了三天：我是在港報上看到有短文悼他，才驚覺過來的。吃早飯時我非常難過，嚥下去的是驚愕與惋惜，為二十多年的私交，也為中國的文壇。在出身外文系而投身中文創作的這條路上，他是我的前輩。中英文的修養，加上性情才氣，要配合得恰到好處，才產生得出他那樣一位散文家來。這一去，他那一代的作家又弱了一個，他那一代也更加寂寞了。但悲悼之情淡下來後，又覺得他那樣的死法，快而不痛，不失痛快，爲他灑脫的人生觀瀟灑作結，亦可謂不幸之幸。今年六月，我倉皇回臺灣侍奉父疾，眼看老人在病榻上輾轉呻吟之苦，一時悲愴無奈，覺得長壽未必就是人生之福。吳魯芹說走就走，不黏不滯，看來他在翡冷翠夢見徐志摩，也可算是伏筆。

現在他果然去了徐志摩那邊，當然也與夏濟安重逢了。如果人死後有另一度空間，另一種存在，則他們去的地方也頗不寂寞，而左鄰右舍也非等閒之輩。也許陽世眼淺，只看到碑石墓草而已。最巧的是，吳魯芹對於大限將至似乎早有預感，去年四月他發表的一篇散文，已經對身後事熟加思考。那篇文章叫〈泰岱鴻毛只等閒——近些時對「死」的一些聯想〉，當時我在《明報月刊》上讀到，就對朋友說，這是一篇傑作，也是吳魯芹最深沉最自然的散文。在文首作者回憶他「去年初冬」（也就是一九八一年底，大約在我們法國之會後兩個月）急病入院，自忖必死，「可是過不了幾天，卻又安然無恙了。」他說當時他被抬進醫院，心情頗爲恬靜，並無不甘死去之念。他說：「曾有人說，一個人能活到花甲之年就很不錯了。花甲之後的『餘年』是外賞，是紅利，是撿來的。」接著他對死亡一事反覆思維，並且推翻司馬遷所謂的「死或重於泰山，或輕於鴻毛」，認爲此事只有遲早，卻難分輕重。最後他說：

至於我自己呢，對泰山之重是高攀不上的，但亦不甘於菲薄賤軀輕於鴻毛。所以對泰岱鴻毛之說，完全等閒視之。然人總歸不免一死，能俯仰俱無愧，當然很好，若是略有一些愧怍，亦無大礙。智愚賢不肖，都要速朽的。君不見芸芸眾生中，亦有一些不自量力求寬延速朽的時限的，誰不是枉費心機？誰不是徒勞？

這一段文字眞正是大家之風，表現的不是儒家的道德理想，而是道家的自然態度，毋寧更近於人性。我尤其喜歡他那句：「能俯仰俱無愧，當然很好，若是略有一些愧怍，亦無大礙。」道德上的理想主義要人潔白無瑕，求全得可怕，令人動輒得咎，呼吸困難。只要不是存心作惡，則「略有一些愧怍，亦無大礙」，更是寬己而又恕人，溫厚可親，脫略可愛。

2

初識吳魯芹，已經是三十年前的事了。我交朋友有點隨緣而化，他，卻是我主動去結識的。那時我初去臺灣，雖然還是文藝青年，對於報上習見的八股陋文卻很不耐煩。好不容易有一天在《新生副刊》上讀到署名吳魯芹的一篇妙文〈談文人無行〉，筆鋒凌厲，有錢鍾書的勁道。大喜之下，寫了一篇文章響應，並且迫不及待，打聽到作者原名是吳鴻藻，在美新處工作，立刻逕去他的辦公室拜訪。

後來他發現這位臺大學生不但寫詩，還能譯詩，就把我在《學生英語文摘》上發表的幾首英詩中譯寄給林以亮。林以亮正在香港籌編《美國詩選》苦於難覓合譯的夥伴，吳魯芹適時的推薦，解決了他的難題。這也是我和林以亮交往的開始，我也就在他們亦師亦友的鼓勵和誘導之下，硬著頭皮認眞譯起詩來。這段因緣，日後我出版《英美現代詩選》時，曾在譯者序裏永誌不忘。

一般人提到臺大外文系王文興、白先勇、歐陽子那一班作家輩出，常歸因於夏濟安的循循善誘。夏氏中英文造詣俱高，在授英美文學的老師裏，是極少數兼治現代文學的學者之一。王文興那一班的少壯作家能得風氣之先，與夏氏的影響當然大有關係。不過夏濟安的文學修養和他弟弟志清相似，究以小說爲主：我常覺得，王、白那一班出的多是小說家，絕少詩人與散文家，恐怕也與師承有關。

據我所知，當時提掖後進的老師輩中，如果夏濟安是臺前人物，則吳魯芹該是有力的幕後人物。五十年代吳氏在臺北各大學兼課，但本職是在美國新聞處，地位尊於其他中國籍的職員。最早的《文學雜誌》雖由夏濟安出面主編，實際上是和吳魯芹、林以亮、劉守宜與夏氏四人之力辦成。純文學的期刊銷路不佳，難以持久，如果不是吳魯芹去說服美新處長麥加錫逐期支持《文學雜誌》，該刊恐怕維持不了那麼久。受該刊前驅影響的《現代文學》，也因吳氏賞識，援例得到美新處相當的扶掖。

此外，當時的美新處還出了一套臺灣年輕一代作品的英文譯本，主其事的正是吳氏。被他挑中的年輕作家和負責設計的畫家（例如席德進和蔣健飛），日後的表現大半不凡，也可見他的眼光之準。我英譯的那本青澀而單薄的《中國新詩選》，也忝在其列。書出之日，有酒會慶祝，出席者除入選的詩人紀弦、鍾鼎文、覃子豪、周夢蝶、夏菁、羅門、蓉子、洛夫、鄭愁予、楊牧等之外（瘂弦、方思等幾位不在臺北），尙有胡適、羅家倫等來賓。胡適更以中國新詩元老的身分應邀致詞，講了十分鐘話。當時與會者合攝的照片我珍藏至今。此事其實也由吳魯芹促成，當時他當然也在場照料，但照片上卻沒有他。功成不居，遠避鏡頭，隱身幕後，這正是吳魯芹的瀟灑。暗中把朋友推到亮處，正是他與林以亮共有的美德。

這已經是二十多年的往事了。一九六二年他去了美國之後，我們見面遂稀：一次是在一九七一年，我從丹佛去華盛頓，訪他和高克毅於美國之音，一同吃了午餐。另一次，也就是上一次和最後的一次，便是前年在法國之會了。與他神交多年的張佛千，驚聞噩耗，急謀飛美見他最初的也是最後的一面，竟不可得，眞正成了緣慳一面。回想起來，法國之會的五日盤桓，至今笑談之貌猶在左右，也眞是有緣幸會了。

3

和吳魯芹緣慳一面的千萬讀者，仍可向他的作品裏去認識這位認眞而又瀟灑的高士。他在文章裏說：「智愚賢不肖，都要速朽的。」這話只對了一半，因爲一流作家的文字正如一塊巨碑立在他自己身後，比眞正的碑石更爲耐久。這一點倒是重如泰山，和他在文中瀟灑言之者不盡相同。

吳魯芹一生譯著頗富，但以散文創作的成就最高。早年作品可以《雞尾酒會及其他》爲里程碑，尤以〈雞尾酒會〉一篇最生動有趣。據我所知，《小襟人物》雖然是他僅有的小說創作，卻寄寓深婉，低調之中有一股悲愴不平之氣，不折不扣是一篇傑作。吳氏遷美之後，一擱筆就是十年以上，甚至音訊亦杳。正當臺灣文壇準備把他歸檔爲過客，他卻蹄聲得得，成了榮歸的浪子，捲土重來之勢大有可觀。《英美十六家》遊刃於新聞採訪與文學批評之間，使他成爲臺灣空前的「超級記者」。《瞎三話四集》、《師友・文章》、《餘年集》相繼出版，更使晚年的吳魯芹重受文壇矚目。

一位高明的作家在晚年復出，老懷益壯的氣概，很像丁尼生詩裏的希臘英雄尤利西斯。「憑誰問，廉頗老矣，尚能飯否？」我想伏櫪的老驥，一旦振蹄上路，這種廉頗意結總是難克服的。目前的文壇，我們見到有些詩人復出，能超越少作的不多。有些散文家迄未擱筆，卻慢慢退步了。吳魯芹復出後非但不見龍鍾之態，反而筆力醇而愈肆，文風莊而愈諧，收放更見自如，轉折更見多姿，令人刮目。而正當晚霞麗天之際，夕陽忽然沉落。如此驟去，引人多少悵望，也可謂善於收筆了。

吳氏前期的散文淵源雖廣，有些地方卻可見錢鍾書的影響，不但書袋較重，諷寓略濃，而且警句妙語雖云工巧，卻不掩蛛絲馬跡，令人稍有轉彎抹角、刻意以求之感。後期作品顯已擺脫錢氏之困，一切趨於自然與平淡，功力勻於字裏行間，情思也入於化境。在他最好的幾篇散文如〈泰岱鴻毛只等閒〉裏，他的成就可與當代任何大家相提並論。

梁實秋在〈讀聯副三十年文學大系〉一文中，說吳魯芹的散文有諧趣。我覺得吳魯芹的諧趣裏寓有對社會甚至當道的諷喻，雖然也不失溫柔之旨，但讀書人的風骨卻隨處可見。他的散文長處不在詩情畫意的感性，而在人情事故、事態物理的意趣之間。本質上，他是一位知性的散文家。

六年前吳魯芹在《中外文學》五週年紀念的散文專輯裏，發表〈散文何以式微的問題〉一文，認爲在我們這大衆傳播的「打岔時代」，即使蒙田和周作人轉世，也難以盡展文才。他說：「儘管報紙廣告上說當代散文名家輩出，而成果實在相當可憐，梁實秋的《雅舍小品》幾乎成爲『魯殿靈光』。」這句話，我實在不能接受。吳魯芹寫文章慣彈低調，但這句話的調子卻未免太低，近乎澆冷水了。不說年輕的一代有的是楊牧、張曉風等等高手，就單看吳氏那一代，從琦君到王鼎鈞，近作都有不凡的表現。更不提香港也另有能人。而最能推翻這低調的有力例證，就是吳魯芹自己復出後的庾信文章。

——選自一九八七年《記憶像鐵軌一樣長》

一塊彩石就能補天嗎？

——周夢蝶詩境初窺

四十年來在臺灣的新詩壇上，周夢蝶先生獨來獨往的清癯身影，不但空前，抑且恐將絕後。

在我們的詩人裏，他是最近於宗教境界的一位，開始低首於基督，終而皈依於釋迦。在一切居士之中，他趺坐的地方最接近出家的邊緣，常常予人詩僧的幻覺。他的筆名起於莊子的午夢，對自由表示無限的嚮往。不求名利，不理資訊時代的方便與紛擾，無論在武昌街頭與否，他都是市聲的大隱。對現實生活的要求，在芸芸作家裏數他最低了，所以在詩中他曾以荻奧琴尼斯和許由自喻。可是另一方面他又一諾千金，不辭辛苦爲朋友奔走的精神，卻又不愧於儒家。都到了一九九〇年了，臺北之大，似乎只有他一人還在手持蓮花，抵抗著現代或是後現代的紅塵。今之古人，應該是周夢蝶了。

不過他又是這娑婆世界最不自由的人。因爲生活不難解決，生命卻難安排。大患之身，正是寸心所寄。時至今日，要餬口並不難，難在餵飽這寸心。無論把《孤獨國》或《還魂草》翻到第幾頁，讀到的永遠是寂寞。戴望舒的詩說，蝴蝶的翅膀像書頁，翻開，是寂寞，合上，也是寂寞。他說的正是一個叫夢蝶的人。在生活上一無羈絆的夢蝶，在感情上卻超脫不了，而經常受困於一種無始無終無邊無際的壓力，正是他心靈的孤寂。至其絕處，甚至有「天堂寂寞，人世桎梏，地獄愁慘」這樣的詩句，有時更說：「逃遁是不容許的／珂蘭經在你手裏／劍，在你手裏。」

周夢蝶是新詩人裏長懷千歲之憂的大傷心人，幾乎帶有自虐而宿命的悲觀情結。在這方面他毋寧更近於納蘭性德、黃景仁、龔自珍、蘇曼殊、王國維、李叔同一脈近世詩人的傳統，而於當代詩家之中，自然而然最崇拜周棄子。前述的納蘭六人莫不深於情而又苦於情，一腔悲愴無法自遣。周棄子更其如此，自謂對於愛情是一團漆黑的絕望。臺灣新舊詩壇之有二周，頗能互相印證。

葉嘉瑩為《還魂草》作序，依處理感情的態度，把陶潛、李白、杜甫、蘇軾歸入善於處理悲苦的一類；至於屈原和李商隱，則遣愁無力，只能沉溺苦海之中。她把周夢蝶和謝靈運相比，認為大謝的山水與名理排遣了政治的苦悶，但是周夢蝶並無現實利害之糾纏，其悲苦來自純情，所以能從純情的悲苦裏提煉出禪理哲思，而把感情提升到抽象與明淨的境地。翁文嫻也讚譽他為淡泊而堅卓的狷者。

周夢蝶寫《孤獨國》和《還魂草》的歲月，正當現代主義流行於臺灣文壇，但是除了一種孤絕的情懷和矛盾語法、張力一類的技巧，他的詩和當時的現代詩風有頗大的差異，成爲制衡西化的一個反動。那時的現代詩力反浪漫，嘲弄愛情而耽於寫性，且把性慾寫成無可奈何的虛無姿態。夢蝶詩中追求的卻是古典之情、聖潔之愛，正是反潮流的純情。翻遍他的「少作」，滿紙的寂寞和悲苦全由於這一個情字。他的悲情世界接通了基督、釋迦和中國的古典，個人的一端直接於另一個時空，中間卻跳過了社會。

最近在何凡八十華誕的壽宴上，瘂弦對我說起，周夢蝶是最浪漫的詩人。事後尋思，覺得此言甚確。從早年的《孤獨國》到八十年代的近作，他的詩純然是抒情，所抒的大半是難能而難遣之情，而且總是那麼全力以赴，生死以之。我與夢蝶相交多年，見面往往止於論道而不互通隱衷，近乎畏友。所以他在感情上的心路歷程，我也不很了了，只知他曾結婚，和周棄子一樣。夢蝶是一位極其主觀而唯心的詩人，詩中絕少現實時空的蛛絲馬跡，更有宗教與神話的煙幕相隔，很難窺探其中的「本事」。像〈失題〉中的那粒紅鈕扣，已經是不可多得的「物證」了，也不足作爲鄭箋。

然則夢蝶詩中那一片瀰天漫地而令人心折骨驚的悲情，究竟爲何而起？從大多數作品看來，其主題不外是生命的觀照、愛情的得失、剎那的相知、遙遠的思慕、靈肉之矛盾、聖凡之難兼。敘事詩多用第三人稱，抒情詩多用第一人稱，但是情詩、抒情詩中最隱私的一種，卻多用第二人稱。《還魂草》四十八首詩中，對「你」竊竊私語的佔了二十七首。《孤獨國》裏這樣的比例小些，但也佔了三分之一上下。這些詩中的「你」所稱的，不會是同一個人。許多詩裏有「你」也有「我」，足證「你」是詩人傾訴的對象：〈失題〉、前後〈一瞥〉、〈空白〉、〈虛空的擁抱〉、〈絕響〉、〈囚〉、〈天問〉、〈行到水窮處〉等等正是如此。此外，〈還魂草〉裏的「你」應該指那仙草，〈關著的夜〉裏的「你」應該指女鬼，〈燃燈人〉裏的「你」應該指佛，都有脈絡可尋。可是另有一種情況，是詩人身外分身，對自己說話，稱自己為「你」，造成一種對鏡顧影的幻覺。〈菩提樹下〉、〈托缽者〉、〈尋〉、〈孤峯頂上〉等首都有這樣的倒影作用。在夢蝶的詩中，人稱是解題的一大關鍵。

用情深厚而生死賴之，固然是夢蝶之所苦，恐怕也是夢蝶之所甘。除了血與淚，他似乎不知道寫詩還可以蘸別的墨水。像〈行到水窮處〉這樣得意而笑的作品，在他詩中應是例外。近作〈於桂林街購得大衣一領重五公斤——之二〉富於人間世溫情，而附注所言「詩云：『豈曰無衣，與子同澤！』思之，不覺莞爾。」也流露靜觀自得的諧趣，頗出人意外。他的多數情詩，不論所抒是狹義的愛情或廣義的同情，都是將熱血孤注一擲而義無反顧。他傷完自己的身世，餘悲可賈，還要為《聊齋》裏的女鬼和《聖經》裏的妓女放聲一哭。近幾年來，得他贈詩的也都是人間的五六位蘭蕙才女，甚至手持紅梅的車上老嫗也能夠入他的近作〈老婦人與早梅〉。就我記憶所及，夢蝶似乎從未贈詩給同性文友，這在師承中國古典詩傳統的夢蝶說來，倒是反傳統的。我曾先後贈他二詩，他照例沒有答應。人各有情，這當然不足為怪。可是他這麼專心一致地欣賞女性，不禁令我要說一句：周夢蝶也許不是莊周再生，而是《石頭記》的石頭轉世，因為他如此痴情，還不到鼓盆之境。

《還魂草》的作者在某些方面實在近於李賀，因爲兩人都清瘦自苦，與功名無緣，都上下古今欲擺脫現實的時空，都深情入於萬物而悲己悲天。淚的意象在兩位河南詩人（淅川距昌谷不過二百公里）的作品裏都很普遍：《還魂草》中有一半以上的詩出現淚與哭泣。〈囚〉的第二段完全是昌谷詩境。和長吉一樣，夢蝶也是一位主觀的詩人，但是夢蝶比古錦囊客還更主觀，而且唯心。長吉詩中的感性還時有寫實之處，夢蝶的詩幾乎沒有寫景，全是造境。近年夢蝶漸有詠物之作，他的造境有時也能接通現實，不再是無中生有了，例如〈疤——詠竹〉一首，便是物我交融虛實相生的詠物上品，可謂一次突破。早年他的詩質因用典頻繁而虛實互證、今古相成，但用得太多時也會嫌雜與隔，尤以中西古今混用爲然。另一特色是好用矛盾語法，來加強詩意的曲折、語言的張力，並追求主題的矛盾統一：警句往往因此產生。但如果用得太多，也會失效。在近作裏，由於詩人的激情趨於恬澹，典故與矛盾語法也相對減少，得之於自然者，又恐失之於散文化。尙望詩人能妥加安排，更登勝境。

——一九九〇年元月

——選自一九九六年《井然有序》

仲夏夜之噩夢

1

去年八月在溫哥華，高緯的仲夏寒夜裏，先後接到兩通長途電話，一通來自紐約，報告我孫女降世的佳音，一通來自臺北，報告我朱立民先生謝世的噩耗。

中國的律詩有所謂「流水對」，但那兩通電話激起的矛盾心情卻構成了「生死對」。只是新嬰帶來的喜悅，雖然強烈，卻不具體，因為她有多麼可愛，我還沒有見到。而老友引起的悲哀，卻帶著宛在的音容。吳爾芙夫人弔康拉德的文章就說：「死亡慣於激發並調準我們的回憶。」（It is the habit of death to quicken and focus our memories.）❶

在怎樣的場合第一次見到朱立民的，這史前史已經不可考了。只記得經常跟他見面，是從六〇年代初期在師大英語中心同事開始。那時我還在師大任講師，他在臺大外文系已任副教授，卻來師大兼課，教美國文學。下課的時候他常來我們的辦公室休息、喝茶。「我們」是指我、張在賢、傅一勤、陸孝棟等六位專任教師；六張桌子之外，室內已少餘地。立民來時，只能坐在茶几旁的一張藤椅上，面對著我的左側；和我談天，雖然一正一斜，卻近在咫尺。

那時當然沒有空調，所以冬冷夏熱，一切聽天由命。可是立民高眺英挺的身材，總配上合身的光鮮衣著，加以英語道地，談吐從容，一口男中低音略帶喉腔的沙啞磁性，卻似乎不太受天氣的影響。我自己穿衣服遠不如寫文章講究，對別人的衣飾更不留心，所以日後鍾玲總怪我無視於她的新裝，眞是罪過。不過立民當年那一身出衆而不隨俗的穿著，益發彰顯了文質彬彬，眞有玉樹臨風之概，則是我早就注意到的。

即使早在當年，立民的「美國經驗」也已遠深於我。不但他自己早在幾個美國機構任職，連朱夫人也一直在美新處工作。可是立民的風度儒雅而穩健，談吐深沉而悠緩，舉止又不失端莊，所以給我的印象非但沒有「洋雞」（Yankee）沾沾自喜的滑利甚至膚淺，反倒近於英國的紳士作風。也就難怪，何以立民以研究美國文學開始，興趣逐漸移向英國文學，而以研究莎士比亞爲歸。

也許正因爲如此，我猜想，立民喜歡的女性節目主持人並非牙尖舌利、熟極而流的一類，而是口齒清楚、節奏適度的一型。有一次跟他談到這問題，他說他喜歡熊旅揚，少待，又意味深長地笑道：**She is my type of woman**。這句話，回家後我向太太複述，後來又告訴一些朋友，引爲趣談。不料隔了幾年，我向他重提此事，他淡淡莞爾，竟似忘了，倒令我有點掃興。

立民長我八歲，這差距不上不下，加以兩人並未熟到無話不講，包括黃色笑話，所以彼此一直以「先生」相稱。換了比我年輕有限的顏元叔、林耀福一輩，每次與我見面，就會另闢一隅，不但交換機密要聞，而且語多不莊。初識立民，他剛四十上下，風度翩翩，儀表動人，套用王爾德《理想丈夫》裏的一句話，簡直是「臺北外文界第一位穿得體面的窮學者」。❷可以想見，女學生們對他仰慕的不會很少。果然有一次，系裏的女助教興奮地告訴我：朱老師昨天帶她去哈爾濱！原來那是一家咖啡館，立民常去光顧。這件事天眞得可以，但在當年卻似乎接近浪漫的邊緣了，倒令「我們辦公室」的假洋老夫子們心動了一陣。

後來我才發現，哈爾濱乃是立民誕生的城市，怪不得他愛去那家咖啡館。他原籍江蘇，小學時代在哈爾濱和北平度過，但中學六年卻在蘇州，抗戰勝利後更在京滬一帶做過事。所以他的大陸背景兼有塞北江南，復以體態而言，可謂南人北相，而聽口音，北方官話裏卻又洩漏了一點吳儂風味，加上會說英語，又善穿衣，有時又令我幻覺他是上海才子。

2

壯年的朱立民確是如此，但那已是三十年前的回憶了。三十年來，我們的交往不疏不密，任其自然，稱得上是其淡如水。我在〈書齋・書災〉一文裏，曾有一句說到六〇年初的事：「有一本《美國文學的傳統》（*The American Tradition in Literature*）下卷，原是朱立民先生處借來，後來他料我毫無還意，絕望了，索性聲明是送給我，而且附贈了上卷。」這兩卷一套諾頓版的鉅著，迄今仍高據我西子灣臨海書房的架頂，悠久的記憶因贈書人永別而添上哀思。這部選集為立民所贈，可謂意義非凡，正因立民的學者生命始於美國文學研究，而日後他主持外文系所，在這方面更有倡導促進之功。他一生出版專書四冊，最早的一冊便是一九六二年聯合書局精印的《美國文學，一六〇七——一八六〇》。書出後他送了我一本，我就在《文星》月刊上發表了一篇書評，題為〈評兩本文學史〉，另一本是黎烈文老師的《法國文學史》。我給朱著《美國文學》頗高的評價，對寫坡的一章尤為讚賞，立民非常高興。近閱中央研究院近代史研究所新出的《朱立民先生訪問紀錄》一書，發現立民自述此書，說曾經把稿子「請戴潮聲替我看了一遍，潤飾一下」。如此坦白自謙，實在可愛。

後來立民升任臺大外文系教授並兼主任，聘我去兼課。有一次他問我，能否從師大轉去臺大專任。那時系主任完全當家作主，有意聘人，必能辦到。但是我在師大，與同事、同學一向相處愉快，沒有背棄之理，便婉謝了。

立民在臺大外文系廿六年，人緣顯然也很好，尤得學生愛戴。王文興寫作之初，立民頗加鼓勵，對其〈草原的盛夏〉一文尤表賞識，令這位高足十分感激，並向我親口述說。立民在臺大主持外文系與文學院，前後達十一年之久，據我隔校旁觀，道聽塗說，幾乎沒有人說他的不是。立民主政，慎於策畫，勤於實施，作風穩健，如此長才在學者之中殊不易得，至少我自嘆遠遠不及。自從朱公走後，好像是時代變了，風氣改了，這種「文景之治」也就難再。

3

一九七四年我離臺赴港，去中文大學中文系任教，一去十年，和立民相見更稀。等到再回臺灣，我又遠在南部，除非無奈，也少去臺北。不過，在我主持中山大學外文所那幾年，亟需北部學者南下支援，正值立民鑽研莎翁日深，發其「俠紳精神」，爲解故人之困，竟不辭南北迢迢，更不計待遇區區，每週專程，來西子灣主持莎劇的研討。這時的朱公無復當日朱郎的倜儻自賞了，深度眼鏡的同心圓圈上加圈，男中低音的沙啞喉腔更低更沉，領帶變得細如鞋帶，但仍似不勝其拘束，偶爾還會突然扭頭噘嘴，作「推畸」（twitch）之狀。至於壯年的烏亮茂髮，也已分披成鈍灰的二毛了。及至晚年，於披髮之外，更任亂髭蔓生於頰間，雖然老而自在，看在我眼裏，卻不勝滄桑；卻忘了，在立民眼裏，我自己又斑鬢蓬鬆，落魄幾許。不過立民老興不淺，儘管心律要靠機器來調整，仍懷著滿腔熱忱，風塵僕僕，到處去開會或宣講莎士比亞。

直到那一個寒冷的八月夜晚，余玉照的聲音越過無情的換日線傳來，告我以仲夏夜之噩夢。

我翻閱單德興、李有成、張力合編的《朱立民先生訪問紀錄》，對著立民年輕時的照片發怔。站在文學院院長室外陽臺上的那一幀，身影修頎，風神俊雅，右手雖然低垂，食指與中指之間卻斜捻著一截香煙，另有一種逍遙不羈的帥氣。爲什麼如此昂藏的英挺，要永遠冷卻而橫陳了呢？幾個月前，他還腳立著這片大地，頭頂著日月星辰。

右手邊第三個抽屜裏，平放著對摺的一方手帕，那是送殯的當天鍾玲從喪禮上爲我帶回來的。每次拉開抽屜，我都會吃了一驚。七十功名塵與土，八千里路雲和月：故人勞碌的一生，難道一摺再摺，就這麼摺進去了麼？

——一九九六年端午於西子灣

——選自一九九八年《日不落家》

注釋：

❶：Virginia Woolf: "Joseph Conrad", from *The Common Reader*.

❷：Oscar Wilde: *An Ideal Husband*, Act III: "He is the first well-dressed philosopher in the history of thought".

另一段城南舊事

林海音的小說名著《城南舊事》寫英子七歲到十三歲的故事，所謂城南，是指北京的南城。那故事溫馨而親切，令人生懷古的清愁，廣受讀者喜愛。但英子長大後回到臺灣，另有一段「城南舊事」，林海音自己未寫，只好由女兒夏祖麗來寫了。這第二段舊事的城南，卻在臺北。

初識海音，不記得究竟何時了。只記得來往漸密是在六〇年代之初。我在《聯副》經常發表詩文，應該始於一九六一，已經是她十年主編的末期了。我們的關係始於編者與作者，漸漸成爲朋友，進而兩家來往，熟到可以帶孩子上她家去玩。

這一段因緣一半由地理促成。夏家住在重慶南路三段十四巷一號，余家住在廈門街一一三巷八號，都在城南，甚至同屬古亭區。從我家步行去她家，越過汀州街的小火車鐵軌，沿街穿巷，不用十五分鐘就到了。

當時除了單篇的詩文，我還在《聯副》刊登了長篇的譯文，包括毛姆頗長的短篇小說〈書袋〉和《生活》雜誌上報導拜倫與雪萊在義大利交往的長文〈繆思在義大利〉，所以常在晚間把續稿送去她家。

記得夏天的晚上，海音常會打電話邀我們全家去夏府喝綠豆湯。珊珊姐妹一聽說要去夏媽媽家，都會欣然跟去，因爲不但夏媽媽笑語可親，夏家的幾位大姐姐也喜歡這些小客人，有時還會帶她們去街邊「撈金魚」。

海音長我十歲，這差距不上不下。她雖然出道很早，在文壇上比我先進，但是爽朗率眞，顯得年輕，令我下不了決心以長輩對待。但逕稱海音，仍覺失禮。另一方面，要我像當時人多話雜的那些女作家暱呼「海音姐」或「林大姐」，又覺得有點俗氣。同樣地，我也不喜歡叫什麼「夏菁兄」或「望堯兄」。叫「海音女士」吧，又太做作了。最後我決定稱她「夏太太」，因爲我早已把何凡叫定了「夏先生」，似乎以此類推，倒也順理成章。不過我一直深感這稱呼太淡漠，不夠交情。

夏家的女兒比余家的女兒平均要大十二、三歲，所以祖美、祖麗、祖葳領著我們的四個小珊轉來轉去，倒眞像一群大姐姐。她們玩得很高興，不但因爲大姐姐會帶，也因爲我家的四珊，不瞞你說，實在很乖。祖焯比我家的孩子大得太多，又是男生，當然遠避了這一大群姐妹淘。

不過在夏家作客，親切與熱鬧之中仍感到一點，什麼呢，不是陌生，而是奇異。何凡與海音是不折不扣的北京人，他們不但說京片子，更辦《國語日報》，而且在「國語推行委員會」工作。他們家高朋滿座，多的是捲舌善道的北京人。在這些人面前，我們才發現自己是多麼口鈍的南方人，ㄓㄔ不捲，ㄕㄙ不分，一口含混的普通話簡直張口便錯。用語當然也不道地，海音就常笑我把「什麼玩藝兒」說成了「什麼玩藝」。有一次我不服氣，說你們北方人「花兒鳥兒魚兒蟲兒」，我們南方人聽來只覺得「肉麻兒」。衆人大笑。

那時候臺北的文人大半住在城南。單說我們廈門街這條小巷子吧，曾經住過或是經常走過的作家，至少就包括潘壘、黃用、王文興與「藍星」的衆多詩人。巷腰曾經有《新生報》的宿舍，所以彭歌也常見出沒。巷底通到同安街，所以《文學雜誌》的劉守宜、吳魯芹、夏濟安也履印交疊。所以海音也不時會走過這條巷子，甚至就停步在我家門口，來按電鈴。

就像舊小說常說的，「光陰荏苒」，這另一段「城南舊事」隨著古老的木屐踢踏，終於消逝在那一帶的巷尾弄底了。夏家和余家同一年搬了家。從一九七四年起，我們帶了四個女兒就定居在香港。十一年後我們再回臺灣，卻來了高雄，常住在島南，不再是城南了。廈門街早已無家可歸。

夏府也已從城南遷去城北，日式古屋換了新式的公寓大廈，而且高棲在六樓的拼花地板，不再是單層的榻榻米草蓆。每次從香港回臺，幾乎都會去夏府作客。衆多文友久別重聚，氣氛總是熱烈的，無論是餐前縱談或者是席上大嚼，那感覺眞是賓至如歸，不拘形骸到喧賓奪主。女主人天生麗質的音色，流利而且透徹，水珠滾荷葉一般暢快圓滿，卻爲一屋的笑語定調，成爲衆客共享的耳福。夏先生在書房裏忙完，往往最後才出場，比起女主人來也「低調」多了。

海音爲人，寬厚、果決、豪爽。不論是做主編、出版人或是朋友，她都有海納百川的度量。我不敢說她沒有敵人，但相信她的朋友之多，交情之篤，是罕見的。她處事十分果決，而且決定得很快，我幾乎沒見過她當場猶豫，或事後懊悔。至於豪爽，則來自寬厚與果決：寬厚，才能豪，果決，才能爽。跟海音來往，不用迂迴；跟她交談，也無須客套。

這樣豪爽的人當然好客。海音是最理想的女主人，因爲她喜歡與人共享，所以客人容易與她同樂。她好吃，所以精於廚藝，喜歡下廚，更喜歡陪著大家吃。她好熱鬧，所以愛請滿滿一屋子的朋友聚談，那場合往往是因爲有遠客過境，話題新鮮，談興自濃。她好攝影，主要還是珍惜良會，要留刹那於永恆。她的攝影不但稱職，而且負責。許多朋友風雲際會，當場拍了無數照片，事後船過無紋，或是終於一疊寄來，卻曝光過度，形同遊魂，或陰影深重，疑是衛夫人的墨豬，總之不值得保存，卻也不忍心就丟掉。海音的照片不但拍得好，而且沖得快，不久就收到了，令朋友驚喜加上感佩。

所以去夏府作客，除了笑談與美餚，還有許多近照可以傳觀，並且引發話題。她家的客廳裏有不少小擺設，在小鳥與青蛙之外，更多的是象群。她收集的瓷象、木象、銅象姿態各殊，洋洋大觀。朋友知道她有象癖，也送了她一些，總加起來恐怕不下百頭。這些象簡直就是她的「象徵」，隱喻著女主人博大的心胸、祥瑞的容貌。海音素稱美女，晚年又以「資深美女」自嘲自寬。依我看來，美女形形色色，有的美得妖嬈，令人不安；海音卻是美得有福相的一種。

這位美女主編，不，資深美女加資深主編，先是把我的稿子刊在《聯副》，繼而將之發表於《純文學》月刊，最後又成爲我好幾本書的出版人。我的文集《望鄉的牧神》、《焚鶴人》、《聽聽那冷雨》、《青青邊愁》，詩集《在冷戰的年代》，論集《分水嶺上》都在她主持的「純文學出版社」出書，而且由她親自設計封面，由作者末校。我們合作得十分愉快：我把編好的書稿交給她後，一切都不用操心，三、四個星期之後新書就到手了。欣然翻玩之際，發現封面雅致大方，內文排印悅目，錯字幾乎絕跡，捧在手裏眞是俊美可愛。那個年代書市興旺，這六本書銷路不惡，版稅也付得非常爽快，正是出版人一貫的作風。

「純文學出版社」經營了二十七年，不幸在一九九五年結束。在出版社同人與眾多作者的一片哀愁之中，海音指揮若定，表現出「時窮節乃見」的大仁大勇。她不屑計較瑣碎的得失，毅然決然，把幾百本好書的版權都還給了原作者，又不辭辛勞，一箱一箱，把存書統統分贈給他們。這樣的豪爽果斷，有情有義，有始有終，堪稱出版業的典範。當前的出版界，還找得到這樣珍貴的品種嗎？

海音在「純文學出版社」的編務及業務上投注了多年的心血，對臺灣文壇甚至早期的新文學貢獻很大。祖麗參預社務，不但爲母親分勞，而且筆耕勤快，有好幾本訪問記列入「純文學叢書」。出版社曲終人散，雖然功在文壇，對垂垂老去的出版人仍然是傷感的事。可是海音的晚年頗不寂寞，不但文壇推重，友情豐收，而且家庭幸福，親情洋溢。雖然客廳裏掛的書法題著何凡的名句：「在蒼茫的暮色裏加緊腳步趕路」，畢竟有何凡這麼忠貞的老伴相互「牽手」，走完全程。而在她文學成就的頂峯，《城南舊事》在大陸拍成電影，贏得多次影展大獎，又譯成三種外文，製成繪圖版本。

在海音七十大壽的盛會上，我獻給她一首三行短詩，分別以壽星的名字收句。子敏領著幾位作家，用各自的鄉音朗誦，頗爲叫座。我致詞說：「林海音豈止是長青樹，她簡直是長青林。她植樹成林，我們就在那林蔭深處……常說成功的男人背後必有一位偉大的女性。現在是女強人的時代，照理成功的女人背後也必有一位偉大的男性。可是何凡和林海音，到底誰在誰的背後呢？還是臺語說得好：夫妻是『牽手』。這一對伉儷並肩攜手，都站在前面。」

暮色蒼茫得眞快，在八十歲的壽宴上，我們夫妻的座位安排在壽星首席。那時的海音無復十年前的談笑自若了。賓至的盛況不遜當年，但是熱鬧的核心缺了主角清脆動聽的女高音，不免就失去了焦聚。美女再資深也終會老去，時光的無禮令人悵愁。我應邀致詞，推崇壽星才德相侔，久負文壇的清望，說一度傳聞她可能出任文化部長：「如果早二十年，她確是文化部長的最佳人選。可是，一個人做了林海音，還稀罕做文化部長嗎？」這話突如其來，激起滿堂的掌聲。

四年後，時光的無禮變成絕情。我發現自己和齊邦媛、瘂弦坐在臺上，面對四百位海音的朋友追述她生前的種種切切。深沉的肅靜低壓著整個大廳。海音的半身像巨幅海報高懸在我們背後，熟悉的笑容以親切的眸光、開朗的齒光煦照著我們，但沒有人能夠用笑容回應了。剛才放映的紀錄片，從稚齡的英子到耄年的林先生，栩栩的形貌還留在眼睫，而放眼臺下，沉思的何凡雖然是坐在衆多家人的中間，卻形單影隻，不，似乎只剩下了一半，令人很不習慣。我長久未流的淚水忽然滿眶，覺悟自己的「城南舊事」，也是祖麗姐妹和珊珊姐妹的「城南舊事」，終於一去不回。半個世紀的溫馨往事，都在那幅永恆的笑貌上停格了。

——二〇〇二年八月十一日

——選自二〇〇五年《青銅一夢》

輯四 詩論文論

猛虎和薔薇

英國當代詩人西格夫里・薩松（Siegfried Sassoon 1886-）曾寫過一行不朽的警句：「In me the tiger sniffs the rose.」勉強把它譯成中文，便是：「我心裏有猛虎在細嗅薔薇。」

如果一行詩句可以代表一種詩派（有一本英國文學史曾舉柯立基〈忽必烈汗〉中的三行詩句：「好一處蠻荒的所在！如此的聖潔、鬼怪，像在那殘月之下，有一個女人在哭她幽冥的歡愛！」為浪漫詩派的代表），我就願舉這行詩為象徵詩派藝術的代表。每次念及，我不禁想起法國現代畫家昂利・盧梭（Henri Rousseau, 1844-1910）的傑作「沉睡的吉普賽人」。假使盧梭當日所畫的不是雄獅逼視著夢中的浪子，而是猛虎在細嗅含苞的薔薇，我相信，這幅畫同樣會成為傑作。惜乎盧梭逝世，而薩松尚未成名。

我說這行詩是象徵詩派的代表，因為它具體而又微妙地表現出許多哲學家所無法說清的話；它表現出人性裏兩種相對的本質，但同時更表現出那兩種相對的本質的調和。假使他把原詩寫成了「我心裏有猛虎雄踞在花旁」，那就會顯得呆笨，死板，徒然加強了人性的內在矛盾。只有原詩才算恰到好處，因爲猛虎象徵人性的一方面，薔薇象徵人性的另一面，而「細嗅」剛剛象徵著兩者的關係，兩者的調和與統一。

原來人性含有兩面：其一是男性的，其一是女性的；其一如蒼鷹，如飛瀑，如怒馬；其一如夜鶯，如靜池，如馴羊。所謂雄偉和秀美，所謂外向和內向，所謂戲劇型的和圖畫型的，所謂戴奧尼蘇斯藝術和阿波羅藝術，所謂「金剛怒目，菩薩低眉」，所謂「靜如處女，動如脫兔」，所謂「駿馬秋風冀北，杏花春雨江南」，所謂「楊柳岸，曉風殘月」和「大江東去」，一句話，姚姬傳所謂的陽剛和陰柔，都無非是這兩種氣質的注腳。兩者粗看若相反，實則乃相成。實際上每個人多多少少都兼有這兩種氣質，只是比例不同而已。

東坡有幕士，嘗謂柳永詞只合十七八女郎，執紅牙板，歌「楊柳岸，曉風殘月」：東坡詞須關西大漢，銅琵琶，鐵綽板，唱「大江東去」。東坡爲之「絕倒」。他顯然因此種陽剛和陰柔之分而感到自豪。其實東坡之詞何嘗都是「大江東去」？「笑漸不聞聲漸杳，多情卻被無情惱」；「繡簾開，一點明月窺人」；這些詞句，恐怕也只合十七八女郎曼聲低唱吧？而柳永的詞句：「長安古道馬遲遲，高柳亂蟬嘶」，以及「渡萬壑千巖，越溪深處。怒濤漸息，樵風乍起；更聞商旅相呼，片帆高舉。」又是何等境界！就是曉風殘月的上半闋那一句「暮靄沉沉楚天闊」，誰能說它竟是陰柔？他如王維以清淡勝，卻寫過「一身轉戰三千里，一劍曾當百萬師」的詩句；辛棄疾以沉雄勝，卻寫過「羅帳燈昏，哽咽夢中語」的詞句。再如浪漫詩人濟慈和雪萊，無疑地都是陰柔的了。可是清囀的夜鶯也曾唱過：「或是像精壯的科德慈，怒著鷹眼，凝視在太平洋上。」就是在那陰柔到了極點的〈夜鶯曲〉裏，也還有這樣的句子：「同樣的歌聲時常——迷住了神怪的長窗——那荒僻妖土的長窗——俯臨在驚險的海上。」至於那隻雲雀，他那〈西風歌〉裏所蘊藏的力量，簡直是排山倒海，雷霆萬鈞！還有那一首十四行詩〈阿西曼地亞斯〉（**Ozymandias**）除了表現藝術不朽的思想不說，只其氣象之偉大，魄力之雄渾，已可匹敵太白的「西風殘照，漢家陵闕」。

也就是因為人性裏面，多多少少地含有這相對的兩種氣質，許多人才能夠欣賞和自己氣質不盡相同，甚至大不相同的人。例如在英國，華茲華斯欣賞米爾頓；拜倫欣賞頂普；夏綠蒂・白朗戴欣賞薩克瑞；史哥德欣賞簡・奧斯丁；史雲朋欣賞蘭道；蘭道欣賞白朗寧。在我國，辛棄疾的欣賞李清照也是一個最好的例子。

但是平時為什麼我們提起一個人，就覺得他是陽剛，而提起另一個人，又覺得他是陰柔呢？這是因為各人心裏的猛虎和薔薇所成的形勢不同。有人的心原是虎穴，穴口的幾朵薔薇免不了猛虎的踐踏；有人的心原是花園，園中的猛虎不免給那一片香潮醉倒。所以前者氣質近於陽剛，而後者氣質近於陰柔。然而踏碎了的薔薇猶能盛開，醉倒了的猛虎有時醒來。所以霸王有時悲歌，弱女有時殺賊；梅村，子山晚作悲涼，薩松在第一次大戰後出版了低調的《心旅》（*The Heart's Journey*）。

「我心裏有猛虎在細嗅薔薇。」人生原是戰場，有猛虎才能在逆流裏立定腳跟，在逆風裏把握方向，做暴風雨中的海燕，做不改顏色的孤星。有猛虎，才能創造慷慨悲歌的英雄事業；涵蘊耿介拔俗的志士胸懷，才能做到孟郊所謂的「鏡破不改光，蘭死不改香！」同時人生又是幽谷，有薔薇才能燭隱顯幽，體貼入微；有薔薇才能看到蒼蠅搓腳，蜘蛛吐絲，才能聽到暮色潛動，春草萌芽，才能做到「一沙一世界，一花一天國」。在人性的國度裏，一隻眞正的猛虎應該能充分地欣賞薔薇，而一朵眞正的薔薇也應該能充分地尊敬猛虎；微薔薇，猛虎變成了菲力斯旦（Philistine）：微猛虎，薔薇變成了懦夫。韓黎詩：「受盡了命運那巨棒的痛打，我的頭在流血，但不曾垂下！」華茲華斯詩：「最微小的花朵對於我，能激起非淚水所能表現的深思。」完整的人生應該兼有這兩種至高的境界。一個人到了這種境界，他能動也能靜，能屈也能伸，能微笑也能痛哭，能像廿世紀人一樣的複雜，也能像亞當夏娃一樣的純眞，一句話，他心裏已有猛虎在細嗅薔薇。

——一九五二年十月廿四夜

——選自一九六三年《左手的謬思》

詩人與天文

星與人將世界形成

——Verhaeren

一世紀羅馬大修辭學者昆提連（Quintilian）曾經說過，不學天文，不了解詩人。此處所謂詩人，當係指古典時期的而言。天文學是最古老的科學之一，當然是古代詩人必具的一門常識。

有些古代詩人，本身就是天文學家。後漢寫二京賦和四愁詩的張衡，還是我國一大天文學者。相傳他曾在渾天儀上標列星官三百二十名，凡二千五百星，可惜這個渾天儀不傳於後。十一世紀波斯詩人歐馬伽顏（Omar Khayyam），在詩人的心目中只是一位欽天監和名數學家。他寫了一篇極具權威的代數論文，修訂舊天文圖表，並與其他七位天文學家，改革曆書。十九世紀末二十世紀初英國詩人浩司曼（A. E. Housman），雖不是一位天文學家，卻非常精通天文。為了注釋羅馬作家曼尼烈司（Manilius）的五卷論星長詩，他特地研究了占星學，且能以天宮圖為人算命。占星學有關行星運行的計算，需要頗深的數學知識，乃被一般古典學者視為畏途。浩司曼之成為歐洲當時最偉大的古典學者，其原因部分在此。博學如艾略特者，涉及有關天文之詩句，也只好恭聆浩司曼的解釋。雪萊名詩〈雲雀歌〉第五段如左：

銳利得有如那銀丸
　射出來的箭簇，
它強烈的燈光消滅
　於白淨的初曙，
直到我們望斷，仍遙感它在該處。

一般讀者皆以為「銀丸」是指月，浩司曼則很有把握地說：

「在這段詩中……銀丸乃是啓明星，亦即行星金星；雪萊在此對她隱滅的寫照是眞實的，他用的譬喻很恰當。當月的強烈光輝在白淨的曙光中減瘦時，該是弦月，而非滿月。日出時滿月應該在西方地平線上，即使在白晝也清晰可見，只有在墜落後才會隱去；所以用滿月之隱去來形容雲雀之隱去，是最不倫不類的。」

浩司曼言之鑿鑿，可是我倒有一些相異的看法。此處他雖推翻了銀丸即月之說，但並不能完滿地將銀丸解釋為金星。首先金星的光芒不呈銀色。其次金星是一顆內行星，當她（因為希臘神話中 Venus 是一司愛情女神，故用女性）行經太陽與地球之間時，或為啓明星，或為黃昏星，但無論接近東方或西方之地平線，她應呈新月形，鈎尖朝上。所以在東方的曉色中，金星既非銀色，亦非丸狀。這一點，喜歡科學遠勝其他浪漫詩人的雪萊，是不會不懂的。

浩司曼自己在詩中也屢次用到他天文的知識。例如在詩集《最後的詩篇》（*Last Poems*）中的第十七首便有這樣的句子：

那貨車在北天的峭壁
　馳去，且已經下墜。
哦，我要坐下來而且哭泣，
　為非洲埋葬的骨灰。

追逐奉祿與勳章，追逐功名
　（他迄未追到的東西），
他高擎南十字，把北極星
　擲落到地底。

原來這首詩是悼念作者的弟弟赫伯特（Herbert）・浩司曼。赫伯特比詩人小九歲，也是五兄弟中唯一不愛學問的一位；他於一九〇一年南非英荷之役中參加英國步騎兵隊，因搶救班生上校的砲兵隊而陣亡，因此浩司曼在詩中將北極星易為南十字座（Southern Cross）。因為在南半球，我們看不見北極星，只能看見最易辨認且指向天球南極的十字星座。詩中所謂「貨車」（The Wain），亦稱「查理的貨車」（Charles's Wain），乃大熊星座之俗名，因為大熊星座如貨車，查理則指法國查理曼大帝（Charlemagne）。為什麼是查理曼大帝的貨車呢？說來話長。原來大熊座附近有一顆一等巨星叫大角（Arcturns），其名使人聯想到拉丁文中的亞瑟（Arturus，英文為Arthur）。亞瑟和查理曼都是西歐中世紀民間傳說中的英雄領袖，好事者遂使兩位人傑並駕齊驅於北空。大熊和南十字各為北半球與南半球之指極星，浩司曼乃互易其位。

民間迷信往往被詩人們善加利用，成為佳句。英國人把酷暑之日叫做「犬日」（Dog Days），約相當於我國之三伏。拜倫在長詩〈唐璜〉（Don Juan）的「題辭」中寫道：

華茲華斯，在一次頗長的「旅程」
（我想那四開本有五百頁厚），
自他龐大的新哲學體系中推陳
出一套樣品，竟使聖人也困惑；

這也算詩——至少他自己宣稱，
也許眞像詩，當天狼散發奇熱——
誰要懂這種詩，他一定能夠
爲拜波之塔樓上復疊樓。

拜倫在這段詩中對老前輩華茲華斯是盡了挖苦的能事。曾有某學者把 Dog Days 解釋爲「連狗也熱得吐舌喘氣的日子」。這種解釋甚有想像力，然而是荒謬的。此處的 dog 係指 dog-star，即天狼星（Sirius）的俗稱。天狼星爲最亮的恆星，它君臨輝煌的南天，在臺灣一月份的夜間，面東南而立，即可看見此一等巨星。古埃及人認爲它是鳥喙，古希臘與羅馬人呼之爲犬。根據羅馬人的迷信，七月三日至八月十一日爲一年中天狼星與太陽同升之時，太陽之熱量因加上天狼星之熱量而大爲增強，乃有「犬日」之說。拜倫乃借用此說，以諷刺華茲華斯，意謂只有當溽暑酷熱難堪，讀者神志昏迷，才會把華茲華斯的劣作誤認爲詩。

「英詩之父」，十四世紀詩人喬叟（Geoffrey Chaucer）在他的傑作《康城故事集》的卷首曾說：

三月之後有四月的甘霖，
透過乾土潤著枯根，

浴每根葉脈以酣暢的生機，
新生的力量遂注入花裏——
當西風的噓息，以柔和的暖意，
在每一個森林和荒原上喚起
翠嫩的叢葉，當春季的太陽
猶有一半的路程才馳過白羊——

要了解這幾行詩，就得牽涉到黃道十二宮。假想太陽在天球上每年巡行一周的軌跡爲黃道（ecliptic），把兩側各八度的恆星十二等分之，乃得十二宮（Signs of the Zodiac），依次爲白羊、金牛、雙子、巨蟹、獅子、室女、天秤、天蠍、人馬、摩羯、寶瓶、雙魚。自三月份起，太陽每月行經一宮，自三月二十一日迄四月二十日則出沒於白羊宮（Aries）。喬叟此詩顯然指四月初的氣候，如是則春季的太陽在白羊宮中尚要走半個月。

十九世紀美國女詩人狄瑾蓀（Emily Dikinson）有一首很可愛的小詩如下：

一顆黃色的晚星輕輕移步，
就位於它的高空；
新月解開她銀白的彎帽，

自她滌罪的面容。

整個黃昏都柔和地燃亮，
像一座星光的廳堂。
「天父啊，」我仰天說道：
「你眞是守時不爽。」

這位女詩人對於星之出現於晚空似非常注意。在她另一首描寫火車的名詩中，也有「準時如一顆星」的佳句。星確是守時的，可是並不絕對如此。太陽之升起於東方地平線，冬夏可能相差一個半小時。其他恆星則每夜向西移動一度，亦即提早出現四分鐘。

英國現代詩人奧登（W. H. Auden）曾於愛爾蘭大詩人葉慈逝世時（一九三九年一月）寫一首詩哀悼，開始的幾行是：

他逝世，在死寂之冬日；
溪澗冰封，機場幾乎無人，
白雪使公共場所的銅像變形；
水銀降入彌留的白晝之口中。

哦，所有的儀器都異口同聲，
說他死之日是陰冷的日子。

有位譯者將此處的水銀（mercury）譯爲水星。mercury是有二解，一爲水銀，一爲水星。水星是最近日的內行星，自地球觀之，恆在日邊，冬爲「黃昏星」，夏爲「啓明星」。葉慈死於一月，水星之出現於西方晚空，當然是可能的。可是詩中既已說明是日冰凍雪封，則不能見星象也自明。何況小寫是水銀，大寫是水星，不容混淆。

現代美國大詩人佛洛斯特和浩司曼一樣，也甚受古典文學的影響，在作品中屢次涉及天文。他常提及大犬座，稱之爲「天狗」（Overdog），而戲稱自己爲「地狗」（Underdog，有喪家犬之意），此老諧趣，可見一斑。我相信此老一定常常夜起觀星，像古代的哲人一樣。據說他在哈佛大學的學生時代，古典文學的成績一直很高。凡懂得古典文學的人，總會附帶懂一些天文的。他曾經寫過如下的句子：

你是否昨夜不眠（如東方三智士）
仰觀獅子座的流星雨飄逝，
一年一度，用機械或是用手扔，
如此神祕莫測地投向我們？

那只是火熱的飛石與塵霧，
無疑地，瞄準我們的頭，如暴徒
紛紛擎起人爲的亮光，
向夜的古老的統治反抗。

不解流星爲何物的讀者，一定會感到茫然：何以流星要瞄準我們的頭？事實上流星遠比我們想像的要多。天文學家說，每天襲擊地球大氣層的流星平均在一億噸以上，這數目是驚人的。可是讀者們不用恐慌。它們絕大多數皆因速度太大而在襲及地面以前全部氧化了。在〈我曾經體驗過夜〉詩中佛洛斯特寫道：

我曾經俏立，將足音踩住
當遠方，從另一條街上，
自屋頂傳來中斷的高呼
但並非喊我回去，或是說再見；
而更遠處，自一出世的高度，
一座燦亮的掛鐘懸在天邊，

宣稱時間既不錯，也不對。

是的，就孕育恆河沙數的銀河的大千宇宙而言，一世紀算什麼呢！我們的太陽在銀河系中只是一個極其渺小的侏儒，而我們立足的這個地球更是侏儒的附庸。亞歷山大、凱撒、拿破崙所能征服的豈不太可憐了？當我們昂首夜空，許多星的光輝射入我們眼中，那光輝已經在暗空飛行了好幾個世紀，甚至好幾百萬年了。在亞歷山大誕生以前，在燧人氏與普洛米修斯爲人類取火以前，這一脈光輝早已啓程，向我們這角落進行了。正如詩人夏菁在〈天文學家〉一詩中所寫的：

在雙重圓頂之下，作單筒的眺望，
一端是有限的生命，一端無盡的穹蒼。

——選自一九六四年《掌上雨》

再見，虛無！

自從〈天狼星〉在《現代文學》發表以來，我曾經收到許多朋友的來信，其中的反應有褒有貶。屬於後者，且形諸文字的，則有洛夫先生的〈天狼星論〉。〈天狼星〉所表現的是我一九六一年春天的精神狀態，其藝術上的價值，作者寸心了然，褒之不喜，貶之何憂？現代詩在自由中國，正面臨空前的重大考驗。目前現代詩人自己，即因對傳統有不同的看法，而漸漸呈現一種對立。我相信，不久塵土落定，即可看出所謂「現代主義」這股滾滾濁流，行將涇渭分明，同源而異向，各歸其海了。〈天狼星〉發表在這重大變化的前夕，對它的估價自然言人人殊。在此我不準備爲它辯護；那是未來的學者的事。姑且不論藝術上的意義，一首詩（尤其是像〈天狼星〉這樣一首詩）的完成，往往是作者對於自己創造力的一次挑戰，考驗自己是否仍然年輕，是否仍能像普洛斯佩羅呼風喚雨那樣驅遣文字。我在寫〈天狼星〉那一段日子中所經驗的正是普洛斯佩羅的那種感覺。而作品的好壞，向來是見仁見智的，辯之無益，倒是因洛夫先生的批評而引起的現代詩的某些基本問題，值得在此提出來討論一下。顯然地，許多現代詩人對這些問題看法的互異，已經日趨尖銳化了。

歸納〈天狼星論〉的藝術觀，可以分爲兩點：㈠現代詩作者應該具有「一種屬於自己的，賴以作爲創作基礎的哲學思想」。什麼是這種哲學思想呢？答案是存在主義。「在現代藝術思想中，人是空虛的，無意義的……研究人的結論只是空虛，人的生活只是荒謬……在現代文學中，我們常看到『神聖』、『光榮』、『偉大』等等空洞的名詞，這些對我們已成爲一種無法忍受的枷鎖，它使我們痛苦，使我們虛僞，使我們變得醜陋。」接著，〈天狼星論〉的作者又引用漢明威的話：「諸如光榮、勇敢、榮譽或神聖等抽象的字和村名、道路的編號、河名、部隊的番號和日期等具體的字眼相形之下，前者顯得穢褻下流。」基於上述的哲學思想，洛夫先生認爲〈天狼星〉是注定要失敗的，因爲「欲在現代詩中刻劃出一個完整的人物是必然失敗的……在任何現代文學藝術中是無法發現一個明確的人的形象的」。

㈡另一構成〈天狼星〉失敗的基本因素，是因爲「〈天狼星〉饒有具象性，面目爽朗，脈絡清晰，乃流於『欲辯自有言』，『過於可解』的事的敘述」。也就是說：〈天狼星〉不符合達達主義或超現實主義的創作方法論，意象與意象間，有比例、有發展、有統一性，沒有能做到「不合邏輯，不求讀者了解」的地步。同時洛夫先生同意法國心理學家赫依波（T. A. Ribot, 1839-1916）的看法，認爲藝術創作可以分爲經驗的與直覺的兩型，「前者的創作是先有一個主體，就這一主體作有意義的運思，運思完成而後有創作，創作而後有修改，這是傳統的創造過程。後者的創作並非先有一個主意，而是廣泛的醞釀，之後始有中心觀念之湧出，再後始有此一觀念之發展以及作品之完成。」由於〈天狼星〉是「擬就大綱的計畫創作」，由於〈天狼星〉屬於前一種創作過程，所以它是「傳統的」，「失敗的」。

以上兩點，一屬內容，一屬形式，是洛夫先生的基本藝術觀；它們是互爲表裏的。由於人是無意義的、空虛的、不可捉摸的，由於一切道德價值都是穢褻的、抽象的，所以任何企圖認識人，認識人性，認識世界的作品，在現代文藝的領域中，都是必然失敗的，所以詩中的意象應該力求避免爽朗和清晰，避免「過於可解」，甚至要「不求讀者了解」。

正如張健先生所說的，這種推理純是「觀念中毒」的表現。我很感激洛夫先生對〈天狼星〉的注意，以及他以全力撰寫嚴肅的批評文字的創舉。在〈天狼星論〉之前，似乎缺乏如此嚴肅而且大規模的批評。只是洛夫先生自囿於現代某些主義的狹窄的理論之中，而暴露了現代詩的眞正危機。

第一個危機便是虛無。在這種頹唐的氣氛之中，神、道德、社會、文化傳統被全盤否定，最後被否定的是詩人自己的靈魂。這種虛無之風吹走了一切固有的價値，而又始終不能（或不願）建立新的價値。無論用什麼哲學理論來辯護，一種文學或文化，總不能建立在否定之上。這些虛無崇拜者生活在一個無所適從的「現在」，他們否定過去，因爲過去只是文化渣滓的堆積，只是可恥的傳統，他們否定將來，因爲他們是絕望的。這樣子的「存在」毫無延續性。也許他們也有自己的「神」，那便是「性」，而佛洛依德是這種「宗教」的聖彼德，甚至耶穌。現代文藝是反浪漫主義的。浪漫主義歌頌靈魂，當然歌頌精神戀愛。現代文藝遂要放逐靈魂，歌頌肉體，至少要否定前者，只承認後者的眞實性。例如現代詩人就不敢輕易接觸精神戀愛這主題，只敢處理此時此地限於肉體的動作。如果人只餘下一塊肉，而沒有靈魂在這塊肉上起一點鹽的作用，則這塊肉很快地就會腐爛了。此地我無意攻擊瘂弦先生，因爲我相信他是誠實的。至於那些尚未「傳播花粉」的童男作者也動輒表演性的啞劇，甚至要把底褲像升旗一樣地升上文化或非文化的旗杆，就太幼稚了。

事實上，這些虛無崇拜者大可不必寫詩，因爲這樣適足表示他們未能免於積極，未能忘情於文化。如果詩既不反映生活，也不表現自我，則詩究竟要表現什麼？如果詩要反映生活且表現自我，則生活是沒有意義的，自我是不可認識的，這樣做豈非徒勞？洛夫先生的理論是很矛盾的。一方面他說明人是「空虛的，無意義的，模糊不可辨認的」，在另一方面又指摘〈天狼星〉的作者「忽略了周夢蝶人格的與藝術思想的發掘」。既然人毫無意義，則我們何必斤斤計較「人格」與「思想」？接著洛夫先生又說：「周夢蝶是人，他生活，他寫詩，他的智慧與我們的同樣光芒四射，他突破傳統藩籬的叛徒精神與我們的同樣不爲學院派所悅納」。我非常驚訝於洛夫先生的使用「智慧」這種傳統而唯心的字眼。智慧而竟「光芒四射」？這究竟是浪漫主義的用語，還是存在主義的詞彙？至於說周夢蝶先生具有突破傳統的叛徒精神，則是違背事實。周夢蝶先生頗有道德觀念，且富狷者情操，從他的詩中，更可肯定他的宗教信仰。凡此皆是維繫周夢蝶先生的精神世界的要素，而且，很奇妙的，也是使《孤獨國》的作者成爲比較快樂也比較受歡迎的現代詩人的原因。

洛夫先生是崇拜現代文藝而唾棄傳統的。可是他對傳統了解得不夠，因而他的揚棄傳統相當武斷。如果他曾博覽古典，他也許會發現他所喜愛的虛無主義並不始於存在主義諸哲學家，甚至也不始於杜斯陀也夫斯基或屠格涅夫。洛夫先生說我深受莎士比亞的影響。事實上他並不知道我閱讀的範圍，也不曾讀過多少莎士比亞的原文。莎士比亞在《馬克白斯》中說：

Out, out, brief candle!
Life's but a walking shadow, a poor player
That struts and frets his hour upon the stage
And then is heard no more; it is a tale
Told by an idiot, full of sound and fury,
Signifying nothing.

這段詩，尤其是末一句，大概很夠「虛無」吧？這也就是佛克納寫白癡與色情狂的一本小說的書名的出處。然而莎士比亞絕非虛無主義者，他了解虛無，但是他正確地置之於有變態心理的馬克白斯的口中。

洛夫先生似乎是一個「主義至上者」（ismaniac），或者「主義主義者」（ismismist）。他是一個玩弄主義的魔術師。在他看來，任何作家都可以很方便地納入某種主義，事實上，艾略特是屬於什麼主義呢？畢卡索又是什麼主義呢？莎士比亞又是什麼主義呢？洛夫先生認為某些現代詩人「缺乏一種屬於自己的，賴以作為創作基礎的哲學思想」。無可置疑的，洛夫先生的哲學思想應該是存在主義，而美學原理應該是來自達達主義與超現實主義了。同時洛夫先生的創作類型應該是屬於赫依波所提的後一種，亦即所謂「直覺的」創作。已經有了這種哲學思想，還要等待中心觀念之湧現，豈非矛盾？同樣地，洛夫先生指摘〈天狼星〉是擬就大綱的「計畫創作」於先，又指摘其為「即興」創作於後，也是「不合邏輯」的。創作也許可以「不合邏輯」，批評卻不能「不合邏輯」吧？洛夫先生引用高克多的話說：「潛意識的世界極為混亂，未經整理，亦無法整理。詩人為求『傳真』此一沒有『過渡到理性』的世界，每每不再透過分析性思想所呈備的剪裁和序列，便立即採取快速的自動語言，將此種經驗一成不變地從它自身的繁複雜蕪中展現出來。」同時他又建議我接受梵樂希的主張：「詩，倘若假以時日、審慎、技巧以及意願，以循序漸進地進入並抵達詩那裏，豈不可能？仔細去聽取那想要聽取的，以一種熟練的、耐心的方法去處理那同一的意願，豈不能達到目的？」一方面私淑高克多的即興的自動語言，一方面又佩服梵樂希審慎的、循序漸進的、耐心處理的方式，多麼矛盾！洛夫先生，請先統一您自己的思想，再向我建議吧！

洛夫先生是贊成意象的孤立和聯想的切斷的。因此他擁護達達和超現實，也因此他斷定〈天狼星〉必然失敗，由於它表現的不是「無意識心理世界」，而是「意識心理世界」。詩人寫了一首詩，還要送給刊物發表，其動機無可置疑地是要給第二個人看，亦即引起共鳴。所謂「無意識世界」只是一個私人的夢的世界。這種不與他人同享的世界很難贏得他人的同情，再加上傳達這種孤立世界的所謂「自動文字」在實際技巧上的顯然困難，乃使超現實主義成爲現代詩中的問題主義。關於這一點，黃用先生已經說得夠清楚了，而在理論上效顰黃用先生的洛夫先生，仍然固執超現實的尾巴，且有以身殉之的趨勢。例如他的近作〈睡蓮〉之中，便有如下的句子：

或許這是最初的一瓣，晨光中
有人扛著一排白齒向墓地而去
任其成形，那美麗的不安
任死者染白了衣裳

像這樣的詩，當然沒有〈天狼星〉那種「工整而準確」的毛病，但是就我而言，也似乎沒有什麼「可感」的東西。我完全不能把握這些字背後的實體。現代詩固然不是給「大衆」讀的，但至少它應該能滿足一些「被選擇的心靈」，一些同道。我可以很誠懇地說：對於讀詩、譯詩、寫詩、編詩、教詩、評詩皆略有經驗的我說來，〈石室的死亡〉中有不少段落實在難以感受——如果不是難以「了解」的話。我認爲〈石室的死亡〉是一首甚有分量的重要的作品，然而由於某些段落處理的手法過於「晦澀」（除了「晦澀」之外，沒有別的形容詞），乃使許多讀者（本身即作者的讀者）無法作恰如其分的感受，這實在是非常可惜的。

我是一株被鋸斷的苦梨
在年輪上，你仍可聽清楚風聲，蟬聲

如果〈石室的死亡〉中的意象，都能做到這麼透明的程度，則欣賞它的讀者，將更多，也更熱烈。可是作者亦步亦趨於超現實主義的理論之後，要使完整的破碎，和諧的孤立，透明的混濁。事實上，〈石室的死亡〉中的成功的段落，遠比艾呂雅等的作品精采。洛夫先生何苦迷信不如自己的作者呢？試看艾呂雅的詩〈給無限〉（A l'Infini）中的一段：

她自男人升起
而男人自她升起
她升起，自男人的慾望
自一男人
自我
亦自另一男人

也許亦自一女人
自幾個可愛的理想的女人
亦自幾個毫無魅力的女人
升起，自朦朧的童年……

這種散文化的乏味的平鋪直敘，究竟好在哪裏？洛夫先生，您在法國流浪得太久了，還是回到中國來吧！您所鼓吹的新民族詩型等待您回來哺育呢！新郎應該是幸幸福福，漂漂亮亮的。您不覺得面對新娘大呼虛無是很煞風景的事麼？您不覺得自己的作品也應該泛起一點薔薇色麼？您做新郎，是在追求幸福，也是說明您並不能完全免於希望，說明您在心底仍以爲人是充實的，有意義的。如果您不聽我的勸告，遲早您會聽新娘的話的。

由於洛夫先生相信人是空虛而無意義的（至少在做新郎之前他向自己再三強調過），他很容易進一步地相信經驗是破碎的，孤立的（因爲，說無意義的人有完整的經驗，是不合邏輯的），再進一步，便得到一個結論：即表現這些破碎經驗的意象也應該是破碎、孤立、游離、不可辨認的。也因此他相信高克多「不透過剪裁和序列，立即採取快速的自動語言，將經驗一成不變地從它自身的繁複雜蕪中展現出來」的主張。顯而易見的，這種技巧問題太多了，這樣子的表現法始終停留在私人日記、情書、夢話、醉語的孤立世界之中，對作者自己甚有意義，但第二個人就毫無分享的可能。美國重要的批評家布拉克麥爾（R. P. Blackmur）在論康明思的文章中如此說：

「我們可以說，康明思先生是屬於先後被稱爲漩渦主義、未來主義、達達主義、超現實主義等等的『反文化派』（anti-culture group）的。這一派的一般教條的一部分，在於對智力作近乎傷感的否定，在於冷然宣稱，只有不可悟解的一切，才算有意義的經驗之對象。他們以可觀的辯證法的技巧爲這些教條辯護，他們有一個很方便的前提，即是：只有把不可悟解的看成能夠生存的與眞實的本身，才能把『無生命的智力』形成的文化（諸如布拉陀街、學院，及刊物等）震撼出一點感覺來。他們辯稱，只有否定智力在認識性質與秩序方面的功用，才能克服智力的缺陷；又說，如果我們接受經驗時不去記住已往的事情或推測以後的事情，如果我們僅僅接受這些經驗的表面現象，則我們（至少在文藝之中）能夠認識生命的眞相。沒有什麼別的態度，比這種態度（尤其被視爲基本態度時）更加自以爲是，更加眞僞難分地打動幼稚的心靈了。凡是希望速成且愛立刻把握一切的心智，最歡迎這種論調。以這種論調爲基礎的心靈，將每一片斷的經驗視爲固定的經驗，且將每一意念視爲正確的意念，可是從未懷疑自己什麼也沒有學到。因爲經驗在作用於意識時是片段的，他們遂認爲經驗在本質上是不連貫的，而且除了以當時發生的片段姿態出現，本質上也是無法悟解的。」

正因爲超現實主義者否定經驗的統一與連貫，也否定了經驗的分享與傳達，乃使許多超現實主義的作品關閉在未經藝術處理的個人經驗之絕緣體中，其結果只是原封不動的經驗，或是發育不全的藝術原料，而非藝術。其結果是一些第一流的謎語；是艾呂雅的「象是會傳染的」

和佩瑞的「打你的母親，乘她還年輕」。

洛夫先生不喜歡我那些透明可解的，面目爽朗的意象，且認爲這是〈天狼星〉所以失敗的一大原因。相反地，我認爲分享經驗是愉快的，而明朗可悟的意象正是分享的媒介。我毫不以此爲恥，相反地，倒是如果有人摘出我的詩句，要我幫助他感悟，而我無法自圓其說時，則我將引爲羞恥。我可以爲自己的每一行詩負責。讀者可能不喜歡我的詩，但不至於誤解它。洛夫先生及其同派的作者，會用一個很不耐煩的手勢揮開這種「傳統」，但時間將說明一切。

研究理論不一定會妨礙創作，但是當一位作者企圖建立理論而且加以實施的時候，那危險性就增加了。過分相信某派理論的結果，往往是創作的終止。黃用、季紅、白荻諸先生便是現成的例子。希望洛夫先生於研究現代文藝理論之際，不要太忽略傳統的修養。例如在〈天狼星論〉中，他便展露了某些學問上的疏忽。「先得經驗」的西文不是 priori，蓋 priori 原來的意思是 proceeding，平常我們在哲學中以 a priori（演繹的）連用，爲 knowledge 的形容詞。洛夫先生又說，現代史詩的創作「要具有極高的才智與淵博的知識背景……尤需要一種近乎自我虐待的意志的約制力和耐力。否則，勢必流爲史的敘述，而成爲刻板的古典主義或矯情的浪漫主義的濫觴。」所謂「極高的才智」，「淵博的知識」，「意志的約制力」不正是古典主義的特徵嗎？它們不應出現在一個存在主義者的用語之中。尤其「濫觴」一典，原意是「開始」，洛夫先生的意思卻是「末流」，這是錯誤的。又他以爲「古吉啊，古吉，我的古吉」一句是模擬貓的呼聲，是不對的。「古吉」原是司馬中原先生的小說〈洪荒〉中的現代青年，甚爲性所苦惱。在

〈天狼星〉中，我是以它來影射司馬中原先生的，因爲他是瘂弦先生的好友。我的詩不敢比擬杜甫，但自信是無字無來歷的，雖然那並不指用典或炫學。例如洛夫先生認爲「不可解」的兩行：

若一隻鷹躍起，自這塊禿岩之頂
換羽就是另一種雲

其實是可以解釋的。我是說，在太武山，鷹自岩頂一振雙翼，即可飛上大陸，而我們卻無法上去。「另一種雲」即指大陸的上空。這意象是來自傳統的懷鄉情緒的。

最後，我想表示，自由中國的大部分現代詩以其驚人的高速與生命力，已經衝入了一條死巷，面臨非變不可的階段了。如果說，只有達達主義與超現實主義才是現代詩的指南針，與此背向而馳的皆是傳統的路程；如果說，必須承認人是空虛而無意義才能寫現代詩，只有破碎的意象才是現代詩的意象，則我樂於向這種「現代詩」說再見。我不一定認爲人是有意義的，我尤其不敢說我已經把握住人的意義，但是我堅信，尋找這種意義，正是許多作品最嚴肅的主題。虛無主義在尙未出發之前就已經否定了此點，因此它只能在片段的時間中摸索片段的經驗。我懷疑許多現代詩人在嚷嚷虛無之餘，是否眞正相信人是毫無意義的，而人的面目是不可辨認的？也許在表演完虛無的姿態之後，他們自己也會感到厭倦，因爲一群人是不可能積極而熱烈地長久表演虛無的。

——一九六一年十二月六日

——選自一九六四年《掌上雨》

老得好漂亮

——向大器晚成的葉慈致敬

經過歷史無數次的選擇，葉慈和艾略特已經被批評家、文學史家，和同行的詩人公認為二十世紀前半期的兩位大詩人。許多批評家甚至認為前者是現代英語詩壇最偉大的作家。這種榮譽，這種崇高的地位，不是僥倖獲致的。艾略特的聲譽，至少有一半建築在他的批評和詩劇上；葉慈的，絕大部分要靠他的詩，雖然他在戲劇、散文，和故事方面也相當多產。

在詩創作的過程上，兩位大詩人形成有趣的對照。艾略特的發展比較平穩，他的天才是早熟的，但並未早衰；葉慈的發展迂迴而多突變，他的天才成熟得很緩慢，整個過程，像他詩中的迴旋梯一樣，呈現自我超越的漸次上升之勢，而抵達最後的高潮。早熟的艾略特，一出手便是一個高手。他在廿二歲那年寫的處女作，〈普魯夫洛克的戀歌〉，在感受和手法上，已經純粹而成熟，且比同時代的作者高明得多。葉慈則不然。一九〇八年，四十三歲的葉慈已經是愛爾蘭最有名的詩人，且已出版了六卷詩集，但是他的較重要的作品，那些堅實有力的傑作，根本尚未動筆。如果當時葉慈便停止創作，則他充其量只能算是一個次要詩人（minor poet），甚至只是一個二三流的作者。

最難能可貴的是：從那時起一直到七十三歲逝世（一九三九年一月二十八日）爲止，他的詩，無論在深度和濃度上，一直在增進，他的創作生命愈益旺盛，他的風格愈益多變。以一位已然成名的前輩，葉慈轉過身來接受年輕一代的新詩——當時崛起於英美詩壇的意象主義，且吸收比他小二十歲的龐德的影響。當時，龐德去倫敦，原意是要向葉慈學習，但是結果他給葉慈的影響似乎更多。尤其可貴的是：葉慈的好幾篇重要作品，都完成於七十歲以後，死前四個多月寫的〈班伯本山下〉（Under Ben Bulben），仍是那麼蒼勁有力，比起丁尼生那首壓卷作〈出海〉宏大得多了。

這種現象，在英國文學史上，是罕見的。華茲華斯的代表作，幾乎在三十七歲以前就寫完了：從四十五歲起，雖然寫作不輟，但他的創作力迅速地衰退，形成一種「反高潮」（anticlimax）的現象。這種過程，和葉慈的恰恰相反。華茲華斯雖多產，但由於他欠缺自我批評的能力，作品良莠不齊，劣作甚多。華茲華斯的詩來自「沉靜中回憶所得的情感」，但他自中年以後，生活孤立而刻板，沉靜日多，情感日少，愈來愈沒有什麼好回憶的了。此外，柯立基對他的健康影響，正如龐德對葉慈和艾略特的健康影響一樣，幾乎具有決定性；中年以後，華茲華斯和柯立基的友情分裂，他就不能再依憑柯立基的鼓舞和批評了。

在米爾頓的身上，我們似乎找到和葉慈相近的例子。米爾頓的傑作，例如〈失樂園〉和

〈桑孫力士〉，都是晚年的作品；但是米爾頓六十六歲便死了，比葉慈要早七年，而他的較早佳作，如〈里西達斯〉、〈沉思者〉、〈歡笑者〉，及十四行多首，均在三十歲以前完成。葉慈早期的代表作，如〈當你年老〉及〈湖心的茵島〉等等，和晚期的作品比較起來，非但風格大異，而且詩質較低。〈湖心的茵島〉一首，除第二段頗具柔美意象外，通篇皆甚平庸。而第二段的所謂柔美，也不過具有十九世紀中葉「前拉菲爾主義」（Pre-Raphaelitism）那種恍惚迷離，帶煙籠霧的感傷色調罷了。

葉慈的可貴處就在這裏。他能夠大徹大悟，打破自己的雙重束縛，奮力超越自己。葉慈是愛爾蘭人，而愛爾蘭在他五十七歲以前一直是英國的一個藩邦，在文化上是一種弱小民族的小局面。在另一方面，即以整個英國而言，葉慈開始寫作時，正是維多利亞時代的末期，也正是浪漫主義之末流而又末流，大詩人幾已絕跡。可以說，除了哈代以外，葉慈年輕時的九十年代英國詩壇，僅擁有一批蹇促不申的歇斯底里的小詩人如道孫之流，而當時的哈代方棄詩而就小說，以小說聞於文壇，而不以詩聞。這雙重限制，地域上也是時間上的，構成他早期不利的條件。葉慈終於能將它擺脫，且成爲超越時空的國際性大詩人，實在不能不說是一個奇蹟。

最初，葉慈也不過幻想自己要做一個愛國的作家罷了。在這雙重限制下，他自然而然地步「前拉菲爾主義」和唯美運動的後塵，寫一些浪漫而朦朧的次等貨色。像〈舊歌新唱〉（An Old Song Resung）一類作品，其低迴於自憐的情境，置之九十年代任何小詩人的詩集中，恐怕都沒有什麼分別。爲了提倡愛爾蘭的文藝復興運動，葉慈更進一步，把這種浪漫的餘風帶進愛爾蘭的民俗、傳說，和神話。結果，是朦朧的表現手法加上模糊的主題。這種作品，和現實的把握，個性的表現，距離得太遠太遠了。偉大的作品，在這樣的情形下，絕對無法產生。

那麼，究竟是什麼力量使葉慈中年以後的作品變得那麼堅實、充沛、繁富、新鮮且具活力呢?論者總不免要提出他如何效法布雷克，如何從東方哲學和招魂術，神祕主義等等之中，提煉出一套個人的神話和象徵系統，作自己寫詩的間架；所謂「個人的神話」（private mythology），在葉慈夫人的溝通下，竟形成葉慈的宗教觀和歷史觀，更導致葉慈的藝術信仰，決定了他的美感型態。例如，在他的系統之中，月象徵主觀的人，日象徵客觀的人。例如生命和文化的過程都是迴旋式的：靈魂的經驗有如上昇的迴旋梯，似乎恆在重複，但實際上是層次的提高；而文化的過程有如線捲之轉動，上一型的文化逐漸在放線，下一型的文化便逐漸在收線。例如文化的生發，全盛，和式微皆有週期，所以兩千年的異教文化之後有兩千年的基督文化；而二十世紀正面臨另一型文化的生發，但暴力和毀滅必然籠罩這過渡時期。這種種耐人尋味且激發想像的信念，已是學者們一再強調而我們耳熟能詳的「葉學」要義了。我愈來愈感覺：葉慈詩中屢次暗示的正反力量相剋相生互爲消長的信念，相當接近中國哲學的陰陽之說，而他所謂歷史與文化的週期性運動，也令中國的讀者想起，《前漢書》中所謂周德木漢德火的朝代遞換原理。二十世紀的兩位大詩人，葉慈和艾略特，都棄科學而取玄學，是一件很耐人玩味的事情。葉慈非但敵視科學，將二十世紀貶成「我們這科學的，民主的，實事求是的，混雜而成的文明」，而且談空說有，到了迷信的程度。

我們所關心的，不是他的迷信，也不是他那神話或象徵系統的枝枝節節，而是他這種基本的信念，如何因他詩中強烈豐盛的感受而經驗化起來。原則上說來，一種詩的高下，不能以它所蘊含的哲學來做標準，至少，哲學家桑塔耶那的詩，就詩而言，不會比非哲學家的歐文的詩高明。最重要的，是那種哲學對那位詩人是否適合，是否能激發他的想像，以完成他的新世界的秩序。葉慈的個人神話，有他自己的書《心景》（*A Vision*）和無數的學者詳加詮釋，我們在此不必贅述。在此我只想指出葉慈詩中的一項基本觀念，那便是：一切相對甚至相反的力量，似相對而實相依，似相反而實相成；是以小而個人，大而文化的生命，皆應接受而且超越這種無所不在的相反性。這種觀念，和我國道家的哲學似乎頗為接近，但葉慈雖然窺見了這種眞理，他卻不能像老莊那樣，以退為進而夷然坦然加以接受。例如他雖然悟於心智日益而形體日損之理，但對於老之將至老之已至仍不能不既怒且驚。可貴的是，他並不畏縮或逃避；相反地，他轉身向老耄向死亡挑戰，可以說，一直到死他都是不服老不認輸的。這種表現，這種「雖九死其猶未悔」的勇氣，毋寧更接近儒家，接近儒家的孟子。在〈自我與靈魂的對話〉（A Dialogue of Self and Soul）一詩中，葉慈透過自我說：

> 我願意從頭再生活一次
> 又一次，如果生活要我跳縱
> 到青蛙生卵的盲者的溝中，

一個瞎子捶打一群瞎子；

這種無所畏懼的正視現實而又樂於生活的精神，正是一個大詩人應有的表現。將浩司曼（A. E. Housman）和葉慈作一個比較，我們不難發現，浩司曼對生活的態度是逃避的，甚且否定的，他對人生的認識是狹窄的，片面的，他的局格比較蹇促，意象比較單純，而節奏比較薄弱。浩司曼第一卷詩集和第二卷詩集，在出版的日期上，竟相距二十六年之久，但兩書在主題和形式上，實在找不到多少差異。葉慈對生活的態度，與他恰恰相反：葉慈的洋溢的生命力，使他的作品永遠在尋求，永遠在變，使三十歲的他和七十歲的他前後判若兩人，而後者比前者對生活更爲執著，更爲熱愛。這位「憤怒的老年」在一首短詩中說：

你以爲眞可怕：怎麼情慾和憤怒
竟然爲我的暮年殷勤起舞；
年輕時它們並不像這樣磨人。
我還有什麼能激發自己的歌聲？

眞的，葉慈不但老而能狂，抑且愈老愈狂，抑且狂得漂亮。然而葉慈是一個奇妙的結晶體，他不但能狂抑且能靜，不但能熱，抑且能冷，抑且能同時既狂且靜，既熱且冷。暮年的葉慈，確實能做到「冷眼觀世，熱心寫詩」。惟其冷眼，所以能超然，能客觀；惟其熱心，所以能將他的時代變成有血有肉的個人經驗。

由於葉慈的「心景」（vision）恆呈現這種「似反實正」（paradoxical）的相對觀，他的詩乃予讀者一種「戲劇的緊張性」（dramatic tension）。這裏所說的戲劇的緊張性，不是指敘述的生動，而是指他的詩，在構思上，往往始於矛盾，而終於調和。雖然他在〈麗達與天鵝〉那一首詩中，敘述逼眞而富動感，他的一般作品往往在象徵的焦點上集中，而不在敘述的展現中著力。艾略特嘗謂，好的抒情詩往往是戲劇性的。反過來說，僅僅止於抒情的抒情詩，往往不是偉大的詩，因爲那樣將失之平面化，而不夠立體感。有矛盾與衝突等待解決的詩，常常富於立體感，因爲矛盾必有兩面，加上調和與綜合後的一面，乃構成三度，成爲一個三度空間。止於抒情的詩，往往是「一曲」之見，雖然寫得長，思想和感受的空間不見得就相對地擴大。葉慈的詩，往往以矛盾的對立開始，而以矛盾的解決終篇。例如〈航向拜占庭〉便以旺盛的青年和衰朽的老年對立開始，而以藝術的不朽終篇。〈自我與靈魂的對話〉之中，矛盾存在於嚮往涅槃的靈魂與擁抱生活的自我，結果是自我的選擇獲勝。〈再度降臨〉（The Second Coming）則因舊文化已崩潰而新文化蠢蠢欲生而形成一種等待的焦灼與懸宕，暗示的力量可以說發揮到極限了。〈學童之間〉因靈魂的美好與肉體的殘敗之間的懸殊而感嘆，結論是「折磨肉體以遷就靈魂是不自然的」。〈爲吾女祈禱〉的對照，則是謙遜與傲慢，秩序與混亂，仁與暴，德與容之間的選擇。而對立得最鮮明，衝突得最尖銳，而統一得也最完整的一首，要推〈狂簡茵和主教的談話〉：

我在路上遇見那主教，
他和我有一次暢談。
「看你的乳房平而陷，
看血管很快要枯乾；
要住該住在天堂上，
莫住醜惡的豬欄。」

「美和醜都是近親，
美也需要醜，」我叫。
「我的伴已散，但這種道理
墳和床都不能推倒，
悟出這道理要身體下賤，
同時要心靈孤高。

「女人能夠孤高而強硬，

當她對愛情關切；
但愛情的殿堂建立在
排汙泄穢的區域；
沒有什麼獨一或完整，
如果它未經撕裂。」

這是葉慈最直率而大膽的短詩之一。它發表於一九三二年，當時葉慈已經六十七歲，而思想仍如此突出，語法仍如此遒勁，正視現實接受人生的態度仍如此堅定不移。最爲奇妙的是：他竟然愈老愈正視現實，把握現實，而並不喪失鮮活的想像；在另一方面，他竟然愈老愈活用口語，但並不流於俗或白，也並不喪失駕馭宏美壯大的修辭體的能力。他的口語句法，矯健如龍，能迅疾地直攫思想之珠。他曾經強調說：寫詩要思考如智士，但談吐如俗人。這種綜合的詩觀，後來同樣見之於佛洛斯特的創作。葉慈和佛洛斯特二老，都善於用一個迴旋有力的長句組織一首獨立的短詩，寥寥七八行，首尾呼應得異常緊密。那種一氣呵成的氣魄，有如我國一筆揮就而力貫全字的草書，說過癮眞是再過癮不過了。葉慈晚年的短詩，如〈長久緘口之後〉等等，都是這樣的一句一詩之作。後來，狄倫．湯默斯（Dylan Thomas）的某些作品，如〈我陰鬱的藝術〉，似乎也受了葉慈的影響。

現代英詩的兩大宗師，葉慈和艾略特，後者主張詩要「無我」（impersonal），而前者的詩中幾乎處處「有我」（personal）。兩者孰優孰劣，此地不擬討論。但「有我」的葉慈給我們的感覺是如此親切，可敬。生命的一切，從形而下的到形而上的，從卑賤的到高貴的，他全部接受，且吞吐於他的詩中。然而無論他怎麼談玄，怎麼招魂，怎麼尋求超越與解脫，葉慈仍然是一個人，一個元氣淋漓心腸鼎沸的人。他對於人生，知其然而仍無法安其所然。老子所說：「吾所以有大患者，爲吾有身。及吾無身，吾有何患？」似乎可以作葉慈老而更狂的注腳。葉慈嘗期不朽於無身（〈航向拜占庭〉中所云 once out of nature），但他也很明白，無身之不朽只有在有身之年始能完成。正如我在〈逍遙遊〉一文中指出的：「敢在時間裏自焚，必在永恆裏結晶。」葉慈眞是一個敢在時間裏縱火自焚的憤怒的老年。對於這場永不熄滅的美麗的火災，我們不禁讚歎：老得好漂亮！

——一九六七年一月二十八日
葉慈逝世廿八週年紀念

——選自一九六八年《望鄉的牧神》

現代詩怎麼變？

臺灣的現代詩已經到了應該變，必須變，不變就無以為繼的關頭了。中年一代的詩人，擱筆的一年比一年多。這現象，與其說是才盡，不如說是氣餒。年輕的一代，很有幾位想要突破僵局，自尋出路，但是跟在上一代後面亂跑的「後知後覺」，也很不少。在我個人看來，中年一代的詩人裏面，能夠脫胎換骨，刷新羽毛，再令風雲變色的，恐怕不出半打。我們怎麼變，我不敢預測。一般作者會怎麼變，該怎麼變，我倒有興趣談一談。

第一、惡性西化和善性西化。所謂「惡性西化」是指中國詩人向國際現代主義投降，對西方現代詩派無條件地接受。回顧十多年的歷史，先是詩人相信「橫的移植」，結果「橫的移植」未成，「縱的切斷」倒先見了效。繼而詩人相信，洋花之中，橫植一種便可，結果是輸入了存在主義其莖超現實主義其蕊的那種作品。國際現代主義之為特效藥，藥性固然很強，副作用顯然更猛。受益的少，蒙害的多；當初倡導服用的人，終於也發現問題十分嚴重。於是提倡現代詩的人，要「取消」現代詩，而提倡超現實主義的人，也不得不修正自己的立場。「惡性西化」的危機，一直到近兩年來才告緩和。目前還有少數中年詩人困在六十年代老現代詩的迷宮裏，追求一種叫做「純粹經驗」的幻境。不幸那樣的經驗，在他們的詩裏，給抽得太純粹了，以致讀者無法分享，成了禁宮式的絕緣經驗。我要特別指出：一首詩中的細節，無論有多形象化甚至戲劇化，如果缺乏主題一以貫之，則衆多細節相加起來的結果，說來奇怪，反而是抽象的，而非具象的。中年詩人漸趨成熟，或許能將「惡性西化」終於轉爲「善性西化」，使年輕一代在接受外來影響的時候，增加自信，較有選擇。我自己出身外文系，絕無阻止西化自斷出路的可能，但是由於半生俯仰其間，對於「惡性西化」的危機，也加倍地警惕。西化只是現代化的手段之一（因爲還有別的手段），不是現代化的終極目標。六十年代老現代詩之所以混亂，原因之一，便是誤將手段當做了目標。

第二、技巧和主題。一個詩人一旦迷上了所謂「純粹經驗」，勢必要全盤否定主題。經過六十年代「惡性西化」的惡補，不少詩人直到今天仍然羞言「主題」，好像一言主題，便成了宣傳。正如「民族」、「社會」、「現實」、「責任」一樣，「主題」一詞早已列爲現代詩的禁忌之一。不過我要在這裏強調：詩無主題，是一大邪說。主題容有露骨與含蓄之分，但不發生有無的問題。譬如電影取景，攝影機本身只有感性而無知性，只能被動地記錄，用攝影機的人則兼有感性和知性，必須主動地選擇。只講技巧，不問主題，豈不成了攝影機？我認爲主題和技巧之間有這樣的關係：主題壓倒技巧，觀念抽離經驗，便淪爲宣傳；反之，技巧淹沒了主題，經驗不具意義，便淪爲頹廢。技巧必須爲主題服務，才有意義可言，正如武器雖然厲害，爲福爲禍，還要看人怎樣使用爲定。爲技巧而技巧，爲形式而形式，雖然詩人也能感到一種高級的過癮，畢竟是一種「內行人的遊戲」，廣大的門外漢是無緣同樂的。僅僅把一句話說得很特別，恐怕還不能就算藝術吧。所以王爾德語妙天下，往往只是賣弄聰明，還不到流露智慧的境界。杜甫雖然也強調語必驚人，畢竟他的主題深厚博大，沒有淪爲雄辯或嚼舌。讀者喜愛一位詩人，該是因爲詩人有許多地方跟他休戚相關，憂樂與共，而不是因爲詩人處處跟他言語不通，感覺相左吧。

第三、小我和大我。六十年代的老現代詩最喜歡討論的問題，便是所謂「自我之發掘」。這句口號，玄之又玄，幾乎變成了現代詩人遁世自高的託辭。一時衆多詩人都轉過頭來，來探索自我的內在世界，而據說，這內在的世界遠比外在的世界更深邃、豐富、眞實，所以探索起來，應該是無窮無盡的。此說當然很有道理。問題在於，如果所謂自我僅僅是小我經驗的一條死胡同，則探索的結果不會比日記、私信，或者夢囈更有意義。現代文藝津津樂道夢的意義。在我看來，夢出現在作品裏，如果不能成爲現實世界的一泓倒影，則並無多少意義可言。不關痛癢的美，終究是頹廢的。不關痛癢，文不對題，英文所謂 irrelevant，在當代批評的用語裏，是一個相當重的貶詞。大詩人當然不可能「太上忘情」到泯滅小我的程度，只是在他的作品裏，小我的另一端遙接大我，我悲亦即人悲，我笑亦即人笑，我的切身經驗亦即衆人經驗的具體而微。在這種情形下，自我的探索亦即人性的探索，感動自己，同時也感動廣大讀者。說到這裏，我們不妨談談何謂大我。在我看來，擴大同情甚至認同的對象，大我便在其中。社會、民族、國家、人類，都是或大或小的大我。譬如美國南北戰爭的時候，一個北佬或一個維吉尼亞人，只是一個小我，整個北方是一大我，整個南方也是一大我，但眞正的大我，該是美國甚至全人類。所以南方的代言人蘭尼爾（Sidney Lanier）只能算是一個次要詩人；北方的代言人惠特曼，因爲同時也是美國的甚至全人類的代言人，才能算一個大詩人。有些現代人一端執住一個自我，另一端自稱執住了人類，於中間的社會和民族則並無同情，或不加觀察，因此他們處理的經驗，不是個人到狹窄的地步，便是廣泛到抽象的地步。我們今天的處境，可說已到鐘鳴山崩，一個詩人仍在斤斤計較他的自我，或是自許爲人類代言，總不免使人覺得文不對題。譬如自己家裏正失火，反而忙爲鄰村鑿井，豈不成了病態的遠視症嗎？今天的知識份子普遍關切民族的大問題，獨獨詩人（至少在作品中）令人有置身局外之感。現代詩之遭受冷落，寧非必然？現代詩人恥言大衆，由來已久，如果連知識份子，最狹義最起碼的大衆，竟也在詩人恥爲代言之列，則小小的這個自我，會發掘出什麼東西來呢？

第四、洋和土。六十年代的老現代詩，風格上很「洋」。七十年代的新現代詩，漸漸反璞歸眞，有轉向「土」的趨勢。詩人從洋雲洋霧裏一跤跌下來，跌到厚厚實實的中國泥土上，反而有點要生根的樣子了。何謂「洋」？「洋」就是「惡性西化」，顯得很國際、很世故、很孤絕、很都市文明、很受機器壓迫。詩中的感覺，尤其是視覺，很有點翻譯的味道，十字架和帝國大廈的影子在字裏行間晃動。寫起論文來呢，一下子什麼克，一下子又什麼希，成了西方詩人的意見箱。相對於「洋腔洋調」，我寧取「土頭土腦」。此地所謂「土」，是指中國感，不是秀逸高雅的古典中國感，而是實實在在純純眞眞甚至帶點稚拙的民間中國感。回歸中國，有兩條大道。一條是蛻化中國的古典傳統，以雅爲能事；這條路我十年前已經試過，目前不想再走。另一條，是發掘中國的江湖傳統，也就是嘗試做一個典型的中國人，帶點方頭方腦土裏土氣的味道，這條路，年輕一代的詩人很多在走，羅青、吳晟、林煥彰等等都走得很有意思。中年一代，白萩、管管、戴成義等好幾位也早已上了路。瘂弦早期的詩比較土，後期的詩就顯得洋了一些；後期的詩也許藝術價値比較高，可是中國感不如早期。我近年很喜歡民歌和搖滾樂，也無非是欣賞那一股土氣。在目前，我想不出還有什麼比「土」更充實可愛的東西。「土」的反面是「洋」，也就是「花」。不裝腔作勢，不賣弄技巧，不遁世自高，不濫用典故，不效顰西人及古人，不依賴文學的權威。不怕牛糞和毛毛蟲，更不願用什麼詩人的高貴感來鎭壓一般讀者，這些，都是「土」的品質。要土，索性就土到底。拿一把外國尺來量中國泥土的時代，已經是過去了。

——一九七二年十月十五日

——選自一九七四年《聽聽那冷雨》

民歌的常與變

「中國現代民歌集」，是我的九首詩經楊弦先生譜曲之後製成的一張唱片。去年九月出版以來，已經三版，令我十分高興，為楊弦，為監製的洪健全教育文化基金會，更為了終於起步的現代民歌。

在短短的五個月內，這張唱片博得若干好評，也引起一些異議。反應這麼多，是一個好現象，足見關心現代音樂的人，不在少數。評論的文章，刊在《中副》上的，前後已有兩篇：即去年十二月廿一日胡紅波先生的〈「民歌」不是這樣〉與今年元月十二日吳杜國先生的〈「中國現代民歌集」名稱並無不當〉。胡先生認為民歌也者必須起自民間，天長地久，衆口相傳，人所共愛，準此，胡文指出我的詩「無須假民歌之名以自重」，而楊弦之曲「也實在找不到非稱民歌不可的理由」。胡文在結論裏建議「及早另外取個恰當的名字」。

吳杜國先生的文章，指出這張唱片的名稱並無不當，因為「現代民歌」可以成為「民歌」

之變種，不必盡符民歌之常規，同時認爲胡先生對民歌正統的維護，不免拘泥。吳先生對現代民歌的支持和辯護，令我感賞。另一方面，胡先生對我和楊弦的指責，也言之有物，持之有故，令我尊重。以下擬爲自己和楊弦說幾句話，也算是對吳文的一點補充。

首先我要指出，詩人的作品以民歌自名，早有先例。我國樂府一詞可作二解：一爲漢初所立采樂集歌之官署，一爲當時民歌之詞曲。後之詩人慕民歌之自然親切，往往摹擬其體，亦襲其名，號稱樂府。《唐詩三百首》中，詩人所寫的樂府便多達四十首，其中李白的作品如〈行路難〉，〈將進酒〉，〈蜀道難〉等等，無論在思想或語言上，都與天眞樸實的民歌相去甚遠。胡文說白居易詩老嫗都解，卻「不曾假民歌之名以自重」。其實白居易在《長慶集》中，以「新樂府」自稱者，便有五十篇。作者更在自序中說明：「首句標其目，卒章顯其志，《詩三百》之義也。其辭質而徑，欲見之者易喻也……其體順而肆，可以播於樂章歌曲也。」白氏所謂「新樂府」，用今日的白話來說，豈不就是「現代民歌」？白氏的「新樂府」在當時儘管傳於衆口，卻是新做的，並非來自民間，顯然不符合胡先生堅持的民歌定義。他如元稹的樂府古題與新題樂府，張籍的樂府詞，劉禹錫的竹枝詞等等，也都是文人寫民歌的有名先例。李賀的詩，三分之一都以歌行曲引之類爲題名，其中像「艾如張」，「上之回」等名都取自樂府。我們也不能說李賀假樂府之名以自重吧。

中國如此，西方亦然。英國古代的敘事民謠，所謂 ballad 者，大半起源於中世紀的末期，但當時的朝廷不像中國在《詩經》和樂府的時代有采樂集歌之制，要等到十七世紀才有民間人士出來加以收編。後代詩人常有擬製之作，亦逕用 ballad 之名。降至現代，吉普林有「大兵民謠」，梅士菲爾有「鹹水民謠」之歌集，也只是詩人筆下的產物，並非久傳民間的俚曲。最有名的例子，應數浪漫大師華茲華斯與柯立基合著的《抒情民謠》（*Lyrical Ballads*），其實書中有些作品根本與民謠無關，甚至不是民謠詩體，像有名的〈俯臨亭騰寺有感而作〉那一首，便是不折不扣的冥想詩。

六十年代的中期，美國有所謂「民歌復興」。此地所謂的民歌包羅極廣，不但有古典民謠，抒情民謠，寬邊民謠，宗教民謠，還有西部歌曲，鄉村歌曲，和現代民歌。在美國流行音樂的世界裏，許多富於社會性的抗議歌曲（protest songs）也都歸於民歌之列。巴布・狄倫早期的作品皆稱民歌，後來的作品如「地下思鄉藍調」和「像一塊滾石」等，雖配了電吉他，仍有「搖滾民謠」之稱。美國的現代民歌或鄉村曲，往往由一人寫詞，譜曲，歌唱，甚至伴奏，並藉唱片與電臺的推廣而流行民間。這種專業化的「一腳踢」，加上企業化的間接傳播，與傳統民歌的定義已經大有不同。

這種差異的意義十分重大。傳統的民歌是農業社會的產品，其所以口口相傳，是因爲識字的人少，同時更缺乏其他的傳播方式。這種純然直接的傳播方式富於人性，當然是十分美好可愛的，但是進入工業社會之後，這種方式便難以保持，眞是「無可奈何花落去」了。印刷術既已發達，教育既已普及，唱片與廣播既已流行，又加上聲色並茂的電影與電視，傳統的民歌便無法發展下去了。麥克魯恆說得好：「消息端從媒介來」。胡先生定義下的民歌，不但沒有未來，甚至也很少現在了。胡先生歸納傳統民歌的定義有三：一是起自民間，詞句常有更改，成爲集體創作，二是口頭相傳，年淹代遠，三是流行民間，人人喜愛。工業社會的傳播方式已經否定了前兩個條件。像目前臺灣的社會，新的民歌要口口相傳來自民間，是絕無可能的。舊的民歌呢，早已被流行歌曲逼到幽暗的一角，要出動音樂家們上山下鄉去探求了。用剩下的第三個條件「流行」來衡量，聽衆以萬計的流行歌曲其實就是今日的民歌。

宋玉〈對楚王問〉有這麼一段：「客有歌於郢中者，其始曰下里巴人，國中屬而和者數千人。其爲陽阿薤露，國中屬而和者數百人。其爲陽春白雪，國中屬而和者不過數十人。引商刻羽，雜以流徵，國中屬而和者不過數人而已。」以絕對數量而言，銷路數千張的「中國現代民歌集」，與和者數千人的下里巴人，似乎也不相上下了。這當然只是笑談，因爲今之歌者唱起現代的下里巴人，電視機前的和者怕不有數十萬人。在典型的工業社會裏，聽衆當然更多。以凱羅·金的唱片「金碧錦」（Tapestry）爲例，一九七一年初才出版，到了一九七二年十一月，已經銷了五百多萬張。凱羅·金的歌曲可以說是工業時代的典型民歌。工業時代的人，對於田園的生活，古老的家鄉，純眞的友情與愛情，無不深深嚮往，因此民歌也好，鄉村曲也好，反而大爲流行。現代人要聽民歌，要聽新的民歌，只有自己動手來寫，不可能等「民間」像釀陳年老酒那樣歲月悠悠地釀出一首民歌來。要知道，農業時代的一切都是慢悠悠的，可以耐心等待，進入工業時代以後，音樂，正如政治、經濟，甚至於衣飾、髮型一樣，是快速嬗變的。古之民歌由下而上，來自民間；今之民歌則是由上而下，來自掌握唱片、電臺、電視、電影的生意人與藝人，眞正的現場演唱反而是次要的了。當然，古代民歌是直接的，深厚的，誠摯的，現代民歌則往往是浮淺的，做作的，因爲它是間接而又間接的，不但與聽眾之間隔了一層大眾傳播的媒介，更隔了一批謀利的商人。我們可以不滿意這樣子的現代民歌，卻無法否認它流行的方式比起口口相傳的古代民歌來，更廣、更頻、更快。當然，現代民歌的生命短，而淘汰率高。

臺灣的青年需要唱歌，唱新的歌。流行的國語歌曲大半意境庸俗，詞曲油滑，加上所謂歌星的塑膠表情，頗使知識青年難以接受。外來的搖滾樂與民歌極受都市青年的歡迎，但是裏面究竟在唱些什麼，並非人人都能了解。有些歌曲的詞頗爲深奧，英文不好的青年懂固不易，唱也不便。至於藝術歌曲，像「海韻」和「教我如何不想她」等等，已經太古老，不能配合七十年代的感性。當代的作曲家似乎著意於高級的純粹音樂，在歌的創作上並不努力，偶有佳作，也不是未經聲樂訓練的一般青年所能學唱。前年我和史惟亮先生爲中視合作了一首叫「無字天書」的主題曲，史先生的曲譜得很豪壯、很悲涼、很有氣派，歌者修養亦高，聽起來，眞有一股燕趙豪俠慷慨吟嘯之風。那麼好的藝術歌曲，聆賞起來雖然大快吾意，要學唱可不容易。前年我來中文大學，音樂系一位很有才華的學生曾葉發，把我的詩〈當我死時〉譜成鋼琴伴奏的四部混聲曲，公開演唱，很是動人。這種複雜的長曲，也不宜一般人學唱。我想，上述的三種歌並不能充分滿足目前青年喜歡唱歌的要求。有一個地帶，是作曲家尚未開墾的處女地。

楊弦譜的這九首歌不無知音，是因爲他在這三條路之外去找新路，滿足了一部分青年的一部分要求。搖滾樂迷也許會感覺這些歌太「溫」，正宗民歌的愛好者也許又嫌這些歌太「洋」，當行本色的音樂家也許嫌這些歌太「淺」，可是這裏面自有一番境界，爲搖滾樂，中國民歌，和藝術歌曲所無。也許我可以說，此三者在楊弦的曲調裏，有了某種程度的綜合，因而予人一種推陳出新的感覺。

「中國現代民歌集」這張唱片，要說有誰對它未盡滿意，其中必然包括楊弦和我。我自認歌詞在現實的探討上不夠廣闊，缺乏充分的代表性，也就是說，題材顯有所偏，未能說出此時此地的青年最重要最強烈的感受。白眞先生在〈民歌手的夢〉（刊去年十一月份的《書評書目》）一文中的評語說得很對：「它不能算是唱出了這一代所有年輕人心底的話，更不能說唱出現代中國人（尤其是非知識份子）的那份『期待』。但它畢竟是實現了知識青年許多個夢中的一個夢。」

有一些朋友聽了這張唱片之後，認爲它有點洋味，顯然頗受搖滾樂的影響。這一點當然無可否認。搖滾樂在我國青年之間，久已擁有大量聽衆。搖滾樂的歌詞有時頗富社會性，與西方青年之所感所思有密切的關係，而其慷慨明快的樂曲，也滿足了現代生活的節奏感。臺灣的青年一方面當然是中國的青年，另一方面也是現代的青年，對於歌唱現代生活的激昂節拍自然是喜歡的。這種現象，未可全然嗤爲「崇洋」。就像楊子先生，典型的中國讀書人，竟也自認是一位十足的搖滾樂迷，誰又能譏他爲「崇洋」呢？如果我們拿不出活潑生動的現代歌曲來取代搖滾樂，就不能怪自己的青年只聽洋歌。

搖滾樂的活力，如能加以消化，吸收，妥善運用，當能豐富中國現代音樂的生命，並且把喜歡搖滾樂的廣大青年漸漸引回中國，引回臺灣的現實，臺北的街巷，屏東的阡阡陌陌。我國古時的樂府，也有鼓吹曲、橫吹曲等外域輸入的胡樂。臺灣的現代詩，現代畫，現代小說，在發軔之初也不免有西化的現象，但經過十多年的試誤與修正，不但漸趨成熟，而且歸化中國了。這條路，現代民歌，我們的新樂府，未始不可一試。「中國現代民歌集」只跨出了這麼一小步，相信後繼之人，必將超越楊弦與我。

——一九七六年元月四日

——選自一九七七年《青青邊愁》

破畫欲出的淋漓元氣

——梵谷逝世百週年祭

不朽的元氣

一百年前，荷蘭大畫家梵谷在巴黎西北郊外的小鎭奧維，寫信給故鄉的妹妹維爾敏娜，說他爲嘉舍大夫畫了一張像，那表情「悲哀而溫柔，卻又明確而敏捷——許多人像原該這樣畫的。也許百年之後會有人爲之哀傷。」

梵谷寫這封信時，在人間的日子已經不到兩個月了。到那時候，他只賣掉一幅油畫，題名「紅葡萄園」，而論他的畫評也只出現了一篇。在那樣冷漠的歲月，他的奢望也只能寄託在百年之後了。可是他絕未料到，一百年眞的過去後，他的名氣早已超過自己崇拜的戴拉克魯瓦，而他的地位也已凌駕米勒而直追本國的前輩冉伯讓。絕未料到，他的故事會拍成電影，唱成歌調，他的書信會譯成各國文字，他的作品有千百位學者來撰文著書，爲之解說。絕未料到，生前無人看得起，身後無人買得起，他的畫，在拍賣場中的叫價，會壓倒全世界的傑作，那天文數字，養得活當年他愛莫能助的整個礦區。絕未料到，從他的生辰（三月三十日）到他的忌日（七月二十九日），以「梵谷畫作回顧展」為主的百年祭正在他的祖國展開，熱浪洶湧，波及了全世界的藝壇，包括東方。更未料到，安貧樂道的藝術苦行僧，在以畫證道、以身殉道之餘，那樣高潔光燦的一幅幅傑作，竟被市場競相利用，淪為裝飾商品的圖形。

荷蘭曾經生他、養他、排斥過他再接納他。法蘭西迷惑過他又開啓過他，關過他又放過他，最後又用她的沃土來承受他無助的倦體。如果在百年的長眠之後，那倦體忽然醒來，面對這一切歌頌與狂熱，面對被自己的向日葵與麥浪照亮的世界，會感到欣慰呢還是愕然，還是楞楞地傻笑？

其實那一具疲倦的軀殼，早已沒有右耳，且被寂寞掏空，被憂傷蠶食，被瘋狂的激情燒焦，久已還給了天地。他的生命，那淋漓充沛的精神，早已一燈傳遍千燈，由燃燒的畫筆引渡到一幅又一幅的作品上去了。想想看，這世界要是沒有了阿羅時期那些熱烘烘的黃豔豔的作品，會顯得多麼地貧窮。用一個人的悲傷換來全世界的喜悅，那犧牲的代價，簽在每一幅傑作上面，名叫文生。直到一九四八年，美國大都會美術館的修畫師皮士（Murray Pease），在檢查梵谷的「柏樹」組畫時，還發現其中的一幅顏料並未乾透，用指甲一戳，仍會下陷。這當然還是指的物質現象。但是在精神上，梵谷的畫面蟠蜿淋漓，似乎仍溼著十九世紀末那一股元氣。

梵谷的生平

一八五三年三月三十日，文生．梵谷（Vincent van Gogh），生在荷蘭南部布拉班特省的小鎮崇德（Zundert, Brabant），接近比利時的邊界。父親西奧多勒斯是一位不很得意的牧師，父子之間也不很親近。文生的孺慕毋寧是寄在母親的身上，可是他覺得母親對他不夠關懷。在他前面還有個哥哥，也叫文生，比他整整大一歲，也生在三月三十日，一生下來就死了。母親慟念亡兒，心有所憾，對緊接的下一胎據說就專不了心。這感覺成了梵谷難解的情結，據說還經常在他的畫面浮現。

在兩個弟弟和三個妹妹之間，跟文生最親的是二弟西奧，三妹維爾敏娜。此外他對家庭並不十分眷戀，對父親更是心存抗拒。叔伯輩裏有三個畫商，生意做得不小，和文生卻有代溝。

儘管如此，梵谷一生的作為仍然深受家庭的影響。身為牧師之子，他的宗教熱忱可說其來有自，廿二歲起便耽於《聖經》，廿四歲更去阿姆斯特丹準備神學院的入學考試，未能通過。他立刻又進布魯塞爾的福音學校，訓練三個月後，勉強派去比利時的礦區傳道。從一八七八年的十一月到翌年七月，他和礦工同甘共苦，不但宣揚福音，而且解衣推食，災變的時候更全力救難，成了左拉聽人傳說的「基督再世」。從一八七五年到七九年，梵谷的宗教狂熱高漲了四年，終於福音教會認為他與賤工打成一片，有失體統，開除了他。

在失業又失意之餘，梵谷將一腔熱血轉注於藝術，認眞學起畫來。他開始素描礦工，臨摹米勒，自修解剖與透視。也就在這時，任職於巴黎古伯畫店的弟弟西奧（Theo），被他說動，開始按月寄錢給文生，支持他的創作生涯。

從宗教的奉獻到藝術的追求，一八八○年是梵谷生命的分水嶺，但其轉變仍與家庭背景有關。梵谷是牧師之子，也是三個畫商的姪兒，曾在海牙、布魯塞爾、倫敦、巴黎的古伯畫店工作，接觸藝術品從十六歲就開始了。最直接、最重大的因素當然還是有西奧這麼一個弟弟，從一八八○到一八九○，整整十年一直在巴黎的古伯分店任職，不但匯錢，還寄顏料及畫具給他。何況那時的巴黎，藝壇繽紛多姿，眞是歐洲繪畫之都，西奧在這一行，當然得風氣之先，大有助於哥哥的發展。要不是弟弟長在巴黎，梵谷也不便在巴黎長住。要不是弟弟在畫店工作，梵谷也很難廣交印象派以至後期印象派的中堅份子。而沒有了巴黎這兩年的經驗，沒有了這轉型期間的觀摩、啓發與貫通，他就不可能順利地接生阿羅的豐收季。

梵谷一生匆匆，只得三十七年。後面的十五年都在狂熱的奉獻中度過：前五年獻給宗教，後十年獻給藝術。二十七歲那年他放棄宗教而追求藝術，表面上是一大轉變，本質上卻不盡然。他放棄的只是教會，不是宗教，因爲他對教會灰了心，認爲憑當時腐敗的教會實在不足以傳基督之道。他拿起畫筆，是想把基督的精神改注到藝術裏來；隱隱然，他簡直以基督自許。他在給西奧的信裏說：「米勒有福音要傳；我要請問，他的素描與一篇精采的佈道詞有什麼兩樣呢？」梵谷對基督的仰慕見於給西奧的另一封信：「他活得安詳，比一切的藝術家更成其爲大藝術家；他不屑使用大理石、泥土、顏料，只用血肉之軀來工作。」梵谷自覺和基督相似，不但一生的事業起步較晚，而且大限相迫，來日無多。基督傳教，三十歲才開始。梵谷在那年齡竟對弟弟宣稱：「我這一生不但習畫起步恨晚，而且可能也活不了多久……也許是六到十年。」他果眞僅僅再活了七年。這不是一語成讖，而是心有所許。在藝術和身體之間，他寧可犧牲身體，因爲身後還有藝術。所以他告訴弟弟說：「誰要是可惜自己的生命，終會失去生命，但是誰要不惜生命去換取更崇高的東西，他終會得到。」

梵谷是現代藝壇最令人不安的性情中人。傳記家、藝術史家紛紛窺探他的童年，想用佛洛伊德的顯微鏡找出什麼「病根」或「夙慧」。結果：「與常童無異」。幾乎所有的傳記都不得不從二十歲開始，因爲直到那時他的生活才「出了狀況」，性情才開始「反常」，那是在一八七三年夏天，梵谷在古伯畫廊的倫敦分店工作。他單戀房東太太的女兒愛修拉·羅葉，求婚被拒，失意之餘，情緒轉惡，乃自放於社會之外，在畫店的工作也失常起來。其後兩年之中，他兩度被調去巴黎分店。一八七六年初，他終於被店方解僱，結束了七年的店員生涯。

這時梵谷的宗教亢奮已經升起，從一八七五到七九，四年之間信心高揚。開始他去英國的小鎭藍斯蓋特與艾爾華斯教學童，並且間歇佈道。然後回到荷蘭，去艾田（Etten）的新家探望家人，又去多特勒支任書店的夥計。一八七七年五月到次年七月，爲了阿姆斯特丹神學院的入學試，他苦讀了幾近一年半；落榜之後，又去布魯塞爾的福音學校受訓，終於一八七八年底去比利時南部的礦區做了牧師。

梵谷在號稱「黑鄉」的礦區一年有半，先是摩頂放踵，對礦工之家的佈道、濟貧、救難全心投入，眞有救世主的擔當。後來見黜於教會，宗教的狂熱便漸漸淡了下來。滿腔的熱血在藝術裏另找出路，就地取材，便畫起礦工來。這時正是一八八〇年，也是梵谷餘生十年追求畫藝的開始。

這十年探索的歷程，以風格而言，是從寫實的摹仿自然到象徵的重造自然；以師承而言，是從荷蘭的傳統走向法國的啓示而歸於自我的創造；以線條而言，是從凝重的直線走向強勁而迴旋的曲線；以色彩而言，則是從沉褐走向燦黃。但是若從地理著眼，則十年間的行程就像一記加速的回力球，自北而南，從荷蘭打到巴黎，順勢向下飛滾，猛撞阿羅之後，折射聖瑞米，再一路反彈到奧維，勢弱而止。這過程，一站短似一站：荷蘭是五年，巴黎是兩年，阿羅是十五個月，聖瑞米整整一年，奧維，只有兩個多月。

荷蘭時期（一八八一年四月迄一八八六年一月）是他的成長期，為時最久。在這期間，他從炭筆、鋼筆等的素描，水彩、石版，一直摸索到油畫。題材則人像與風景並重，也有靜物；人像最多農人、漁人、礦工、織工、村婦等的貧民，絕少「體面人物」。手法則筆觸粗重，色調陰沉，輪廓厚實而樸拙，在荷蘭寫實的傳統之外，更私淑法國田園風味的巴比松派，並曾受到他姐夫名畫家安東·莫夫的指點。一八八五年的「食薯者」是此期的代表作。

五年之中，梵谷先後住在艾田、海牙、德倫特（Drenthe）、努能（Nuenen），和比利時的安特衛普（Antwerp）。他需要愛情，跟女人卻少緣分，談過兩次愛，都不成功。前一次在艾田，是追求守寡的表姐凱伊，被拒。後一次則是在努能，帶點被動地接受鄰家女瑪歌的柔情，但在家人的反對下瑪歌險些自殺而死，以悲劇收場。中間還夾著一個妓女克麗絲丁，做他的模特兒並與他同居，幾達兩年之久，終於在西奧的勸告下分了手。他跟父親的關係始終不和；一八八五年初，以他爲憾的父親突然去世。

巴黎時期（一八八六年二月迄一八八八年二月）是梵谷的過渡期，也是他藝術的催化劑。不經過這階段，梵谷就不能毅然揮別荷蘭時期的陰鬱沉重與狹隘拘泥，而沒有這兩年的準備與調整，忽然投身於法國南部的燦麗世界，就會手足無措，不能充分發揮自己的潛能，來接生這光華逼人的壯觀。一八八六年的巴黎，印象主義已近尾聲，使用點畫技巧的新印象主義繼之興起。調色板的革命使北方陰霾裏闖來的紅頭傻子大開眼界，不久他的色彩與線條也明快起來。憑了西奧的人緣，梵谷結交了印象派與後期印象派的主要畫家，而與羅特列克、高敢、秀拉等最有往還，也頗受他們的啓發。高敢用粗線條強調的輪廓和大平面凸出的色彩，色拉用不同原色並列而不交融的繁點技巧，日後對梵谷的影響很大。另一方面，筆簡意活而著色與造形都趨於抽象的日本版畫，這時已經風行於法國畫壇，也提供他新的手法，甚至供他臨摹。「老唐基」、「梨樹開花」等作都可印證。

在巴黎的兩年，面對紛然雜陳的新奇畫風，梵谷忙於吸收與消化，風格未能穩定，簡直提不出自成一家的代表作。一八八八年二月，他接受了羅特列克的勸告，擺脫一切，遠走南方的阿羅（Arles）。這一去，他的藝術生命才煥發成熟，花果滿樹，只待他成串去摘取：八年的鍛鍊，準備的就是爲此一刻。

阿羅是普羅汪斯的一座古鎮，位於隆河三角洲的頂端，近於地中海岸，離馬賽和塞尙的故鄉艾克斯也不遠。普羅汪斯的藍空與烈日、澄澈的大氣、明豔的四野，在在使梵谷亢奮不安，每天都要出門去獵美，欲將那一切響亮的五光十色一勞永逸地擒住。這是梵谷的黃色時期：黃騰騰的日球，黃滾滾的麥浪，黃豔豔的向日葵，黃熒熒的燭光與燈暈，耀人眼睫，連他在拉馬丁廣場租來的房子也被他漆成了黃屋，然後對照著深邃的藍空一起入畫。有時在人像畫的背景上，例如「阿羅女子」，也渲染了整片武斷的鮮黃。有時，爲了強調黃色，更襯以鄰接的大藍，一冷一熱，極盡其互相標榜。有時意有未盡，更夜以繼日，把蠟燭插在草帽上出門去作畫。在這時期，他一共作了兩百張畫，論質論量，論生命律動的活力，都是驚人的豐收。

然而阿羅時期不幸以悲劇告終。梵谷對人熱情而慷慨，常願與人推心置腹，甘苦相共，然而除了弟弟之外，難得有人以赤忱相報。他的愛情從不順利。在同性朋友，尤其是畫友之間，他一直渴望能交到知己。在巴黎的時候，他曾發起類似「畫家公社」的組織，好讓前衛畫友們住在一起，互相觀摩，售畫所得則衆人共享。這計畫當然沒能實現，可是梵谷並不死心。他在阿羅定居之後，再三力邀高敢從布列塔尼南下，和他共住黃屋，同研畫藝。高敢個性外傾，自負而專橫，善於縱橫議論，對梵谷感性的藝術觀常加挖苦。梵谷性情內向，不善言辭，雖然把高敢當作見多識廣的師兄來請教，卻也堅持自己的信念，爲之力爭。這樣不同的兩種個性，竟然在同一屋頂下共住了兩個月，怎麼能不爭吵？梵谷的癲癎症醞釀已久，到此一觸即發。一天夜裏，他手執剃刀企圖追殺高敢，繼又對鏡自照，割下右耳，去送給一個妓女。

結果是高敢回了巴黎，梵谷進了醫院。這是一八八八年耶誕前後的事。弟弟從巴黎趕來善後，但不久癲狂又發了兩次，在鎮民的敵對壓力下，梵谷同意搬到二十五公里外聖瑞米鎮的聖保羅寺去療養。於是從一八八九年五月迄次年五月，展開了梵谷的聖瑞米（Saint Rèmy）時期。

他在山間那座修道院療養了整整一年，其間發病七次，長者達兩個月，短者約僅一週。清醒的日子他仍努力作畫，題材包括病院內景，以柏樹爲主的院外風景，自畫像等等，並且臨摹了再伯讓、戴拉克魯瓦、米勒、杜米葉等的三十幅作品。此時他創作不輟，固然是爲繼續追求藝術，也是爲了對抗病魔，藉此自救。一八九〇年一月，青年評論家奧里葉（Albert Aurier）在《法國水星雜誌》上發表短文，稱頌梵谷的寫實精神和對於自然與眞理的熱愛。同時西奧也生了一個男孩，並且追隨伯伯，取名文生。三月間，梵谷在阿羅所作的畫「紅葡萄園」在布魯塞爾的「二十人畫展」中售得四百法郎，買主是畫家之妹安娜．波克。這些好消息都令梵谷振奮。同年五月，他北上巴黎。經西奧的安排，他去巴黎西北郊外三十公里的小鎮奧維（Auvers-sur-Oise），接受嘉舍大夫（Dr. Paul-Fernand Gachet）的看顧。

奧維時期從五月二十一日到七月二十九日，充滿了回聲、尾聲。梵谷仍然打起精神勉力作畫，但是昔日在普羅汪斯的衝動卻已不再：畫面鬆了下來，色彩與線條都不再奮昂掙扎了。餘勢依然可見——「嘉舍大夫像」、「奧維教堂」、「麥田群鴉」三幅爲本期代表作，也都是公認的傑作。七月一日他曾去巴黎小住，探看弟弟、弟媳和姪兒文生，並會見老友羅特列克與爲他寫評的奧里葉。回到奧維，他的無奈和憂傷有增無已，只覺得心中的畫已經畫完，癲癇卻依然威脅著餘生，活下去只有更拖累弟弟。七月二十七日下午，他在麥田裏舉槍自殺，彈入腰部，事後一路顛躓回到拉霧酒店。嘉舍大夫無法取出子彈。次日西奧聞耗趕來，守在哥哥的床邊。文生並未顯得怎麼劇痛，反而靜靜抽他的煙斗。第三天凌晨，他才死去。臨終的一句話，一說是「人間的苦難永無止境」，一說是「但願我現在能回家去」。

文生．梵谷是死了，但是兩兄弟的故事尚未完結。文生死後，西奧悲傷過度，百事皆廢。他唯一關心的是如何宣揚哥哥的藝術，便去找奧里葉，請他爲文生寫傳。奧里葉欣然答應，尚未動筆，兩年後卻生傷寒夭亡，才二十七歲。西奧爲了文生的回顧展到處奔走，事情未成，卻和古伯畫店的僱主發生爭吵，憤然辭職。突然，他也神經失常起來。開始還只是糊塗，後來瘋得厲害，不得不加囚禁。其間他一度清醒，太太帶他回去荷蘭，他又陷入深沉的抑鬱，不再恢復。一八九一年一月二十五日，哥哥死後還未滿半年，弟弟也隨之而去，葬於荷蘭，年才三十三歲。又過了二十三年，遺孀約翰娜讀《聖經》，看到這麼一句：「死時兩人也不分離」，乃將丈夫的屍體運去奧維，跟他哥哥葬在一起。

在現實生活上，西奧這一生全被哥哥連累，最後的十年，除了按月得寄一百五十法郎的津貼給哥哥之外，還不時要供應畫具、顏料及刊物之類。文生寄給他的畫，都得保存、整理，並且求售。文生對自己的信心，大半靠他的鼓舞來支持。文生每次出事，也只有等他迢迢奔去，善後一切。甚至在婚後加重了家累，也是如此。可是他受而甘之，從無怨言，甚至在哥哥身後，仍念念不忘爲這位埋沒的天才傳後。這樣的弟弟啊那裏去找？

天生梵谷，把生命獻給藝術，又生西奧，把生命獻給哥哥。否則世上縱有梵谷其人，必無梵谷其畫。今日面對「向日葵」和「星光夜」的神奇燦亮，全世界感動的觀衆，都要領西奧的一份情。

梵谷的書信

梵谷留給後世的兩樣東西，一是畫，二是信。他的畫不消說，早經公認爲現代藝術的神品。他的信傳後的也有七百多封，傳記家可以從中發掘資料，考證日期，評論家可以探討思想和技巧的發展，一般讀者也可以從中摸到一顆敏感而體貼的熱心。像這麼親切的自白，在文藝史上成爲重要文獻的，在梵谷之前還有戴拉克魯瓦的《日記》，之後則有勞倫斯的信札。

梵谷爲人木訥，拙於言辭，卻勤於寫信，在現實的挫折與寂寞的壓力之下，把一腔情思都訴之函札。傳說中的梵谷，舉止唐突而情緒不穩，但是在信中他卻溫文爾雅，娓娓動人。七百五十多封信裏，寫給西奧的多達六百五十二封，足見他這弟弟眞是他的第一知己。寂寞的人最需要的，是一只關切的耳朵。在舉世背對著他的時候，幸有西奧的耳朵向他開放，否則在繪畫之外我們將少了一條直入他心靈的捷徑。其餘的約一百封則是寫給畫友與家人，計有給梵哈巴（Van Rappard）的五十八封、給貝爾納（Emile Bernard）的廿一封、給高敢的一封、給妹妹維爾敏娜的廿三封。在阿羅時期，梵谷的畫質高而量多，平均每週畫三張。同時信也寫得最勤，平均每週寫兩封半。兩者相加，足見心智活動之盛。如果減去三次發狂住院的兩個多月，則清醒的日子就更忙碌了。

梵谷的繪畫

書信雖然直說，卻是次產品與旁證。主產品當然是繪畫。那畫，不落言詮卻言之親切、懇切、痛切，廣義上也是一封信，不是寫給一個人，而是寫給全世界。

梵谷一生匆匆，起步習畫又晚，創作只得十年，比起狄興或畢卡索來，不到七分之一。但是這十年的貢獻，論質，不下於任何現代畫家，論量，就更形多產了。從一八八〇年夏天到一八九〇年夏天，整十年裏荷蘭（包括在比利時礦區與安特衛普）佔五年半，法國僅得四年半。在法國時期，僅計油畫便有六百張以上。僅計狂疾發作到自殺的那一年半，產量竟逾三百張，更多的素描還不在內。

梵谷的油畫在人像、風景、靜物各方面都很出色，也都留下了代表作。而無論如何分類，他的作品，尤其是在阿羅以後，線條則夭矯遒勁，律動不已，色彩則此呼彼應，相得益彰，輪廓則巧拙互補，氣勢流暢，整個畫面有一股沛然運轉的節奏感。許多畫家的光都是外來的，取自現實，梵谷的光卻發自內裏，像是發自神靈的光源。

人像畫在他的藝術裏分量既重，成就亦高。除了「食薯者」、「阿羅病院」等少數例外，他的人像都是單像而非群像。這似乎是一個限制，但是他要捕捉的毋寧正是個性與寂寞。從早期的礦工到後期的嘉舍大夫，他的像中人多爲中下層階級，不見美女貴人。他一生自放於江湖，見棄於社會，又窮得僱不起模特兒，乃成爲小人物的造像者。他無須也無意取悅像中人，所以求眞重於求美，眞了，當然就美。他的人物可能是俗稱的醜人，卻因性格的力量，心靈的流露，生命的經歷而蛻變，成就了藝術之美。另一方面，梵谷的人像用色虛實相應，武斷而有效，背景往往一掃現實，不是用滿幅抽象的鮮黃（如「阿羅女子」）或淺青（如「郵差魯蘭」），便是索性放在星空下面，襯著永恆，例如「詩人巴熙」。這麼一來，他的人物便自現實釋放出來，變得獨特而有尊嚴，甚至超凡入聖了。

梵谷的自畫像很多，變化亦富。在荷蘭畫家之中，他和冉伯讓前呼後應，成爲多作自畫像的兩大例外。其實比起一切人像畫家來，梵谷的這類作品皆可謂多得出奇。這說明他有多麼寂寞，卻又多麼勇於自省。除了俊男妍女，誰喜歡注視鏡中的自我呢？然而梵谷的自畫像，正如前輩冉翁，卻嚴於反觀自顧，往往是透過「醜」的外表來探審內在的眞情，並不企圖美化。那許多自畫像，激烈肅峻之中帶著溫柔，有時戴帽如紳士（巴黎時期），有時清苦如禪師（阿羅中期）、有時包著右耳的傷口（阿羅後期）、有時失神落魄如白痴（阿羅後期）、有時咬緊牙關睥睨如烈士（最後的一張），形形色色，其面目恐怕是觀衆印象最深的畫家了。

最奇異的景象是從巴黎時期起，他的自畫像在背景上出現了光圈。聖徒或天使頭頂的光圈，被梵谷分解成點畫派手法的色彩漩渦，一層層騷動的同心圓，一股股疾轉的斷續圓弧，把人像圍供在中央。評論家指認這是梵谷自命基督的意象，出現率之高令人可信。有時他在畫別人的像中也頂以光輪。他自認這畫法是一大貢獻，並說「我想把男女畫得都帶點永恆，就是以前用光圈來象徵的那東西。」

梵谷對前輩的大師經常臨摹，而效法最多的仍是人像。戴拉克魯瓦的「聖母慟子圖」、杜瑞的「監獄內院」及米勒的「播種者」、「收割者」等都是佳例。最可惜也最不解的，是這位人像大家竟未爲自己的好弟弟畫一張像。

風景畫也是梵谷的重要作品，其中尙有不少變化。論風格，早期的風景，例如「斯開文寧根海岸」，色調陰沉，比較拘泥於寫實。巴黎時期的，例如「蒙馬特崗花圃」，開始學印象派甚至點畫派。進入阿羅時期之後，才建立了自己的風格：一種是畫面開曠平靜，多爲遠景，比較寫實，例如「平疇秋收」和「桃樹果園」；另一種是畫面波動甚至旋轉，地面起伏，衆樹迴舞，連天上的風雲也流動響應，就比較寫意，也即所謂象徵了，例如「橄欖林」和「星光夜」。後面這一種寫意風景不但人格化，簡直神格化了，頗有頌歌的意味。把以往罕見入畫的群星，寫意成花朵、成漩渦、成迴流、成一叢金黃的太陽，眞是匪夷所思，天眞得入神。柏樹扭旋成綠色的火焰，在嚮往升天。麥浪掀起整幅的鮮黃，在地上洶湧。連大地本身也在蠢動，甚至一條平凡的村道或是田間的阡陌，也翻翻滾滾，像河水一樣流來。莫內的風景雖美，仍在人境，梵谷的風景卻入於宗教了。對於梵谷，黃色屬於土地，既生萬物，亦葬衆生。

梵谷的靜物亦超越現實而具有象徵，被內在的光所照亮。早期的「皮鞋」和巴黎時期的「靜物與鯖魚」雖已顯示出衆的感性，但是要到阿羅時期的「向日葵」、聖瑞米時期的「白玫瑰」

和「鳶尾花」，才終於別創一格。尤其是那一組十二幅的「向日葵」，十四五朵矯健而煥發的摘花，暖烘烘地密集在一隻矮胖的陶瓶子裏，死期迫近而猶生氣盎然。除了綠莖、綠萼、綠蕊的對照之外，花、瓶、桌、壁，一切都是豔黃，從檸檬黃、土黃、金黃到橘黃，簡直是黃的變奏。色調之和諧絢爛，像是在安慰視覺的神經。

爲了求變、求全，梵谷慣於反覆探討同一主題，所以常見同題異畫，有時還很多張，而精麤也有參差，賞者不可不察。無論人像、風景、靜物，都有這現象。例如「郵差魯蘭」便有兩張都是半身，一張及胸，背景多花，另一張及膝，背景無花。「食薯者」除了有許多頭像草稿之外，全畫也有正副兩張，副張比正張要差很多。

如果把家具也歸入靜物，則此類佳作至少還得一提阿羅時期的「梵谷的臥室」、「梵谷之椅」、「高敢之椅」。「梵谷的臥室」已很有名，但是那一對扶手椅賞者不多，未免錯過眼福。而「高敢之椅」尤其華麗之中透出神奇，構圖、配色、造形都臻於至善。這是黃色時期的巔峯，此圖在繽紛錯錦之中仍讓黃色稱王。上面的深綠壁面反托出暖黃的吊燭臺，下面的椅墊上也有一臺插燭，金黃的光焰正在飄動。加上兩本書反光的封面，和綠椅墊上密密的金線，眞是十分耐看。除了油畫，梵谷的素描也十分可觀。這些副產品有的獨立自足，有的只是吉光片羽，爲正規的油畫作證，有的甚至隨手勾在信紙上，便於說明。早期的素描多用炭筆，作風奔放，後期兼用鋼筆，有的畫得十分精緻，透視井然。有些評論家甚至認爲他始終是一位素描家，畫起油畫來也還是素描技法，也就是說，以線條爲主。

代表作舉例

限於篇幅，梵谷的傑作不勝枚舉，但是綜觀概論又嫌空泛，以下挑出幾幅代表作來，略加賞析。

「食薯者」（**The Potato-Eaters**）——作於一八八五年五月，是荷蘭時期的結論。梵谷爲這幅力作投注了很多心血。他曾屢次爲畫中人素描了個別的頭像和手像，其後在三月間才爲群像畫了一幅草稿，四月間畫了油畫的初稿，五月間才畫出今日我們眼熟的完稿。素描、草稿、初稿都畫於現場，梵谷在不滿之餘，發現自己太貼近對象了。完稿是回去畫室，憑著記憶一氣呵成的。

畫中人是梵谷故鄉布拉班特的農家，姓德格魯特。一家人在煤油燈下圍著桌子叉食薯塊，在田裏鋤土挖薯的，也就是這些筋骨暴露的糙手。槎枒的樑木、煙薰的舊牆、蒸薯的熱氣、汙穢的桌布，和上面咖啡杯的陰影，配合著一家人各就各位默默共餐的神情，烘托出一片又無奈又溫馨的氣氛。整個畫面似乎用馬鈴薯的色調染成。梵谷傳記《塵世過客》（*Stranger on the Earth*：**by Albert Lubin**）的作者魯賓說：「這是梵谷對荷蘭統治階級漠視農民的證詞。」我覺得就畫論畫，與其說那上面是對於當道的憤恨，不如說是對農家的關心。

不過魯賓另有一說倒不妨參考。據他說，梵谷的父親在此畫繪成之前二月突然去世，所以作畫時梵谷的心底隱然潛動著老家的回憶。表面上圍坐的是德格魯特家人，其實是他自己的家人。左手坐的是梵谷自己，要是你仔細看，他的椅背上正簽著 Vincent 之名。右手是他母親，貌似專心在倒咖啡，其實是心慟亡兒，不願接受他的關注。背對觀衆站在文生和母親中間的，正是文生前一胎的那亡兒，所以不見面目。當中面向觀衆的兩人，左邊是文生的妹妹維爾敏娜，右邊是父親。妹妹一向是在文生一邊；父親舉杯向母親，母親卻不理會。文生的頭頂，畫的左上角是一座掛鐘，正指著七點。其右是一幅畫，隱約可見基督在十字架上，也正透露文生的基督意識。

「老唐基」（Peré Tanguy）——作於一八八七年，畫中人是巴黎的小畫商，也是印象派畫家的死黨，爲人熱情忠厚，也曾善待梵谷。看得出，在色彩的處理上，此畫已受到色拉點畫法的引導，但是鬚眉、衣褲的線條已經有自己的技法。最觸目的是背後掛的日本版畫，不但顯示這些畫當時在巴黎多麼流行，也說明梵谷多麼喜歡這風格。像「老唐基」這樣的人像，日後到阿羅，在「郵差魯蘭」等作品裏表現得更爲生動。

「夜間咖啡座」（Café Terrace at Night）——爲一八八八年作品，確是梵谷夜間在現場所繪。梵谷在信中曾說：「我常認爲夜晚比白晝更有活力、更富色彩」；又說：「第二幅畫的是一家酒店的露天座，夜藍之中一盞大煤氣燈照亮了座臺，還有一角繁星的藍空。」色彩的對照沒有比此畫更豔麗饗目的了。燈光的鮮檸檬黃，佐以座臺的暖橘色，氣氛熱烘烘的，連卵石的街道也有微明的反光。反襯這中央亮色的，是上面樓房的灰紫和下面街道的碎紫，門框和星夜的深藍左右對峙，背景更襯以深巷的暗邃。也沒有任何夜景比此畫更富詩意的了。整幅畫的視覺美感簡直就是一曲夜色頌。單看星空下的深巷，就足以令人出神入畫，目迷於星燦如花，遠遠近近，都閃著顫顫的光暈，近的一些眼看著就逼近巷底的樓頂了。那神祕而黑的樓影，卻有隱約的燈火橘黃，從狹細的窗口漏出。百年前普羅汪斯的星光夜，就這麼被一雙著魔的眼睛捉住，永遠逃不掉了。

「星光夜」（The Starry Night）——作於一八八九年，屬於聖瑞米時期。梵谷對於星空異常神往，甚至用來做人像的背景，例如那張「詩人巴熙像」，似乎把像中人提升到星際而與永恆同在了。這種渴慕星空的宗教熱情，到了癲狂發作後的聖瑞米時期，迸發而爲「星光夜」一類的夜景，有時畫面更見星月交輝。這一幅「星光夜」，人間寂寂而天上熱烈。下面的村莊果然有星月的微輝，但似乎都已入夢了，只有遠處教堂的尖頂和近處綠炬一般的柏樹，互相呼應，像誰的禱告那樣，從地面升向夜空。而那夜空浩浩，正展開驚心動魄的一大啓示，所有的星都旋轉成光之漩渦，銀河的長流在其間翻滾吞吐，捲成了迴川。有些人熟視此畫會感到暈眩。這正是梵谷的感受，在此之前，他久已苦於暈眩，並向貝爾納承認自己有懼高症。在巴黎，他的症狀嚴重得甚至不慣於爬樓，且說感到「陣陣的暈眩，像在作惡夢」。難得的是別人也許因此而自困，梵谷卻把自己的病症轉引成藝術，帶我們去百年前也是永遠的星空。

「鳶尾花」（Field of Irises）——是一八八九年聖瑞米時期作品。正如在阿羅畫了十二幅向日葵，梵谷在聖瑞米所畫鳶尾花也不止一幅。另有一幅是插瓶，構圖與向日葵相似。這一幅卻是花圃所生，也就是近日以高價拍賣而舉世注目的一幅。在希臘神話裏 Iris 原爲彩虹之女神，在紋章譜裏據說鳶尾花也是法國王徽 fleur-de-lis 圖案之所本。梵谷未必用此聯想。他後期畫中的花卉，無論是向日葵、鳶尾花、白玫瑰，無論莖葉或花朵，都生命昂揚，在婀娜之中透出剛健，和印象派畫花的嫵媚不同。這滿園的鳶尾昂昂然破土而出，莖挺而葉勁，勃發的生機沛然向上，似乎破土還不夠，更欲破畫而去。藍紫色的花朵襯以三五紅葩，繁而不亂，豔而不俗。左角上伸過來的白葩使整個畫面爲之一亮，而免於過分密實；沒有這白葩，就失之單調了。一簇簇的長葉挺拔如劍，葉尖的趨勢使畫面形成欣然向上的動感。布局上最突出的地方，便是只有近景，不留餘地，予人就在花前之感。

「嘉舍大夫」——進入了奧維時期，作於一八九〇年六月。梵谷在奧維的十個星期裏，一共畫了七十張油畫，三十二張素描：其中十二張是人像，包括嘉舍大夫和他的家人。梵谷去那小鎭，原來是要就醫於嘉舍，不料醫生竟然比病人還要憂鬱，而且坐立不安。嘉舍是業餘畫家，當代的大畫家幾乎都接受過他的招待，因此家中藏畫很多。他一見到梵谷的「向日葵」，就斷定是不朽之作。梵谷爲他畫了這幅像後，他驚喜之極，要求梵谷再畫一幅完全一樣的送他。梵谷不但再作一幅，還用水彩又畫了一遍。仍以這正本最爲傳神，色調也最完美。正如梵谷在信中所云，這畫像的神情「悲哀而溫柔，卻又明確而敏捷」。嘉舍左手按著一枝指頂花（Foxglove），右手托頭的姿勢，顯示他有多憂煩、多疲倦。天的悶藍、山的鬱藍，加上翻領外套的灰紫，呼應身軀的傾斜無奈、臉上的怔忡失神，眞是梵谷人像中的神品。梵谷死時，嘉舍守在病床邊爲他畫了一張瞑目的遺像，也算是無奈的報答了吧。

「麥田群鴉」（Crows over the Wheatfield）——作於一八九〇年六月，幾乎是在自殺的前夕。許多人以爲這是梵谷的最後作品，其實「一八九〇年七月十四」那幅才是。不過「麥田群鴉」確是他一生藝術的迴光返照，劇力之強前所未見。就在六月間他曾寫信告訴弟弟和妹妹：「迄今我又已畫了三幅大畫。都是騷動的天色下廣闊的麥田，我根本不用特別費事，就能夠畫出悲哀與無比的寂寞。」

藍得發黑的駭人天穹下，洶湧著黃滾滾的麥浪。天壓將下來，地翻覆過來，一群不祥的烏鴉飛撲在中間，正向觀者迎面湧來。在放大的透視中，從麥浪激動裏三條荒徑向觀者，向站在畫前，不，畫外的梵谷聚集而來，已經無所逃於天地之間了。畫面波動著痛苦與焦慮，提示死亡正苦苦相逼，氣氛咄咄祟人。這種壓迫感跟用色的手法頗有關係，因爲梵谷用短勁的線條把不同的色彩相疊在一起。

評論家夏比洛（Meyer Schapiro）認爲畫中充滿絕望，魯賓卻另有一說。他說，那絕望是用基督的口氣來說的。基督釘上十字架而解脫了痛苦。梵谷在想像中以基督自任，也上了十字架，所以「黑暗佈滿了大地」。那兩條橫徑就是十字架的橫木，而中間的斜徑正是十字架縱木的下端。基督之頭，亦即畫家之頭，卻在畫外仰望著天國。

寂寞身後事

梵谷死後的十年間，巴黎、阿姆斯特丹等地有過六次的梵谷畫展，其中的兩次分別由他的畫友貝爾納和弟媳婦約翰娜所促成。這些個展並未引起多少注目，但是到了第七次，在巴黎伯爾海二世畫廊展出時，卻吸引了不少文藝界的菁英。三十七歲的奧地利詩人霍夫曼希塔爾，觀後深為感動，且在信中告訴朋友：「這位畫家叫文生．梵谷。從目錄所列的年分頗近看來，他應該還在人世……年紀不會比我大吧。」足見時人對他的存歿都不清楚。但是馬蒂斯、德漢、佛拉曼克，未來的野獸派要角，卻在這次畫展的揭幕禮上相逢，而且佛拉曼克還叫道：「我愛梵谷勝過愛父親！」

從畫展的頻率，也可以看出梵谷作品普及的歷程。西歐各國接受他最早：一九〇五年，他的畫展先後在巴黎、阿姆斯特丹、德勒斯登、多特勒支舉辦了四次。另一高潮是在一九二七年，分別展出於巴黎、海牙、伯恩、布魯塞爾。二次大戰之後，梵谷熱又顯著升高。從一九四五到一九五三，歐美各地一共有十二次畫展，會場遍及十七個都市：高潮是一九四七的四次，一九四八的三次。一九三五至三六，梵谷以巡迴展方式首入美國；一九四九至五〇又巡迴於紐約的大都會與芝加哥的藝術館。最有意義的一次巡迴展，是一九五一年在法國南部，起站是里昂，終點竟然是阿羅與聖瑞米。六十年後，紅頭瘋子的靈魂又回到受難的舊地，眞有基督復活之歎。梵谷地位之經典化，當在四十、五十年代之交。

梵谷早經公認為後期印象派（Post-Impressionism）四位大師之一，但是他的作品特具精神的內容，尤其是宗教的情操，與高敢的神祕象徵或有相通之處，但與塞尚、秀拉的技巧革命卻不一樣。他那民胞物與的博愛胸懷，透過線條的波盪、色彩的呼喚，最富於人文的感召力，所以對文學家最能吸引，也較能感動廣大的觀衆。

在藝術界，梵谷對後世的影響不如塞尙之廣，卻自有傳人。論性靈的悸動、精神的張力、著魔的表情，他對北歐的畫家最多啓示，尤其是對日爾曼族的表現派畫家諾爾德（Emil Nolde）、貝克曼（Max Beckmann）、柯柯希卡（Oskar Kokoschka）。比利時的安索（James Ensor）、挪威的孟克（Edvard Munch）可以算是他的師弟。孟克那幅祟人如魔的石版畫「狂呼」，連梵谷見了也要大吃一驚。柯柯希卡那些人像的眼神與手勢，尤其是那幅情人相擁而飛旋於虛空的「暴風雨」，可謂梵谷式焦灼的變本加厲。貝克曼的名作「家人」，畫一家六口同室而寂寞的群像，也是燭光在中間，左邊的人望著右邊的人，右邊的人卻垂目不應，也是一女子背著觀衆：構圖太像「食薯者」了。

論技巧，則在南方，一任形體變態、色彩騷動以解放本能的野獸派，也是梵谷的傳人。馬蒂斯傾向秩序與冷靜，較受高敢的影響，但是佛拉曼克與德漢，則繼承梵谷的粗曲線與亮色較多。另有一位獨來獨往的俄裔畫家，無論人像、風景、靜物，在用色、布局和風格上都接近梵谷，名叫蘇丁（Chaim Soutine, 1894-1943）。

至於曲線裝飾的「新藝術」（Art Nouveau）和象徵風格的「先知派」（The Nabis），也受了梵谷的間接影響。但是高敢的粗曲線輪廓和寫意色彩對他們的啓示，比梵谷更大。

就廣義而言，站在梵谷這一切瑰麗熾烈的傑作之前，一百年後的我們，感動而又感恩之餘，又有誰不是梵谷的信徒呢？因爲這位超凡入聖的大畫家，從教會的傳道者變成藝術的傳道者，最後更慷慨成仁，做了藝術的殉道者。

——一九九〇年三月

——選自一九九四年《從徐霞客到梵谷》

詩與音樂

1

自從蘇軾說王維詩中有畫、畫中有詩以來，詩畫相通相輔之理，已經深入人心。非但如此，東坡先生還強調：「詩畫本一律，天工與清新。」他自己的詩中更多題畫、論畫之作，例如詩畫一律之句，便出於〈書鄢陵王主簿所畫折枝〉，而「春江水暖鴨先知」之名句也出自題畫詩〈惠崇春江晚景〉。杜甫對繪畫也別具隻眼，詠畫之作，從早年的〈畫鷹〉到晚年的〈丹青引〉，都有可觀。不過題畫的詩，要等宋以後才眞盛行，有時甚至把空白處都題滿了，成了名副其實的「畫中有詩」。這現象，在西洋畫中簡直不可能。

詩可以通畫，但在另一方面，也可以通樂。套蘇軾的句法，我們也可以說：「詩中有樂，樂中有詩。」詩、畫、音樂，皆是藝術。但是詩不同於畫與音樂，乃是一種綜合藝術，因爲它兼通於畫和音樂。詩之爲藝術，是靠文字組成。文字兼有形、聲、義，而以義來統攝形、聲。形可指字形，更可指通篇文字在讀者心中喚起的畫面或情境，所以詩通於畫，同爲空間的藝術。聲可指字音，更可指通篇文字所構成的節奏與聲調，所以詩也通於音樂，同爲時間的藝術。

凡時間藝術，必須遵守順序，不得逆序，也不得從中間開始。例如聽貝多芬的交響曲，必須從第一樂章到末一樂章順序聽下去；同樣，要讀柳宗元的〈江雪〉，也必須順著千山、萬徑、孤舟、獨釣，一路進入那世界，而終於抵達寒江之雪。若是〈江雪〉這首詩由王維繪成一幅水墨畫，則我們觀畫時，很可能一眼就投向「獨釣寒江雪」的焦點，然後目光在千山萬徑之間徘徊，或者逡巡於寒江之上，總之，沒有定向，沒有順序。正如我們觀賞米開蘭吉羅在席思丁教堂的宏偉壁畫，到上帝創造亞當的一景，驚駭的目光不由會投向神人伸手將觸而未觸的剎那，因爲那是戲劇焦點的所在；但是此情此景若寫成詩或譜成曲，大半不會逕從這焦點開始，總要醞釀一番才會引到這高潮。

如此看來，經由意象的組合，意境的營造，詩能在我們心目中喚起畫面或情景，而收繪畫之功。另一方面，把字句安排成節奏，激盪起韻律，詩也能產生音樂的感性，而且像樂曲一樣，能夠循序把我們帶進它的世界。詩既通繪畫，更通音樂，乃兼爲空間與時間之藝術，故稱之爲綜合藝術。詩中有樂，樂中有詩，其間的親密關係，實在不下於詩、畫之間。

2

中國文學傳統常稱詩爲「詩歌」，足見詩與音樂有多深的淵源。從詩經、楚辭到樂府、宋詞、元曲，一整部中國的詩史可謂弦歌之聲不絕於耳。有時候倒過來，會把詩歌叫做「歌詩」；例如李賀的詩集就叫做《李長吉歌詩》，杜牧爲之作序，也稱爲「歌詩」，《舊唐書》稱賀詩爲「歌篇」，《新唐書》則稱之爲「詩歌」。這種詩、歌不分的稱謂，在詩題上尤爲普遍。詩作以歌、行、曲、調、操、引、樂、謠等等爲題者，不可勝數。李白的詩風頗得漢魏六朝樂府民歌的啓迪，二十五卷詩集裏樂府佔了四卷，樂府詩共有一四九首，約爲全部產量的六分之一。李賀更是如此，無論新舊唐書，都說他有樂府數十篇，雲韶諸工皆合之弦管。

詩歌一體，自古已然。毛詩大序：「情動於中而形於言，言之不足，故嗟歎之；嗟歎之不足，故詠歌之；詠歌之不足，不知手之舞之，足之蹈之也。」這抒情言志的過程，始於訴說而終於唱歌，更繼以舞蹈，簡直把詩、歌、舞溯於一源、合爲一體了。古人如何由詩而歌、由歌而舞，我們無緣目睹，但是當代的搖滾樂，從貝瑞（Chuck Berry）到貓王普瑞斯利到邁可・傑克森，倒眞是如此。強烈的情感發爲強烈的節奏，而把詩、歌、舞三者貫串起來，原是人類從心理到生理的自然現象，想必古今皆然。

沈德潛編選的《古詩源》，開卷第一首就是〈擊壤歌〉，而〈古逸〉篇中以歌、謠、謳、操爲題名者有四十五首，幾近其半。楚漢相爭，到了尾聲，卻揚起兩首激昂慷慨的歌：項羽的

〈垓下歌〉是在被圍之際，聽到四面楚歌，夜飲帳中而唱出來的；劉邦的〈大風歌〉也是在酒酣之餘，擊筑而歌。〈垓下歌〉是因夜聞漢軍唱楚歌而起，而〈大風歌〉更有敲擊樂器伴奏。今日僅讀其詩，已經令人感動，若是再聞其歌，更不知有多慷慨。這兩位作者原來皆非詩人，卻都是擔當歷史的當事人，在歷史沉痛的壓力下，乃迸發出震撼千古的歌聲。若是沒有了這些「詩歌」，歷史，就不免太寂寞了。

宋詞之盛，最能說明詩與音樂如何相得益彰。時人有善歌者，蘇軾問他，自己的詞比柳永的如何。那人說：「柳中郎詞只合十七八女郎，執紅牙板，歌『楊柳岸，曉風殘月』。學士詞須關西大漢，銅琵琶，鐵綽板，唱『大江東去』。」這雖然是作品風格的比較，卻也要用歌唱方式與樂器來對照。至於詩、樂兼精的姜夔，如何將詩藝、聲樂、器樂合為一體，但看他的七絕〈過垂虹〉，就知道了：「自作新詞韻最嬌，小紅低唱我吹簫。曲終過盡松陵路，回首煙波十四橋。」

其實中國的古典詩詞，即使沒有歌者來唱，樂師來奏，單由讀者感發興起，朗誦長吟，就已有音樂的意味，即使是低迴吟歎，也是十分動人的。其實古人讀書，連散文也要吟誦，更不論詩了。中國文人吟誦詩文，多出之以鄉音，曼聲諷詠，反覆感歎，抑揚頓挫，隨情轉腔，其調在「讀」與「唱」之間。進入中國古詩意境，這是最自然最深切的感性之途。我以往在美國教中國文學，去年在英國各地誦詩，每每如此吟詠古詩。有時我戲稱之為「學者之歌」（scholarly singing），英美人士則稱之為 chanting。

其實英美詩人自誦作品，只是讀而已，甚至不是朗誦。佛洛斯特、魏爾伯（Richard Wilbur）、貝吉曼（John Betjeman）等人讀詩，我曾在現場聽過。葉慈、艾略特、康明思、奧登、狄倫．湯默斯等人讀詩，我也在每張五美元的唱片上聽過，覺得大半都只是單調平穩，不夠動人。艾略特的讀腔尤其令我失望；葉慈讀〈湖心的茵島〉，曼聲高詠，有古詩風味，卻因錄音不佳，頗多雜聲，很可惜。唯一的例外是威爾斯的狄倫．湯默斯：他的慢腔徐誦，高則清越，低則沉洪，音量富厚，音色圓融，兼以變化多端，情韻十足，在英語詩壇可稱獨步。不過他的方式仍然只是朗讀，不似中國的吟詠。中國文人吟詩的腔調，在西方文化裏實在罕見其儔，稍可相比的，我只能想到「格瑞哥里式吟唱」（Gregorian chant）。這種唱腔起於中世紀的彌撒儀式，天主教會沿用至今，常爲單人獨唱，節奏自由，起伏不大，且無器樂伴奏，所以也稱「清歌」（plainsong or plainchant）。不過這種清歌畢竟是宗教的穆肅頌歌，聽起來有點單調，不像中國文人吟詩那麼抒情忘我。

《晉書》有這麼一段：「王敦酒後，輒詠魏武帝樂府歌曰：『老驥伏櫪，志在千里。烈士暮年，壯心不已。』以如意打唾壺爲節，壺邊盡缺。」後世遂以「擊碎唾壺」來喻激賞詩文，可見國人吟詩，節奏感有多強調。杜甫寫詩，自謂「新詩改罷自長吟」，正是推敲聲律節奏。《晉書》又有一段，說袁宏「曾爲詠史詩。謝尚鎮牛渚，秋夜乘月泛江，會宏在舫中諷詠，遣問焉。答云：是袁臨汝兒朗誦詩。尚即迎升舟，談論申旦，自此名譽日茂。」可見高詠能邀知音，且成佳話，也難怪李白夜泊牛渚，要嘆「余亦能高詠，斯人不可聞。」更可體會，爲什麼朱熹寫〈醉下祝融峯〉，會說自己「濁酒三杯豪氣發，朗吟飛下祝融峯。」

英國詩人浩司曼說，他在修臉時不敢想詩，否則心中忽湧詩句，面肌便會緊張，只怕剃刀會失手；又說他生理對詩的敏感，集中在胃。中國人的這種敏感，更形之於成語。龔自珍《己亥雜詩》裏便有這麼一首：「迴腸盪氣感精靈，座客蒼涼酒半醒。自別吳郎高詠減，珊瑚擊碎有誰聽？」又自注道『曩在虹生座上，酒半，詠宋人詞，嗚嗚然。虹生賞之，以為善於頓挫也。近日中酒，即不能高詠矣。』可見定庵詠起詩來，一唱三歎，不知有多麼慷慨激楚，所以始則迴腸盪氣，終則擊碎珊瑚。

3

在西方的傳統裏，詩與音樂也同樣難分難解。首先，日神亞波羅兼為詩與音樂之神。九繆思之中，情詩女神愛若多（Erato）抱的是豎琴（lyre），而主司抒情詩與音樂的女神尤透琵（Euterpe）則握的是笛。英文 lyric 一字，兼為形容詞「抒情的」與名詞「抒情詩」，正是源出豎琴，而從希臘文（lurikos）、拉丁文（lyricus）、古法文（lyrique）一路轉來，亦可見詩與音樂的傳統，千絲萬縷，曾經如此綢繆。

古典時代如此，中世紀亦然。例如 **minstrel** 一字，兼有「詩人」與「歌手」之義，特指中世紀雲遊江湖的行吟詩人，其尤傑出者更入宮廷獻藝。法國的 **jongleur** 亦屬同行，不過地位較低，近於變戲法的賣藝人了。中世紀後期在法國東南部普羅汪斯一帶活躍的行吟詩人，受宮廷眷顧而擅唱英雄美人故事者，稱爲 troubadour，在法國北部的同行，則稱 trouvére；在英國，又稱 gleeman。

西洋的格律詩，每一行都有定量的音節，其組合的單位包含兩個或較多的音節，稱爲「步」（foot），依此形成的韻律稱爲「格」（meter）。例如每行五步，每步兩個音節，前輕後重，這種安排，就稱爲「抑揚五步格」（iambic pentameter）。頗普的名句「淺學誠險事」（A little learning is a dangerous thing），即爲此格。可是 meter 更有計量儀器之義，例如溫度計（thermometer）、速度計（speedometer）。作曲家在樂譜上要計拍分節、支配時間，同樣得控制數量，如此定量的格律，也是 meter。所以英文「數量」一詞的多數 numbers，就有雙重的引申義，可以指詩，也可以指音樂的節拍。頗普在《論批評》的長詩裏，說明「聲之於義，當如回音。」並舉例說：「當西風輕吹，聲調應低柔，／平川也應該更平靜地流。」原文是：

Soft is the strain when Zephyr gently blows,
And the smooth stream in smoother numbers flows.

其中 strain 和 numbers 兩字，都可以既指詩的聲調，也指樂曲。頗普幼有夙慧，自謂「出口喃喃，自合詩律。」（I lisp'd in numbers for the numbers came）西方詩、樂之理既如此相通，也就難怪詩人常以樂曲爲詩題了。諸如歌（song）、頌（ode）、謠（ballad）、序曲（prelude）、輓歌

（dirge）、賦格（fugue）、夜曲（nocturne）、小夜曲（serenade）、結婚曲（epithalamion）、變奏曲（variations）、迴旋曲（rondeau）、狂想曲（rhapsody）、安魂曲（requiem）等等，就屢經詩人採用。其實，流行甚廣的十四行詩（sonnet），原意也就是小歌。

4

詩與音樂的關係如此密切，眞說得上「詩中有樂，樂中有詩」了，但兩者間最直接的關係，應該是以詩入樂。詩入了樂，便成歌。有時候是先有詩，後譜曲。例如王維的一首七絕，本來題爲〈送元二使安西〉，後來譜入樂府，用來送別，並將末句「西出陽關無故人」反覆吟唱，稱爲〈陽關三疊〉，遂成〈渭城曲〉了。至於李白的〈清平調〉三首，則是先已有曲，就曲賦詩。據〈太眞外傳〉所記，玄宗與貴妃賞牡丹盛開，李龜年手捧檀板，方欲唱曲。玄宗嫌歌詞太舊，乃召「翰林學士李白立進清平樂詞三章……命梨園子弟略約詞調，撫絲竹，遂促龜年以歌之。」

蘇格蘭詩人彭斯以一首驪歌〈惜往日〉（Auld Lang Syne）名聞天下，其實此詩並非純出他一人之手。彭斯當日，這老歌已流傳多年，一說是沈皮爾（Francis Sempill，一六八二年卒）所作，但可能更古。彭斯在致湯姆森（George Thomson）信中說：「這首老歌年淹代遠，從未刊印……我是聽一位老叟唱它而記下來的。」這恐怕是世界上最有名的歌了，離情別緒本已盪人愁腸，再經哀豔的「魂斷藍橋」用燭光一烘托，更是愁殺天下的離人。彭斯在世的最後十二年間，收集、編輯、訂正、並重寫蘇格蘭民謠，不遺餘力，於保存《蘇格蘭樂府》（The Scots Musical Museum）貢獻至鉅。

以詩入樂，還有一種間接的方式，那便是作曲家把詩的意境融入音樂，有些標題音樂便是如此。貝遼士的靈感常來自文學名著，莎士比亞的詩劇《李耳王》、《羅密歐與茱麗葉》、《無事自擾》，歌德的詩劇《浮士德》，都是他取材的對象。拜倫的長詩《海羅德公子遊記》，也激發他譜成交響曲《海羅德遊義大利》。蕭邦的鋼琴曲抒情意味最濃，給人的感覺像是無字之歌，只由黑白鍵齒唱出，乃赢得「鋼琴詩人」之稱。另一位音樂大師與詩結緣更深，其詩意也更飄逸婉轉，便是象徵派宗師杜步西。他的鋼琴小品無不微妙入神，令人淪肌浹髓，而且時見東方風味，奇豔有如混血佳人。〈寶塔〉一曲，風鈴疏落，疑爲夢中所敲；那種迷離蠱惑之美，雖比之李商隱的「一春夢雨常飄瓦，盡日靈風不滿旗」，也不遜色。杜步西的曲名，例如〈水中倒影〉、〈雨中花園〉往往就像詩題。有一首序曲叫作〈聲籟和香氣在晚風裏旋轉〉，簡直是向波特萊爾挑戰了。杜步西曾將波特萊爾、魏爾崙、羅賽蒂的名詩譜成歌曲，卻把馬拉美的〈牧神的午後〉轉化爲一首無字而有境的交響詩。

5

詩與音樂還可以結另一種緣，便是描寫音樂的演奏。詩藝有賴文字，在音響上的掌握當然難比樂器的獨奏或交響，但文字富有意義和聯想，還可以經營比喻和意象，卻爲樂器所不及。

例如摹狀音樂最有名的〈琵琶行〉，有這樣的一段：「輕攏慢撚抹復挑，初爲霓裳後六幺。大弦嘈嘈如急雨，小弦切切如私語；嘈嘈切切錯雜彈，大珠小珠落玉盤。」我們一路讀下去，前兩句會慢些，後四句就快了起來，因爲「攏、撚、抹、挑」是許多不同的動作，必須費時體會，但後四句的「嘈、切、大、小、珠」各字重疊，有的還多至四次，當然比較順口。「嘈嘈切切錯雜彈」七字都是摩擦的齒音，紛至沓來，自然有急弦快撥之感。急雨、私語、珠落玉盤等比喻，兼有視覺與聽覺之功，乃使感性更爲立體。「輕攏慢撚」那一句，四個動作都從手部，也顯得彈者手勢的生動多姿。由此可見，詩乃綜合的藝術，雖然造形不如繪畫，而擬聲難比音樂，卻合意象與聲調成爲立體的感性，更因文意貫串其間而有了深度，仍有繪畫與音樂難竟之功。

中國詩摹狀音樂的佳作頗多，從李白的「爲我一揮手，如聽萬壑松。客心洗流水，餘響入霜鐘。」到韓愈的「躋攀分寸不可上，失勢一落千丈強。」從李頎的「長飆風中自來往，枯桑老柏寒颼颼。」到李賀的「崑山玉碎鳳凰叫，石破天驚逗秋雨。」不一而足。不過分析之餘可以發現，這些詩句運用的都是比喻與暗示，絕少正面來寫音樂，正由於音樂不落言詮，所以不便詮解。例如李白〈聽蜀僧濬彈琴〉的四句，揮手只見姿勢，萬壑松風也只是比喻，詩藝眞正見功，還在後兩句。流水固然仍是比喻，但是能滌客心，就虛實相生，幻而若眞，曲折而成趣了。至於餘響未隨松風散去，竟入了霜鐘，究竟是因爲琴聲升入鐘裏而微覺共震嗎，還是彈罷天晚，餘音不絕，竟似與晚鐘之聲合爲一體了呢，則只能猜想。所以描寫音樂的詩，往往要表現聽者的反應或者現場的效果，而不能從正面著力。朱艾敦爲天主教音樂節所寫的長頌，〈亞歷山大之宴〉，便是將描寫的主力用在聽者的感應上。

6

詩和音樂結緣，還有一種方式，便是以樂理入詩。艾略特晚年的傑作《四個四重奏》（Four Quarters），擺明了是用四重奏，也就是奏鳴曲的結構，來做詩的布局與發展，因此評論家常用貝多芬後期的四重奏，來分析此詩的五個樂章。除了長的樂章合於典型的快板、慢板之外，第四樂章總是短而輕快，近於貝多芬引入的諧謔調。

我聽爵士樂和現代音樂，往往驚喜於飄忽不羈的切分音，豔羨其瀟灑不可名狀，而有心將它引進詩裏。所謂切分法，乃是違反節奏的常態，不顧強拍上安放重音的規律，而讓始於弱拍或不在強拍開端之音，因時值延伸而成重音。我寫〈越洋電話〉，就是要試用切分法，賦詩句以尖新倜儻的節奏。開頭的四行是這樣的：「要考就考托福的考試／要迷就迷很迷你的裙子／我說，Susie／要簽就簽上領事的名字。」這樣的句法，本身是否成功，還很難說，恐怕要靠朗誦的技巧來強調，才能突出吧。

早年我曾在〈大度山〉和〈森林之死〉一類的詩裏，實驗用兩種聲音來交錯敘說，以營造節奏的立體感。後來在〈公無渡河〉裏，我把古樂府〈箜篌引〉變爲今調，而今古並列成爲雙重的變奏曲加二重奏：

公無渡河，一道鐵絲網在伸手
公竟渡河，一架望遠鏡在凝眸
墮河而死，一排子彈嘯過去
當奈公何，一叢蘆葦在搖頭

一道探照燈警告說，公無渡海
一艘巡邏艇咆哮說，公竟渡海
一群沙魚撲過去，墮海而死
一片血水湧上來，歌亦無奈

西方音樂技巧有所謂「卡旦薩」（Cadenza）一詞，是指安排在協奏曲某一個樂章的尾部，可以自由發揮的過渡樂段，其目的是在樂隊合奏的高潮之餘，讓獨奏者有機會展示他入神的技巧，那即興的風格通常是酣暢而淋漓。我把這觀念引進自己早年探險期的散文裏，在意氣風發的段落，忽然掙脫文法，跳出常識，一任想像在超速的節奏裏奮飛而去，其結果，是「秋夜的星座在人家的屋頂上電視的天線上在光年外排列百年前千年前第一個萬聖節前就是那樣的陣圖。」或是「擋風玻璃是一望無饜的窗子，光景不息，視域無限，油門大開時，直線的超級大道變成一條巨長的拉鍊，拉開前面的遠景蜃樓摩天絕壁拔地倏忽都削面而逝成爲車尾的背景被拉鍊又拉攏。」

7

詩中有畫，詩中亦有樂，究竟，哪一樣的成分比較高呢？詩不能沒有意象，也不能沒有音調，兩者融爲詩的感性，主題或內容正賴此以傳。缺乏意象則詩盲，不成音調則詩啞；詩盲且啞，就不成其爲詩了。不過詩欠音調的問題還不僅在啞，更在呼吸不順。我們可以閉目不看，但是無法閉氣不吸；即使睡眠，也無法閉住呼吸，卻可以一夜合眼。詩的節奏正如人的呼吸，不能稍停。反過來說，呼吸正是人體最基本的節奏。一首詩的節奏不妥，讀的人立刻會感到呼吸不暢，反感即生。

且以古詩十九首爲例：「生年不滿百，長懷千歲憂。晝短苦夜長，何不秉燭遊？爲樂當及時，何能待來茲。愚者愛惜費，但爲後世嗤。仙人王子喬，難可與等期。」除了三、四兩句意象生動之外，其餘並無多少可看，所以感性的維持，就要偏勞音調了。

一首詩不能句句有意象，卻不可一句無音調。音調之道，在於能整齊而知變化，也就是能夠守常求變。再以賀知章的〈回鄉偶書〉爲例：「少小離家老大回，鄉音無改鬢毛衰。兒童相見不相識，笑問客從何處來。」如果每句刪去第六個字，文意完全無損，卻變得不像詩了。原因正在文意未變，節奏卻變了，變單調了，也就是說，太整齊了。「少小離家老回」的節奏，是「少小——離家——老回」，全是偶數組成，有整齊而無變化。「少小——離家——老大回」便有奇數來變化，乃免於單調。

大凡藝術的安排，是先使欣賞者認識一個模式，心中乃有期待，等到模式重現，期待乃得滿足，這便是整齊之功。但是如果期待回回得到滿足，又會感到單調，於是需要變化來打破單調。變化使期待落空，產生懸宕，然後峯迴路轉，再予以滿足，於是完成。賀知章這首七絕正是如此：第二句應了首句起的韻，是滿足；第三句不押韻，使期待落空，到末句才予以延遲的滿足，於是完成。其實，每句七字，固然是整齊，但是平仄的模式每句都在變化，也是一種藝術。

音調之道，在整齊與變化。整齊是基本的要求，連整齊都辦不到，其他就免談了。若徒知整齊而不知變化，則單調。若變化太多而欠整齊，也就是說，只放不收，無力恢復秩序，則混亂。說得更單純些，其中的關係就是常與變。若是常態還未能建立，則一切變化也無由成立，只能算混亂了。所謂變，是在常的背景上發生的。無常，則變也不著邊際，毫無意義。

七十年來，新詩一直未能解決音調的困境。開始是聞一多提倡格律詩，每詩分段，每段四行，每行十字，雙行押韻，以整齊爲務。雖然聞氏也有二字尺、三字尺等的變化設計，但格律詩之功仍在整齊而欠變化，把一切都包紮得停停當當，結果是太緊的地方透不過氣來，而太鬆處又要塡詞湊字。後來是紀弦鼓吹自由詩，強調用散文做寫詩的工具。對於少數傑出詩人，這主張確曾起了解除格律束縛的功效：但對於多數作者，本來就不知詩律之深淺，卻要盡拋格律去追求空洞的自由，其效果往往是負面的。對於淺嘗躁進的作者，自由詩成了逃避鍛鍊、免除苦修的遁詞。

所謂自由，如果只是消極地逃避形式的要求，秩序的挑戰，那只能帶來混亂。其實自由的眞義，是你有自由不遵守他人建立的秩序，卻沒有自由不建立並遵守自己的秩序。藝術上的自由，是克服困難而修鍊成功的「得心應手」，並非「人人生而自由」。聖人所言「從心所欲，不踰矩」，畢竟還有規矩在握，不僅是從心所欲而已。

至於用散文來寫詩，原意只是要避免韻文化，避免韻文的機械化，避免陳腐的句法和油滑的押韻，而不是要以錯代錯，落入散文化的陷阱。艾略特就曾痛切指陳：「許多壞散文都是假自由詩之名寫出來的……只有壞詩人才會歡迎自由詩，把它當成形式的解放。自由詩反叛的是僵化的形式，卻爲建立新形式或翻新舊形式鋪路；它堅求凡詩皆必具的內在統一，而堅拒定型的外在貌合。」

目前許多詩人所寫的自由詩，在避過格律詩的韻文化之餘，往往墮入了散文化，淪爲現代詩的一大病態。就單純的形式來說，散文化有以下的幾個現象。

首先是詩行長短無度，忽短忽長，到了完全不顧上下文呼應的地步，而令讀者呼吸的節奏莫知所從，只覺得亂。詩行忽長忽短，不但唐突了讀者的聽覺，抑且攪擾了讀者的視覺，令人不悅。如果每一行都各自爲政，就失去常態，變而不化，難稱變化，只成雜亂。

其次是迴行，迴行對於自給自足的煞尾句，也是一個變化。在煞尾句的常態之中，爲了懸宕或頓挫，偶插一兩個待續句，也就是迴行，原可收變化之效，調劑之功。但如不假思索地一路迴行下去，就會予人欲說還休，吞吐成習之感。有時我細讀報刊上的詩作，發現迴行屢屢，大半沒有必要，因此也無效果，徒增遲疑、閃爍之態而已。李白的〈靜夜思〉到了迴行癖的筆下，說不定會囁嚅如下：

我床前明月的
光啊，疑惑是地上的
霜呢。我抬頭望望
那明月，又低頭思思
故鄉

再次是分段。一般的現象是任意分段，意盡則段止，興起就再起一段；每段行數多欠常態，所以隨便分下去，都是變化，因此凌亂。若是長詩，每段行多，則雖不規則尚不很顯眼。若是詩短而偏偏段亂，則更不堪。若是段多而行少，總是三三兩兩成段，就顯得頭緒太多而思考不足。

也許有人要問：這也嫌亂，那也嫌亂，難道要我們回頭去寫格律詩嗎？答曰，那倒不必，自由詩寫不好的人，未必就寫得好格律詩。只是目前氾濫成災的散文化，自由詩要負一大責任。

——一九九三年十一月

——選自一九九四年《從徐霞客到梵谷》

星空無限藍

——序《藍星詩選》

五四運動的幾位領導人物，像胡適、傅斯年、羅家倫，都已先後在臺灣去世。那一場運動雖然轟轟烈烈，今日回顧，卻已有年淹代遠之感。不但今日回顧是如此，甚至我這一輩在三十多年前開始寫詩的時候，回顧五四，歷史感都已相當沉重了。這當然只是主觀的感覺。《嘗試集》出版於六十六年以前，而藍星詩社誕生於臺北中山堂的露天茶座，竟然也已是三十二年以前的事，也就是說，藍星的生命已經相當於中國新詩的一半。新詩的榮枯得失，至少到了後半期，藍星都不能推卸責任。三十二年來，藍星出版過各式各樣的詩刊和數量可觀的叢書，也舉辦過不少大規模的活動，但是具有代表性的同人詩選，卻以這本《星空無限藍》爲絕無僅有。在三十二年後的詩人節，在〈離騷〉激昂的韻律裏，在先驅的腳印日遠而來者的步聲緊隨之際，我們向文壇推出這本劃時代的選集，心情兼有興奮與感慨。

三十多年來，藍星同人的所作所爲，從一個詩社的立場來說，似乎可以歸納出下列的幾種風格。

第一是不劃界限。藍星自成立以來，社性不強，社籍不顯，很少在刊物上詳列同人或編輯委員的名單。那麼多年來，在藍星的星座間出沒的人物太多了，有的成了流星，有的去而復返成了彗星，卻有這麼一撮恆星，相互牽引，明明滅滅地維持了星座長遠的形象。即以這本選集裏的十八顆星爲例，論性別則有男有女，論籍貫則南腔北調，論職業則遍佈學府、部隊、機關，論年齡則相差可達三十歲，論宗教則兼有佛教、耶教和無神論。這麼龐雜的背景似乎沒有重心，難以團結，而其好處也許就在不走偏路。藍星同人既不以出身或籍貫等等爲號召，剩下來的唯一共識大概就是藝術了。

第二是不呼口號。這種作風跟第一點頗有關係。一個詩社如果在組織上不劃地爲牢，那麼在言論上也不會喜歡呼什麼口號。常聽人說，藍星的作風太過穩重，缺少動感，不夠衝勁，難得給人興奮與震驚。這話沒有說錯。藍星的詩人裏面，頗有幾位性格明朗，言論獨特，對詩壇影響不小，但那大半是個人的行動。就整個詩社而言，歷年來藍星幾乎沒有高呼過什麼旗幟鮮明的口號。這種消極的態度，短期之間似乎太無爲了；可是長期下來，對外，卻成了激進詩社的制衡，波動詩壇的定力，對內，則給予同人各行其是各謀發展的自由。一個詩社有了明確的口號之後，用得其所，固然可以成爲一股動力，但如操之過急，奉行太力，也可以成爲一條束縛。從現代到鄉土，口號縛不住清明的健者，卻害苦了無主的心靈。

第三是不相標榜。藍星同人之間只有一種其淡如水的情誼，甚至平日也不常見面；至於在文章裏對同人的肯定與讚揚，也比較少見，而且不致溢美。就我自己的經驗而言，三十多年來我所寫的詩評，其對象，仍以非藍星作者多於藍星同人。至於評論我的文章，不論褒貶，則絕大多數都出於社外的作家。藍星作者受到外界猛烈惡評的時候，也罕見同人拔刀相助，至於「弟兄們一起上」的場面，更不易見到。藍星同人歷來參加過詩壇多次的論戰，但似乎多爲原則之爭，而非一社一黨的什麼同仇敵愾。我常覺得，一個詩社或文社在年輕的時候，確能爲同人提供一個互相激勵彼此關懷的環境，給青年詩人溫暖的歸屬感。這樣，一位起步的作者就有了基本的讀者與起碼的批評。可是如果長此以往，這種溫馨的制度也會變質，成爲一種保護主義。詩社就像機場，目的是要讓詩人起飛，而不是只在跑道上滑行。一位詩人的地位應該建立於詩壇甚至文壇的共識，不可能長賴同人的撐持。

第四是不爭權威。一切團體都有肯定自己低估他人的傾向，這原是人情之常，也是基本的群衆心理，就連詩社這樣的清高雅集都難以擺脫。因此不時總會有詩社在刊物上標出「權威」、「主流」一類的字樣，讓外人看了，會覺得不夠大方。在文學上，一種派別、一個運動的成就，必須放在更大的背景、更長的時間上來衡量。無數正正反反的評論，最後仍需文學史來過濾、澄清。當事者實在不必急於爲自己定位。謙遜，往往是更高的自信。另一方面，文學的成就原本就不像科學或體育那麼易於鑑定，而藝術的空間，兼容並包，也可以有無窮之大。文藝的偉大時代往往群山並高，一口氣會出幾個大師。眞正的豪傑應該希望自己生在群英競起的盛世，而不是一雄獨尊的衰年。再退一步說，現代詩在臺灣的發展，先後已有三十年；以人而言，應該逐漸成熟了，以文壇而言，變化之劇，場面之大，也早已非六十年代舊觀，許多得失之爭，勢必留待「後浪」與廣大的「第三者」來下定論。歷來藍星的刊物，至少就我力所能及的範圍，都比較少用誇張的自許來作號召，不是因爲缺乏自信，相反地，正是因爲對清明的讀者充滿信心。現代詩的前行代，經歷了多年的風霜，在屢次的自我修鍊與突破之餘，顯然已養成了比較沉潛的史觀與共識。相信未來的文學史，會在各家各派的自我再認與互相尊重之下，逐步澄清。

試爲藍星描繪幾個特色，說了半天，竟然全是負面的而非正面的風格，恐怕不能滿足詩社的同人與浪漫的讀者。不過說得哲學一點，有所不滿的範圍如能確定，有所作爲的方向也才能認清。無爲與有爲，原是一體的兩面。其實，就這麼嘗試列舉藍星的四種負面風格，我都覺得難卸自誇自詡的嫌疑。有時候，有所不爲的情操實在比有所作爲的壯志更難修持。如果前列的四種「負德」藍星的同人還沒有充分鍊好，那麼，就算這些是我們繼續努力的境界吧。星空無限藍，不知道其他的星光是否同意？

我對詩社的功能，向來表示一種反浪漫的審愼低調。詩社絕非陣營，刊物不是領土，而同人更非政治意義的同志。歷來檢討現代詩史的文章，慣於把詩社的作爲當做現代詩發展的主要線索，甚至是唯一線索。久而久之，現代詩史，尤其是前半期的發展，竟有成爲現代、藍星、創世紀鼎立的三國演義之勢；也許稍後再加上笠詩社，演變成四強爭霸之局。這樣的演義未必能說明詩史的全盤眞相。

詩人不必出身詩社，正如學者不必出身學會。如果把詩史等同於詩社的興衰消長，一方面未免忽略了整個文壇的氣候，另一方面又低估了個別詩人的選擇。三十年來，刊登並評介現代詩，對現代詩運有重大貢獻的，除了各詩社之外，論雜誌則先後尚有《文學雜誌》、《文星》、《現代文學》、《文學季刊》、《幼獅文藝》、《純文學》、《書評書目》、《中外文學》……等多種；論副刊則有《中華副刊》、《人間》、《聯合副刊》、《青年戰士報詩隊伍》等等；論活動則至少該提到「復興文藝營」與「耕莘寫作班」。要是沒有這些報刊和社團的支持，只靠各詩社同人的經營，現代詩當無今日之盛況。在現代詩苦撐待變的六十年代，譬如說，要是沒有了朱橋主編的《幼獅文藝》，眞不知詩人要憔悴幾許。

另一方面，如果詩史只著眼於詩社，則並不刻意結社或「社性」不著的詩人，如李莎、戴天、方旗、胡品清、王潤華、淡瑩、張錯、席慕蓉等，雖然各有成就，卻會顯得「無家可歸」。而其實，傑出的詩人如鄭愁予、楊牧、羅青等，往往是「社性」很低的獨行俠。詩社對於一位詩人，可以成爲堡壘，也可以成爲監牢，要看詩人如何自持而定。

曾有詩友這樣評論過藍星：「其缺失是少數同人的英雄色彩太濃，個人的成就往往掩蓋詩社的光輝。」我實在不明白，在某些詩人的心目中，何以「詩社的光輝」仍然佔有這麼嚴重的地位，更不明白，何以「個人的成就」會妨礙「詩社的光輝」。在我看來，詩是必然，詩社卻是偶然。詩社的存在，是爲了詩，爲了便於詩人追求繆思。要把詩人的成就歸屬於詩社的光輝之下，無異把詩社反過來當做目的。詩社畢竟不是政黨。即以政黨而言，眞正的政治家也應該功在國家，而不是，至少不僅僅是功在一黨。反過來說，某政黨如能推出一位功在國家的政治家，也正是該黨的光輝，說不上「掩蓋」吧。

再作一喻。宗教的眞正精神在信仰，而不在蓋廟。如果詩是神，則傑出的詩人正是先知；詩社，最多是教會。實際需要教會的，恐怕是職業的牧師，而非先知。蘇軾又屬於什麼詩社呢？黃庭堅嗎，也是被好事的後人追認為一派之主的。

所謂「詩社的光輝」固然不可抹殺，但也不必誇大，否則各詩社恐將爭相突出自己的光輝，掩飾自己的缺點，而詩史亦難有澄清之望。發展已逾三十載的藍星自有歷久不墜的光輝，但那應該是藍星同人個別成就交相映照的總和，而不是一種超個人的抽象存在。這本《星空無限藍》的人選與作品，來自全體編輯委員的決定，對於同人創作的風格與成就，具有相當的代表性；由於這是歷年來第一部也是僅有的集體選集，所以更具有重大的歷史性。我們深深感謝九歌出版社大力支持。

入選的十八位詩人之中，已經停筆的約佔半數，這恐怕是文壇普遍的現象。星空無限藍，詩，是終身的追求。對於創作不懈的同人，祝福他們求變求新，有更高的成就。對於停筆日久的同人，希望他們能再拾彩筆，莫輕言放棄。對於已歿的創辦人覃子豪與鄧禹平，在又是詩人節的前夕，我們不勝其哀思與追念。對於這本選集的主編羅門與張健，我們滿心感激。

——一九八六年端午於西子灣

——選自一九九六年《井然有序》

含英吐華譯家事

十五年前梁實秋先生在臺北逝世，晚輩爲紀念他對文學的多重貢獻，成立了「梁實秋文學獎」，每年舉辦一次，以迄於今。爲了表彰他在散文與翻譯兩方面的成就，這文學獎又分爲散文創作與翻譯兩類，翻譯類又設譯詩與譯文兩組。這件盛事由中華日報主辦，當時蔡文甫先生乃《中華副刊》主編，實際事務便由他負責，而我，身爲梁門弟子，義不容辭，翻譯類的出題與評審，便由我來主持。

出題絕非易事。題目太難，沒有人敢參加；太容易，人人都譯得不錯，高下難分。原著不能太有名，否則譯本已多，難杜抄襲；也不能太無名，否則不值得翻譯。爲了多方考驗譯者的功力，譯詩與譯文兩組各出兩題：譯詩組是兩首詩，譯文組是兩段散文。散文一段較富感性，另一段則較富知性。詩的兩題必屬不同詩體：例如一首若爲十四行，另一首則是無韻體。原作者也講究對照，或爲一古一今，或爲一英一美。

評審更不輕鬆。要在臺灣的學界請到夠格的評審委員，很不容易。所謂名教授往往是理論家、批評家，志在發表「學術論文」，尤其是在操演西方當令顯學的某某主義，但是要他翻譯，因爲不算論文，而且無助升等，所以肯出手的不多，能勝任的更少。

一般的文學獎往往要經初審、複審、決審三關，來稿一再淘汰，到了決審委員面前，件數就不多了。梁實秋翻譯獎十四年來都不經初審、複審，只有決審。三位評審委員往往從上午一直討論到晚餐時分，才終於定案。所以考慮再三，是因來稿之中犯錯少的文筆往往不佳，而文筆出色的偏又一再犯錯，要找一篇原文沒看走眼而譯文也沒翻失手的，實在很難。

後來我們發展出兩套辦法來解決困難。第一套可稱定位法，就是先選一篇佳譯作爲基準，再把其他佳作拿來比較，更佳者置於其前，較遜者置於其後。最後把「置後者」盡量淘汰，再把「置前者」詳加比較，排出優先次序，便可產生前三名及若干佳作了。有時兩稿勢均力敵，難分高下，不是各具勝境，便是互見瑕疵，評審委員沉吟久之，不得要領，只好祭起記分法了。就是權將翻譯當作科學，譯稿遇有優點，可分大優、中優、小優，比照加分；遇有毛病，則可分大病、中病、小病，也比照扣分。這麼一經量化，雖然帶點武斷，卻很快得到結果。

得獎名次定了之後，評審工作並未完成。譯稿爲何得獎，有何優點，有何缺失，應該如何改進，評審諸公有責任向讀者說明，更應該向譯者交代。所以交出一篇詳盡的評析，實有必要，否則有獎無評，或者有評而草率空泛，就不能達到設獎的社會教育功能。翻譯獎的評審不但應該「眼高」，能分高下，還得「手高」，才能出手示範。

就在這樣的信念下，十幾年來我一直爲翻譯獎的譯詩組撰寫逐篇評析的詳細報告，短則六、七千字，長則超過萬言。現在終於把前後的評語合出一書，希望對於有志翻譯英詩或欣賞英詩的人，能有幫助。

自從上世紀初年蘇曼殊、馬君武、胡適分別以五古、七古、騷體翻譯拜倫的〈哀希臘〉以來，西詩中譯已有近百年的歷史。但是蘇曼殊、馬君武的後輩很快就改用白話來翻譯：新詩一行可以用十個字甚至十幾個字，又不受平仄與押韻的限制，不像古詩最多七言，難有迴旋的空間，但缺點是比較鬆散，失之費詞，同時會受英文文法的影響，不知不覺養成了過分西化的陋習，把英文文法不可或缺而中文文法並無必要的說法，照單全收，都譯了過來。例如 Hold up your hands!用中文說只要「舉起手來！」就可以了。但習於西化的譯者就會不假思索，譯成「舉起你的手來！」譯者的中文如果不夠好，不夠純，就會處處跟著英文走。結果不是語法生硬，就是用字冗贅。

英詩中譯的起碼功夫，該是控制句長，以免前後各行參差太多。例如英詩最常見的行式「抑揚五步格」（iambic pentameter），其長爲十音節，譯成中文若長達十三、四字甚至十五、六字，就太長了。這就考驗到譯者用字簡潔的功力，其結果，是許多譯者甚至有名的譯家往往因此失控，坐令各行長短懸殊，把一首工整的古典格律詩，例如一首十四行或英雄式偶句體，譯得四不像，只像自由詩。

當代不少譯家翻譯「抑揚五步格」的詩，往往自我設限，在中譯裏一律只用十個字。我發現此限失之於嚴，所以奉行起來缺少彈性，不是句法侷促，就是節奏僵硬。其實英詩用「抑揚五步格」，往往可以饒一個音節。例如莎士比亞的十四行體一一六號的這四行：

Oh, no! it is an ever fixéd mark,
That looks on tempests and is never shaken;
It is the star to every wandering bark,
Whose worth's unknown, although his height be taken.

看來長短不齊，其實都合於每行十音節之限。第一行本來只有九個音節，把 fixed 加上重讀號，就滿十個了。第二行其實有十一個音節，但最後的音節是輕音，所以重音仍只有五個，可以允許；第四行的情況也是如此。此外，第三行的 every，其第二個 e 和 wandering 的 e 都因爲太輕，甚至不算是一個音節單位。可見英詩的格律有其彈性，譯者不必拘泥於每行限用十字。我自己譯時，每行的彈性常設於十字到十三字。至於迴行，也都悉依原詩。

至於句法或文法，也應盡量貼合原詩。例如艾略特的〈三智士朝聖行〉有句云：A hard time we had of it 乃倒裝句，我譯成：「苦頭，我們眞吃夠。」不但倒裝，也是七字。又如丁尼生的〈帝索納司〉有句云：And after many a summer dies the swan 也是倒裝，就應譯成「過了多少夏天才死了那天鵝。」若是譯成「過了許多夏天那天鵝才死了」，就太平直，缺少餘韻。再如康明思的〈或人住在一個很那樣的鎮上〉，首段原文是：

anyone lived in a pretty how town
with up so floating many bells down
spring summer autumn winter
he sang his didn't he danced his did.

我的譯文是：

或人住在一個好那樣的鎮上
有這麼飄起許多的鐘啊下降
春天啊夏天啊秋天啊冬天
他唱他的不曾他舞他的曾經

遇到古典的格律詩，就考驗譯者用韻的功力。用韻之道，首先要來得自然。許多譯者爲了勉強押韻，不惜扭曲句法，或是顚倒文詞，例如把「猶豫」倒成「豫猶」，「悲傷」倒成「傷悲」。其次韻腳之間，四聲應有變化，若是一連幾句都用上聲字，就嫌低沉，而前後的韻腳連用去聲字，又失之急峭。第三，韻腳還應配合該句的感情：剛句的韻腳若用上聲，柔句的韻腳若用去聲，都不相宜。許多譯者，甚至包括名家，不是沒有耐力去找韻，就是沒有功力去控韻。把一首有韻的格律詩譯成了無韻的所謂自由詩，都對不起原作者，也誤導了讀者。

「唯詩人始能譯詩」的高調，由來已久，未必是普遍的眞理。這全看譯詩的是怎樣的詩人。詩人之長在於創造力，譯家之長卻在適應力（adaptability）。詩人只管寫自己最擅長的詩便可，譯家卻必須去適應他人的創意與他人的表達方式，他必須成人之美，使用另一種語言來重現他人的獨特經驗。他得學做一個千面演員：千面演員演什麼就像什麼，譯家則要能譯什麼就像什麼。這特技，絕非任何詩人都修鍊得成。何況今日的詩人大半都寫了一輩子的所謂「自由詩」，自由慣了，一旦坐下來，怎麼就能夠譯出古典的格律詩？古典詩寓自由於格律的那種氣象，是要努力鍛鍊得來的。怪不得有些詩人所譯的詩，不是句長失控，便是韻腳蹣跚，或者語法生硬。

譯詩的另一考驗在語言的把握。原詩若是平淡，就不能譯成深峭；若是俚俗，就不能譯成高雅；若是言輕，就不能譯得言重；反之亦莫不皆然。同時，如果原詩的語氣簡潔而老練，也不見得不能用文言來譯。像葉慈的〈華衣〉（A Coat）、龐德的〈罪過〉（An Immorality）等詩，我讀來有古詩雅趣，便索性用文言譯了。譯詩至此，就不止是對錯之分，而是風格的追求了。

書以《含英吐華》爲名，用的是「含英咀華」的成語句型。不過此地的「英」是指英詩，「華」是指中文：讀進來的英詩，吐出去變成中譯，正是我這本書要討論的主題。

——二〇〇二年二月於高雄左岸

——選自二〇〇二年《含英吐華》序文

輯五

諧趣文章

給莎士比亞的一封回信

莎士比亞先生：

年初拜讀您在斯特拉福投郵的大札，知悉您有意來中國講學，眞是驚喜交加，感奮莫名！可是我的欣悅並沒有維持多久。年來爲您講學的事情，奔走於學府與官署之間，舌敝脣焦，一點也不得要領。您的全集，皇皇四十部大著，果眞居則充棟，出則汗人，搬來運去，實在費事，但在某些人的眼中，分量並沒有這樣子重，因此屢遭退件，退稿。我眞是不好意思寫這封回信，不過您既已囑咐了我，我想我還是應該把和各方接洽的前後經過，向您一一報告於後。

首先，我要說明，我們這兒的文化機構，雖然也在提倡所謂文藝，事實上心裏是更重視科學的。舉個例，我們這兒的文學教授們，只有在「長期發展科學」的名義下，才能申請到文學研究的津貼；好像雕蟲末技的文學，要沾上科學之光，才算名正言順，理直氣壯。您不是研究太空或電子的科學家，因此這兒對您的申請，坦白地說，並不那樣感到興趣。我們是一個講究學歷和資格的民族：在科舉的時代，講究的是進士，在科學的時代，講究的是博士。所以當那些審查委員們在「學歷」一欄下，發現您只有中學程度，在「通曉語文」一欄中，只見您「拉丁文稍解，希臘文不通」的時候，他們就面有難色了。也眞是的，您的學歷表也未免太寒傖了一點；要是您當日也曾去牛津或者劍橋什麼的註上一冊，情形就不同了。當時我還爲您一再辯護，說您雖然沒上過大學，全世界還沒有一家大學敢說不開您一課。那些審查委員聽了我的話，毫不動容，連眉毛也不抬一根，只說：「那不相干。我們只照規章辦事。既然繳不出文憑，就免談了。」

後來我靈機一動，想到您的作品，就把您的四十部大著，一股腦兒繳了上去。隔了好久，又給一股腦兒退了回來，理由是「不獲通過」。我立刻打了一個電話去，發現那些審查委員還沒散會，便親自趕去那官署向他們請教。

「尊友莎君的呈件不合規定，」一個老頭子答道。

「哦——爲什麼呢？」

「他沒有著作。」

「莎士比亞沒有著作？」我幾乎跳了起來。「他的詩和劇本不算著作嗎？」

「詩、劇本、散文、小說，都不合規定。我們要的是『學術著作』。」（他把「學術」兩字特別加強，但因爲他的鄉音很重，聽起來像在說「瞎說豬炸」。）

「瞎說豬炸？什麼是——」

「正正經經的論文。譬如說，名著的批評、研究、考證等等，才算是瞎說豬炸。」

「您老人家能舉個例嗎？」我異常謙恭地說。

他也不回答我，只管去卷宗堆裏搜尋，好一會才從一個卷宗裏抽出一疊表格來。「哪，像這些。漢姆萊特的心理分析，論漢姆萊特的悲劇精神，從佛洛伊德的觀點論漢姆萊特和他母親的關係，漢姆萊特著作年月考，Thou 和 You 在漢姆萊特中的用法，漢姆萊特史無其人說……」

「我明白您的意思了。假如莎士比亞寫一篇十萬字的論文，叫漢姆萊特腳有雞眼考……」

「那我們就可以考慮考慮了，」他說。

「可是，說了半天，漢姆萊特就是莎士比亞的作品呀。與其讓莎士比亞去論漢姆萊特的雞眼，爲什麼不能讓他乾脆繳上漢姆萊特原書呢？」

「那怎麼行？漢姆萊特是一本無根無據的創作，作不得數的。漢姆萊特腳有雞眼考就有根有據了，根據的就是漢姆萊特。有根據，有來歷，才是瞎說豬炸。」

顯然，您要來我們這兒講學的事情，無論是在學歷上和著作上，都不能通過的。在「曾獲何種榮譽」一欄裏，我也沒有辦法爲您填上什麼。您那個時候還沒有諾貝爾、普利澤、巴林根等等獎金，也不時興頒贈什麼榮譽博士學位。您的外文起碼得很，根本不可能去國外講學，或者出席國際筆會之類的大場面。桂冠呢，您那時候倒是有的，可惜您無緣一戴。

對了，說到獎金，我也曾爲您申請過的，不過，您千萬不要見怪，我在這方面的企圖也不成功。有一個獎金委員會的理由是：「主題曖昧，意識模糊」。另一個委員會的評語是：「主題不夠積極性，沒有表現人性的光明面」。還有一個評審會的意見，也大同小異，不外是說您的作品「缺乏時代意識，沒有現實感；又太浪漫，不合古典的三一律」等等。我想，他們的批評，在他們自己看來，也是誠懇的。例如，有一位文學批評的權威，就指責您不該在李耳王中讓那些不孝的女兒反叛父親，又說漢姆萊特王子不夠積極和堅決，同時劇終忠奸雙方玉石俱毀，也顯得用意含混，不足爲訓。還有人說，羅密歐與朱麗葉的殉情未免過分誇張愛情，對青少年們恐怕會產生不良的影響。至於那卷十四行集，也有人說它太消極，而且有濃厚的個人主義的色彩云云。

至於大作在此間報紙副刊或雜誌上發表，機會恐怕也不多。我們的編輯先生所歡迎的，還是以武俠、黑幕，或者女作家們每一張稿紙灑一瓶香水的「長篇哀豔悱惻奇情悲劇小說」爲主。我想，您來這兒講學的事，十有九成是吹了。沒有把您的囑咐辦妥，我感到非常的抱歉。不過我相信您不會把這些放在心上的。您所要爭取的，是千古，不是目前，是全人類的崇敬，不是幾夥外行的喋喋不休，對嗎？涼風起自天末，還望您善自珍重。後會有期，說不定我會去西敏寺拜望您的。敬祝

健康

余光中拜上

——一九六七年十一月四日

——選自一九六八年《望鄉的牧神》

橫行的洋文

十八世紀法國的大文豪伏爾泰，在流放英國的期間才開始學習英文，他發現 Plague（瘟疫）只有一個音節，而 ague（瘧疾）居然有兩個，大不高興，說這種不合理的語言應該分成兩半，一半交給「瘟疫」，另一半交給「瘧疾」。後來他應腓特烈大帝之邀，以國師身分去普魯士作客，又學起德文來。一試之下，他幾乎嗆住，又說但願德國佬多些頭腦，少些子音。法國人最自豪於本土的母語，對於條頓鄰居不免有點優越感。唯其如此，他們講英語總不脫家鄉的高盧腔，不是這裏 r 裝聾，便是那裏 h 作啞，而且把重音全部放鬆，弄得一點兒稜角都沒有。我從來沒有見一個法國人能把英語講純。據說象徵派詩人馬拉美的職業是英文教師，我相信他是勝任的，卻不大相信他能講道地的英語。從前我在師大教英文散文，課本裏有一則笑語，說法國人初學英文，心無兩用，不愼跦著香蕉皮，滑了一跤，急得對扶他起來的英國朋友說：I glode. I treaded on banana hide!

伏爾泰的憤怒，是初學外文常有的反應。語言，天生是不講理的東西，學者必須低首下心，唯命是從，而且晝思夜夢，念念有詞，若中邪魔，才能出生入死，死裏求生。學外文，必須先投降，才能征服，才能以魔鬼之道來服魔。去年秋天，去了一趟委內瑞拉之後，我才下定決心，學起西班牙文來。三種形態的動詞變化。鎮日價咿唔吟哦，簡直像在念咒。不過這種咒也眞好聽，因爲不但圓轉響亮，而且變化無窮。換了是中文，如果「我唱、你唱、他唱」地一路背下去，豈不像個白癡？有人笑稱，學習外文之道，始於寒暄而終於吵架。也就是說，如果你能用外語跟人對罵，功夫就到家了。因爲一人個吵架的時候，言詞出口，純以神遇，已經不暇推理了。

外文應從小學起。等到大了再學，早已舌頭硬成石頭，記性開如漏斗，不但心猿無定，意馬難收，而且凡事都養成了喜歡推理的惡習，本該被動地接受，卻要主動地去分析，精力常常浪費於無謂的不釋。「他是一個大壞蛋，他不是嗎？他不是一個大壞蛋，他是嗎？」這種彆扭的句法眞會使中國人讀得扭筋，而尤其尷尬的，是成年人初學外文，心智早已成熟，卻要牙牙學語，一遍又一遍地說什麼「我是一只小蘋果，請吃我，請吃我。」

學西方語言，最可怕的莫過於動詞，一切是非都是它惹出來的。規規矩矩的動詞變化，在西班牙文裏至少有四十七種；如果講究細分，就會弄出七十八種來，而三種形態的動詞變化當然還要加倍。至於不規則的動詞，還不在內。好像還嫌這不夠煩瑣，西班牙人更愛用反身動詞。中文裏面也有「自治」、「自愛」、「律己」、「反躬」、「自食其果」、「自我陶醉」一類的反身動作，但是用得不多，而且限於及物動詞。這類反身動詞在西班牙文裏卻無所不在，而且爲禍之廣，連不及物動詞也難倖免。明明可以說 Visto de prisa（我匆匆穿衣），卻偏要說 Me visto de prisa（我匆匆爲自己穿衣）；明明可以說 Desayunamos（我們吃早飯），卻偏要說 Nos desayunamos（我們餵自己吃早飯）。這觀念一旦横行，天下從此多事矣。

其他西方語言的煩人，也不相讓。中國人的祖宗眞是積德，一開始就福至心靈，不在動詞上玩花樣，眞是庇蔭子孫，不用我們來受這「原罪」。杜牧的名句：「秦人不暇自哀，而後人哀之。後人哀之而不鑑之，亦使後人而復哀後人也。」如果用西文來說，簡簡單單一個「哀」字就不曉得在動詞變化上，要弄出多少名堂來。西方語言這麼苛分動詞的時態，很可能是因爲西方文化以時間觀念爲主，所以西洋繪畫考究明暗烘托，物必有影，而光影正是時間。中國繪畫不畫物影，也不分晨昏，似乎一切都在時間之外，像中文的動詞一樣。

除英文外，西方許多語言更愛把無辜的名詞，分成陽性、陰性，甚至中性。往往，這陰陽之分也無理可喻。中國人把天地叫做乾坤，又叫皇天后土。法文、德文、西班牙文也都把天想成陽性，地想做陰性。法文和西班牙文都把山看成陰性，河看成陽性，不合中國人的看法。在德文裏，山與河卻都是陽性。一般語言都把太陽叫成陽性，月亮叫成陰性；唯獨德國人拗性子，偏要把太陽叫做 die Sonne，把月亮叫做 der Mond，簡直顚倒乾坤。

西班牙人把春季叫做 la primavera，其他三季都作陽性。義大利人把春夏都看成女人，秋冬則看成男人。這都是多情的民族。法國人把春夏冬三季都派成男人，唯獨秋季可陽可陰。德國人則絕對不通融，四季一律是陽性。單看四季，已經亂成一團，簡直是「瞎搞性關係」。中國人常把燕子來象徵女性，說是「鶯鶯燕燕」；在法、德、意、西等語言裏，燕子也都是陰性。連英國詩人史雲朋在名詩〈伊緹勒絲〉（Itylus, by A. C. Swinburne）裏也說：

燕子啊我的妹子，啊，妹妹燕子，
你心裏怎麼會充滿了春意？
一千個夏天都過去了，都逝去。

可見燕子做女人是做定了。不過她帶來的究竟是春天還是夏天，則未有定論。英文有一句成語：「一隻燕子還不算夏天」（One swallow does not make a summer.），意指不可以偏概全。西班牙人也說 Una golondrina no hace verano，這都是認爲燕子帶來夏天。法國人和義大利人卻說：「一隻燕子還不算春天」。法文是 Une hirondelle ne fait pas le printemps；義文是 Una rondine non fa primavera。這想法倒跟咱們中國人相同。奇怪的是，西班牙和義大利的緯度相等，爲什麼燕歸來的時節不同？

西文的蠻不講理，以花爲例，可見一斑。西班牙文與義大利文同樣源出拉丁文，可謂同根異葉，許多字眼的拼法完全一致，或者近似。然而「花」在西班牙文裏（la flor）是陰性，在義大利文裏（il fiore）卻是陽性。在西班牙文裏，同樣是花，玫瑰（la rosa）是陰，康乃馨（el clavel）卻是陽。中國人會說，既然都是嬌滴滴的花，爲什麼不索性一律派作陰性？其實，這陰陽之分不過取決於字面：玫瑰以a結尾，故陰，康乃馨以l作結，故陽。春天是 primavera，故陰；夏秋冬（verano, otono, invierno）都以o作結，故陽。如此而已。問題是，當初爲什麼不叫春天 primavero，不叫康乃馨 clavela 呢？中國哲學最強調陰陽之分，本來也可能掉進這糊塗的「性關係」裏去。幸好太極圖分陰陽，中間是一條柔美的曲線，陰中有陽，陽中有陰，而陰陽相抱，不是一條決絕的直線。中文的方塊字不分陰陽，對我們那些嚴內外之防的祖宗，也沒有造成什麼不便。當初只要倉頡博士一念之差，凡字都要一分雌雄，我們就慘了。也許一天到晚，都得像西方人那樣，奔命於公雞母狗之間。

英國人比較聰明，不在字面上計較雌雄，但是在代名詞裏，潛意識就洩漏出來了。所以上帝和魔鬼都派男人去做，不是 he 便是 him；國家和輪船就充滿母性，成爲 she 或者 her；而不解人道的小朋友則貶爲 it，與無生物同其混沌。

西文裏面還有一層麻煩，就是名詞的數量（number）。文法規定：動詞的數量要向其主詞看齊，但是有許多場合卻令一般作者舉棋不定。單數主詞與述詞中的複數名詞之間，如果是用連繫動詞，一般作者就會莫知所從，有時竟喧賓奪主，寫出 The only thing that made it real were the dead Legionnaires 一類的句子來。用 all 和 what 做主詞，也會因爲述詞裏的名詞是複數而誤用動詞的數量，例如：What Jane is clutching to her bosom are four kittens。此外，one of the few writers in the country who has made a living being funny 之類的錯誤，也常有人犯。None 做主詞的時候，該用單數或複數動詞，也迄無定論：中間如果再來上 or，就更要命。巴仁（Jacques Barzun）就指出下列的句子：None, or at least very few, was used before the war. 是錯誤的，因為 was 應改成 were。這件事，在大詩人之間都不一致，例如朱艾敦的名句 none but the brave deserves the fair（唯勇士可配美人），用的是單數；但是惠特曼的句子 have found that none of these finally satisfy, or permanently wear，用的卻是複數。最惑人的便是像剪刀（scissors）、風箱（bellows）、眼鏡（glasses）等物，明明是一件東西，卻必須用複數動詞。所以不能說 Where is my glasses？

中文的名詞和動詞完全不理會什麼單數複數，來去毫無牽掛。中文說「墨西哥的建築物很有趣」，完全不標數量。英文說 Mexican buildings are very interesting。西班牙文卻說要說 Los edificios mexicanos son muy interesantes。英文裏只有兩個字表示複數；西班牙文裏卻要用五個字，連冠詞和形容詞都得跟著變。在中國人看來，這眞是自討苦吃。

比起來，還是中國文化看得開些——陰陽不分，古今同在，衆寡通融，眞是了無絆礙。文法這麼簡便，省下來的時間拿來做什麼呢？拿來嘛——西方人作夢也想不到——拿來推敲平仄，對對子了，哈哈！

——一九八四年十一月

——選自一九八七年《記憶像鐵軌一樣長》

雞同鴨講

《聖經．創世紀》裏有這麼一個故事：巴比倫的先民有意用磚砌一座入雲的高塔，叫「拜波之塔」；耶和華爲了阻撓此事，乃使人類言語不通，無法達意。因此拜波之塔成了空中閣樓。

這些年來，頗有一些天眞爛漫的美國少年，在本國的大學裏念了一年半載的中文，連「之無」二字還沒搞清楚，就野心勃勃來香港「深造」。這些大孩子一去尖沙咀便鎩羽而歸，發現原來這裏的中國人說的不是「慢得靈」（Mandarin）。我就見過一個「洋雞」（Yankee）大少，來香港兩個月後，只學會了用粵語說「點心」二字。

俗語說：「天不怕，地不怕，只怕廣東人說官話。」在粵語裏，「狗」和「九」同音（均讀「高」的第二聲）。有一次一個廣東人對我說，他家裏有一隻「九」。又有一次我把外地的朋友介紹給本地人，本地人連忙用國語說：「狗養，狗養！」（久仰，久仰！）反過來說，廣東人何嘗不怕我們這些「上海人」說粵語呢？粵語有句小小的繞口令，叫「入實驗室，揿緊急掣。」

如果用粵語習用的姓名英譯法來表示，這八字的發音約爲 yup sut yim sut, gum gun gup tsai。香港詩人黃國彬說，第一個 sut（實）乃低入聲，屬粵語第九聲；第二個 sut（室）乃高入聲，屬粵語第七聲。據說，「外江佬」要是能念準這八字訣，粵語就說得差不多了。在香港，開車的人去汽油站加油，叫「入油」，加滿則叫「入滿」。這「入」字也是個閉口的入聲字，外江佬視爲畏途。陳之藩就因爲發不出這個音來，每逢加油，就要改請女祕書代勞。朱立初來的時候，召計程車去機場。司機問：「悔賓多？」（去哪裏）朱立說：「悔該窮。」（去雞場）司機大惑不解說：「抹也該窮啊？」（什麼雞場啊）朱立說：「雞搖鴨過該窮囉！」（只有一個雞場囉）

香港說得上是拜波之塔，不但南腔北調，更兼土語洋腔，外江佬與本地人之間，簡直是「雞同鴨講」。就連廣州客初來此地，對許多「洋爲中用」的混血字眼也要瞠目。小店叫「士多」，郵票叫「士丹」，來過香港的臺灣客無人不知。但是像「柯打」（order）、「古臣」（cushion）、「奶昔」（milk shake）、「沙律」（salad）、「睇波」（看球：波乃 ball 之譯音）等等，就少人知道了。最匪夷所思的，大概應推「士多啤利」（strawberry）。

在中文大學，老師上課，可以講國語、粵語或英語。粵語當然最受學生歡迎。英語勉強可以接受：正宗的英語和美語還沒有多大問題，可惱的是印度英語、澳洲英語和西歐各國腔調的英語。有一位愛爾蘭來的高級講師，說起英語來嘴裏像含著一個大核桃，我得把耳朵豎得跟兔子一樣長，才勉強跟得上。國語呢，只要大致平正，也還可以湊合。最怕的是各省的鄉音，眞的是言者諄諄，聽者愣愣，好不容易才聽出一點道理來時，學期也快結束了。

偶爾也有一兩位聰明的英國人，能講一口過得去的粵語。思果是江蘇人，但是能用粵語演講，雖然還不能「亂眞」，卻也贏得聽衆的歡心。楊世彭和張曉風不愧是戲劇家，來了沒多久就大致能聽，稍稍能講。楊世彭有一次上電視，回答問題居然全用粵語，得意了好幾天。這境界自然不是陳之藩所能奢望；陳之藩來港六年，會講的粵語想必也不出六句。好在他今年已經離開中文大學，去波士頓任教了，而英語，對許多外江佬說來，畢竟不像粵語那麼拗口。

——一九八五年三月十日《聯副》

——選自一九八八年《憑一張地圖》

你的耳朵特別名貴？

七等生的短篇小說〈余索式怪誕〉寫一位青年放假回家，正想好好看書，對面天壽堂漢藥店辦喜事，卻不斷播放惑人的音樂。余索走到店裏，要求他們把聲浪放低，對方卻以一人之自由不得干犯他人之自由為藉口加以拒絕。於是余索成了不可理喻的怪人，只好落荒而逃，遁於山間。不料他落腳的寺廟竟也用擴音器播放如怨如訴的佛樂，而隔室的男女又猜拳嬉鬧，余索忍無可忍，唯有走入黑暗的樹林。

我對這位青年不但同情，簡直認同，當然不是因為我也姓余，而是因為我也深知噪音害人於無形，有時甚於刀槍。噪音，是聽覺的汙染，是耳朵吃進去的毒藥。叔本華一生為噪音所苦，並舉歌德、康德、李克登堡等人的傳記為例，指出凡偉大的作家莫不飽受噪音折磨。其實不獨作家如此，一切需要思索，甚至僅僅需要休息或放鬆的人，皆應享有寧靜的權利。有一種似是而非的論調，認為好靜乃是聽覺上的「潔癖」，知識分子和有閒階級的「富貴病」。在這種謬見的籠罩之下，噪音的受害者如果向「音源」抗議，或者向第三者，例如警察吧，去申冤投訴，一定無人理會。「人家聽得，你聽不得？你的耳朵特別名貴？」是習見的反應。所以製造噪音乃是社會之常態，而干涉噪音卻是個人之變態，反而破壞了鄰里的和諧，像余索一樣，將不見容於街坊。詩人庫伯（William Cowper）說得好：

吵鬧的人總是理直氣壯。

其實，不是知識分子難道就不怕吵嗎？《水滸傳》裏的魯智深總是大英雄了吧，卻也聽不得垂楊樹頂群鴉的聒噪，在衆潑皮的簇擁之下，一發狠，竟把垂楊連根拔起。

叔本華在一百多年前已經這麼畏懼噪音，我們比他「進化」了這麼多年，噪音的勢力當然是強大得多了。七等生的〈余索式怪誕〉刊於民國六十四年，可見那時的余索已經無所逃於天地之間。十年以來，我們的聽覺空間只有更加髒亂。無論我怎麼愛臺灣，我都不能不承認臺北已成爲噪音之城，好發噪音的人在其中幾乎享有無限的自由。人聲固然百無禁忌，狗聲也是百家爭鳴：狗主不仁，以左鄰右舍爲芻狗。至於機器的噪音，更是橫行無阻。最大的凶手是擴音器，商店用來播音樂，小販用來沿街叫賣，廣告車用來流動宣傳，寺廟用來誦經唱偈，人家用來辦婚喪喜事，於是一切噪音都變本加厲，擴大了殺傷的戰果。四年前某夜，我在臺北家中讀書，忽聞異聲大作，竟是辦喪事的嘔啞哭腔，經過擴音器的「現代化」，聲浪洶湧淹來，浸灌吞吐於天地之間，只覺其悽厲可怕，不覺其悲哀可憐。就這麼肆無忌憚地鬧到半夜，我和女兒分別打電話向警局投訴，照例是沒有結果。

噪音害人，有兩個層次。人叫狗吠，到底還是以血肉之軀搖舌鼓肺製造出來的「原音」，無論怎麼吵人，總還有個極限，在不公平之中仍不失其為公平。但是用機器來吵人，管它是收音機、電視機、唱機、擴音器，或是工廠開工，電單車發動，卻是以逸待勞、以物役人的按鈕戰爭，太殘酷、太不公平了。

早在兩百七十年前，散文家斯迪爾（Richard Steele）就說過：「要閉起耳朵，遠不如閉起眼睛那麼容易，這件事我常感遺憾。」上帝第六天才造人，顯已江郎才盡。我們不想看醜景，閉目便可，但要不聽噪音，無論怎麼掩耳、塞耳，都不清靜。更有一點差異：光，像棋中之車，只能直走；聲，卻像棋中之砲，可以飛越障礙而來。我們注定了要飽受噪音的迫害。臺灣的人口密度太大，生活的空間相對縮小。大家擠在牛角尖裏，人人手裏都有好幾架可發噪音的機器，不，武器，如果不及早立法管制，認眞取締，未來的聽覺汙染勢必造成一個半聾的社會。

每次我回到臺北，都相當地「近鄉情怯」，怯於重投噪音的天羅地網，怯於一上了計程車，就有個音響喇叭對準了我的耳根。香港的計程車裏安靜得多了。英國和德國的計程車裏根本不播音樂。香港的公共場所對噪音的管制比臺北嚴格得多，一般的商場都不播音樂，或把音量調到極低，也從未聽到誰用擴音器叫賣或競選。

愈是進步的社會，愈是安靜。濫用擴音器逼人聽噪音的社會，不是落後，便是集權。曾有人說，一出國門，耳朵便放假。這實在是一句沉痛的話，值得我們這個把熱鬧當作繁榮的社會好好自省。

——一九八五年五月十九日《聯副》

——選自一九八八年《憑一張地圖》

假如我有九條命

假如我有九條命，就好了。

一條命，就可以專門應付現實的生活。苦命的丹麥王子說過：既有肉身，就注定要承受與生俱來的千般驚擾。現代人最煩的一件事，莫過於辦手續；辦手續最煩的一面莫過於塡表格。表格愈大愈好塡，但要整理和收存，卻愈小愈方便。表格是機關發的，當然力求其小，於是申請人得在四根牙籤就塞滿了的細長格子裏，塡下自己的地址。許多人的地址都是節外生枝，街外有巷，巷中有弄，門牌還有幾號之幾，不知怎麼塡得進去。這時塡表人眞希望自己是神，能把須彌納入芥子，或者只要在格中塡上兩個字：「天堂」。一張表塡完，又來一張，上面還有密密麻麻的各條說明，必須皺眉細閱。至於照片、印章，以及各種證件的號碼，更是缺一不可。於是半條命已去了，剩下的半條勉強可以用來回信和開會，假如你找得到相關的來信，受得了鄰座的煙薰。

一條命，有心留在臺北的老宅，陪伴父親和岳母。父親年逾九十，右眼失明，左眼不清。他原是最外傾好動的人，喜歡與鄉親契闊談讌，現在卻坐困在半昧不明的寂寞世界裏，出不得門，只能追憶冥隔了二十七年的亡妻，懷念分散在外地的子媳和孫女。岳母也已過了八十，五年前斷腿至今，步履不再穩便，卻能勉力以蹣跚之身，照顧旁邊的朦朧之人。她原是我的姨母，家母亡故以來，她便遷來同住，主持失去了主婦之家的瑣務，對我的殷殷照拂，情如半母，使我常常感念天無絕人之路，我失去了母親，神卻再補我一個。

一條命，用來做丈夫和爸爸。世界上大概很少全職的丈夫，男人忙於外務，做這件事不過是兼差。女人做妻子，往往卻是專職。女人填表，可以自稱「主婦」(housewife)，卻從未見過男人自稱「主夫」(house husband)。一個人有好太太，必定是天意，這樣的神恩應該細加體會，切勿視爲當然。我覺得自己做丈夫比做爸爸要稱職一點，原因正是有個好太太。做母親的既然那麼能幹而又負責，做父親的也就樂得「垂拱而治」了。所以我家實行的是總理制，我只是合照上那位儼然的元首。四個女兒天各一方，負責通信、打電話的是母親，做父親的總是在忙別的事情，只在心底默默懷念著她們。

一條命，用來做朋友。中國的「舊男人」做丈夫雖然只是兼職，但是做起朋友來卻是專任。妻子如果成全丈夫，讓他仗義疏財，去做一個漂亮的朋友，「江湖人稱小孟嘗」，便能贏得賢名。這種有友無妻的作風，「新男人」當然不取。不過新男人也不能遺世獨立，不交朋友。要表現得「夠朋友」，就得有閒、有錢，才能近悅遠來。窮忙的人怎敢放手去交遊？我不算太窮，卻窮於時間，在「夠朋友」上面只敢維持低姿態，大半僅是應戰。跟身邊的朋友打完消耗戰，再無餘力和遠方的朋友隔海越洲，維持龐大的通訊網了。演成近交而不遠攻的局面，雖云目光如豆，卻也由於鞭長莫及。

一條命，用來讀書。世界上的書太多了，古人的書尚未讀通三卷兩帙，今人的書又洶湧而來，將人淹沒。誰要是能把朋友題贈的大著通通讀完，在斯文圈裏就稱得上是聖人了。有人讀書，是縱情任性地亂讀，只讀自己喜歡的書，也能成爲名士。有人呢是苦心孤詣地精讀，只讀名門正派的書，立志成爲通儒。我呢，論狂放不敢做名士，論修養不夠做通儒，有點不上不下。要是我不寫作，就可以規規矩矩地治學；或者不教書，就可以痛痛快快地讀書。假如有一條命專供讀書，當然就無所謂了。

書要教得好，也要全力以赴，不能隨便。老師考學生，畢竟範圍有限，題目有形。學生考老師，往往無限又無形。上課之前要備課，下課之後要閱卷，這一切都還有限。倒是在教室以外和學生閒談問答之間，更能發揮「人師」之功，在「教」外施「化」。常言「名師出高徒」，未必盡然。老師太有名了，便忙於外務，席不暇暖，怎能即之也溫？倒是有一些老師「博學而無所成名」，能經常與學生接觸，產生實效。

另一條命應該完全用來寫作。臺灣的作家極少是專業，大半另有正職。我的正職是教書，幸而所教與所寫頗有相通之處，不至於互相排斥。以前在臺灣，我日間教英文，夜間寫中文，頗能並行不悖。後來在香港，我日間教三十年代文學，夜間寫八十年代文學，也可以各行其是。不過藝術是需要全神投入的活動，沒有一位兼職然而認眞的藝術家不把藝術放在主位。魯本斯任荷蘭駐西班牙大使，每天下午在御花園裏作畫。一位侍臣在園中走過，說道：「喲，外交家有時也畫幾張畫消遣呢。」魯本斯答道：「錯了，藝術家有時爲了消遣，也辦點外交。」陸游詩云：「看渠胸次隘宇宙，惜哉千萬不一施。空回英概入筆墨，生民清廟非唐詩。向令天開太宗業，馬周遇合非公誰？後世但作詩人看，使我撫几空嗟咨。」陸游認爲杜甫之才應立功，而不應僅僅立言，看法和魯本斯正好相反。我贊成魯本斯的看法，認爲立言已足自豪。魯本斯所以傳後，是由於他的藝術，不是他的外交。

一條命，專門用來旅行。我認爲沒有人不喜歡到處去看看：多看他人，多閱他鄉，不但可以認識世界，亦所以認識自己。有人旅行是乘豪華郵輪，謝靈運再世大概也會如此。有人背負行囊，翻山越嶺。有人騎自行車環遊天下。這些都令我羨慕。我所優爲的，卻是駕車長征，去看天涯海角。我的太太比我更愛旅行，所以夫妻兩人正好互作旅伴，這一點只怕徐霞客也要豔羨。不過徐霞客是大旅行家、大探險家，我們，只是淺遊而已。

最後還剩一條命，用來從從容容地過日子，看花開花謝，人往人來，並不特別要追求什麼，也不被「截止日期」所追迫。

——一九八五年七月七日《聯副》

——選自一九八八年《憑一張地圖》

娓娓與喋喋

不知道我們這一生究竟要講多少句話？如果有一種電腦可以統計，像日行萬步的人所帶的計步器那樣，我相信其結果必定是天文數字，其長，可以繞地球幾周，其密，可以下大雨幾場。情形當然因人而異。有人說話如參禪，能少說就少說，最好是不說，盡在不言之中。有人說話如嘶蟬，並不一定要說什麼，只是無意識的口腔運動而已。說話，有時只是掀脣搖舌，有時是爲了表情達意，有時，卻也是一種藝術。許多人說話只是避免冷場，並不要表達什麼思想，因爲他們的思想本就不多。至於說話而成藝術，一語而妙天下，那是可遇不可求：要記入《世說新語》或《約翰生傳》才行。哲人桑塔耶納就說：「雄辯滔滔是民主的藝術；清談娓娓的藝術卻屬於貴族。」他所指的貴族不是階級，而是趣味。

最常見的該是兩個人的對話。其間的差別當然是大極了。對象若是法官、醫師、警察、主考之類，對話不但緊張，有時恐怕還頗危險，樂趣當然是談不上的。朋友之間無所用心的閒談，如果兩人的識見相當，而又彼此欣賞，那是最快意的事了。如果雙方的識見懸殊，那就好像下棋讓子，玩得總是不暢。要緊的是雙方的境界能夠交接，倒不一定兩人都有口才，因爲口才宜於應敵，卻不宜用來待友。甚至也不必都能健談：往往一個健談，一個善聽，反而是最理想的配合。可貴的在於共鳴，不，在於默契。眞正的知己，就算是脈脈相對，無聲也勝似有聲：這情景當然也可以包括夫妻和情人。

這世界如果盡是健談的人，就太可怕了。每一個健談的人都需要一個善聽的朋友，沒有靈耳，巧舌拿來做什麼呢？英國散文家海斯立德說：「交談之道不但在會說，也在會聽。」在公平的原則下，一個人要說得盡興，必須有另一個人聽得入神。如果說話是權利，聽話就是義務，而義務應該輪流負擔。同時，仔細聽人說話，輪到自己說時，才能充分切題。我有一些朋友，迄未養成善聽人言的美德，所以跟人交談，往往像在自言自語。凡是音樂家，一定先能聽音辨聲，先能收，才能發。仔細聽人說話，是表示尊敬與關心。善言，能贏得聽眾。善聽，才贏得朋友。

如果是幾個人聚談，又不同了。有時座中一人侃侃健談，眾人睽睽恭聽，那人不是上司、前輩，便是德高望重，自然擁有發言權，甚至插口之權，其他的人就只有斟酒點煙、隨聲附和的分了。有時見解出眾、口舌辯給的人，也能獨攬話題，語驚四座。有時座上有二人焉，往往是主人與主客，一來一往，你問我答，你攻我守，左右了全席談話的大勢，也能引人入勝。

最自然也是最有趣的情況，乃是滾雪球式。談話的主題隨緣而轉，愈滾愈大，眾人興之所至，七嘴八舌，或輪流坐莊，或旁白助陣，或爭先發言，或反覆辯難，或怪問乍起而舉座愕然，或妙答迅接而哄堂大笑，一切都是天機巧合，甚至重加排練也不能再現原來的生趣。這種滾雪球式，人人都說得盡興，也都聽得入神，沒有冷場，也沒有冷落了誰，卻有一個條件，就是座上盡是老友，也有一個缺點，就是良宵苦短，壁鐘無情，談興正濃而星斗已稀。日後我們懷念故人，那一景正是最難忘的高潮。

衆客之間若是不頂熟稔，雪球就滾不起來。缺乏重心的場面，大家只好就地取材，與鄰座不鹹不淡地攀談起來，有時興起，也會像舊小說那樣「捉對兒廝殺」。這時，得憑你的運氣了。萬一你遇人不淑，鄰座遠交不便，近攻得手，就守住你一個人懇談、密談。更有趣的話題，更壯闊的議論，正在三尺外熱烈展開，也許就是今晚最生動的一刻；明知你眞是冤枉，錯過了許多賞心樂事，卻不能不收回耳朵，面對你的不芳之鄰，在表情上維持起碼的禮貌。其實呢，你恨不得他忽然被魚刺鯁住。這種性好密談的客人，往往還有一種惡習，就是名副其實地交頭接耳，似乎他要鄭重交代的，句句都是肺腑之言，恨不得迴其天鵝之頸，伸其長蛇之舌，來舔你的鼻子，哎呀，眞的是 tête-à-tête 還不夠，必得 nose-to-nose 才滿足。你嚇得閉氣都來不及了，哪裏還聽得進什麼肺腑之言？此人的肺腑深深深幾許，尙不得而知，他的口腔是怎麼一回事，早已有各種菜味，酸甜苦辣地向你來告密了。至於口水，更是不問可知，早已澤被四方矣，誰教你進入它的射程呢？

聚談雜議，幸好不是每次都這麼危險。可是現代人的生活節奏畢竟愈來愈快，無所爲的閒談、雅談、清談、忘機之談幾乎是不可能了。「偶然值林叟，談笑無還期。」在一切講究效率的工業社會，這種閒逸之情簡直是一大浪費。劉禹錫但求無絲竹之擾耳，其實絲竹比起現代的流行音樂來，總要清雅得多。現代人坐上計程車、火車、長途汽車，都難逃噪音之害，到朋友家去談天吧，往往又有孩子在看電視。飯店和咖啡館而能免於音樂的，也很少見了。現代生活的一大可惱，便是經常橫被打斷，要跟二三知己促膝暢談，實在太難。

剩下的一種談話，便是跟自己了。我不是指出聲的自言自語，而是指自我的沉思默想。發現自己內心的眞相，需要性格的力量。唯勇者始敢單獨面對自己；唯智者才能與自己爲伴。一般人的心靈承受不了多少靜默，總需要有一點聲音來解救。所以卡萊爾說：「語言屬於時間，靜默屬於永恆。」可惜這妙念也要言詮。

——一九八六年一月九日至十日《臺灣新聞報西子灣》

——選自一九八八年《憑一張地圖》

饒了我的耳朵吧，音樂

聲樂家席慕德女士有一次搭計程車，車上正大放流行曲。她請司機調低一點，司機說：「你不喜歡音樂嗎？」席慕德說：「是啊，我不喜歡音樂。」

一位音樂家面對這樣的問題，眞可謂啼笑皆非了。首先，音樂的種類很多，在臺灣的社會最具惡勢力的一種，雖然也叫做音樂，卻非顧曲周郎所願聆聽。其次，音樂之美並不取決於音量之高低。有些人聽「音響」，其實是在玩機器，而非聽音樂。計程車內的空間，閉塞而小，哪用如此鑼鼓喧天？再次，音樂並非空氣，不像呼吸那樣分秒必需。難道每坐一次計程車，都要給強迫聽一次音樂嗎？其實，終日弦樂不輟的人，未必眞正愛好音樂。

在臺灣的社會，到處都是「音樂」，到處都是「愛好音樂」的人；我最同情的，便是音樂界的朋友了。像波德萊爾一樣，我不懂樂理，卻愛音樂，並且自信有兩只敏感的耳朵，對於不夠格的音樂，說得上「嫉惡如仇」。在臺灣，每出一次門——有時甚至不必出門——耳朵都要受一次罪。久而久之，幾乎對一切音樂都心存恐怖。噪音在臺灣，宛如天羅地網，其中不少更以音樂爲名。上帝造人，在自衛系統上頗不平衡：遇到不想看的東西，只要閉上眼睛，但是遇到不想聽的東西呢，卻無法有效地塞耳。像我這種徒慕音樂的外行，都已覺得五音亂耳，無所逃遁，音樂家自己怎麼還活得下去，眞是奇蹟。

凡我去過的地區，要數臺灣的計程車最熱鬧了，兩只音響喇叭，偏偏對準後座的乘客，眞正是近在咫尺。以前我還強自忍住，心想又不在車上一輩子，算了。最近，受了拒吸二手煙運動的鼓勵，我也推行起拒聽二手曲運動，乾脆請司機關掉音樂。二手曲令人煩躁，分心，不能休息，而且妨礙乘客之間的對話與乘客對司機的吩咐，也有拒聽的必要。

在歐美與日本，計程車上例皆不放音樂。火車上也是如此，只有西班牙是例外。我乘火車旅行過的國家，包括瑞典、丹麥、西德、法國、英國、美國、加拿大、日本，火車上的擴音器只用來播報站名，卻與音樂無關。不知道什麼緣故，臺灣的火車上總愛供應音樂。論品質，則時而國樂，時而西方的輕音樂，時而臺灣特產的流行曲，像是一杯劣質的雞尾酒。論音量，雖然不算喧吵，卻也不讓人耳根清靜，無法安心睡覺或思考。

聽說有一次夏志清和無名氏在自強號上交談，夏志清嫌音樂擾人，請車掌小姐調低，她正忙於他事，未加理會。夏志清受不了，就地朝她一跪，再申前請。音樂終於調低，兩位作家欣然重拾論題。但是不久音樂嘈嘈再起，夏志清對無名氏說：「這次輪到你去跪了。」

夏氏素來奇行妙論，但是有沒有奇到爲音樂下跪，卻值得懷疑。前述也許只是誇大之辭，也許當時他只對車掌小姐威脅說：「你再不關音樂，我就要向你下跪了。」不過音樂逼人之急，可以想見。其事未必可信，其情未必無稽。臺灣的火車上，一方面播請乘客約束自己的孩子，勿任喧譁，另一方面卻又不斷自播音樂，實在矛盾。我在火車上總是盡量容忍，用軟紙塞起耳朵，但是也只能使音量稍低，不能杜絕。最近忍無可忍，也在拒吸二手煙的精神下，向列車長送上請求的字條。字條是這樣寫的：

列車長先生：從高雄到嘉義，車上一直在播音樂，令我無法入夢或思考。不知能否將音量調低，讓乘客的耳朵有機會休息？

三分鐘後，音樂整個關掉了，我得以享受安靜的幸福，直到臺北。我那字條是署了名的，也不知道那一班自強號關掉音樂，究竟是由於我的名字，還是由於列車長有納言的精神。感激之餘，我仍希望鐵路局能考慮廢掉車上的播樂，免得每次把這件事個別處理。要是有人以為火車的乘客少不了音樂，那麼為什麼長途飛行的乘客，關在機艙內十幾個小時，並不要求播放音樂呢？

要是有人以為我討厭音樂，就大大誤會了。相反地，我是音樂的信徒，對音樂不但具有熱情，更具有信仰與虔敬。國樂的清雅，西方古典的宏富，民謠的純真，搖滾樂的奔放，爵士的即興自如，南歐的熱烈，中東和印度的迷幻，都能夠令我感發興起或輾轉低迴。唯其如此，我才主張要嘛不聽音樂，要聽，必須有一點誠意、敬意。要是在不當的場合濫用音樂，那不但對音樂是不敬，對不想聽的人也是一種無禮。我覺得，如果是好音樂，無論是器樂或是聲樂，都值得放下別的事情來，聚精會神地聆聽。音樂有它本身的價值，對我們的心境、性情、品格能起正面的作用。但是今日社會的風氣，卻把音樂當作排遣無聊的玩物，其作用不會超過口香糖，不然便是把它當作烘托氣氛點綴熱鬧的裝飾，其作用只像是霓虹燈。

音樂的反義詞不是寂靜，是噪音。敏銳的心靈欣賞音樂，更欣賞寂靜。其實一個人要是不能享受寂靜，恐怕也就享受不了音樂。我相信，凡是偉大的音樂，莫不令人感到無上的寧靜，所以在「公元二〇〇一年：太空流浪記」裏，太空人在星際所聽的音樂，正是巴哈。

寂靜，是一切智慧的來源。達摩面壁，面對的正是寂靜的空無。一個人在寂靜之際，其實面對的是自己，他不得不跟自己對話。那種絕境太可怕了，非普通的心靈所能承擔，因此他需要一點聲響來解除困絕。但是另一方面，聆聽高妙或宏大的音樂，其實是面對一個偉大的靈魂，這境地同樣不是普通人所能承擔。因此他被迫在寂靜與音樂之外另謀出路：那出路也叫做「音樂」，其實是一種介於音樂與噪音之間的東西，一種散漫而軟弱的「時間」。

湯默斯曼在《魔山》裏曾說：「音樂不但鼓動了時間，更鼓動我們以最精妙的方式去享受時間。」這當然是指精妙的音樂，因爲精妙的音樂才能把時間安排得恰到好處，讓我們恰如其分地去欣賞時間，時間形成的旋律與節奏。相反地，軟弱的音樂——就算它是音樂吧——不但懈怠了時間，也令我們懈怠了對時間的敏感。我是指臺灣特產的一種流行歌曲，其爲「音樂」，例皆主題淺薄，詞句幼稚，曲調平庸而輕率，形式上既無發展，也無所謂高潮，只有得來現成的結論。這種歌曲好比用成語串成的文學作品，作者的想像力全省掉了，而更糟的是，那些成語往往還用得不對。

這樣的歌曲竟然主宰了臺灣社會的通俗文化生活，從三臺電視的綜藝節目到歌廳酒館的卡拉OK，提供了大衆所謂的音樂，實在令人沮喪。俄國作曲家格林卡（Mikhail Glinka）說得好：「創造音樂的是整個民族，作曲家不過譜出來而已。」什麼樣的民族創造什麼樣的音樂，果眞如此，我們這民族早該痛切反省了。

將近兩千四百年前，柏拉圖早就在擔心了。他說：「音樂與節拍使心靈與軀體優美而健康；不過呢，太多的音樂正如太多的運動，也有其危害。只做一位運動員，可能淪爲蠻人；只做一位樂師呢，也會『軟化得一無好處。』」他這番話未必全對，但是太多的音樂會造成危害，這一點卻值得我們警惕。

在臺灣，音樂之被濫用，正如空氣之受汙染，其害已經太深，太久了。這些年來，我在這社會被迫入耳的音樂，已經夠我聽幾十輩子了，但是明天我還得再聽。

明天我如果去餐館赴宴，無論是與大衆濟濟一堂，或是與知己另闢一室，大半都逃不了播放的音樂。嚴重的時候，衆弦嘈雜，金鼓齊鳴，賓主也只好提高自己的嗓子慷慨叫陣，一頓飯下來，沒有誰不聲嘶力竭。有些餐廳或咖啡館，還有電子琴現場演奏，其聲嗚嗚然，起伏無定，迴旋反覆，沒有稜角的一串串顫音，維持著一種廉價的塑膠音樂。若是不巧碰上喜宴，更有歌星之類在油嘴滑舌的司儀介紹之下，登臺獻唱。

走到街上呢，往往半條街都被私宅的婚宴或喪事所侵佔，人聲擾攘之上，免不了又是響徹鄰里的音樂。有時在夜裏，那音樂忽然破空而裂，方圓半里內的街坊市井便淹沒於海嘯一般的聲浪，鬼哭神號之中，各路音樂扭鬥在一起，一會兒是流行曲，一會兒是布袋戲，一會兒又是西洋的輕音樂，似乎這都市已經到了世界末日，忽然墮入了噪音的地獄。如果你天眞得竟然向警察去投訴，一定是沒有結果。所謂禮樂之邦，果眞墮落到這地步了嗎？

當你知道這一切不過是幾盒廉價的錄音帶在作怪，外加一架擴音器助紂爲虐，那恐怖的暴音地獄，只需神棍或樂匠的手指輕輕一扭就召來，你怎麼不憤怒呢？最原始的迷信有了最進步的科技來推廣，惡勢力當然加倍擴張。如果我跟朋友們覓得一個處女島，創立一個理想國，憲法的第一條必定把擴音器列爲頭號違禁品，不許入境。違者交付化學處理，把他縮成一隻老鼠，終身囚在喇叭箱中。

第二條便是：錄音機之類不許帶進風景區。從前的雅士曾把花間喝道、月下掌燈的行徑斥爲惡習。在愛迪生以前的世界，至少沒有人會背著錄音機去郊遊吧。這些「愛好音樂」的青年似乎一刻也離不開那盒子了，深恐一入了大自然，便會「絕糧」。其實，如果你抛不下機器的文明，又不能在寂靜裏欣賞「山水有清音」的天籟，那又何苦離開都市呢？在那麼僻遠的地方，還要強迫無辜的耳朵聽你的二手曲嗎？

回到家裏，打開電視，無論是正式節目或廣告，幾乎也都無休無止地配上音樂。至於有獎比賽的場合，上起古稀的翁媼，下至學齡的孩童，更是人手一管麥克風，以夜總會的動作，學歌星的濫調，扭唱其詞句不通的流行歌曲。夜夜如此，舉國效顰，正是柏拉圖所擔心的音樂氾濫，民風靡軟，孔子所擔心的鄭衛之音。

連續劇的配樂既響且密，往往失之多餘，或是點題太過淺露，反令觀眾耳煩心亂。古裝的武俠片往往大配其西方的浪漫弦樂，卻很少使用簫笛與琴箏。目前正演著的一齣武俠連續劇，看來雖然有趣，主題歌卻軟弱委靡，毫無俠骨，跟旁邊兩臺的時裝言情片並無兩樣。天啊，我們的音樂眞的墮落到這種地步了嗎？許多電影也是如此，導演在想像力不足的時候，就依賴既強又頻的配樂來說明劇情，突出主題，不知讓寂靜的含蓄或懸宕來接手，也不肯讓自然的天籟來營造氣氛。從頭到尾，配樂喋喋不休，令人緊張而疲勞。寂靜之於音樂，正如留白之於繪畫。配樂冗長而蕪亂的電影，正如畫面塗滿色彩的繪畫，同爲笨手的拙作。

我們的生活裏眞需要這麼多「音樂」嗎？終日在這一片氾濫無際的音波裏載浮載沉，就能夠證明我們是音樂普及的社會了嗎？在一切藝術形式之中，音樂是最能主宰「此刻」最富侵略性的一種。不喜歡文學的人可以躲開書本，討厭繪畫的人可以背對畫框，戲劇也不會攔住你的門口，逼你觀看。唯獨音樂什麼也擋不住，像跳欄高手一樣，能越過一切障礙來襲擊、狙擊你的耳朵，攪亂你的心神。現代都市的人煙已經這麼密集，如果大家不約束自己手裏的發音機器，減低弦歌不輟的音量和頻率，將無異縱虎於市。

這樣下去，至少有兩個後果。其一是多少噪音、半噪音、準噪音會把我們的耳朵磨鈍，害我們既聽不見寂靜，也聽不見眞正的音樂。其二就更嚴重了。寂靜使我們思考，眞正的音樂使我們對時間的感覺加倍敏銳，但是整天在輕率而散漫的音波裏浮沉，呼吸與脈搏受制於蕪亂的節奏，人就不能好好地思想。不能思想，不肯思想，不敢思想，正是我們文化生活的病根。

饒了我無辜的耳朵吧，音樂。

——一九八六年九月十五日

——選自一九九〇年《隔水呼渡》

我是余光中的祕書

「請問這是余光中教授的辦公室嗎？」

「是的。」

「請問余教授在嗎？」

「對不起，他不在。」

「請問您是——」

「我是他的祕書。」

「那，請您告訴他，我們還沒有收到他的同意書。我們是某某公司，同意書一個月前就寄給他了——」

接電話的人是我自己。其實我哪有什麼祕書？這一番對答並非在充場面，因爲我眞的覺得，尤其是在近來，自己已經不是余光中，而是余光中的祕書了。

詩、散文、評論、翻譯，一向是我心靈的四度空間。寫詩和散文，我必須發揮創造力。寫評論，要用判斷力。做翻譯，要用適應力。做這些事情的時候，我才自覺生命沒有虛度。但是，記得把許可使用自己作品的同意書及時寄回，或是放下電話立刻把演講或評審的承諾記上日曆，這些紛繁的雜務，既不古典，也不浪漫，只是超現實，「超級的現實」而已，不過是祕書的責任罷了。可是我並沒有祕書，只好自己來兼任了，不料雜務愈來愈煩，兼任之重早已超過專任。

退休三年以來，我在西子灣的校園仍然教課，每學期六個學分。上學期研究所的「翻譯」，每週都要批改練習，而難纏的「十七世紀英詩」仍然需要備課。退休之後不再開會了，眞是一大解脫。大頭會讓後生去開吧。回頭看同事們臉色沉重，從容就義一般沒入會議室，我有點倖免又有點愧疚之感。

演講和評審卻無法退休。今年我去蘇州大學、東南大學、南京大學、廈門大學，甚至母鄉常州的前黃高中，已經演講了八場，又去香港講了兩場。如果加上在臺灣各地的演講，一共應該在二十場以上。但是我婉拒掉的邀約也有多起。其實演講本身並不麻煩，三分學問靠七分口才，在講之外更要會演。眞是錦心繡口的話，聽衆愈多就愈加成功。至於講後的問答與簽名，只是餘波而已。麻煩的倒是事先主辦者會來追討講題與資料，事後又寄來一疊零亂的紀錄要求修正。所謂「事後」，有時竟長達一年之後，簡直陰魂不散，眞令健忘的講者「憂出望外」，只好認命修稿，將出口之言用駟馬來追。

近年去各校演講，高中多於大學。倒不是大學來邀的較少，而是因爲中山大學的歷任校長高估了我，以爲我多去高中會吸引畢業生來投考中山。所以我去高中演講，有點「出差」的意味。其實高中生聽講更認眞，也更純眞。大學生呢，我在各大學已經教了四十年，可謂長期的演講了。

評審是一件十分重要但未必有趣的事情。文學獎的評審不但要爲本屆的來稿定位，還會影響下屆來稿的趨勢，當然必須用心。如果來稿平平，或者故弄玄虛，或者耽於流行的招數，評審委員就會感到失望甚至憂心。但若來稿不無佳作甚至珍品，甚至不遜於當代的名作，則評審委員當有發掘新秀的驚喜，並期待能親手把獎頒給這新人。被主辦單位指定爲得獎作品寫評語，也不一定是賞心樂事，因爲高潮已退，你還得從頭到尾把那些詩文詳閱一遍，然後才能權衡輕重，指陳得失。萬一你的首選只得了佳作，而獨領冠軍的那篇你並不激賞甚至不以爲然，你這篇評語又怎能寫得「顧全大局」呢？

另一種評審要看的是學術論文，有的是爲學位，有的是爲升等，總之都要保密。看學位論文是爲了要做口試委員，事先需要保密，事後就公開了。但是看升等論文，則不分事先事後，都得三緘金口，事態非常嚴重。這種任務純然黑箱作業，可稱「幕後學術」，其爲祕密，不能像緋聞那樣找好友分享。諷刺的是，金口雖緘，其金卻極少，比起文學獎的評審費來，不過像零頭，加以又須守密，所以也可稱「黑金學術」。這也罷了，只是學術機構寄來的洋洋論文，外加各種資料，儘管有好幾磅重，有時並不附回郵信封。我既無祕書，又無「行政資源」，哪裏去找夠大夠牢的封袋來回寄呢？

「你爲什麼不叫助教代勞呢？還這麼親力親爲！」朋友怪我。

倒好像我還是當年的系主任或院長，衆多得力的助教，由得我召之即來，遣之即去。其實，系裏的助教與工讀生都能幹而又勤快，每天忙得像陀螺打轉，還不時要爲我轉電話，或者把各方對我的邀約與催迫寫成字條貼在我的信箱上。這些已經是她們額外的負擔，我怎能加重要求？

我當然也分配到一位「助理」。禮文是外文系的博士生，性格開朗，做事明快，更難得的是體格之好非其他準博女、準碩女能及。她很高興也實際爲我多方分勞，從打字到理書，服務項目繁多。不過她畢竟學業繁重，不能像祕書一樣周到，只能做「鐘點零工」。

所以無盡無止無始無終的疑難雜事，將無助的我困於重圍，永不得出。令人絕望的是，這些牛毛瑣細，舊積的沒有減少，新起的卻不斷增多，而且都不甘排隊，總是橫插進來。

以前出書，總在臺灣，偶在香港。後來兩岸交流日頻，十年來我在大陸出書已經快二十種，有的是單本，有的是成套，幾乎每一省都出了。而每次出書，從通信到簽合同，從編選到寫序到提供照片，有時還包括校對在內，牽涉的雜務可就多了。像上海文藝出版社出的一套三本，未校寄給我過目。一看之下，問題仍多，令我無法袖手，只好出手自校。一千二百頁的簡體字本，加上兩岸在西方專有名詞上的譯音各有一套，早已「一國兩制」了，何況還有許多細節涉及敏感問題，因此校對之繁，足足花了我半個月的時間。

同時在臺灣，新書仍然在出。最新的一本《含英吐華》是我爲十二屆梁實秋翻譯獎所寫評語的全集，三百多頁詩文相繆，中英間雜，也校了我一個禮拜。幸好我的書我存都熟悉，一部《梵谷傳》三十多萬字，四十年前她曾爲我謄清初稿，去年大地出最新版，又幫我細校了一遍，分勞不少。

天下文化出版了《茱萸的孩子》，意猶未盡，又約傅孟麗再撰一本小巧可口的《水仙情操——詩話余光中》。高雄市文獻委員會把對我的專訪又當做口述歷史，出版了一本《讓春天從高雄出發》。不久廣州的花城出版社又推出徐學所著《火中龍吟——余光中評傳》。九月間爾雅出版社即將印行陳幸蕙在《幼獅文藝》與《明道文藝》上連刊了三年的《悅讀余光中：詩卷》。四本書的校稿，加起來不止千頁，最後都堆上我的紅木大書桌，要「傳主」或「始作俑者」親自過目，甚至寫序。結果是買一送一：我難改啄木鳥的天性，當然順便校對了一遍。

校對似乎是可以交給祕書或研究生去代勞的瑣事，其實不然。校對不但需要眼明心細，耐得住煩，還需要眞有學問，才能疑人之所不疑。一本書的高下，與其校對密切相關，如果校對粗率，怎能贏得讀者的信心？我在臺灣出書，一向親自末校，務求謬誤減至最少。大陸出書，近年校對的水準降低，有些出版社倉促成書，錯字之多，不但刺眼，而且傷心。評家如果根據這樣的「謬本」來寫評，眞會「謬以千里」。

另一件麻煩事就是照片。在視覺主宰媒體的時代，讀者漸漸變成了觀衆，讀物要是少了插圖，就會顯得單調，於是照片的需要大爲增加。報刊索取照片，總是強調要所謂「生活照片」，而且出版在即，催討很緊。家中的照相簿與零散的照片，雖已滿坑滿谷，永遠收拾不清，但要合乎某一特殊需要，卻是只在此櫃中，雲深無覓處。我存耐下心來，苦搜了半夜，不是這張太年輕，那張太蒼老，就是太暗，太淡，或者相中的人頭太雜，甚至主角不幸眨眼，總之辛苦而不美滿。難得找到一張眞合用的，又擔心會掉了或者受損。

而如果是出書，尤其是傳記之類，要提供的「生活照片」就不是三兩張可以充數的了。自己的照片從少到老，不免略古而詳今，當然「古照」本來就少，只好如此。與家人的合照倒不難找，我存素來喜歡攝影，也勤於裝簿。與朋友的合照要求其分配均衡，免得顧此失彼，卻是一大藝術。但是出版社在編排上另有考慮，挑選之餘，均衡自然難保。大批照片能夠全數完璧歸來，已經値得慶幸了。爲了確定究竟寄了哪些照片出去，每次按年代先後編好號碼、逐張寫好說明，還得把近百張照片影印留底。有時一張照片年代不明，夫妻兩人還得翻閱信史，再三求證。目前我的又一本傳記正由河南某出版社在編排，爲此而提供給他們的一大袋照片，許多都是一生難再的孤本，不知道什麼時候才能浪子回家？

這許多分心而又勞神的雜務，此起彼落，永無寧時。他人代勞，畢竟有限，所以自己不能不來兼差，因而正業經常受阻，甚至必須擱在一邊。這麼一再敗興，詩意文心便難以爲繼了。我時常覺得，藝術是閒出來的，科技是忙出來的。「閒」當然不是指「懶」，而是俯仰自得、游心太玄、從容不迫的出神狀態，正是靈感降臨的先機與前戲。

現代人的資訊太發達，也太方便了，但是要吸收、消化、運用，卻因此變得更忙。上網就是落網，終於都被那隻狡詭的大蜘蛛吞沒。啊不，我不要做什麼三頭六臂、八腳章魚、千手觀音。我只要從從容容做我的余光中。而做余光中，比做余光中的祕書要有趣多了。

——二〇〇二年七月於高雄左岸

——選自二〇〇五年《青銅一夢》

戲孔三題

爭先恐後

高雄中山大學中文系已故的孔仲溫教授，乃孔子八十多代的後人，生前文質彬彬，謙謙君子，乘電梯總是讓我先走。有一次我們又同電梯，我笑問他：

「你們偉大的先人帶曾子出門，誰走前面？」

他說：「當然是孔子。」

我說：「錯了。」

他說：「為什麼？」

我說：「是曾子。」

他說：「憑什麼？」

我說：「爭先恐後。」

比丘比尼

據說韓愈諫迎佛骨，貶官潮陽，途中阻雪。姪孫韓湘冒雪相送，韓愈贈詩，有「雲橫秦嶺家何在，雪擁藍關馬不前」之名句。當晚宿於藍關驛舍，韓愈長嘆一聲，對韓湘說：「釋教蓄意顛覆儒家，我早就看出來了。」韓湘追問其詳，韓愈說：「和尚叫做比丘，倒也罷了，尼姑又叫比丘尼，就太過分。分明是衝著聖人來的，不但要跟孔丘比，還要比仲尼呢！」

孔夫子印名片

孔子收到美國「世界漢學國際研討會」的請柬，邀他在開幕典禮後作專題演講，十分高興，準備先去印一盒名片。文具店老闆見聖人來了，異常恭敬，問清楚名片要中英文對照，對孔子說：「英文的一面，不知該怎麼稱呼？」

「不是有現成的 Confucius 嗎？」孔子反問。

「那是外國人對您老的尊稱，『孔夫子』拉丁化的說法。」老闆笑笑說，「您老不好意思自稱『孔夫子』吧。」

「那倒是，」孔子想到自己平常鼓吹謙虛之道，不禁沉吟起來。「那，該怎麼印呢？」

「杜甫昨天也來過，」老闆說。

「哦，他的名字怎麼印的？」孔子問。

「杜先生本來要印 Tu Fu，」老闆說。「我一聽，說，不好，太像『豆腐』。杜先生說，那就倒過來，叫 Fu Tu 好了。我說，那更不行，簡直像『糊塗』！」

「那怎麼辦？」孔子問。

「後來我對詩聖說：『您老不是字子美嗎？子美，子美……有了！』杜甫說：『怎麼有了？』我說：『杜子美，就叫 Jimmy Tu 吧！』」

孔子笑起來，叫一聲「妙」！

「其實韓愈也來過。」老闆又說。

「眞的呀？」孔子更好奇了。「他就印 Han Yu 吧？」

「本來他要這樣的，」老闆說。「我一聽又說不行，太像 Hang you 了。韓老說，『倒過來呢？』我說，You hang？那也不行。不是『吊死你』就是『你去上吊吧』，太不雅了。」

「後來呢？」孔子問。

「後來呀，」老闆得意洋洋，「還是我想到韓老的故鄉，對他說：『您老不是韓昌黎嗎？』他說『是呀』。我說就印 Charlie Han 好了。」

「太好了，太好了！」孔子笑罷，又皺起眉頭，說，「他們都解決了，可是我到底怎麼印呢？」

老闆想了一下，叫道，「有了！」

「怎麼啦？」孔子問。

「您老不是字仲尼嗎？」老闆笑道。

「對呀。」孔子滿臉期待。

老闆大叫：「就印 **Johnny Kong** 好了！」

不久那家文具店國際聞名。大家這才發現，那老闆原來是諸葛亮假裝的。

——二〇〇三年三月三十日

——選自二〇〇五年《青銅一夢》

誰能叫世界停止三秒？

如果鏡子是無心的相機，所以健忘，那麼相機就是多情的鏡子，所以留影。這世界，對鏡子只是過眼雲煙，但是對相機卻是過目不忘。如果當初有幸映照海倫的鏡子是一架相機，我們就有福像希臘的英雄，得以饜足傳說的絕色了。可憐古人，只能對著鏡子顧影自憐，即使那惜色死（Narcissus），也不過臨流自戀，哪像現代人這樣，自憐起來，總有千百張照片，不，千百面鏡子，可供顧影。

在忙碌的現代社會，誰能叫世界停止三秒鐘呢？誰也不能，除了攝影師。一張團體照，先是爲讓座擾攘了半天，好不容易都各就神位，後排的立者不是高矮懸殊，就是左右失稱，不然就是誰的眼鏡反光，或是帽穗不整，總之是教攝影師看不順眼，要叫陣一般呼喝糾正。大太陽下，或是寒風之中，一連十幾分鐘，管你是君王還是總統，誰能夠違背掌控相機的人呢？

「不要動！」

最後的一道命令有絕對的權威。誰敢動一根睫毛，做害群之馬呢？這一聲呼喝的威懾，簡直像美國的警察喝止逃犯：Freeze! 眞嚇得衆人決眥裂眶，笑容僵硬，再三吩咐 Say cheese 也沒用。相片沖出來了，一看，美中不足，總有人反應遲緩，還是眨了眼睛。人類正如希臘神話的百眼怪物阿格斯（Argus），總有幾隻眼睛是閉目養神的。

排排坐，不爲吃果果，卻爲照群相。其結果照例是單調而乏味。近年去各地演講，常受鎂光閃閃的電擊，聽衆輪番來合影，更成了「換湯不換藥」的場面，久之深嘗爲藥之苦。笑容本應風行水上，自然成紋，一旦努力維持，就變成了假面，淪爲僞善。久之我竟發明了一個應戰的新招。

攝影師在要按快門之前，照例要喊「一——二——三！」這老招其實並不管用，甚至會幫倒忙，因爲喊「一——二——」的時候，「攝衆」已經全神戒備，等到喊「三——」表情早已呆滯，而笑容，如果眞有的話，也早因勉強延長而開始僵化。所以群照千篇一律，總不免刻板乏味。倒是行動中的人像，例如騰跳的選手、引吭的歌手、旋身的舞者、舉杖的指揮，表情與姿勢就都自然而生動。

因此近年我接受攝影，常要對方省掉這記舊招，而改爲任我望向別處，只等他一聲叫「好！」我就驀然回首，注視鏡頭。這樣，我的表情也好，姿勢也好，都是新的，即使笑容也是初綻。在一切都還來不及發呆之前，快門一閃，剎那早已成擒。

攝影，是一門藝術嗎？當然是的。不過這門藝術，是神做一半，人做一半。對莫內來說，光，就是神。濛鴻之初，神曰，天應有光，光乃生。斷霞橫空，月影在水，哲人冥思，佳人迴眸，都是已有之景，已然之情，也就是說神已做了一半。但是要捕永恆於刹那，擒光影於恰好，還有待把握相機的高手。當奇蹟發生，你得在場，你的追光寶盒得在手邊，一掏便出，像西部神槍手那樣。

阿富汗少女眼瞳奮睜的神色，既驚且怒，在《國家地理雜誌》的封面上，瞪得全世界背脊發毛，良心不安。僅此一瞥，比起阿富汗派遣能言善辯的外交官去聯合國控訴，更爲有力，更加深刻，更像一場眼睜睜的夢魘。但是那奇蹟千載難逢，一瞥便逝，不容你喊什麼「一——二——三！」

其實攝影要成爲藝術，至少成爲終身難忘的紀念，鏡頭前面的受攝人，有時，也可以反客爲主，有所貢獻的。不論端坐或肅立，正面而又正色的人像，實在太常見了，爲什麼不照側面或背影呢？今日媒體這麼發達，記者拍照，電視攝影，久矣我已習於鏡頭的瞪視。記者成了業餘導演，一會兒要我坐在桌前作寫詩狀，一會兒又要我倚架翻書；到了戶外，不是要我獨步長廊，便是要我憩歇在菩提樹下，甚至佇立在堤上，看整座海峽在悲愴的暮色裏把落日接走。我成了一個半吊子的臨時演員，在自己的詩境裏進進出出。久之我也會選擇背景，安排姿勢，或出其不意地回頭揮手。

有一年帶中山大學的學生去南非交流，到了祖魯族的村落，大家都爭與土著並立攝影。我認爲那樣太可惜了，便請一位祖魯戰士朝我揮戈，矛尖直指我咽喉，我則舉手護頭，作危急狀。

一九八一年大陸開放不久，辛笛與柯靈隨團去香港，參加中文大學主辦的「四〇年代文學研討會」。辛笛當年出過詩集《手掌集》，我就此書提出一篇論文，因題生題，就叫〈試爲辛笛看手相〉，大家覺得有趣。會後晚宴，攝影師特別爲我與辛笛先生合照留念。突然我把他的右手握起，請他攤開掌心，任我指指點點，像是在看手相。辛笛大悅，衆人大笑。

有一次在西子灣，鍾玲爲獲得國家文學獎宴請系上的研究生，餐後師生輪流照相。何瑞蓮與鄭淑錦，一左一右，正要和我合影，忽然我的兩肩同受壓力，原來是瑞蓮的右肘和淑錦的左臂一齊擱了上來。她們是見機即興，還是早有陰謀，我不知道。總之這一招奇襲，令平日保守的師生一驚，一笑，並且爲我家滿坑滿谷的照片添了有趣的一張。那天陽光頗豔，我戴了一副墨鏡，有人看到照片，說我像個黑道大哥。

上個月回去中文大學，許雲嫻帶我去新亞書院的新景點「天人合一」。她告訴我，金耀基校長誇稱此乃香港第二景，人問第一景何在，金耀基笑曰：「尚未發現。」我們走近「天人合一」，只覺水光瀲灩，一片空明，怎麼吐露港波滿欲溢，竟然侵到校園的崖邊來了？正感目迷神蕩，驚疑未定，雲嫻笑說：「且隨我來」，便領我向空明走去。這才發現，原來崖邊是一汪小池，泓澄清澈，滿而未溢，遠遠看過來，竟有與海相接的幻覺。人工巧接天然，故云「天人合一」。一條小徑沿著懸崖繞到池後，狹險之極。大家輪流危立在徑道上，背海面池照起相來。輪到我時，我便跪了下來，把下巴擱在池邊。照片沖出來後，只見我的頭顱浮在浩淼之上，朋友乍見，一時都愕然不解。

人生一世，貪嗔兼癡，自有千般因緣，種種難捨。雪泥鴻爪，誰能留得住，記得清呢？記日記嗎，太耗時了。攝影，不但快速，而且巨細不遺，倒是方便得多。黃金分割的一小塊長方形，是一整個迷幻世界，容得下你的親人、情人、友人；而更重要的，是你，這世界的主角，也在其中。王爾德說他一生最長的羅曼史，便是自戀。所以每個人都有無數的照片，尤其是自己的倩影。孫悟空可以吹毛分身，七十二變。現代人攝影分身，何止七十二變呢？家家戶戶，照片氾濫成災，是必然的。

這種自戀的羅曼史，不像日記那樣只堪私藏，反要公開炫示才能滿足。主人要享炫耀之樂，客人就得盡觀賞之責。幾張零照倒不足畏，最可畏的，是主人隆而重之，抱出好幾本相簿來饗客。眼看這展示會，餐罷最後的一道甜點，一時是收不了的了，客人只好深呼吸以迎戰，不僅凝眸細賞，更要嘖嘖讚歎。如果運氣好，主人起身去添茶或聽電話，客人便可乘機一下子多翻幾頁。

一人之自戀，他人之疲倦。話雖如此，敝帚仍然值得自珍。我家照片氾濫，相簿枕藉，上萬張是一定的，好幾萬也可能。年輕時照的太少，後來照的太多，近年照的有不少實在多餘。其中值得珍藏並對之懷舊甚至懷古的，也該有好幾百張。身為人子、人夫、人父、人祖、人友、人師，那些親友與寶貝學生的照片當然最為可貴。但身為詩人，有兩張照片，特別值得一提。

第一張是群照，攝於一九六一年初。當時我英譯的《中國新詩選》在香港出版，臺北美國大使館辦了一個茶會慶祝，邀請入選的詩人參加，胡適與羅家倫更以新文學前輩的身分光臨。胡適並且是新詩的開山祖，會上免不了應邀致詞，用流利的英語，從追述新詩的發軔到鼓勵後輩的詩人，說了十分鐘話。有些入選的詩人，如瘂弦、阮囊、向明，那天未能出席，十分可惜。但上照的仍爲多數，計有紀弦、鍾鼎文、覃子豪、周夢蝶、夏菁、羅門、蓉子、洛夫、鄭愁予、葉珊和我，共爲十一人。就當年而言，大半個詩壇都在其中了。（相關影像請見第二頁）

另一張是我和佛洛斯特的合照，攝於一九五九年。當時我三十一歲，老詩人已經八十五了。他正面坐著，我則站在椅後，斜侍於側。老詩人鬚髮皆白，似在冥想，卻不很顯得龍鍾。他手握老派的派克鋼筆，正應我之請準備在我新買的《佛洛斯特詩集》上題字。我心裏想的，是眼前這一頭銀絲，若能偷剪得數縷，回去分贈給臺灣的詩友，這大禮可是既輕又重啊。

這張合照經過放大裝框，高踞我書房的架頂，久已成了我的「長老繆思」；也是我家四個女兒「眼熟能詳」的藝術圖騰，跟梵谷、王爾德、披頭四一樣（相關影像請見第二頁）。只有教美國詩到佛洛斯特時，才把他請下架來，拿去班上給小他一百一十歲的學生傳觀，使他們驚覺，書上的大詩人跟他們並非毫無關係。

胡適逝於一九六二年，佛洛斯特逝於翌年。留下了照片，雖然不像留下了著作那麼重要，卻也是另一方式的傳後，令隔代的讀者更感親切。從照片上看，翩翩才子的王爾德實在嫌胖了，不像他的警句那麼鋒芒逼人，不免掃興。我常想，如果孔子眞留下一張照片，我們就可以仔細端詳，聖人究竟是什麼模樣，難道眞如鄭人所說，「纍纍若喪家之狗」？中國的歷史太長，古代的聖賢豪傑不要說照片了，連畫像也非當代的寫眞。後世畫家所作的畫像，該是依據古人的人品或風格揣摩而來，像梁楷的〈太白行吟圖〉與蘇六朋的〈太白醉酒圖〉，雖爲逸品，卻是寫意。楊蔭深編著的《中國文學家列傳》，五百二十人中附畫像的約有五分之一，可是面貌往往相似，不出麻衣相法的典型臉譜，望之令人發笑。

英國工黨的要角班東尼（Tony Benn）有一句名言：「人生的遭遇，大半是片刻的歡樂換來終身的不安；攝影，卻是片刻的不安換來終身的歡樂。」難怪有那麼多發燒的攝影迷不斷地換相機，裝膠捲，睜一眼，閉一眼，鎂光閃閃，快門刷刷，明知這世界不斷在逃走，卻千方百計，要將它留住。

——二〇〇三年十二月二十八日

——選自二〇〇五年《青銅一夢》

余光中大事年表

一九二八年　重九日生於南京，祖籍福建永春。父余超英、母孫秀君。小時隨父母經常往來於常州。

一九三七～一九四五年　對日抗戰時期，隨母四處流亡，一九四五年隨父母由四川回南京。

一九四七年　南京青年會中學畢業，分別考取北京大學和金陵大學，因北方局勢動盪不安，故就讀金陵大學外文系。

一九四九年　內戰局勢漸危急，隨父母自南京逃往上海，後轉至廈門，入廈門大學外文系二年級就讀。在廈門的《星光》、《江聲》二報發表新詩及短評十餘篇。七月，隨父母遷往香港。

一九五〇年　五月底來臺。在《新生報》副刊、《中央日報》副刊、《野風》等報刊發表新詩。九月，考入臺大外文系三年級。

一九五二年　自臺灣大學畢業。第一本詩集《舟子的悲歌》出版。
一九五三年　入國防部總聯絡官室服役，任少尉編譯官。
一九五四年　與覃子豪、鐘鼎文、夏菁、鄧禹平等人創「藍星詩社」。出版詩集《藍色的羽毛》。
一九五六年　退役。至東吳大學兼課。九月，與范我存女士結婚。
一九五七年　至臺灣師範大學兼課。主編《藍星》週刊及《文學雜誌》詩欄。《梵谷傳》、《老人和大海》中譯本出版。
一九五八年　六月，長女珊珊誕生。七月，母親孫秀君去世。十月，獲亞洲協會獎金赴美進修，於愛奧華大學修文學創作、美國文學及現代藝術。
一九五九年　獲愛奧華大學藝術碩士學位。回臺任師大英語系講師。六月，次女幼珊誕生。主編《現代文學》及《文星》之詩輯。文壇掀起現代詩論戰，余光中亦參與其中。
一九六〇年　詩集《萬聖節》及譯作《英詩譯注》出版。詩集《鐘乳石》在香港出版。主編《中外》書刊之文藝版。
一九六一年　英譯《*New Chinese Poetry*》（中國新詩選）在香港出版。於《現代文學》發表〈天狼星〉，引起與洛夫的論戰，余光中發表〈再見，虛無！〉作爲宣言，作品風格漸漸回歸中國古典之傳統。與林以亮、梁實秋、夏菁、張愛玲等人合譯《美國詩選》在香港出版。與國語派作家在《文星》展開文白（文言文、白話文）之爭。赴菲律賓講學，並在東海大學、東吳大學、淡江大學三處兼課。五月，三女佩珊生。

一九六二年　參加菲律賓亞洲作家會議。翻譯毛姆小說作品〈書袋〉並連載於《聯合報》副刊。獲中國文藝協會新詩獎章。

一九六三年　散文集《左手的繆思》及評論集《掌上雨》出版。譯作〈繆思在地中海〉連載於《聯合報》副刊。幼子出生，但不幸夭折。

一九六四年　詩集《蓮的聯想》出版。於耕莘文教院舉辦「紀念莎士比亞誕生四百週年現代詩朗誦會」。應美國國務院邀請，赴美講學二年，先後授課於伊利諾、密歇根、賓夕法尼亞、紐約四州。

一九六五年　散文集《逍遙遊》出版。任密歇根州立大學英文系副教授。四女季珊出生。

一九六六年　返臺，升任師範大學副教授。並在臺灣大學、政治大學、淡江大學等三校兼課。當選十大傑出青年。

一九六七年　詩集《五陵少年》出版。

一九六八年　散文集《望鄉的牧神》在臺港二地出版。譯作《英美現代詩選》中譯二冊出版。主編「藍星叢書」五種及「近代文學譯叢」十種。

一九六九年　詩集《敲打樂》、《在冷戰的年代》、《天國的夜市》出版。主編《現代文學》雙月刊。應美國教育部之聘，赴科羅拉多州任教育廳外國課程顧問及寺鐘學院客座教授二年。

一九七〇年　著手翻譯《錄事巴托比》以及英譯《*Acres of Barbed Wire*》（滿田的鐵絲網）。

一九七一年　英譯作品《*Acres of Barbed Wire*》（滿田的鐵絲網）在臺灣出版。《蓮的聯想》德譯本分別在臺灣及西德出版。同年，由美返臺，主持寺鐘學院留華中心以及臺灣的中國電視公司「世界之窗」，於節目中介紹搖滾樂。升任師範大學教授，並分別在臺灣大學、政治大學兼課。

一九七二年　散文集《焚鶴人》及《錄事巴托比》中譯本出版，並獲得澳洲政府文化獎金，夏天訪問澳洲兩個月。十一月應世界中文報業協會邀請，至香港演說。轉任政治大學西語系系主任。

一九七三年　主編政大《大學英文讀本》。應香港詩風社之邀赴港演說。赴首爾出席第二屆亞洲文藝研討會，並宣讀論文。

一九七四年　詩集《白玉苦瓜》及散文集《聽聽那冷雨》出版。主編《中外文學》詩專號。主持霧社復興文藝營。應聘香港中文大學中文系教授，由臺赴港。

一九七五年　《余光中散文選》在香港出版。「青年文學獎」評判。與他人合著《名作家談編寫譯》在香港出版。開始在《今日世界》寫每月專欄。與唐文標等合著《現代詩的建樹與檢討》出版。六月回國，參加民謠演唱會與楊弦合作的「中國現代民歌集」唱片出版。兼任中文大學聯合書院中文系系主任。

一九七六年　詩集《天狼星》出版。出席倫敦國際筆會第四十一屆大會並宣讀論文〈想像之眞〉。

一九七七年　散文集《青青邊愁》出版。於《聯合報》副刊發表〈狼來了〉一文，是年鄉土文學論戰激烈展開。

一九七八年　《梵谷傳》新譯本出版。

一九七九年　詩集《與永恆拔河》出版。黃維樑編著《火浴的鳳凰——余光中作品評論集》在臺出版。

一九八〇年　向香港中文大學告假一年，回臺擔任師大英語系主任，兼英語研究所所長。

一九八一年　回香港。《余光中詩選一九四九～一九八一》、評論集《分水嶺上》、詩集《花的聯想》及主編的《文學的沙田》出版。十二月，出席中文大學「四十年代文學研討會」，初晤柯靈與辛笛，並宣讀論文〈試爲辛笛看手相〉。

一九八二年　發表長文〈巴黎看畫記〉及一組評析遊記之論文：〈山水遊記的藝術〉、〈中國山水遊記的感性〉、〈中國山水遊記的知性〉、〈論民初的遊記〉。〈傳說〉獲新聞局金鼎獎歌詞獎。

一九八三年　詩集《隔水觀音》出版。中譯王爾德喜劇《不可兒戲》在臺出版。

一九八四年　中譯《土耳其現代詩選》在臺出版。《不可兒戲》由香港話劇團演出，楊世彭導演，連滿十三場。獲第七屆吳三連文學獎散文獎，並以〈小木屐〉再獲金鼎獎歌詞獎。

一九八五年　九月離港返臺，任高雄中山大學文學院院長兼外文研究所所長，移居高雄。發表五萬字論文〈龔自珍與雪萊〉。為《聯合報》副刊撰寫專欄「隔海書」。獲《中國時報》新詩推薦獎。《香港文藝》季刊推出〈余光中專輯〉。《春來半島──余光中香港十年詩文選》在港出版。

一九八六年　發表新詩〈控訴一支煙囪〉。擔任「木棉花文藝季」總策畫，並發表主題詩〈讓春天從高雄出發〉。九月，詩集《紫荊賦》出版。

一九八七年　散文集《記憶像鐵軌一樣長》出版。譯作《不可兒戲》由北京友誼出版社出版。八月，三女佩珊與侯光華在臺中舉行婚禮。

一九八八年　散文集《憑一張地圖》出版。主編《秋之頌》（梁實秋先生紀念文集）出版。自此年起開始擔任梁實秋文學獎翻譯評審一職。

一九八九年　主編《中華現代文學大系：臺灣一九七〇～一九八五》十五卷出版，並獲選本年金鼎獎圖書類主編獎。六月膺選為《聯合報》副刊第一位「每月人物」。主編《我的心在天安門──六四事件悼念詩選》出版。《余光中一百首》在香港出版。

一九九〇年　一月，《梵谷傳》重排新版問世。散文集《隔水呼渡》、詩集《夢與地理》出版，並獲「中華民國第十五屆國家文藝獎新詩獎」。獲選為中華民國筆會會長。七月，在紐約主持長女珊珊與栗為正之婚禮。

一九九一年　應美西華人學會之邀，赴洛杉磯發表演講，並接受該會頒贈「文學成就獎」。參加香港翻譯學會主辦的翻譯研討會，並獲該會榮譽會士。

一九九二年　二月，父親余超英逝世。中英對照翻譯詩選《守夜人》出版。喜劇中譯《溫夫人的扇子》出版，並在臺北、高雄先後演出六場。

一九九三年　二月，香港中文大學聯合書院邀請余光中擔任「到訪傑出學人」。四月，會晤大陸歌手王洛賓，並由王洛賓將〈鄉愁〉一詩譜曲。五月，赴港參加「兩岸及港澳文學交流研討會」，並發表論文〈藍墨水的上游是汨羅江〉。大陸出版余光中詩文集《中國結》。

一九九四年　評論集《從徐霞客到梵谷》出版，並獲該年度《聯合報》「讀書人最佳書獎」。六月，參加蘇州大學「當代華文散文國際研討會」，發表論文〈散文的知性與感性〉。黃維樑編選的各家論余氏作品之選集《璀璨的五采筆：余光中作品評論集一九七九～一九九三》出版。

一九九五年　中譯《理想丈夫》出版。與他人合著《蓉子論》在北京出版。與他人合編《雅舍尺牘：梁實秋書札眞跡》出版。詩與散文納入哥倫比亞大學出版之《現代中國文學選》。

一九九六年　十月，序文集《井然有序》出版，並獲《聯合報》「讀書人年最佳書獎」。散文選《橋跨黃金城》由北京人民日報出版社出版。詩集《安石榴》出版。

一九九七年　一月，香港舉辦「香港文學節」研討會，應邀發表論文〈紫荊與紅梅如何接枝？〉。十月，獲取中國詩歌藝術學會致贈「詩歌藝術貢獻獎」。《余光中詩選第二卷一九八二～一九九八》出版。

一九九八年　五月，獲頒第一屆五四獎「文學交流獎」。六月，獲頒中山大學「傑出教學獎」。七十大壽，出版詩集《五行無阻》、文集《日不落家》、評論集《藍墨水的下游》，及鍾玲主編慶祝余氏七十生日詩文集專書《與永恆對壘》。散文集《日不落家》獲頒《聯合報》「讀書人年度最佳書獎」。中山大學文學院舉辦「重九的午後——余光中作品研討暨詩歌發表會」。

一九九九年　傅孟麗著《茱萸的孩子：余光中傳》出版。《結網與詩風——余光中七十壽慶論文集》出版。《日不落家》獲頒吳魯芹散文獎。

二〇〇〇年　三月，香港中文大學校友月刊選出余光中、丘成桐、牟宗三、楊振寧、錢穆等十人爲「中大最重要人物」。詩集《高樓對海》出版，獲得《聯合報》「讀書人最佳書獎」。獲高雄市文藝獎。《逍遙遊》重排出版。

二〇〇一年　九歌出版《余光中精選集》。與他人合著《艾略特的心靈世界》出版。獲第二屆霍英東成就獎。中國大陸評選爲「當代散文八大家」，與冰心、季羨林、金克木、張中行、汪曾祺、秦牧、余秋雨並列。

二〇〇二年　《含英吐華：梁實秋翻譯獎評語集》出版。《聽聽那冷雨》重排出版。

二〇〇三年　主編《中華現代文學大系第二部：臺灣一九八九～二〇〇三》出版。獲頒香港中文大學榮譽文學博士。出版詩集《如果遠方有戰爭》。

二〇〇四年　四月，獲第二屆華語文學傳媒獎之二〇〇三年度散文家獎。出版散文集《守夜人》，散文《飛毯原來是地圖》在香港出版。

二〇〇五年　一月，任「搶救國文教育聯盟」總發起人，其他包括暨南大學教授李家同、臺南藝大校長黃碧端等知名學者專家為共同發起人。出版散文集《青銅一夢》。《余光中幽默文選》出版。與他人合著《自豪與自幸——二十堂名家的國文課》出版。

二〇〇六年　公開批評教育部長杜正勝的「刪減文言文」政策，與他人合著《起向高樓撞曉鐘：二十堂名家的國文課》出版。《語文大師如是說：中與西》在香港出版。

二〇〇七年　與他人合著《鐵肩擔道義：二十堂名家的國文課》出版。獲頒臺灣大學傑出校友。

二〇〇八年　八十大壽。五月，政治大學舉辦「余光中先生八十大壽學術研討會」，並頒授名譽博士學位。《印刻文學生活誌》五月號出版〈鍊石補天六十年——余光中特輯〉，《聯合文學》五月號亦出版〈八十歲，繼續與永恆拔河：余光中特輯〉。陳芳明編選《余光中六十年詩選》出版。《蓮的聯想》、《白玉苦瓜》、《望鄉的牧神》重排出版。

十月，九歌出版詩集《藕神》、評論集《舉杯向天笑》、譯作《不要緊的女人》，陳芳明主編《余光中跨世紀散文》，及蘇其康主編慶祝余氏八十生日詩文集專書《詩歌天保——余光中教授八十壽慶專集》。錄製「余光中誦詩：新詩、英詩、宋詞」朗誦光碟。由中華民國筆會、臺北市政府文化局、九歌文教基金會等七個單位，共同舉辦「藝文界詩歌雅集——慶余光中八秩嵩壽活動」。

余光中作品集 12

余光中跨世紀散文

編者　陳芳明
著者　余光中
發行人　蔡文甫
執行編輯　何靜婷
出版發行　九歌出版社有限公司
臺北市105八德路3段12巷57弄40號
電話／02-25776564・傳真／02-25789205
郵政劃撥／0112295-1
九歌文學網　www.chiuko.com.tw
印刷　晨捷印製股份有限公司
法律顧問　龍躍天律師・蕭雄淋律師・董安丹律師
初版　2008年10月7日（八秩嵩壽珍藏紀念版）
初版7印　2019年7月
定價　420元

書號　0110212
ISBN　978-957-444-542-4
（缺頁、破損或裝訂錯誤，請寄回本公司更換）

國家圖書館出版品預行編目資料

余光中跨世紀散文／陳芳明編／余光中著.
-- 初版. --臺北市：九歌， 民97.10
面；　公分.　--（余光中作品集；12）

ISBN 978-957-444-542-4

855　　　97016523